ALQUIMIA DOS SEGREDOS

GUTENBERG

STEPHANIE GARBER

ALQUIMIA DOS SEGREDOS

TRADUÇÃO: Lavínia Fávero

Título original: *Alchemy of Secrets*

EDITORA RESPONSÁVEL
Flavia Lago

EDITORAS ASSISTENTES
Samira Vilela
Natália Chagas Máximo

PREPARAÇÃO DE TEXTO
Natália Chagas Máximo

REVISÃO
Claudia Barros Vilas Gomes

PROJETO GRÁFICO DA CAPA
Rachael Lancaster/The Orion Publishing Group

ILUSTRAÇÃO DA CAPA
Kelly Chong

ADAPTAÇÃO DA CAPA
Alberto Bittencourt

DIAGRAMAÇÃO
Waldênia Alvarenga

Dados Internacionais de Catalogação na Publicação (CIP)
Câmara Brasileira do Livro, SP, Brasil

Garber, Stephanie
Alquimia dos segredos / Stephanie Garber ; tradução Lavínia Fávero. -- 1. ed. -- São Paulo : Gutenberg, 2025.

Título original: *Alchemy of Secrets*

ISBN 978-85-8235-847-4

1. Ficção de fantasia 2. Ficção norte-americana I. Título.

25-300701.0 CDD-813

Índices para catálogo sistemático:
1. Ficção : Literatura norte-americana 813

Cibele Maria Dias - Bibliotecária - CRB-8/9427

A **GUTENBERG** É UMA EDITORA DO **GRUPO AUTÊNTICA**

São Paulo
Av. Paulista, 2.073 . Conjunto Nacional
Horsa I . Salas 404-406 . Bela Vista
01311-940 . São Paulo . SP
Tel.: (55 11) 3034 4468

Belo Horizonte
Rua Carlos Turner, 420
Silveira . 31140-520
Belo Horizonte . MG
Tel.: (55 31) 3465 4500

www.editoragutenberg.com.br
SAC: atendimentoleitor@grupoautentica.com.br

Este aqui é para o meu pai.
Você pediu que eu não te dedicasse este livro,
mas dediquei mesmo assim.
Te amo, pai!

Folclore 517

Tudo começou com um cochicho ouvido na fila de algum café, uma história que deveria ter ignorado. Mas o boato ficou na sua cabeça feito uma música, atormentando você feito um enigma não solucionado. Até que, por fim, te trouxe até aqui. Um estacionamento que não se importou com a previsão do tempo, é óbvio.

Disseram que hoje a noite seria estrelada, nenhuma nuvem no céu, mas você pode sentir a chuva nos dedos dos pés. A umidade te atinge em gotículas furiosas enquanto você corre de sandálias pelo pavimento. À sua volta, a luz dos postes pisca, um coro estático para seus passos molhados.

Você não perdeu o fôlego, mas diminuiu o passo e parou debaixo de uma marquise. As palavras EM BREVE faíscam em maiúsculas letras vermelhas, projetando sombras em neon na bilheteria retrô, coberta por pôsteres desbotados, anunciando atrações que já vieram e partiram. O nome de Veronica Lake toma conta da parte de cima de um dos pôsteres, escrito em letras amarelas e desbotadas; em outro, uma Loretta Young em preto e branco sorri para você. O pôster com Loretta é de *Uma noite inesquecível*, e você torce para que esta seja uma dessas noites.

Não sabe ao certo se as histórias são verdadeiras ou não. Mas, quando passa pela porta e entra no saguão do cinema, meio que espera cair em um buraco sem fundo, em uma toca de coelho no melhor estilo *Alice no País das Maravilhas*.

Sua empolgação cobre tudo com uma camada extra de brilho. À direita, há uma fileira reluzente de telefones públicos, dentro de impecáveis cabines de madeira e vidro. Você nunca viu tantos na vida. Quase fica tentada a tirar uma foto, mas não tira. E não poderia fazer isso nem se quisesse. A esta altura, o celular não funciona mais, só que você ainda não sabe. De repente, está tão distraída pela *bombonière* antiga à sua esquerda, cuja poeira tem cara de nostalgia, que mal percebe os pontos descascados na tinta dourada da faixa estilo *art déco* com sóis geométricos e golfinhos saltando.

Logo acima, uma placa que diz:

Pipoca 10 centavos
Pipoca com manteiga 15 centavos
Cigarros 25 centavos

Você não sabia que, naquela época, vendiam cigarros no cinema. Mas, por um instante, consegue sentir o cheiro da fumaça e da pipoca. Quase consegue sentir também o gosto da manteiga. Mas não se demora no saguão. Só existe um cinema – uma atração – que deseja encontrar e vai direto até ela.

Sente um aperto no peito. O coração disparado. E você continua torcendo para encontrar a toca do coelho que vai te levar para outro mundo. Quando passa pela porta dupla, está com os óculos cor-de-rosa do otimismo, é uma foto estourada, exposta à luz em excesso.

O cheiro ainda é de fumaça e pipoca, mas também tem algo mais. Talvez seja apenas o aroma de veludo velho misturado com notas persistentes de terra molhada pela chuva, mas algo te faz pensar em sonhos cinematograficamente coloridos quando você espicha o pescoço para admirar o teto daquela sala com o pé-direito absurdamente alto. É puro ouro e marfim, coberto por mais desenhos estilo *art déco*, que poderiam ser primos do zodíaco.

Sob a abóbada elaborada, uma parte dos assentos já está ocupada. Vinte e cinco? Cinquenta, talvez? Você se sente nervosa demais para calcular direito e se senta mais para o fundo. A poltrona balança, o veludo gasto é macio, mas a sensação é de estar longe demais do palco.

Você resolve se aproximar e vai olhando disfarçadamente para as outras pessoas enquanto faz isso. Quer descobrir quem mais conseguiu entrar, se tem alguém conhecido. Mas, dada à escassa quantidade de pessoas que conhece na faculdade, não é nenhuma surpresa o fato de todos os rostos lhe serem estranhos. Algumas pessoas estão cochichando, outras dão uma risadinha, poucas, como você, não dizem nada, mas existe um fio que amarra todos: expectativa.

Tem que ser aqui. As cortinas do palco são de um rosa escuro e intenso e, quando se abrem, você segura a respiração.

"Cavalheiros, por gentileza, tirem o chapéu", aparece na tela.

Em seguida, essa cartela é substituída por outra: "É proibido assoviar alto e conversar".

O que, é claro, instiga diversos assovios. Mas, em seguida, tudo fica silencioso, quando a imagem sai da tela e uma estrela minúscula aparece no canto superior direito. Pisca uma, duas vezes. E aí todas as luzes do cinema se apagam.

Fica mais escuro do que a noite lá fora. Dá para ouvir as pessoas pegando o celular, mas nenhum funciona, incluindo o seu. Sem sinal. Sem luz. Sem relógios digitais para dizer quantos minutos estão se passando.

Você não sabe por quanto tempo está ali até ouvir a primeira pessoa ir embora. Deve ter concluído que aquela aula não é para ela, se é que é uma aula. Mais algumas pessoas fazem a mesma coisa.

Você odeia ter a tentação de fazer o mesmo.

Seus dedos dos pés não estão mais molhados, mas a pele está arrepiada de frio. Você tem a sensação de que alguém está te observando, apesar de estar escuro demais para enxergar.

Mais tempo transcorre, e você repassa as histórias que ouviu, os boatos e cochichos a respeito de uma matéria muito específica, que não consta em nenhuma lista de disciplinas on-line, dada por uma Professora-Doutora que não aparece em nenhum site. E, de repente, você pensa que é por um bom motivo. Você pensa que, talvez, devesse ir embora. Você pensa que...

Uma luz pisca no palco. É só uma coisinha minúscula, mas o brilho te conquista. Você fecha os olhos, abre em seguida. E, quando é capaz de ver novamente, ela está ali.

Sentada em um banquinho de madeira, no meio do palco.

Você não sabe há quanto tempo ela está ali, mas tem a impressão de que está esperando há horas, assim como as vinte e poucas pessoas que permaneceram no lugar. É mais baixa do que imaginava. As pessoas falam dela de um jeito que sempre a fez parecer alta, escultural, alguém que, literalmente, atrai todos os olhares. Mas ela parece uma avó. O cabelo chanel grisalho emoldura um rosto redondo, que sorri discretamente, enquanto diz as palavras que farão você ficar com a sensação de que todo aquele frio, toda aquela umidade e aquela espera valeram a pena.

– Vocês estão aqui por causa de uma história – diz. – E agora vou contar outra.

Capítulo um

Holland St. James estava contando as horas para aquela noite chegar. Experimentou sete vestidos e cinco pares de sapatos, cacheou os cabelos e até fez uma maquiagem nova nos olhos. E, agora, estava prestes a pôr tudo a perder.

– Achei que a gente ia tomar sorvete – comentou Jake, sendo absolutamente legal. Porque ele devia ser o cara mais legal com quem Holland já saiu na vida.

Quando Jake entrou no Coffee Lab de Santa Mônica pela primeira vez, há umas duas semanas, Holland achou que ele era a coisa mais fofa do mundo. Estava mais para Clark Kent do que para Super-Homem e usava óculos com armação escura que sempre foram seu ponto fraco, uma verdadeira criptonita pessoal. E aí Jake esbarrou nela, derramando parte do café gelado, e Holland notou os livros que o garoto estava segurando. Jake fazia pós-graduação, se preparava para ser professor de Inglês como língua estrangeira.

Na primeira vez que os dois saíram, Holland também descobriu que Jake era voluntário no abrigo de animais de Los Angeles e no Mercado de Viagem do Tempo de Echo Park – que, na verdade, é uma ONG que ajuda crianças a escreverem de forma criativa. Na segunda vez que saíram, ela descobriu que o rapaz tinha se tornado vegetariano recentemente e andava de bicicleta, não de carro, porque queria fazer tudo o que estivesse ao seu alcance pelo meio ambiente.

Jake era um cara bonzinho, de verdade.

Talvez, lá no fundo, Holland achasse que ele era um pouco perfeito demais, tipo um e-mail sem nenhum erro de digitação ou uma foto tratada que precisa de uma ruguinha. Mas isso poderia ser apenas Holland procurando sinais de alerta onde não tem.

Aquela era a terceira vez que saíam juntos, apenas, mas fazia dois anos que Holland não conseguia sair com alguém pela quarta vez. Não queria mesmo pôr tudo a perder. E estava com medo de já ter feito isso poucos minutos atrás, quando não conseguiu se segurar e arrastou Jake por aquele beco imundo, depois de ver um pôster que a fez pensar em uma das histórias contadas pela Professora-Doutora.

O pôster estava colado na lateral de um muro de cimento. Era dos antigos, do tipo que deveria ser um cartão-postal de madeira, daqueles que vendem no píer de Santa Mônica. Palmeiras em tons de marrom e verde desbotados pelo sol emolduravam a silhueta cor de carvão de um homem de chapéu fedora, olhando para o relógio. Sem nenhum logotipo, nenhum nome de marca. Na verdade, não tinha palavra nenhuma para identificar o que exatamente o pôster anunciava. Apenas duas letras nas abotoaduras do homem sem rosto: HH.

Homem das Horas.

Foi a primeira coisa que lhe veio à mente. E aí Holland arrastou Jake beco afora. Ela não conseguiu se conter.

Holland foi criada à base das caças ao tesouro que o pai fazia. Quando criança, ela aprendeu a procurar pistas do mesmo modo que outras crianças aprendem a brincar uma com as outras ou com blocos de encaixar. Talvez fosse por isso que sempre sentiu que não se encaixava em lugar nenhum, até encontrar as aulas de Folclore da Professora-Doutora. As histórias que ela contava faziam com que Holland tivesse a sensação de estar em uma das caças de seu pai.

Na verdade, ela nao esperava encontrar nada naquela noite. Tudo em Los Angeles sempre a fazia lembrar-se das histórias da Professora-Doutora, e Holland sempre se sentia compelida a sair à caça dessas histórias. Era uma corrida perpétua por becos que jurava jamais ter visto até então, só para dar de cara com um bar, café ou livraria onde, na verdade, ela já tinha entrado.

Mas não naquela noite. Naquela noite, Holland tinha certeza de que nunca havia entrado naquele beco. Teria se lembrado da placa.

Raridades & Relojoaria
Entre para ser atendido

As palavras estavam penduradas por um gancho de cobre que brilhava em contraste com a porta. Holland queria acreditar que a porta era antiga, mas poderia apenas estar suja. Foi só olhar para Jake para perceber que o rapaz estava pensando "suja". Provavelmente, também repensava a decisão de sair com Holland. A jovem queria que Jake mudasse de ideia. Também queria muito entrar por aquela porta e convencê-lo a acompanhá-la.

– Você gosta de mitos e lendas urbanas? – perguntou Holland.

– Gosto... na verdade, eu adoro. – Jake lhe deu um sorriso que estava muito mais para Super-Homem do que para Clark Kent. Holland sentiu uma faísca de esperança, achando que poderia ter retornado ao rumo certo. E apesar disso... ficou em dúvida.

A Professora-Doutora tinha uma regra: os alunos não podiam compartilhar suas histórias com pessoas de fora da turma. Ninguém quebrava essa regra. A matéria exigia tanto esforço que os alunos não podiam simplesmente recontar essas histórias de graça, além disso, a Professora-Doutora sempre os advertia de que fazer isso poderia ter sérias consequências. Só que Holland não era mais aluna da turma de Folclore 517, e era apenas uma história. Mas...

– Antes que eu diga mais uma palavra – ela falou, baixinho –, preciso que jure pela vida do seu cachorro, da sua bicicleta ou daquela planta que você tem se esforçado tanto para que não morra, que não vai contar para ninguém o que estou prestes a dizer.

Jake sorriu ainda mais.

– Eu juro. – Então, ele se inclinou e deu um beijinho de leve nos lábios de Holland, como se quisesse selar a promessa. – É um segredo de família, então?

Holland ficou petrificada.

Forçou-se a lembrar de que Jake tinha uma família grande, que vivia ligando e contando até os detalhes mais corriqueiros do dia. Falar de família era uma coisa normal para ele. Não estava tentando pescar nenhuma informação.

Mesmo assim, a jovem demorou vários segundos para sorrir e torceu para que esse sorriso passasse a impressão de que estava brincando.

– Não é um segredo de família, mas é uma coisa sobre a qual eu não deveria falar. Quando estava na graduação, fiz essa disciplina chamada Folclore 517: Mitos Locais e Lendas Urbanas. O curso em si é meio que uma lenda local. Não dá para se matricular. Não consta em nenhum site. A gente tem que descobrir na base do boca a boca. E aí, no fim do semestre, se a gente passa, aparece no nosso histórico de disciplinas.

Jake fez uma expressão de quem estava por dentro.

– Então é tipo uma disciplina versão sociedade secreta?

Holland assentiu, nervosa, ou talvez estivesse empolgada. Não dava para dizer que contar aquele segredinho faria mal a alguém.

– Toda semana, a Professora-Doutora falava sobre algum mito local ou de alguma lenda urbana diferente, e a gente precisava jurar que não contaria para ninguém. Uma das lendas que ela contou era sobre uma pessoa conhecida como Homem das Horas. Supostamente, tem sinais e placas que levam até ele espalhados por Los Angeles. Se seguir as placas e os sinais e conseguir encontrá-lo, pode perguntar qual é a hora, e o Homem das Horas vai te responder quando você irá morrer.

A expressão de Jake mudou, uma minúscula ruga de preocupação se formou entre as sobrancelhas.

– Não é tão mórbido quanto parece – Holland foi logo dizendo. – A Professora-Doutora também disse que a gente pode fazer um trato com ele para conseguir mais tempo, viver mais do que estava previsto.

– E você acredita *mesmo* nisso? – perguntou Jake.

Tinha um certo tom em sua voz que Holland não conseguiu identificar direito. Mas, de repente, ela ficou com receio de ter sido otimista demais em relação ao interesse que o rapaz tinha por lendas urbanas. Jake era um cara normal que, provavelmente, estava acostumado a ter encontros normais. E, muito provavelmente, queria uma garota mais normal.

Claro que não.

Só acho divertido.

Não... nem um pouco.

Qualquer uma dessas alternativas teria sido uma excelente resposta para a pergunta feita por Jake: eram todas coisas que uma pessoa normal diria.

– Só entra comigo – desconversou Holland.

– Claro – respondeu Jake. E, como ele era um cara legal, espichou o braço e abriu a porta com a placa RARIDADES & RELOJOARIA para ela entrar.

Tudo o que havia do outro lado era dourado e de vidro leitoso. Uma fileira perfeita de lustres de vidro leitoso pendurados em fios dourados iluminava um chão perfeito de ladrilhos de vidro leitoso redondos com vários ladrilhos dourados cintilantes que formavam a palavra "tique-taque".

Não tinha nenhuma pegada, nenhuma mancha, só as palavras reluzentes que piscavam sob os lustres de vidro, tipo a movimentação do ponteiro dos segundos.

A sensação era quase de *mágica*. Não uma magia grande e milagrosa, mas uma magia simples, das coisas atemporais. De cédulas de dois dólares e cartas escritas à mão, máquinas de escrever e telefones de discar.

Holland poderia ter dito isso em voz alta. Mas Jake estava com uma expressão de quem não sabia ao certo o que pensar daquele espaço insólito no fundo de um beco estranho. Não era bem isso que tinha em mente quando sugeriu que os dois fossem tomar sorvete. Queria um encontro que ficasse bonito em um *post* do Instagram, não um que acabaria na *thread* de encontros infernais do Reddit.

Holland, de fato, tinha interpretado mal a situação, mas agora não podia mais voltar atrás. Tinha a sensação de que não teria outra oportunidade como aquela de encontrar, na vida real, um dos mitos citados pela Professora-Doutora.

Havia duas portas diante deles, e ambas também eram de vidro leitoso, branco lustroso, com maçanetas douradas e placas simples e retangulares no meio. Uma dizia RARIDADES. A outra dizia RELOJOARIA.

Holland pôs a mão na porta com a placa RELOJOARIA, torcendo para que fosse a do Homem das Horas. Se era para estragar aquele encontro, que fosse por um bom motivo.

A maçaneta nem se mexeu.

Ela insistiu.

– Acho que está trancada.

Jake espichou o braço por cima do ombro de Holland e bateu. Duas batidas altas, com a mão cerrada.

– Posso ajudar? – A voz escapou pela outra porta. A que tinha a placa escrita RARIDADES.

Agora, na porta escancarada, havia uma moça parada. De cabelo platinado, curtinho, pequena argola no nariz, vestido branco e justo, no mesmo tom do vidro leitoso. À primeira vista, parecia jovem, mas algo no seu jeito de ficar parada ali, só observando, fez Holland pensar que a aparência dela poderia enganar.

Holland tentou ver o que tinha atrás da moça, ter um vislumbre do interior de Raridades, mas só enxergou mais luz branca.

A moça tamborilou, impaciente, os dedos de unhas quadradas no batente.

– Estamos procurando pelo Homem das Horas – respondeu Holland.

– Lamento. Não posso ajudar. – A moça deu um passo para trás imediatamente e já começou a fechar a porta.

– Só quero perguntar para ele qual é a hora – disparou Holland.

A moça ficou petrificada.

– Tem certeza, querida? – E acompanhou a pergunta com um olhar que dava a entender que seria prudente Holland ir embora naquele exato momento, levando aquele rapaz bonitinho junto com ela.

– Ela tem certeza – respondeu Jake. – Também quero saber qual é a hora.

– Sério? – perguntou Holland.

Jake passou o braço no ombro dela, sua pele calorosa contra a dela.

– Se você vai fazer isso, eu também estou dentro.

Holland sentiu vontade de perguntar o que havia feito Jake mudar de ideia. Mas, de repente, ficou nervosa, de tanta empolgação.

A moça de branco resmungou alguma coisa entredentes. Algo parecido com a palavra “bestas”. Em seguida, fechou a porta e sumiu.

O tempo passou mais devagar dentro do corredor de vidro leitoso enquanto Holland a esperava voltar. O braço de Jake foi ficando mais quente em contato com seu ombro. Desta vez, ela é que ficou se sentindo constrangida, torcendo para que a moça realmente voltasse.

Finalmente, a porta “Raridades” reabriu. A moça surgiu, estendendo canetas e pedaços de papel com carbono grudado atrás. Apertou os lábios e falou:

– Se vocês dois têm certeza disso, escrevam seu nome no papel, com todas as informações solicitadas, que o Homem das Horas entrará em contato.

Capítulo dois

A manhã seguinte chegou devagar, relutando a fazer um trabalho do qual já havia se cansado.

Holland acordou e encontrou um silêncio denso. Nada de passarinhos cantando, nada de carros em alta velocidade pela rua, nada de tábuas do chão rangendo quando sua casa despertou, espreguiçando-se. Por um segundo, a jovem poderia jurar que nem o próprio coração batia.

Sua cabeça girava quando ela, enfim, se sentou na cama. De uma hora para outra, sentiu-se vagamente enjoada. Não era ressaca, pelo menos achava que não.

Tentou se lembrar do que havia feito na noite anterior. Mas, por um instante, não conseguia nem sequer recordar que dia era. Tinha a sensação de ser um pedaço de papel levemente grudado na página anterior.

Holland se espichou para dar uma olhada no celular, meio grogue.

Era quinta-feira.

O dia anterior tinha sido quarta.

O terceiro encontro com Jake.

Os detalhes foram voltando em um lento desfile de fotos granuladas e esbranquiçadas, que a fez pensar em vídeos caseiros antigos. Recordou-se do beco… do vidro leitoso… do braço de Jake em volta do seu ombro… das folhas de papel-carbono… da magia simples das coisas atemporais… do Homem das Horas…

Tudo lhe pareceu tão eletrizante na ocasião.

Mas agora, ao repassar os acontecimentos, ela tinha a sensação de que a noite fora tediosa, de um jeito estranho, e estava distante.

Depois que saíram do beco, Holland e Jake tomaram um sorvete de manteiga de amendoim com bacon, e o rapaz a beijou, no carro dela. Ficaram se beijando por um tempo. Mas, talvez, Jake tivesse outra opinião a respeito do beijo, diferente da opinião de Holland, porque era a primeira manhã desde que o conhecia em que acordava e não encontrava uma mensagem dele.

Não era tão tarde assim. Ainda dava para ele mandar um **Bom dia**.

O celular apitou, bem nessa hora.

Mas a mensagem não era de Jake.

2:00 Reunião com Adam Bishop

Holland largou o celular na cama.

Adam Bishop era um novo integrante do corpo docente que chegara recentemente, vindo do programa de Folclore da Universidade da Califórnia, em Berkeley. Holland ainda não o conhecera pessoalmente, mas tinha escutado outros alunos da pós falando sobre ele. Pelo jeito, todo mundo gostava do sujeito.

O e-mail que Adam havia lhe enviado na segunda-feira foi breve, exigindo sua presença naquela tarde. Quando a jovem respondeu e perguntou o motivo, o professor foi enigmático, dizendo que seria mais fácil explicar pessoalmente.

Ela imaginou que Adam Bishop talvez estivesse procurando por um monitor e que a Professora-Doutora tivesse indicado seu nome. Holland podia até estar atrasada para terminar de escrever a dissertação, mas era excelente nisso. Fora assistente da Professora-Doutora por dois anos: um durante a graduação, outro na pós – e todo mundo sabia que isso exigia muita paciência, além de diversas habilidades que, normalmente, não podiam ser encontradas por escrito, em um currículo. Na verdade, ela sentia saudade daquele emprego. Mas agora tinha outro emprego. Um emprego fantástico.

Toda sexta-feira à noite, Holland exibia filmes clássicos no mezanino do Coffee Lab de Santa Mônica, depois fazia um debate a respeito. Era como dar aula sem precisar dar nota, e todo mundo podia beber.

Ela adorava.

Adorava o Coffee Lab. E adorava as pessoas que apareciam por lá toda semana. Mas, mais do que tudo, adorava os filmes antigos.

Holland adorava filmes desde que tinha 4 anos, e o pai apresentou *O mágico de Oz* para ela e para sua irmã gêmea. Quando terminaram de assistir ao filme, a irmã saiu voando em uma vassoura, e Holland pediu um par de sapatinhos de rubi.

O pai disse:

– Achei mesmo que ia dizer isso, *Hollybells*. – E aí contou que os sapatinhos já estavam aguardando por ela em algum lugar da casa. Holland só precisava encontrá-los.

Foi sua primeira caça ao tesouro.

O pai sempre associava as caças ao tesouro a algum filme. Apresentar filmes antigos no Coffee Lab agora fazia Holland se sentir mais próxima ao pai. No momento, estava apresentando uma série de filmes *noir* e adorava a história por trás daqueles filmes. Adorava o fato de esses filmes a fazerem acreditar que havia um canto escondido do mundo em preto e branco, onde havia um escritório de detetive particular atrás do outro na rua, e não espeluncas de *fast food*. E, pelo menos uma vez por semana, uma *femme fatale* com aquele penteado típico dos anos 1940 – cabelos longos, ondulados nas pontas, com uma mecha em onda tapando um dos olhos – entrava pela porta e fazia a vida de alguém tomar um rumo sombrio e cheio de reviravoltas.

Se Adam Bishop quisesse contratá-la como monitora, Holland achava que não estava interessada. Mas, ainda assim, ficou curiosa. Sempre ficava curiosa.

Levantou-se e depois foi dar uma corrida, tentando imaginar o que mais Adam Bishop poderia querer dela. Mas, à medida que a corrida foi se transformando em caminhada e a manhã foi sumindo, dando lugar à tarde, seus pensamentos não paravam de voltar para Jake.

Que ainda não tinha mandado mensagem.

Holland queria se arrepender de tê-lo arrastado por aquele beco. Queria pensar que tudo teria sido diferente e que teria acordado e encontrado uma mensagem de bom-dia se os dois tivessem, apenas, ido tomar sorvete, e ela não tivesse posto tudo a perder indo atrás de uma lenda urbana relacionada à morte.

Mas o que Holland realmente queria era que Jake gostasse dela apesar – ou talvez até por causa – da lenda. A ironia é que o Homem das Horas nem sequer era uma de suas lendas urbanas preferidas. A jovem não fazia a menor questão de saber quando iria morrer, só queria saber se a lenda era verdadeira ou não.

E agora estava quase na hora da reunião. Holland deu uma última olhada no celular.

Nada.

Sabia que isso não significava que tudo tinha chegado ao fim. Mas, naquele momento, a sensação era de que não chegaria a lugar nenhum. Holland até pensou em mandar uma mensagem para Jake, mas tinha sido ela a última a enviar mensagem, na noite anterior, quando chegou em casa.

Bem que a January podia estar ali.

Holland sabia que a irmã gêmea diria algo do tipo: "Pode esquecer qualquer cara que não te quiser". Só que, em vez de "cara", empregaria um palavrão começando com a letra "c".

As irmãs até podiam ser idênticas na aparência. Mas, em todos os outros aspectos, não poderiam ser mais diferentes. E, apesar disso, January era a melhor amiga de Holland. A única pessoa para quem ela contava tudo.

Holland desceu correndo a escada de casa para ir à reunião. Como tantas outras coisas que adorava, a casa era antiga, construída nos anos 1940, com muita madeira de verdade, paredes brancas e um monte de janelas que deixavam a claridade entrar. Lá pela metade dos degraus, ligou para a irmã.

Normalmente, Holland e January se falavam todos os dias. Mas, desde o começo de outubro, a gêmea andava mais ocupada do que o normal, por causa do trabalho. Nas últimas três semanas, só mandava uma ou outra mensagem ou foto da Espanha.

Logo depois de terminar a faculdade, January conseguiu um emprego de caçadora de livros raros para colecionadores. As pessoas estão dispostas a pagar quantias exorbitantes para ter algo que ninguém mais tem, e o trabalho dela era localizar esses itens. Era o trabalho perfeito para ela, de verdade. A jovem sempre quis viajar pelo mundo e, como Holland, fora criada à base de caças ao tesouro do pai. Mas, sempre que January viajava, Holland ficava com saudade da irmã.

O telefone de January tocou uma vez e caiu na caixa postal.

– Olá. Você ligou para January St. James. Estou fora do país no momento…

A gravação foi interrompida, porque a gêmea atendeu.

– Oi… – Ela parecia ofegante, mas bem acordada.

– Te liguei numa hora ruim? – perguntou Holland.

– Não, mas só tenho um segundo. – O trânsito fazia barulho ao fundo, dando a impressão de que estava mais para o meio-dia do que para a meia-noite.

– O que você está fazendo?

– Coisas chatas do trabalho. Acabei de sair de uma reunião com um cliente que realmente gosta de ouvir o som da própria voz. – January sempre tentava passar a impressão de que o trabalho era muito menos interessante do que de fato era, para Holland não ficar com inveja, provavelmente. Mas, naquela noite, January parecia mesmo estar um pouco exausta. – Saudade de você, menina.

January nunca falava "Saudade de você".

– Eu também – disse Holland. – Minha casa anda limpa demais, já que você não tem aparecido por aqui. Quando vai terminar essa viagem?

– Depois do que deveria... – Fez-se silêncio por um segundo. Por alguns instantes, Holland pensou que a irmã poderia ter desligado, mas aí ela falou: – Eu queria estar aí com você... – O tom foi tão delicado, nem parecia January.

– Está tudo bem? – perguntou Holland. – Você está meio melosa.

Normalmente, Holland era a mais melosa das duas.

– Só estou cansada – respondeu January. E deveria estar mesmo, porque nem soltou uma risada debochada por ter sido chamada de "melosa". – Está tarde aqui, e eu gostaria de poder falar mais, mas preciso correr. Eu...

A campainha de Holland tocou, abafando as últimas palavras de January.

E aí a irmã sumiu.

Holland olhou pela janela que ficava ao lado da porta. Ninguém nunca tocava a campainha, a não ser as pessoas que apareciam de vez em quando para vender dedetização ou painéis solares. Mas aquele cavalheiro não dava a impressão de que queria vender alguma coisa.

Dava para notar algumas mechas de cabelo grisalho saindo do chapéu e rugas nas bochechas douradas. Usava uma camisa branca, calça cáqui e suspensórios cintilantes, com estampa xadrez em vermelho e branco, que faziam tudo o mais parecer sem graça naquela rua tranquila onde Holland morava.

A jovem não podia desperdiçar nem um minuto se quisesse chegar pontualmente à reunião. Mas, quando olhou pela janela, foi tomada por uma sensação de *déjà vu*. "Já vi esse homem antes", pensou. Só não conseguia identificar onde.

Podia ser o fato de os suspensórios a fazerem se lembrar de uma foto antiga do avô, que morreu antes de ela nascer.

Seja lá o que fosse, bastou para fazê-la abrir a porta.

– Olá, Holland. – O cavalheiro sorriu, um sorriso espontâneo que a fez pensar em bala embrulhada em papel cintilante e histórias para dormir exageradas.

– Por acaso lhe conheço? – perguntou ela.

– Receio que não. – O sorriso do homem permaneceu, mas os olhos castanhos perderam um pouco do brilho quando estendeu um pacote embrulhado com papel pardo e barbante.

– O que é isso?

– Encontrei na sua porta.

Holland olhou de novo para o pacote. Não tinha endereço do remetente, só um carimbo laranja no canto, escrito "Feliz Halloween", e seu nome completo, Holland St. James, datilografado no meio, com letras borradas, em estilo antigo.

Devia ser da Professora-Doutora. Ela adorava mandar pacotes e, é claro, nunca colocava o próprio nome no endereço do remetente porque gostava que os pacotes fossem misteriosos.

A palma das mãos de Holland formigou quando segurou a caixa embrulhada em papel pardo. Estava curiosa para ver o que a Professora-Doutora havia lhe enviado desta vez. Normalmente, eram livros esotéricos ou manuscritos a respeito do demônio, coisas que, na sua opinião, poderiam ser úteis para a dissertação de Holland.

Infelizmente, a jovem não tinha tempo de abrir nada naquele exato momento. Colocou o pacote no chão do corredor.

– Obrigada por me entregar – disse para o homem. – Mas receio ter que...

– Sei que não tem muito tempo, mas é só um minutinho – prometeu ele, entregando um cartão de visitas cor de creme com letras cintilantes verde-esmeralda.

MANUEL VARGAS
Bancário Sênior e Especialista em Sucessões
Banco Oficial de Cidade Centenária

E, na sequência, tinha um número de telefone.

O verso do cartão continha um mapa com a localização do banco marcada com uma estrela e, embaixo, as palavras "Apenas com hora marcada".

– Nunca ouvi falar desse banco – disse Holland.

A Professora-Doutora tinha contado uma história na aula a respeito de um banco que também atendia "só com hora marcada". Mas essa era a única história da qual Holland nunca conseguia se lembrar e, por algum motivo, em vez de ficar empolgada com a ideia de que aquele homem pudesse ser daquele banco, a jovem foi tomada por um ceticismo incomum.

Cidade Centenária, onde o banco daquele homem supostamente ficava, nem sequer era uma cidade de fato. Holland nunca havia estado lá, mas sabia que era um bairro muito antigo e muito rico, dentro de Los Angeles, que consistia em um exclusivo condomínio fechado e um parque enorme, onde pessoas ricas faziam coisas de pessoas ricas, tipo jogar polo. Ouvira dizer que, muito tempo atrás, Cidade Centenária abrigava um hotel-butique, mas os moradores do bairro tinham usado sua riqueza e força de vontade coletivas para obrigá-lo a fechar as portas.

– A senhorita não recebeu minhas cartas? – perguntou o homem.

Holland arqueou as sobrancelhas.

– Nunca recebi nada deste banco.

– Sinto muito. Devem ter se perdido. Mil perdões. Pensei que a senhorita estava simplesmente as ignorando e foi por isso que resolvi passar aqui hoje, numa espécie de última tentativa. – O sr. Vargas tirou o chapéu, com ar pesaroso, deixando à mostra um pouco mais do cabelo branco e volumoso. – Quinze anos atrás, um de meus clientes alugou um cofre. Pouco depois, essa pessoa faleceu. Como o cofre já havia sido alugado e pago, permaneceu intocado desde então. Mas agora o contrato está prestes a se encerrar. – O sr. Vargas parou de falar e olhou para o relógio. – O contrato se encerra dentro de 24 horas. Se ninguém reclamar o cofre antes disso, nos termos do contrato assinado com o proprietário original, o cofre será incinerado, bem como todo o seu conteúdo.

– E deixe-me adivinhar – disse Holland –, você vai me dizer que posso reclamar este cofre misterioso?

O sr. Vargas assentiu, com ar grave, e secou o suor da testa.

– É uma excelente história, sabe? – E era mesmo. Exatamente o tipo de mistério ao qual Holland, normalmente, teria dificuldade de resistir.

Mas, de repente, ela se deu conta do porquê estava tomada por aquele ceticismo.

Parecia uma coincidência dos diabos o fato de ter fornecido seus dados para uma pessoa estranha na noite passada, depois de ter saído à caça de uma das lendas urbanas contadas pela Professora-Doutora, e aí, no dia seguinte, outra lenda urbana aparecer à sua porta.

Talvez tenha sido por isso que a moça da noite anterior resmungou "bestas". Não porque Holland e Jake fossem bobos por brincar com lendas e magia de verdade, mas porque o fato de acreditar nesse tipo de coisa fez os dois serem burros ao ponto de fornecer dados pessoais.

– Eu adoraria acreditar no senhor – prosseguiu Holland. – Mas tudo isso meio que me dá impressão de ser uma versão ao vivo daqueles e-mails do príncipe nigeriano, em que alguém me diz que tenho um tio há muito perdido, com uma fortuna bloqueada, e que, para receber essa fortuna, só preciso mandar o número do meu CPF, a senha da minha conta bancária e cinco litros de sangue.

O sr. Vargas franziu o cenho.

– Não sou golpista.

– Foi o senhor que disse "golpista", não eu. – Holland fez que ia fechar a porta.

O sr. Vargas se agarrou à beirada da porta com uma velocidade surpreendente.

– É prudente desconfiar. Mas a senhorita sabe tão bem quanto eu quem você e sua irmã perderam de fato há quase quinze anos.

Pela segunda vez naquele dia, Holland poderia jurar que o próprio coração parou de bater.

Este homem é uma fraude.

Um golpista.

Ele é um mentiroso.

Holland tentou se convencer.

A maioria de seus amigos sabia que ela tinha uma irmã. E muita gente morreu quinze anos atrás. O tal sr. Vargas poderia simplesmente ter escolhido esse número de anos para fazer um drama. Não significava que de fato sabia quem Holland havia perdido.

A jovem quase conseguia ouvir a voz da gêmea falando bem séria para ela jogar o cartão fora e deixar queimar o que quer que estivesse dentro daquele cofre – se é que existia mesmo um cofre. "Deixe os mortos quietos, em seu devido lugar", diria January.

O problema é que Holland nunca achou que o devido lugar dos pais fosse entre os mortos. Talvez aquele homem fosse um mentiroso, um golpista e uma fraude. Mas Holland não pôde deixar de perguntar:

– *Se* eu fosse até o banco onde você trabalha, o que seria necessário para conseguir abrir este cofre?

– Só precisarão identificar a senhorita. Contudo... – O sr. Vargas ficou alguns instantes em silêncio e falou mais baixo: – Se realmente marcar uma hora, por obséquio, faça-me um favor. Não conte para mais ninguém. Ainda que não ligue para este número, é melhor não comentar com ninguém a respeito da minha visita nem desse cofre.

O Banco Oficial de Cidade Centenária não tinha site. E Holland tampouco conseguiu encontrar o endereço de e-mail do sr. Vargas.

A jovem ficou andando de um lado para o outro na entrada de casa, sabendo que precisava sair para encontrar Adam Bishop, mas estava distraída demais para dirigir.

Normalmente, era super a favor de seguir pistas, mas aquilo, com certeza, tinha cara de golpe. Por que outro motivo aquele tal de sr. Vargas pediria para não comentar com ninguém a respeito da visita? E, se fosse verdade, ele só precisaria ter dito o sobrenome verdadeiro de Holland, o nome do pai ou da mãe, em vez de aludir a uma morte misteriosa.

Ela nunca dizia o nome dos pais em voz alta. Para todo mundo de Los Angeles que a conhecia, seu nome era Holland St. James. O verdadeiro sobrenome era seu segredo mais bem guardado.

Quando os pais morreram, há quase quinze anos, a tia e o tio sugeriram que ela trocasse de sobrenome. Todos sabiam quem eram os pais dela. A morte deles foi o tipo de história sensacionalista que as pessoas comentam até hoje. Se alguém descobrisse quem eram os pais de Holland e de January, só pensariam nisto quando as conhecessem – em como haviam morrido e o que a morte deles deveria ter causado àquelas garotas. As irmãs nunca teriam a própria identidade. Seriam apenas histórias para os outros ficarem repetindo ou assunto para reportagens especiais.

Holland pensou de novo na noite anterior, o quanto foi tola a ponto de passar o nome e o número do celular para a moça do beco. Talvez ela fosse uma ex-aluna da Professora-Doutora e, depois de ouvir a lenda do Homem das Horas, teve a ideia de montar um golpe e vender dados pessoais para pessoas que lucram com isso. Faz sentido universitários que acreditam em mitos e lendas acreditarem também em desconhecidos que aparecem na porta de casa dizendo que alguém lhes deixou um cofre misterioso de herança.

A jovem não queria ser ingênua. Se o pai ou a mãe tivessem lhe deixado alguma coisa de herança, ela teria descoberto isso antes daquele dia.

Não iria ligar para o sr. Vargas, mesmo que ficasse tentada a fazer isso. Holland se conhecia muito bem. Quando caía em uma toca de coelho, não conseguia se conter antes de chegar ao fundo do poço. Sempre teve menos medo de cair do que de não conseguir descobrir a verdade.

Folclore 517: o melhor sidecar da cidade

É a segunda noite de aula.

Você retornou ao antigo cinema. Hoje, o cheiro é levemente doce. Pipoca caramelada – ou seria Cracker Jack, aquela marca de pipoca com amendoim e melado?

O cheiro é tão grudento e forte que você espera ver o aluno mais próximo mastigando uma caixa desse docinho clássico. Mas todos estão hipnotizados pelo que está acontecendo no palco. Não tem ninguém tomando café nem digitando no notebook. Claro, é proibido levar notebook, só caneta e caderno – "muito obrigada" –, mas também não tem ninguém usando essas duas coisas.

A Professora-Doutora já começou a falar.

Um clique minúsculo ecoa, e ela sorri quando um slide aparece na tela. É uma fotografia de um cartão de visitas retangular. Preto, com uma série de linhas douradas estilo *art déco* nas bordas. Dá a impressão de que havia alguma coisa escrita no meio do cartão, mas agora está borrada.

O próximo slide é visivelmente mais antigo: o dourado e o preto estão mais opacos. O desenho do cartão de visitas é o mesmo, inconfundível, só que não parece ter nada escrito no meio, nem borrado nem de jeito nenhum.

Mais alguns slides aparecem, um mais antigo do que o outro. Mas o cartão de visitas preto e dourado é sempre igual, em todas as fotos.

Antes disso, você nunca tinha achado que gostava de *art déco*, mas fica hipnotizada pela elegância da borda quando começam a aparecer slides em preto e branco.

Embaixo de um deles, está datilografado `1942`.

Depois, `1936`.

Seguido de `1927`.

Durante todo esse tempo, a Professora-Doutora não diz nada.

Você fica esperando que ela diga alguma coisa – prometeu contar uma história –, mas a mulher só fica ali parada, com um sorriso de Mona Lisa.

Finalmente, alguém levanta a mão e, sem esperar que lhe deem a palavra, diz:

– É para a gente encontrar um desses cartões?

A Professora-Doutora solta uma risada seca e rouca. Sem achar muita graça.

– Esses cartões não são algo que se encontre, rapaz. Só existe uma maneira de conseguir um. – Finalmente, ela começa a contar a história: – Existem vários hotéis mal-assombrados em Los Angeles, e um em particular é o preferido do demônio. Dizem que ele gosta de tomar os *sidecars* de lá.

A pessoa ao seu lado sussurra:

– O que é um *sidecar*?

– Acho que é uma bebida – você murmura.

– É um drinque – diz a Professora-Doutora, olhando bem para você. – Feito com conhaque, limão e licor de laranja, o *sidecar* existe há mais de um século. E, se você pagar um para o demônio, ele vai te dar um cartão de visitas. Cada cartão desses só pode ser usado uma única vez, para marcar um encontro com o demônio, ocasião em que é possível fazer um pacto com ele, pedindo o que quiser, e aí…

A Professora-Doutora balança os dedos, fazendo um gesto que, universalmente, significa "magia", e explicando que é por isso que todos os cartões estão sem nada escrito – foram usados para fazer um pacto com o demônio e, portanto, as letras desapareceram.

Você é tomada pelo ceticismo. A única prova que a Professora-Doutora tem são aquelas fotos, e você nem sequer tem certeza de que são verdadeiras. Qualquer um poderia ter criado aquelas imagens.

O demônio é um mito. Um mito no qual você não acredita.

Mas, quando sai do cinema, fica querendo um cartão daqueles.

Capítulo três

No último ano, as aulas da pós que Holland fazia eram à noite. Era diferente andar pelo campus agora, quando ainda tinha sol.

Tudo cheirava à grama recém-cortada e parecia ter saído daqueles folders em papel cuchê que dão no dia da matrícula. O sol do fim de outubro brilhava sobre os alunos que andavam de bicicleta e jogavam *frisbee*. Árvores ofereciam sombra a um casal que ria entre um gole de café gelado e outro, e uma caixa de som portátil tocava uma canção famosa no *repeat*. Era meio irritante ouvir aquela música tocando sem parar enquanto caminhava, mas talvez fosse esse mesmo o objetivo.

Era véspera de Halloween.

A música foi se dissipando quando Holland entrou no prédio que abrigava o Departamento de Folclore. Os saltos de cortiça bateram suavemente no piso frio quando ela se dirigiu à escada. Holland sempre adorou esse barulho. Mas, toda vez que usava salto alto, recordava-se de por que nunca gostou disso.

Infelizmente, os saltos de cortiça eram a coisa mais próxima que ela possuía de algo profissional. Como o Coffee Lab não fazia nenhuma exigência em relação ao traje, Holland, normalmente, usava saias rodadas até o tempo ficar frio demais para isso. Estava usando uma saia dessas agora, branca, até o joelho, combinada com uma blusinha *cropped* rosa claro que mal encostava na cintura da saia. E uma pasta estilo carteiro de couro a tiracolo. January trouxera a bolsa para ela na primeira vez que foi a trabalho para a Itália, e Holland a levava para todos os lados.

O ruído dos saltos da jovem sumiu quando chegou ao segundo andar, que era revestido com um carpete verde infeliz, que não permitia o *pléc-pléc*. O corredor estava decorado com umas poucas abóboras de plástico, repleto de portas fechadas que exibiam enfadonhas placas de bronze com um nome gravado.

A porta da sala de Adam Bishop ficava no final do corredor e já estava entreaberta.

– Olá! – Holland bateu à porta. Que se abriu mais, dando-lhe as boas--vindas a uma sala sem ninguém. O ar-condicionado devia estar quebrado, porque lá dentro estava mais quente do que do lado de fora. Parecia um dia de verão que fora deixado para trás.

Não tinha nenhuma decoração de Halloween dentro da sala. Não tinha muita coisa em geral. As paredes eram brancas, sem nada pendurado, com exceção de um trio de diplomas de faculdades muito chiques e impressionantes.

– Ou esse professor novo ainda não terminou de arrumar a sala ou não quer que os outros saibam nada a respeito dele além das faculdades caríssimas que frequentou – murmurou Holland.

– Eu estava, justamente, pensando a mesma coisa – disse uma voz suave, vinda de trás da jovem.

Ela se virou.

Parado na porta, havia outro estudante da pós, de calça jeans rasgada e camisa xadrez. Parecia ter mais ou menos a mesma idade de Holland – e, por falta de palavra melhor, era *gato*. Tão gato que chegava a ser injusto. Mesmo para os padrões de Los Angeles, onde todo mundo é bonito, em maior ou menor grau. Devia ser de outro departamento, porque, de fato, Holland iria se lembrar se tivesse visto aquele aluno antes. O rapaz tinha o cabelo dourado e bagunçado, pele bronzeada e lindos braços – o tipo de braços que davam a entender que ele malhava, que se importava com isso, mas não muito.

Não que Holland devesse ter ficado olhando para os braços dele.

Só que o aluno também deu a impressão de dar uma conferida em Holland. O olhar estava fixo no colar, que balançava logo acima do decote da blusa. A jovem começou a seguir o olhar dele, mas se conteve.

Ela estava saindo com Jake. Contudo, na hora em que pensou nisso, teve a sensação de que o breve relacionamento dos dois já tinha chegado ao fim. Holland se recordava de Jake do mesmo jeito que se recordava das pessoas que conheceu assim que se mudou para Los Angeles, aquelas que passaram apenas uns poucos capítulos em sua vida.

– E qual das duas alternativas você acha que é? – perguntou o aluno, apontando para as molduras pretas e laqueadas.

O instinto de Holland dizia que pendurar apenas aqueles diplomas tinha sido algo intencional. Mas, como sentia um ímpeto imbecil de impressioná-lo, optou pela resposta mais gentil.

– Vou chutar que o professor Bishop não terminou de arrumar as coisas.

– Então você está enganada. Ele é um verme pretensioso. – O rapaz disse isso em tom de afirmação, não de chute.

Holland ficou surpresa. Até então, só ouvira comentários positivos a respeito do professor-doutor Adam Bishop.

– Por que você não gosta dele?

– Não falei que não gosto dele.

– Você chamou o cara de babaca pretensioso.

O aluno de pós arqueou a sobrancelha.

– Na verdade, acho que chamei o cara de verme.

– Não, você... – Holland jurava que o rapaz tinha dito a palavra "babaca". Mas, agora que repassava os últimos segundos na cabeça, ela o ouviu dizer: "Você está enganada. Ele é um verme pretensioso. Verme. Verme. Babaca. Verme. Babaca". As palavras ficaram pulando na cabeça dela, feito uma faixa de música corrompida. Até que sentiu algo que não era coisa de sua cabeça.

Ping.

Ping.

Ping.

Holland ergueu os dedos para estancar o sangue que caía do nariz. Gotas vermelhas pousaram na palma de sua mão antes de manchar a saia branca.

– Tome, pode pegar...

O aluno de pós-graduação tirou um lenço vermelho do bolso de trás da calça. Porque, claro que ele teria um lenço. Era perfeitamente normal ter um lenço... *sessenta anos atrás.*

Holland poderia ter pensado que o lenço fazia parte da fantasia de Halloween do cara. Mas o Halloween só seria no dia seguinte e, tirando isso, ele estava normal.

– Quem é você? – perguntou a jovem.

Ele deu um sorrisinho absolutamente perfeito.

– Adam Bishop.

Holland deu risada.

– É mesmo? – E lhe ocorreu um rápido pensamento, de que ser gato e engraçado era uma combinação fantástica. Mas Adam não estava sorrindo. Pelo contrário, estava balançando a cabeça, sério, de um jeito inquietante. E ela sentiu uma súbita e dolorosa pontada de vergonha.

– Talvez seja melhor você se sentar – disse Adam. E agora a voz dele também estava séria. Nada mais de sorrisos nem de sorrisinhos, e Holland se sentiu ridícula por pensar que o professor poderia estar dando em cima dela. Só que…

Não era assim que tinha imaginado Adam Bishop. Calça jeans rasgada, camisa xadrez e sorrisinho sensual. Risque isso. Ele era professor. Não tinha um sorrisinho sensual. Só que tinha, definitivamente, ainda que o sorrisinho não estivesse mais estampado em seu rosto.

Ela tentou não ficar encarando a boca do professor. Mas aí cometeu o erro de erguer os olhos, dirigindo-os para as sardas salpicadas no nariz dele. E, para completar, tinha os olhos. Castanhos, com algumas manchinhas em verde, partículas douradas e um círculo azul-escuro e, agora, com toda a certeza, Holland não conseguia desviar o olhar.

– Eu realmente acho que é melhor você se sentar – insistiu Adam. – Está com uma cara meio corada.

– Não estou corada. Apenas surpresa. – Mas estava, com toda a certeza, corada. Era capaz de sentir e sabia que ele era capaz de ver.

Adam enfiou as mãos nos bolsos. Um gesto claro para dar a entender que estava se fechando para ela, porque a jovem tinha interpretado mal aquela situação. Depois, deu um passo para trás intencional, aproximando-se da mesa.

– Vamos começar de novo. Eu me chamo Adam e pedi para você vir até aqui porque serei seu novo orientador.

– Desculpe. Como assim? – disparou Holland.

– Serei seu novo orientador – repetiu Adam.

– Mas eu já tenho orientador.

– É por isso que eu disse que serei seu *novo* orientador.

– Você não pode ser.

– Por quê? – perguntou o professor, com ar de inocência, mas aí Holland viu de novo. Um novo sorrisinho que, por breves instantes, deu a impressão de perguntar: "É porque você me acha bonito, por acaso?".

– Acho que houve um engano – ela conseguiu dizer, calmamente. – A Professora-Doutora Kim tem sido minha orientadora desde que comecei o curso.

Adam fez careta ao ouvir falar da Professora-Doutora.

– É por isso que pedi para você vir pessoalmente. Fui informado de que vocês duas eram bem próximas.

– O que você quer dizer com "eram"? – perguntou Holland, nervosa. – Por acaso aconteceu alguma coisa com ela?

A jovem se recordou da última vez que vira a Professora-Doutora. Tinha sido lá pelo começo do mês. Holland se lembrou de que ela estava empolgada, de um jeito incomum, porque enfim tinha chegado o mês de outubro. Não a via pessoalmente desde então. Mas, naquele mesmo dia, tinha recebido um pacote enviado por ela.

– Até onde eu sei, ela está ótima – respondeu Adam.

– Então por que o senhor está substituindo minha orientadora?

– Você realmente não faz ideia? – De repente, ele deu a impressão de estar com pena de Holland e, por um segundo, não falou nada, como se não soubesse formular o que precisava dizer.

– A Professora-Doutora foi demitida? – perguntou Holland.

– Não – respondeu Adam, com toda a cautela. – Não tenho permissão para dizer mais nada a respeito, mas ela não pode mais ser sua orientadora.

– Espere aí… por quê? – interrompeu a jovem. – A Professora-Doutora é uma das mais amadas integrantes do corpo docente deste departamento.

– Mas as aulas dela estão repletas de mentiras – interrompeu Adam.

Holland se encolheu toda com o repentino tom ríspido do professor.

– Lamento dizer isso – falou ele, com um tom mais leve. – Sei que você a admira, mas realmente não deveria. Aquela mulher é uma mentirosa e uma fraude.

E disse mais alguma coisa no sentido de estar proibido de responder mais perguntas sobre o assunto, mas Holland estava com dificuldade de se concentrar. Precisava entrar em contato com a Professora-Doutora e descobrir o que estava havendo.

Sabia que algumas pessoas do corpo docente não levavam sua orientadora a sério. Mas a maioria dessas pessoas considerava que as aulas dela eram divertidas e inofensivas. E, normalmente, não a chamavam de mentirosa.

– Bem, obrigada pela informação. Foi um prazer conhecê-lo – mentiu Holland.

– Espere – disse Adam. – Ainda precisamos conversar sobre a sua dissertação.

– Estou de boa. – Holland já estava se afastando dali. Se ficasse, das duas, uma: iria brigar com aquele homem ou iria cair no choro, e não queria fazer nenhuma dessas duas coisas.

– Esta conversa não é opcional – declarou Adam. Então levou a mão para trás e pegou uma pasta de papel pardo que estava em cima da mesa. Não tinha nada, a não ser o nome de Holland no canto, escrito com letras maiúsculas e severas.

De repente, Holland ficou com a impressão de que, agora, também estava encrencada. E, desta vez, não precisava perguntar por quê.

Enquanto observava Adam abrir a pasta, as palmas da mão começaram a suar, e os dedos começaram a mexer na corrente em volta do pescoço.

Holland estava extremamente orgulhosa do que tinha escrito, mas a dissertação deveria ser um assunto só entre ela e a Professora-Doutora. Havia mostrado algumas partes para January, coisa que, na verdade, não deu muito certo, e tinha a sensação de que não seria muito melhor com Adam Bishop.

Depois de abrir a pasta, o professor ficou olhando lá dentro pelo que pareceu uma eternidade, até que enfim disse:

– O que você escreveu está bom.

– Sério? – perguntou Holland, aliviada.

– Você escreve muito bem – respondeu Adam, sendo sincero. – As anotações da Professora-Doutora mencionam que você fez aula de Narrativa na graduação, e dá para perceber. Conseguiu me conquistar de imediato com sua versão da história da morte de Natalia West. Você relacionou a fama repentina que ela alcançou nos anos 1950 com sua morte misteriosa de um jeito inteligente e foi muito sagaz de sua parte traçar paralelos entre os detalhes estranhos da morte de Natalia com os de outras celebridades que morreram em circunstâncias trágicas ou inexplicáveis.

Adam folheou mais algumas páginas. Holland se segurou para não sorrir de orelha a orelha. Ainda estava chateada com tudo o que ele havia dito a respeito da Professora-Doutora. Mas também não conseguia deixar de pensar que, talvez, Adam Bishop tivesse mais nuances do que estava disposta a reconhecer. O professor dava a impressão de realmente compreender o que Holland estava fazendo. E tinha dito que a jovem era inteligente.

– Infelizmente – Adam fechou a pasta e olhou para Holland com olhos que perderam o sorriso –, você não pode usar nada disso na dissertação.

– Mas... espere... aí... – gaguejou ela. – Você acabou de dizer que estava bom.

– E está. Sua teoria de que algumas das mortes mais famosas da história de Hollywood são, na verdade, assassinatos cometidos pelo demônio é tão interessante quanto ficção.

A palavra "ficção" a atingiu feito um tapa na cara. Pela segunda vez desde que conhecera Adam, Holland conseguia sentir as próprias bochechas ficando vermelhas. Não sabia se aquele sujeito estava fazendo isso de propósito ou se simplesmente era um imbecil, mas tinha a sensação de que ele não parava de lhe pregar peças.

– Você estuda neste departamento desde a graduação, então não acho que preciso explicar o que fazemos por aqui. Só preciso que encontre um tema novo.

– E se eu conseguir provar que não inventei nada disso? – perguntou Holland.

Adam ficou olhando para ela com uma expressão de que não era isso que esperava que a aluna dissesse. Por um segundo, a jovem poderia jurar que o professor ficou com uma expressão impressionada. Mas, assim como o sorrisinho enigmático daquele homem, a expressão apareceu e sumiu em seguida.

– Você quer provar que o demônio existe?

– Sim. – Holland sentiu uma onda de pavor ao dizer isso. Era assim que se sentia sempre que se dedicava à dissertação. Era um assunto sombrio – mergulhar em antigas mortes de Hollywood e relacioná-las a pactos feitos com o demônio que nunca foram cumpridos. Mentalmente, a jovem tinha dificuldade quando pesquisava por períodos muito longos, e era por isso que estava atrasada. Se não fosse a Professora-Doutora a ter incentivado tanto e se esse assunto não significasse tanto para Holland, no que dependesse dela, teria desistido.

– Entendi – comentou Adam, por fim. – Sua orientadora é muito convincente. Mas acho que sair à caça de qualquer uma das histórias que ela conta é uma ideia perigosa. Sendo assim, não. Não vou lhe dar a oportunidade de provar que o demônio existe. Preciso que me mande um novo tema em potencial até a próxima quarta-feira.

– Não vai dar tempo – protestou Holland.

– É por isso que já tenho uma sugestão para lhe dar. – O professor tirou uma folha de papel da pasta e entregou à jovem, de um jeito galante.

– Não, obrigada – disse ela, recusando-se até a encostar no papel.

Uma expressão de choque passou pelo lindo rosto de Adam, como se, mais uma vez, a reação de Holland não fosse a que ele esperava.

– Pegue, só por desencargo – insistiu.

– Não quero sua ajuda – declarou a jovem. E não precisava. Não dava a mínima para o que Adam Bishop tinha acabado de dizer. A Professora-Doutora não era nenhuma mentirosa. Holland não era nenhuma ingênua e iria provar isso, pela sua mentora e pelos seus pais.

Assim que saiu da sala de Adam Bishop, Holland pegou o celular e ligou para a Professora-Doutora.

– Olá, você caiu na caixa postal de M. Madeleine Kim. Não tenho o hábito de retornar ligações. Prefiro encontrar os outros pessoalmente. Se quer mesmo entrar em contato comigo, pode me encontrar na faculdade, em horário comercial, ou posso ser contatada por correspondência, dirigida à minha residência... caso você tenha a sorte de saber o endereço. Também pode mandar cartas, telegramas ou pacotes endereçados à minha sala no departamento. – A última palavra dita por ela foi pontuada por um *bip* comprido e vagaroso.

Holland desligou e mandou uma mensagem de texto.

Ao longo dos três anos que Holland conhecia a Professora-Doutora, ela jamais havia respondido a uma mensagem de texto e, sendo bem sincera, a mulher era péssima de atender ao telefone.

Foi aí que Holland recordou do cartão de visitas de Manuel Vargas. Tirou o cartão da sua pasta estilo carteiro. A tinta verde-esmeralda brilhou na luz fraca do corredor.

Pouco antes, Holland estava convencida de que tudo aquilo era um golpe. Mas e se não fosse?

Na cabeça da jovem, todas as histórias que a Professora-Doutora contava na disciplina Folclore 517 estavam conectadas. Sempre imaginou que viviam juntas em um mesmo mundo, um mundo parecido com o dos contos de fadas dos Irmãos Grimm. Se tivesse razão a respeito disso, talvez fizesse sentido pensar que o fato de ter encontrado o Homem das Horas não abriria a porta apenas para ele, mas para o mundo inteiro de mitos e lendas de sua orientadora.

Holland ligou para o número escrito no cartão.

– Boa tarde, obrigada por ligar para o Banco Oficial de Cidade Centenária – atendeu uma alegre voz autômata. – Se você sabe o ramal de seu gerente, por favor, fale em voz alta, digite nas teclas ou disque no telefone de discar. Se não sabe o ramal, por favor, diga os últimos cinco dígitos de sua conta.

A voz continuou a listar opções que não se aplicavam a Holland até que, finalmente, lhe deu a opção de deixar uma mensagem.

– Alô, eu me chamo Holland e gostaria de marcar uma hora com o sr. Manuel Vargas amanhã. Acabo de descobrir que alguém me deixou de herança um cofre no seu banco e gostaria de abri-lo.

Folclore 517: o cemitério Hollywood Forever

Era para ser um dia perfeito, ensolarado e com uma leve brisa. Mas, ao chegar aos portões de ferro altíssimos do cemitério Hollywood Forever, você não sente a brisa, só o sol. Atrás dos portões, tudo é lindo: grama verdejante, árvores altas, vitrais e construções de mármore.

Parece mais um *set* de filmagem do que um cemitério. Na verdade, você acha que devem estar filmando alguma coisa ali, logo à direita. Vê uma série de tendas pretas, alguns carrinhos de golfe e várias pessoas andando para lá e para cá com ar importante, de um jeito bem parecido com o dos muitos pavões que chamam este lugar de lar. Você evita entrar em contato com eles – com as pessoas e com os pavões – resolve seguir reto pelo meio do cemitério.

Sua nuca está suando. Você sempre achou que cemitérios eram lugares gelados, mas este é quente, pura luz solar e palmeiras. E, mesmo assim, tem a sensação arrepiante de estar sendo observada.

A fronde seca de uma palmeira cai no chão e então você se vira para trás. É aí que repara na vista. O caminho central onde está é ladeado por túmulos escuros e árvores esqueléticas – que apontam diretamente para os morros ao longe, onde o famoso letreiro HOLLYWOOD olha, lá do alto, para os mortos.

É uma excelente vista do emblemático letreiro, mas você não se demora. Está atrasada para a aula.

Todo mundo já deve ter encontrado o túmulo certo, porque você não vê mais nenhum outro aluno. À esquerda, seu olho vê de relance uma lápide com uma frase inesperadamente conhecida. Acima do nome do dublador Mel Blanc, as famosas palavras "*Isso é tudo, pessoal*". A frase sempre lhe pareceu alegre nos desenhos animados, mas agora lhe parece triste. A tristeza permanece com você enquanto se dirige ao mausoléu que fica na parte dos fundos do cemitério.

Até que, enfim, você vê uma dúzia de colegas, logo após a entrada do mausoléu. A cada semana, o número de alunos diminui. Semana após semana, fica mais difícil encontrar onde é a aula, porque as pistas da Professora-Doutora se tornam mais complicadas. Você se orgulha de ter conseguido decifrar as pistas e chegar até aqui.

As portas do mausoléu já estão abertas, mas você repara que têm correntes pesadas, para quando ficam fechadas. Um dos colegas sacode as correntes quando você passa. Você diz que não acredita em fantasmas, mas, mesmo assim, não consegue deixar de se perguntar, por breves instantes, se as correntes estão ali para manter as pessoas do lado de fora ou trancafiar os espíritos do lado de dentro.

A primeira coisa que vê lá dentro é um piano empoeirado. Provavelmente, não deveria fazer isso, mas não consegue resistir e aperta uma das teclas amareladas mesmo assim. Sem som. Morta, como todas as pessoas que ali repousam.

À sua direita e à sua esquerda, há paredes repletas de quadrados de mármore que têm plaquinhas de bronze com nomes gravados e vasos de parede combinando, dos dois lados. A maioria dos vasos está vazia, mas você para diante de um com gérberas novinhas, vários beijos de batom salpicam o mármore em volta do vaso.

É o túmulo de Benjamin Siegel, vulgo Bugsy.

Não é este Benjamin que você está procurando, mas você não é a única entre as colegas que repara no famoso gângster. Alguém deixa uma moedinha no túmulo, e outra pessoa acrescenta um beijo de batom à coleção.

Você prossegue rumo aos fundos do mausoléu.

Tem um grande ventilador embutido na parede, mas o aparelho vai diminuindo de velocidade até chegar a uma infeliz parada, bem quando você chega ao fim do mausoléu e encontra os nomes que está procurando: Isla Saint e Benjamin James Tierney.

Os túmulos ficam lado a lado. Isla não possui vasos nem epitáfio, mas Benjamin sim.

Pai amoroso, mente brilhante, levado cedo demais.

Como conhece a história dele, não esperava ficar engasgada de emoção, mas fica.

– Normalmente, levo os alunos para o hotel onde Isla e Ben morreram, mas os fantasmas de lá não são tão simpáticos quanto os daqui.

– A Professora-Doutora solta um suspiro alto, você se vira e dá de cara com ela, que agora está sentada na banqueta do piano empoeirado.

Ela está toda de preto, com um chapéu com véu de redinha. De início, você julga meio teatral, mas aí pensa que sua orientadora poderia ter conhecido Isla Saint e Benjamin J. Tierney. Ambos morreram mais recentemente do que a maioria dos habitantes daquele cemitério – quase quinze anos atrás – e também são muito mais famosos.

A Professora-Doutora dá a todos um minuto para conseguirem se aproximar dela antes de continuar falando.

Benjamin J. Tierney e Isla Saint já foram *a* nobreza de Hollywood. A fama e a história de amor dos dois começou em 1996, quando *Terra espelhada*, a obra-prima sobre dilatação do tempo de Tierney, então com 25 anos, se tornou o filme de maior bilheteria do ano. Estrelado por Saint, superou em mais de 250 milhões de dólares a arrecadação de *Independence Day*, que ficou em segundo lugar na lista de filmes de maior bilheteria daquele ano.

Você sabe disso porque leu o artigo da *Wonderpage* antes de vir para a aula – e assistiu aos dois filmes.

Durante as filmagens de *Reino dos fantoches*, a sequência de *Terra espelhada*, Tierney e Saint consolidaram sua fama largando suas respectivas caras-metades (Victoria Monroe e Sebastian Friday) e fugindo para se casar no meio da produção. Era só disso que todo mundo falava, até *Reino dos fantoches* ser lançado, no final de 1997, e se tornar um sucesso ainda maior do que seu predecessor. Em 1999, *Terra perdida*, o último filme da trilogia, quebrou todos os recordes de bilheteria e deu origem a um universo de *spin-offs*. Na sua opinião, entretanto, nenhum dos *spin-offs* é tão bom quanto os filmes da trilogia original.

Benjamin J. Tierney era um gênio. Nunca houve ninguém como ele. Depois dos filmes originais da trilogia *Terra espelhada*, ele fechou um contrato para escrever e dirigir outra trilogia, com a Jericho Monroe Produções. Em termos financeiros, os primeiros dois filmes, *O preço da magia* e *Sinfonia da morte*, conseguiram se equiparar aos filmes da trilogia *Terra espelhada*. A produção, contudo, foi tão assolada por infortúnios que muita gente acreditou que a franquia era amaldiçoada. Ocorreram incêndios no *set*, múltiplos acidentes de carro envolvendo pessoas do elenco e da equipe de filmagem, vários relatos de amnésia e, um dia, durante a filmagem de uma externa, uma revoada de pombos inteira morreu enquanto voava e caiu do céu.

O terceiro filme, que deveria ter sido lançado no início de 2007, foi adiado por um ano, inicialmente. Tierney disse que precisava de mais tempo para pesquisar e terminar de escrever o roteiro, mas ninguém nunca viu nem sequer uma única página dele. Há muito se suspeita que o verdadeiro motivo para Tierney ter adiado o filme era acreditar que a trilogia *O preço da magia* era amaldiçoada e estar com medo de finalizá-la.

Mais ou menos nessa época, Saint – que tinha se afastado da carreira de atriz por um tempo para cuidar das filhas gêmeas que teve com Benjamin – voltou a Hollywood em grande estilo, estrelando em *Conclavidade*, um drama de roer as unhas, lançado em 2010. O filme lhe rendeu seu primeiro Oscar. Dizem que, ao receber o prêmio, ela chorou durante todo o discurso.

Você tentou acessar esse discurso *on-line*, mas não há nenhum registro dele. Quando procurou, encontrou vídeos de todas as demais pessoas que já ganharam um Oscar. Mas, no caso de Isla Saint, os resultados da pesquisa incluíram apenas reportagens sobre o fato de a atriz, naquela mesma noite – 27 de fevereiro de 2011 –, ter assassinado o marido.

Mesmo antes de ler o artigo da *Wonderpage*, você já sabia disso. Podia até ser só uma criança que engatinhava quando aconteceu, mas todo mundo sabe como a história de amor daqueles dois chegou ao fim.

– O boletim de ocorrência oficial diz que Isla atirou em Benjamin com uma arma igualzinha a esta – conta a Professora-Doutora, que fica em pé, abre a tampa do piano e tira lá de dentro um revólver preto comum. – Não se preocupem, esta arma é apenas um objeto de cena. – Sua orientadora dá aquele seu sorriso de Mona Lisa, e você não sabe se acredita nela ou não. – Isla deu dois tiros no marido: um no coração e outro na cabeça, antes de voltar a arma contra si mesma. – Nessa hora, a Professora-Doutora aponta a arma para a própria cabeça, o que a faz se encolher toda. – Os tabloides disseram que foi tudo por causa de outra mulher. Uma jovem atriz desconhecida, chamada Jéssica Travers, com quem Benjamin estava tendo um caso. É claro que Jéssica jamais confirmou esses boatos, porque morreu na mesma noite, em decorrência de um suicídio.

Ouve-se um *clique*. A Professora-Doutora puxa o gatilho.

Seu próprio coração se sobressalta, para de bater, recomeça em seguida.

A arma é só um objeto de cena, afinal de contas. A cabeça da mulher está intacta. Ou dá a impressão de estar, pelo menos por fora.

– Não se preocupem, meus queridos. Não tenho nenhum desejo de morte e tampouco acho que Isla Saint tinha. – A Professora-Doutora coloca a arma na banqueta. – Quantos de vocês já ouviram falar na Regra de Três de Hollywood? Que, se uma celebridade morre, outras duas também morrem, com certeza? Não sei bem quando foi que isso começou, mas posso dizer que é mentira. Todas essas três mortes fazem parte de um acobertamento, algo para distrair a atenção do público e esconder o verdadeiro motivo do assassinato de Isla e Ben.

A Professora-Doutora fala mais baixo, sussurrando, fazendo que todos vocês se aproximem dela.

– A essa altura, tenho certeza de que muitos de vocês tentaram encontrar o demônio em algum bar de hotel e, provavelmente, eu deveria ter dito isso antes: tomem muito cuidado. Hollywood não foi erguida à base de sonhos, foi erguida à base de favores feitos pelo demônio, e o demônio não reage muito bem quando as pessoas não retribuem tais favores.

Capítulo quatro

Visitar o Hollywood Roosevelt sempre deixava Holland com a sensação de estar pisando nos anos 1920. A jovem não sabia se era por causa da luz ocre, das lajotas espanholas amarronzadas, das palmeiras em vaso, das taças de champanhe jateadas ou de algo completamente diferente. Era como se *o tempo* fosse, quem sabe, mais vivo do que as pessoas percebiam e um pedaço dele tivesse ficado preso no saguão do hotel.

Seu caso de amor com o Roosevelt começou no ano em que cursou a disciplina Folclore 517.

Um pequeno grupo de alunos resolveu que frequentaria todos os bares de hotéis existentes em Los Angeles, na tentativa de pagar um drinque para o demônio. Foram a três hotéis antes de tentarem o Roosevelt.

Holland apaixonara-se um pouquinho por aquele prédio emblemático quando leu a história do local, antes mesmo de adentrá-lo. O Roosevelt foi construído em 1927. Sua arquitetura segue o estilo neocolonial hispano-americano. O salão de baile foi palco da primeira noite do Oscar já realizada. O lugar tem um salão de jogos das antigas, com pista de boliche. E, segundo boatos, abriga diversos fantasmas. Dizem que um homem de *smoking* branco assombra o mezanino. E, supostamente, Marilyn Monroe – que morou no hotel durante dois anos – aparece de vez quando.

Holland acreditava que este só podia ser o lugar que o demônio frequentaria, se o demônio de fato existisse.

Seus amigos não se convenceram de imediato. Depois da primeira ida ao Roosevelt, quiseram visitar outros hotéis, daqueles com bares da moda que ficavam na cobertura e drinques extravagantes, daqueles em taças iluminadas à bateria. Mas, no fim, se deram conta de que Holland tinha acertado logo de cara: o Roosevelt era especial. E não precisava de drinques elétricos para provar isso.

Agora, eles se encontravam no saguão do Roosevelt toda última quinta-feira do mês.

Nos últimos anos, todos os amigos de Holland pagaram drinques para diversos homens e mulheres, pensando que poderiam ser o demônio – ou que só estivessem a fim de dar em cima. A jovem era a única que nunca pagou um *sidecar* para ninguém. Pretendia pagar um drinque para uma pessoa desconhecida uma única vez. E, quando fizesse isso, queria ter certeza.

Todos os meses, ela chegava ao Roosevelt um pouco antes dos demais, caso finalmente o visse. Naquela noite, chegara ainda mais cedo do que o habitual. E, depois daquela reunião com Adam, estava a fim de pagar um drinque para um desconhecido. Queria provar que sua fé na Professora-Doutora não era despropositada e, mais do que nunca, queria provar que as histórias a respeito do demônio eram verdadeiras.

Se tivesse as evidências de que o demônio fazia tratos que acarretavam a morte de pessoas, poderia provar que a mãe jamais assassinou seu pai. Poderia reescrever a história dos dois, mudar o final. Poderia fazer Isla Saint deixar de ser uma vilã de Hollywood e voltar a ser uma atriz de destaque. Então, talvez, pudesse poupar alguém de cometer o mesmo erro que seus pais e incontáveis outros cometeram.

Holland não tinha como ter absoluta certeza de quais ex-estrelas tinham feito pacto com o demônio e não conseguiram pagar. Mas tinha opiniões muito fortes a respeito disso. Enquanto trabalhava na dissertação, ficou apreensiva ao descobrir que, ao que tudo indicava, havia um padrão trágico semelhante em várias mortes de Hollywood: prêmios, fama, o tipo de sucesso que torna as pessoas ricas, poderosas e adoradas, até que tudo desmorona em uma virada devastadora de acontecimentos misteriosos, que ninguém consegue explicar completamente.

A jovem sentiu uma pontada conhecida de tristeza quando se sentou na primeira mesa livre que conseguiu encontrar. Estava repleta de *flyers* da festa de Halloween que aconteceria no dia seguinte e ficava bem do lado da lareira. O dia estava quente demais para se sentar do lado de uma lareira, mas metade do saguão estava interditado, com a decoração para a festa escondida, e o restante já estava lotado de gente.

A melodia dos copos tilintando se misturava à risada embriagada que flutuava em direção ao mezanino. Normalmente, esse som fazia Holland pensar em bolhas de champanhe subindo, e ela tentava imaginar como o Roosevelt seria em priscas eras, cheio de cavalheiros de chapéu e damas de luvas com fileiras de botões de pérola iridescentes.

Naquela noite, contudo, não estava sentindo a magia do Roosevelt como costumava sentir. Sentada ali, no saguão, sentia-se agitada, inquieta. O coração batia acelerado, como se soubesse de algo que a jovem não sabia.

Holland olhou o celular para ver se a Professora-Doutora tinha retornado a ligação.

Nenhuma nova notificação. Nem de sua orientadora nem de Jake. Àquela altura, contudo, Holland já desistira de ter notícias dele.

Enfiou o celular de volta na pasta estilo carteiro e tentou olhar de verdade em volta para ver se alguém com aparência demoníaca havia chegado.

Holland fora criada pela tia Beth, que acreditava em Deus e Jesus e, normalmente, a jovem também acreditava. Não era nenhuma especialista na Bíblia, mas pesquisara o nome "Lúcifer". *O que traz a luz*. Era isso que o nome significava, o que fazia a jovem pensar que o demônio teria uma aparência dourada. Uma pele que iria do bronzeado ao dourado. O cabelo que poderia ser tanto dourado quanto loiro. Olhos claros – não tinha certeza de qual cor, mas sabia que seriam lindos.

De repente, lhe veio à mente a imagem de Adam Bishop, dando um sorrisinho para ela por cima de um copo alto de drinque.

Tentou expulsar aquela imagem da cabeça. Adam nem era tão gato assim, só que… era. Tinha um físico alto e magro, do tipo que a fazia acreditar que ele seria jovem e saudável para sempre. Se o tivesse visto pela primeira vez no Roosevelt, teria considerado a possibilidade de pagar um drinque para ele.

Só que Holland estava convencida de que o demônio usaria terno. Não teria cara de aluno da pós-graduação. E, claro, não seria um turista, coisa da qual o saguão estava cheio naquela noite. Tinha um monte de gente tirando foto dos drinques e de si mesma – algo que o demônio jamais faria.

Seu olhar se dirigiu para o mezanino. O local estava vazio. Não havia nada para ver que ela já não tivesse visto antes, mas, de repente, sua pele esquentou. Aquela sensação de agitação tinha voltado com tudo. Gotas de suor se acumulavam na nuca.

– Ei, você!

Holland se virou e deu de cara com a amiga, Cat, aproximando-se da mesa, com aquelas pernas negras e as longas tranças pretas balançando atrás dela.

A sensação de nervosismo de Holland se dissipou ao ver o sorriso da amiga querida.

– Como foi o encontro de ontem à noite? – perguntou Cat, empolgada, porque ela saía à caça do amor do mesmo jeito que Holland ia atrás de mitos e lendas.

Para Cat – cujo nome completo era Charlotte Elizabeth Davis – a busca pelo demônio sempre foi uma desculpa para pagar drinques para desconhecidos. Durante a graduação, cursou Folclore 517 por causa da namorada que tinha na época. Holland achava que Cat não acreditava em nenhum dos mitos da Professora-Doutora, incluindo o do demônio. Simplesmente acreditava no amor e em fazer qualquer coisa que fosse necessária para encontrá-lo. E Holland a adorava por isso.

– Acho que estou fadada a ser solteirona – respondeu Holland, em tom brincalhão, mas também um tanto sério. – Resolvi que meu novo objetivo é superar minha alergia a gatos, já que meu futuro será ser sozinha mesmo. Ou talvez eu apenas não tenha nascido para namorar caras legais, normais.

O olhar de Cat ficou cheio de pena, com uma pitada de raiva, porque ela era o tipo de amiga que não conseguia imaginar nada de errado com Holland.

– "Legal" e "normal" são duas palavras tão chatas. – Cat disse isso com um tom acalorado, repleto daquela maravilhosa fúria justiceira de boa amiga. – Não sei por que se esforça tanto para esse ser o seu tipo de cara.

– É o meu tipo. Sou legal.

– Sim, você é uma querida. Mas... – A expressão de Cat se suavizou. – Só que "legal" não é a primeira palavra que eu empregaria para te descrever. Você é muito *mais* do que legal. É um raio de sol, com essas suas saias *hippies*, seus sorrisos, seus longos cabelos loiros e suas piadas infames. Mas você não tem coração mole. Quando te conheci, acreditava nos mitos da Professora-Doutora de um jeito que fiquei achando que você poderia ser meio maluca.

As sobrancelhas de Holland se arquearam de repente.

– Só por um segundo! – esclareceu Cat. Depois, logo quis ser sua amiga.

Mas Holland só conseguia pensar que este era o seu problema: ficar em uma caça sem fim dos mitos e lendas da Professora-Doutora. Foi isso que pôs tudo a perder na noite anterior. Era isso que sempre punha tudo a perder, porque queria sair à caça dessas histórias mais do que queria qualquer outra coisa.

– Ei, por favor, não fique se sentindo mal – disse Cat. – Você sabe que eu te acho incrível. O jeito como vê o mundo é tão diferente e surpreendente, faz de você uma pessoa muito mais interessante do que as outras. Só fico pensando... – Ela deixou a frase no ar e apertou os lábios escarlates, como se achasse que era melhor parar por aí.

– Tudo bem – garantiu Holland. – Eu, provavelmente, preciso ouvir isso.

Cat pegou na mão da amiga.

– Acho que está indo atrás do tipo errado. Não acho que você realmente quer alguém certinho e *legal*. Acho que quer alguém que te dê um pouquinho de medo, como os mitos da Professora-Doutora. E acho que você *precisa* de alguém que não vai fazer com que ache que tem de esconder essas suas partes sinistras e meio tortas.

E esse era o outro motivo para Holland amar Cat. Mesmo que guardasse segredos da amiga, Cat ainda conseguia ver muito do que estava acontecendo dentro dela.

Por um segundo, Holland ficou imaginando como seria se contasse para Cat o motivo. Se soltasse o verbo a respeito dos pais, se confessasse qual era seu sobrenome verdadeiro, e contasse para ela o verdadeiro motivo para ter cursado a disciplina da Professora-Doutora.

Imaginava que Cat lhe daria o abraço mais apertado do mundo e transformaria a procura pelo demônio em sua nova cruzada. Holland quase conseguia ouvi-la gritando: "Vou pagar um *sidecar* para todo mundo que estiver aqui!". E, por um instante, aquela dor que sentia por dentro e estava sempre presente desapareceria. Por um instante, não ficaria achando que iria passar o resto da vida sozinha, assombrada por perguntas que não seria capaz de responder de fato.

Mas uma das maiores alegrias da amiga também era um dos motivos pelos quais Holland jamais poderia contar nada a ela. Cat era um livro aberto, o que a tornava tão péssima em guardar os segredos dos outros que chegava a ser trágico. E aquele segredo não era só de Holland. Era de January também.

– Adoro o fato de você me ver dessa maneira. Mas eu não quero sentir medo.

Cat arqueou a sobrancelha, em uma expressão de descrença.

– Então por que você chega mais cedo aqui toda semana para procurar o demônio?

– Eu sou a única que nunca pagou um drinque para ele.

– Vamos mudar isso hoje à noite! – declarou Cat.

Bem nessa hora, uma explosão de risadas irrompeu em uma mesa do outro lado do saguão. Holland e Cat se viraram. Chance Garcia tinha chegado.

Sim, *aquele* Chance Garcia.

Chance, é claro, já estava com um drinque na mão. Os garçons sempre traziam drinques para ele quase no mesmo instante em que pisava no saguão.

Chance nunca declarou explicitamente por que cursara a disciplina Folclore 517, mas Holland sempre imaginou que tinha alguma coisa a ver com o programa *O sótão mágico*. Não que Chance falasse de *O sótão mágico*. Era o único assunto no qual não tocava.

Mas ele era sempre gentil e generoso com os fãs que o reconheciam do programa. E, mesmo depois de tantos anos, ainda era fácil reconhecê-lo. Muito mais agora, que estava fazendo um inesperado retorno à carreira de ator no último filme de Vic VanVleet, que estrearia no Dia de Ação de Graças.

As moças que estavam rindo tinham, claramente, ficado empolgadas de vê-lo e agora estavam todas tirando fotos perto de uma palmeira plantada em um vaso.

– Não sei como ele lida com isso – bufou Eileen, sentando-se na mesa.

Holland nem a vira entrar. Mas, de repente, Eileen estava ali, com uma roupa que parecia ter vindo direto do trabalho, calça de alfaiataria e blusa elegante, de manga comprida cor de creme que tinha uma fita azul-marinho embaixo da gola, com um laço caprichado.

Durante a graduação, Eileen Cheng cursou Administração e se matriculou na disciplina Folclore 517 para expandir sua experiência educacional. Agora, era uma assistente que trabalhava demais para alguém de quem se recusava a revelar o nome. Cat e Holland imaginavam que a chefe de Eileen era uma celebridade, mas um acordo de confidencialidade impedia que a jovem revelasse qual.

Toda semana Cat tentava adivinhar para quem Eileen trabalhava – acreditava que acordos de confidencialidade não deviam valer para os amigos. Mas Eileen era um cofre. Era a amiga que todo mundo ligaria caso um dia precisasse esconder um cadáver, nisso todos concordavam. Na verdade, o nome dela estava gravado no celular de Holland com as palavras EM CASO DE EMERGÊNCIA COM MORTE ENVOLVIDA.

– Como você sempre consegue fazer isso? – perguntou Cat. – Você apenas aparece como num passe de mágica.

– Boa parte da mágica consiste em distrair – respondeu Eileen, friamente. – Vocês duas estavam concentradas, olhando fixamente para Chance e seu mais novo fã-clube.

– Será que a gente deveria ir lá resgatá-lo? – perguntou Holland.

Cat e Eileen fizeram questão de olhar para as moças que davam risadinhas para ver se eram bonitas. Chance disse, repetidas vezes, para nunca o resgatar se as fãs fossem bonitas.

Chance realmente era um amigo com quem podiam contar. Era o cara para quem podiam ligar quando queriam sair para tomar uns drinques em um lugar novo, dar uma corrida pela praia ou trocar móveis pesados de lugar. Mas ele podia ser um pouco fútil.

– Acho que a gente deveria abandoná-lo hoje – disse Cat. – Pelo jeito, ele está sorrindo para uma loira que é meio parecida com você, Holland.

Holland torceu o nariz.

– Não acho que ela é parecida comigo.

– Concordo. – Eileen deu mais uma boa olhada para a loira. – Ela me parece o tipo de pessoa para quem nunca nada de ruim aconteceu. – Os olhos de Eileen se espremeram. – Aposto que só compra livros para usar de decoração e para fotos, e sua versão de notícias é fofoca de celebridades.

– Eu gosto de fofoca de celebridades – comentou Cat.

O celular de Holland apitou. Ela olhou para dentro de sua pasta, torcendo para que a Professora-Doutora ou Jake tivessem mandado mensagem (porque, apesar do que tentava se convencer, não tinha perdido a esperança de que teria mais do que gatos no futuro).

Ainda nada de nenhum dos dois.

Em vez disso, tinha uma chamada perdida de um número que aparecia como BANCO OFICIAL DE CIDADE CENTENÁRIA.

A pele de Holland ficou gelada.

O banco tinha deixado uma mensagem de voz. Mas o celular só informou que não era possível transcrevê-la.

– Que foi? – perguntou Eileen.

– Desculpe, pessoal. Recebi uma mensagem que preciso ouvir… – Holland imediatamente se levantou da cadeira. – Já volto.

O saguão estava muito barulhento. Holland subiu até o mezanino, onde o barulho das pessoas lá embaixo era abafado ao ponto de ela conseguir ouvir os próprios passos nas velhas lajotas espanholas.

Tentou não correr, mas não conseguiu se conter quando apertou o *play* na mensagem.

– Boa noite. Quem fala é Padme Davani, assistente da gerência do Banco Oficial de Cidade Centenária. Estou ligando para lhe informar que consegui reservar quinze minutos na agenda de amanhã, às 9h45. Como acredito que esta seja sua primeira visita com hora marcada ao banco, sugiro que chegue cinco minutos antes e não se atrase. Caso contrário, talvez não tenha tempo suficiente para abrir o cofre de seu pai.

Folclore 517: o Banco

É de manhã. Você acorda, com os olhos remelentos e letargia de ressaca, apesar de não se lembrar de ter bebido. Esfrega os olhos quando as paredes param de girar.

Agora você se lembra, teve aula ontem à noite ou acha que teve aula. Tentar se recordar de tudo é como tentar segurar um sonho que desaparece.

Você é capaz de ouvir a voz rouca da Professora-Doutora, mas não consegue se lembrar de nada do que ela disse. E não se lembra de ter ido embora.

Manda mensagem para uma amiga:

Oi! Você foi à aula ontem à noite?

Pontinhos aparecem na tela, porque sua amiga começa a digitar. Eles param. Começam de novo. Os pontinhos seguem esse padrão várias vezes até que, enfim, quatro palavras aparecem:

Eu não me lembro.

Você abre o caderno, aquele, que leva toda semana para a aula. Tem anotações da semana anterior. Mas depois disso… nada.

Está prestes a fechar o caderno quando vê. Parecem marcas de lápis apagado – mais uma impressão do que algo escrito de fato, mas consegue enxergar uma série de linhas que lhe dão a impressão de serem uma história que você tentou apagar:

O BANCO.
Impenetrável.
Os cofres mais seguros do mundo.
Nunca ninguém roubou nada de lá. Ninguém nem sequer ousa tentar arrombar os cofres.
Só com hora marcada.

Capítulo cinco

Era verdade.

Holland estava com medo de ter esperanças demais. Mas não comentara nada sobre o pai quando deixou a mensagem, só disse que recebera um cofre de herança.

Agora, quase conseguia ouvir a voz do pai falando: "Mandou bem, Hollybells, continue seguindo as pistas". Porque aquilo dava a impressão de ser uma pista.

A jovem ficou imaginando o que o pai poderia ter deixado para ela. Torcia para que, talvez, fosse o início de mais uma caça ao tesouro. Mas, mesmo que não fosse, ficaria feliz por ter qualquer coisa do pai.

Precisava ligar para a irmã. Sabia que era mais de meia-noite na Espanha, e o sr. Vargas tinha pedido para não contar a ninguém a respeito do cofre. Mas todo mundo sabe que a regra é a seguinte: quando a gente tem um segredo, precisa contar para aquela pessoa especial, e January era aquela pessoa especial para Holland.

Apertou o contato da irmã, mas a chamada caiu direto na caixa postal, cuja mensagem ela conhecia bem demais.

– E aí, JJ? Sou eu. Aconteceu uma coisa. Um banco acabou de entrar em contato comigo. Acho que o papai nos deixou alguma coisa num…

O celular tocou no meio da mensagem. O nome de Jake piscou na tela. "Finalmente." Holland teve vontade de atender, mas ele não podia ter ligado em pior hora. Ela encaminhou a chamada de Jake para a caixa postal e enviou uma mensagem de texto dizendo:

Posso te ligar depois?

Ele respondeu imediatamente:

Não. O Homem das Horas ligou.

O coração de Holland se sobressaltou.

Jake ligou de novo. Desta vez, Holland atendeu no primeiro toque.

– Diga que tudo isso não passa de uma brincadeira – ordenou Jake, antes mesmo que desse tempo de ela dizer “oi”.

– O que foi que a...

– Ele ligou – interrompeu Jake. – O Homem das Horas. Ele... – O rapaz gaguejou e engoliu em seco, alto ao ponto de Holland conseguir ouvir pelo telefone. – Ele me disse que eu vou morrer hoje à noite. A menos que... – Jake ficou em silêncio. Por um segundo, Holland só conseguira ouvir um som entrecortado, que poderia ser de choro.

Holland queria dizer a Jake que tudo ficaria bem, que aquilo não podia ser verdade. Mas a mensagem que acabara de receber do banco a deixou com a sensação de que as histórias da Professora-Doutora eram mais verdadeiras do que nunca.

Em seguida, pensou em Adam Bishop. Ouviu a voz dele dizendo: “Sei que você a admira, mas realmente não deveria. Aquela mulher é uma mentirosa e uma fraude”. E, de repente, Holland ficou torcendo para o professor ter razão.

Sentiu uma dor física de imaginar que tinha se enganado tanto a respeito da professora, de pensar que o Homem das Horas era um golpe, o que significava que o banco, provavelmente, também era um golpe, e não havia cofre nenhum deixado pelo pai.

Mas, se Holland acreditasse apenas na Professora-Doutora, isso queria dizer que Jake iria morrer.

– O que foi que o Homem das Horas te disse? – perguntou.

– Ele disse que eu vou morrer às 18h47, a menos que... – Jake ficou em silêncio de novo. E aí, tão baixo que ela quase não ouviu, por causa das risadas e dos passos e dos turistas falando alto demais no saguão, no andar de baixo, declarou: – Não posso fazer o que ele disse, Holland.

– O que ele quer que você faça?

– Não quero contar. Eu só... não quero ficar sozinho nesse exato momento. Você pode vir aqui?

– Eu... – Holland deixou a frase no ar. Algo no tom de voz de Jake a deixou nervosa. Mas que tipo de pessoa diz “não” ao desejo de alguém prestes a morrer? *Não*... ela se corrigiu. Jake não iria morrer naquela noite. Só que a jovem não tinha certeza se de fato acreditava naquilo.

Só sabia que teve um mau pressentimento desde que pôs os pés no Roosevelt e ficou se perguntando se poderia ser por causa disso.

– Por favor – implorou Jake, baixinho. – Só preenchi aquele papel ontem porque estava tentando te impressionar.

Holland sentiu uma pontada de culpa. Jake tinha razão ao dizer que aquilo, basicamente, era culpa dela e, se a situação fosse inversa, também não iria querer ficar sozinha.

– Tudo bem. Só me fala onde você está.

O celular apitou, notificando uma mensagem que mostrava o endereço de um condomínio a dez minutos de distância.

– Venha logo. Se este cara tiver razão, só tenho mais ou menos uma hora de vida.

A jovem desceu correndo a escada. Até poderia ter ido embora sem se despedir direito, mas tinha largado a pasta na mesa e sabia que os amigos ficariam preocupados se os abandonasse ali.

– Por favor, diga que você pagou um drinque para aquele homem antes de sair fugindo feito Cinderela – disse Cat, assim que Holland se aproximou.

– Do que você está falando? – perguntou Holland.

Cat inclinou a cabeça para o mezanino, de um jeito sugestivo.

Quando Holland subiu, não havia ninguém no mezanino. Mas agora tinha alguém lá em cima. Parado na luz granulada do hotel, encostado na mureta, havia um homem de *smoking* branco e gravata-borboleta pendurada no pescoço.

Holland conhecia as histórias dos diferentes espíritos que assombravam o hotel, incluindo um homem de *smoking* branco. Só que o homem que estava vendo agora não estava usando um *smoking* completo. E também parecia ser real e igualzinho a Adam Bishop.

Uma sensação gélida percorreu sua espinha. Que diabos estava acontecendo? Será que Adam a tinha seguido? Mas, quando olhou de novo, ficou claro que de fato não era Adam. Havia uma semelhança, mas aquele homem parecia um pouco mais velho, mais duro e mais frio. A pele era um pouco mais clara, e o cabelo, um pouco mais escuro. Era a versão através do espelho de Adam.

Imediatamente, o desconhecido virou a cabeça. Olhou nos olhos de Holland, e o clima ficou carregado, como se um raio de eletricidade tivesse escapado da lâmpada e agora crepitasse pelo ar.

O homem não a encarou como um desconhecido faria. Aquele olhar era íntimo. Como se a conhecesse, como se a conhecesse havia muito tempo. Mas Holland teria se lembrado de um rosto como aquele.

Cat assoviou com os dentes cerrados.

– Se você não pagar um drinque para aquele homem, pago eu.

– Não… – disse Holland, mas saiu quase um grito. E, por um segundo, ela não saberia dizer por quê. Há poucos instantes, tudo o que mais queria era pagar um drinque para um desconhecido, para provar que o demônio existe. E aquele cara, definitivamente, parecia atender às exigências do cargo.

Mas, pela primeira vez na vida, Holland teve a sensação de que seguir as pistas não era uma boa ideia. Pensou no conselho que ouvira de Adam há pouco: "Sua orientadora é muito convincente. Mas acho que sair à caça de qualquer uma das histórias que ela conta é uma ideia perigosa".

Se a ligação de Jake não era prova disso, Holland não saberia dizer o que era.

Cat e Eileen ficaram encarando a amiga, com uma expressão levemente atônita.

– Que foi? – perguntaram as duas, ao mesmo tempo.

– Não paguem nenhum drinque para ele – disse Holland.

– Não paguem nenhum drinque para quem? – perguntou Eileen.

– Para o cara de *smoking* branco que está no mezanino.

Os olhos de Cat se acenderam.

– Que cara de *smoking* branco?

– O cara que a gente acabou de falar! – Holland se virou e apontou, mas o homem já tinha sumido.

E foi aí que Holland sentiu.

Ping.

Ping.

Ping.

Seu nariz estava sangrando. De novo.

– Holland, você está bem? – Eileen rapidamente pegou um guardanapo para ela.

A jovem aproximou o pano do rosto, zonza. Mas não sabia se estava assim por causa do sangue ou por estar vendo e ouvindo coisas que ninguém mais via ou ouvia. Era a segunda vez que seu nariz sangrava naquele dia. Isso quase nunca acontecia, e ela não era nenhuma especialista no assunto, mas julgava que era algo que não costumava vir acompanhado de alucinações.

– Por que você não se senta, amiga? – sugeriu Cat.

– Não posso. – Holland limpou mais uma vez o nariz com o guardanapo. Menos mal que não era muito sangue. Ainda estava se sentindo zonza, mas tentou fingir que estava bem para as amigas. – Odeio ter que fazer isso, mas preciso correr. Mil desculpas… Amo vocês.

E as duas amigas também disseram que a amavam.

– Não vai se esquecer da festa amanhã! – Cat mostrou um dos *flyers* que estavam em cima da mesa, do Baile de Halloween do Roosevelt. – Se precisar de fantasia, ainda dá tempo de descolar uma para você... E posso conseguir uma para o Clark Kent também, se ele puser a cabeça no lugar!

Holland tentou sorrir para o eterno otimismo da amiga. Então deu as costas e, na mesma hora, bateu em alguma coisa firme.

– Uau, Holly... – Chance colocou uma mão em cada ombro dela. – Por favor, diga que não está fugindo de mim. – O rapaz, então, deu aquele seu sorriso irresistível. E Holland sabia que Chance nem estava tentando deslumbrá-la. Ele era um daqueles atores mirins que têm muita sorte de crescer e virar um adulto ainda mais bonito.

– Eu jamais fugiria de você – respondeu Holland. Normalmente, acrescentaria uma frase para provocá-lo, dizendo que sabia que o amigo gostava que fossem atrás dele. Mas, naquela noite, estava sem disposição.

Chance retorceu os lábios. Podia até não conhecer os segredos da jovem, mas a conhecia bem ao ponto de saber quando havia algo de errado.

– Está tudo bem?

"Não sei", Holland teve vontade de responder. "Tenho a sensação de que cometi um erro ou estou prestes a cometer um." Então pensou melhor e concluiu que, se existia alguém em sua vida capaz de compreender tudo o que estava sentindo e ajudá-la a entender o que estava acontecendo, esse alguém seria Chance.

Os dois se conheceram depois da aula em que a Professora-Doutora contou a lenda do demônio e do *sidecar* para os alunos. Naquela noite, no estacionamento, Holland estava conversando com um grupinho, falando de ir conhecer vários bares de hotel e, de repente, Chance Garcia apareceu.

"Posso ir também?", perguntou. E então sorriu, como se fosse apenas um cara qualquer – se um cara qualquer fosse um ex-ator mirim, com um rosto que nunca deixou de ser bonitinho. Ele tinha covinhas, olhos grandes e um sorriso feito do mais puro charme.

Holland recordou-se de que não ter acreditado muito em Chance, de início.

Sammy Sanchez tinha sido sua paixonite de infância, a jovem tentou se convencer de que aquele não era Sammy Sanchez. Esse era só o papel que Chance representara na TV. Chance não era um órfão de coração de ouro cuja lealdade aos amigos não tinha fim. Era um ex-ator mirim com um passado muito sombrio. E, apesar disso, foi esse mesmo passado sombrio que acabou fazendo Holland se sentir atraída por ele.

Uma noite, após beberem demais em um bar de hotel, depois que todo mundo foi embora, Chance confessou que acreditava em todas as lendas contadas pela Professora-Doutora. O sorriso tinha sumido, os olhos perderam o brilho, e Holland percebeu que os demônios que arruinaram a infância de Chance ainda o assombravam.

Agora, estava quase tentada a contar para ele que o cara com quem estava saindo achava que ia morrer dentro de uma hora porque recebera uma ligação do Homem das Horas.

Mas temia que, se realmente contasse isso para o amigo, Chance não a deixaria ir embora. Naquele exato momento, quando o rapaz olhou para o guardanapo ensanguentado que Holland segurava, ela sentiu que Chance segurou seus ombros com mais força.

– O que foi que aconteceu?

– Só um sangramento no nariz.

O celular apitou, anunciando uma mensagem de Jake:

Venha logo para cá.

O olhar de Chance se dirigiu à tela. Ele tirou uma mão do ombro de Holland, mas, por um segundo, permaneceu com a outra ali.

– Chance, preciso ir embora.

– Eu sei. Mas… – Ele apertou o ombro de Holland, e os últimos resquícios de seu sorriso estonteante desapareceram. – Desde que entrei aqui hoje, tive um mau pressentimento. Não sei o que está rolando, mas me faça um favor: tome cuidado.

Capítulo seis

Dez minutos.

Holland estava quase sem tempo quando chegou a um condomínio feito de sonhos hollywoodianos que não se tornaram realidade, repleto de atores e músicos fantasiados de *personal trainers* e baristas.

O sol estava prestes a se pôr, mas a sombra das árvores enfileiradas na calçada tornava o condomínio ainda mais escuro. Luzes piscavam, acendendo e apagando antes de ganhar vida e colorir seus passos com um tom nada natural de amarelo.

Holland sempre foi alguém que tinha certeza de suas crenças. Mas, agora, só sentia medo. O coração batia acelerado quando subiu os degraus da escada que levava ao apartamento cujo número Jake havia mandado por mensagem de texto.

Dentro de dez minutos, das duas, uma: ou Jake estaria vivo (e Holland teria certeza de que as histórias contadas pela Professora-Doutora eram mentira) ou estaria morto (e Holland iria se arrepender de um dia ter ouvido essas histórias).

Ela bateu à porta.

Jake abriu imediatamente.

O rapaz estava péssimo. Com os olhos injetados, o cabelo de Clark Kent lambido, meio seboso. Atrás dele, a única luz do lugar vinha de uma TV, no canto. Jake parecia ser mais baixo do que Holland se lembrava, estava com uma camiseta desbotada da Universidade do Sul da Califórnia que o deixava com uma aparência também desbotada.

– Você quer entrar? – Ele sorriu, mas não era o sorriso de super-herói da noite anterior. Mesmo que fosse, Holland achava que não queria entrar. Aquela versão de Jake não lhe parecia o cara com quem estava saindo.

– Acho que estou bem aqui – respondeu e tentou falar isso com um tom leve. A última coisa que Jake precisava era pensar que ela estava constrangida. – Assim, posso servir de barreira entre você e qualquer pessoa que queira te ferir.

– Por favor. – Jake olhou para Holland com o par de olhos mais triste que ela já vira na vida.

A jovem sentiu mais uma pontada de culpa. Em seguida, se sentiu tão fútil quanto Chance, por recriminar Jake, sendo que alguém acabara de lhe dizer que ele ia morrer.

– Quero, é claro. – E deu um passo cauteloso, entrando no apartamento.

– Espere aí... não... – Jake ergueu a mão, como se quisesse impedi-la de entrar. – Não entre.

– Você acabou de me pedir para... – Holland olhou para ele com ar de indagação.

Jake soltou um palavrão entredentes e passou a mão no cabelo, nervoso.

– Holland... eu... eu acho que você é uma boa pessoa, de verdade. E sinto muito. Sinto muito mesmo. Eu...

– Jake... você está me deixando nervosa.

Os olhos injetados do rapaz olharam bem nos olhos de Holland.

– Meu verdadeiro nome não é Jake.

– Como assim? – O coração de Holland bateu a mil.

A expressão de Jake mudou. Deixou de ser amedrontada e passou a ser culpada para caramba.

– Sinto muito, muito mesmo, Holland. Eles falam de um jeito que faz parecer um trabalho como outro qualquer.

Tantos alarmes dispararam na cabeça de Holland. Ela não deveria ter ido ali. Não fazia ideia do que Jake estava dizendo, mas sabia que aquele era o momento em que precisava ir embora. Foi para trás.

– Espere... – Jake segurou o braço dela.

– Solte meu braço, senão vou gritar.

– Só me deixa explicar – ele foi logo dizendo. – Sei que menti para você... mas você está correndo perigo.

– Diz o cara que não quer nem me dizer o próprio nome. Que foi contratado para... sei lá pra quê!

A culpa fez o rosto de Jake ficar mais uma vez enrugado.

– Eu não tinha a intenção de te fazer mal. Mas você realmente corre perigo. Alguém quer que você morra. – Ele respirou fundo, uma respiração entrecortada. – O Homem das Horas... ou seja lá quem tenha me ligado agora há pouco... me disse que era assim que eu conseguiria ganhar mais tempo, matando você hoje à noite.

Holland ficou com o corpo inteiro gelado. Então puxou o braço, desvencilhando-se de "Jake", e saiu correndo, quase tropeçou com aqueles saltos imbecis.

– Holland!

Ela não parou.

– Holland, não...

A jovem arrancou os sapatos de salto e correu até chegar ao estacionamento. Mas devia ter saído pelo lado errado, porque não conseguia encontrar o carro.

Com as mãos trêmulas, pegou o celular. Alguém precisava saber onde ela estava. January estava do outro lado do mundo, a única coisa que poderia fazer era ficar preocupada.

A próxima pessoa que lhe veio à mente foi Chance. Se tivesse sido sincera com ele lá no hotel, talvez não tivesse ido até ali.

Ela era uma imbecil.

Chance atendeu ao primeiro toque.

– Já está com saudade de mim?

– Sou tão burra, tão, tão, tão burra.

– *Uou*... calminha aí, Holly. O que foi que aconteceu?

– Eu... eu... não sei por onde começar. – Holland mal conseguia falar, mas não queria desligar e se virou, nervosa, para o condomínio, tentando encontrar o estacionamento certo.

Tudo parecia diferente. Estava mais escuro do que quando chegou, os pedaços de céu que conseguia enxergar mudavam rapidamente, de azul para noite.

"Alguém quer que você morra."

As palavras ditas por Jake ecoavam nos seus ouvidos enquanto ela ia, com todo o cuidado, refazendo seus passos, desesperada para reencontrar o carro. Viu os sapatos que tinha tirado e o coração bateu ainda mais rápido. Foi naquele ponto que fugiu de Jake. Será que o rapaz estava escondido nas sombras?

– Onde você está? – perguntou Chance. – Vou te buscar.

– Estou de carro – sussurrou Holland. – Eu só... – Ela interrompeu a frase ao ver uma sombra deitada a poucos metros dali.

Só que não era uma sombra, era uma pessoa.

Que não estava se mexendo.

Holland ficou petrificada, com exceção das mãos trêmulas. Ainda não conseguia ver quem era e não conseguia dar o passo que faltava.

Conseguia ver um cabelo escuro e uma camiseta USC vermelha e desbotada.

– Jake…

– Quem é Jake? – perguntou Chance, no telefone.

Irrigadores começaram a funcionar, pulando do chão, ali perto. A água bateu nas folhagens, que se curvaram sob o peso das gotas. A água também bateu em Jake, molhando seu cabelo e empapando sua camiseta.

Holland foi se aproximando, centímetro por centímetro, para ver se o rapaz estava respirando. Se o peito subia e descia, se…

– Ai, meu Deus, ai, meu Deus, ai; meu Deus – repetiu Holland. Mas agora nem mesmo Deus seria capaz de ajudar Jake.

Capítulo sete

Aos ouvidos de Holland, irrigadores sempre pareceram inocentes. Os dispositivos a faziam se lembrar dos verões na infância, de brincar em grama verdejante, de correr no meio dos chuviscos d'água em dias em que a luz do sol tomava conta do céu.

Agora, aquele ruído balbuciante parecia de estática, entrecortado aos seus ouvidos.

Chance soltou um palavrão no telefone e repetiu:

– O que foi que ele fez?

– Ele não fez nada. Ele morreu.

A visão de Holland se turvou nos cantos, até que ela só conseguia enxergar a água, que continuava empapando a camiseta de Jake. Ou seria sangue?

Ela não ouviu nenhum tiro. Deve ter sido uma faca. Sem dúvida, havia sangue escorrendo das costas de Jake. Holland não teve coragem de se aproximar ao ponto de ver uma arma branca. Mas será que fazia diferença? Sabia quem tinha feito aquilo.

O Homem das Horas.

Holland tirou o celular do ouvido para ver as horas, meio anestesiada. 18h53. Seis minutos depois da hora da morte que o Homem das Horas havia informado a Jake.

Tentou fazer as contas rápido, para ver se batiam. Estava parada ali há pelo menos dois minutos e tinha perdido alguns minutos antes disso. Jake devia ter vindo atrás dela e, então, poderia ter morrido às 18h47. Logo depois de Holland ter tirado os sapatos de salto.

O Homem das Horas realmente existia.

As lendas contadas pela Professora-Doutora eram verdadeiras.

E Holland tinha a sensação de que havia caído em um mundo de problemas.

Vinha caçando os mitos contados pela orientadora com a fé ingênua de uma criança que segue uma trilha de migalhas de pão, tão obcecada pelas pistas e pelas histórias que nunca parou para pensar aonde poderiam acabar lhe levando.

– Holly... você ainda está aí? – gritou Chance, pelo telefone.

– Desculpe... estou... estou aqui – repetiu ela. Não sabia o que mais dizer. Era capaz de sentir o próprio corpo voltando a si, a água escorrendo sob seus pés descalços, mas tinha a sensação de que partes da cabeça estavam anestesiadas, sem saber direito o que fazer.

Será que deveria ligar para a polícia? Ou deveria tentar fugir da pessoa que assassinou Jake? O sangue dele estava se misturando com a água dos irrigadores, infiltrando-se nos seus dedos dos pés. Não se sentia em segurança ficando ali, parada, naquela poça que não parava de crescer, mas e se corresse e desse de cara com o assassino?

As juntas dos dedos de Holland ficaram brancas, de tanto que apertou o celular, pensando que "assassino" era uma palavra tão feia. Ainda não conseguia acreditar que alguém tinha assassinado Jake.

Por alguém iria querer que ele morresse?

E então se lembrou de outra coisa que Jake havia dito.

"Eles falam de um jeito que faz parecer um trabalho como outro qualquer."

Quem eram *eles*? Qual era o trabalho? De repente, Holland tinha tantas perguntas e, se a polícia chegasse logo, sabia que jamais poderia obter respostas. Durante a pesquisa para a dissertação, havia ficado chocada ao descobrir quantas mortes em Hollywood tinham versões alternativas do que poderia ter acontecido: o trabalho dos detetives era impreciso e, às vezes, cheio de mentiras deslavadas.

Se quisesse obter respostas a respeito do que aconteceu com Jake, teria que encontrá-las por conta própria.

– Escute aqui – disse Chance. – Se alguém morreu, se você acha que está correndo perigo, precisa sair daí.

– Preciso voltar lá no apartamento dele.

– Não faça isso – berrou Chance. – Apenas me diga onde está e espere eu chegar aí.

Mas Holland não conseguiu se conter. Aquilo era muito mais do que uma toca de coelho. Havia um mistério bem na sua frente. A jovem subiu correndo as escadas, os pés descalços batendo no metal gelado.

– Vou continuar ao celular.

– Por acaso você perdeu a cabeça?

– Provavelmente – admitiu ela.

– Não entre aí!

Mas era tarde demais. A porta do apartamento de Jake estava escancarada. Ela estava lá dentro.

– Por favor, Holly, apenas vá para um lugar seguro – suplicou Chance. A voz dele ao telefone era o único ruído dentro do apartamento.

Holland passou os olhos pelo lugar, de um jeito frenético. Ainda bem que era pequeno, mas estava no escuro, tirando a TV no mudo, e estava uma bagunça.

– Saia daí, por favor – implorou Chance.

– Não vou tocar em nada.

Aquele não era mesmo o tipo de lugar em que ela tinha vontade de tocar em alguma coisa, de todo modo. A sala cheirava a vestiário, mofo e ar parado. O carpete sob seus pés descalços estava sujo. Jake era meio relaxado.

Não. Jake, não.

Jake não existia. Isso foi ficando mais claro à medida que Holland passava mais tempo ali, naquele apartamento caótico. Embalagens de comida de restaurante lotavam a mesinha de centro, junto com pilhas de correspondência, todas com outro nome.

– Axel Jorgenson.

– Quem é Axel Jorgenson? – perguntou Chance.

– É o nome verdadeiro do Jake. Está em todas as correspondências.

– Por que está mexendo na correspondência dele? Você tem que sair daí!

– Eu só...

Holland deixou a frase no ar quando viu uma pasta preta de papel cuchê enfiado embaixo da embalagem de uma hamburgueria, cobria um hambúrguer pela metade. Ao contrário do restante do apartamento, a pasta estava impecável e, pelo jeito, tinha uma borda estilo *art decó* dourada e cintilante.

Igualzinha à do cartão de visitas do demônio.

Não podia ser coincidência. Holland não sabia ao certo o que isso significava, mas o cartão a fez pensar que Jake poderia, de alguma forma, ter alguma ligação com o mundo das histórias contadas pela Professora-Doutora, só que agora não ficava empolgada com isso.

Meio atordoada, pegou a pasta de papel cuchê. Era fina. Não parecia ter muita coisa dentro. Teve vontade de abri-la no mesmo instante. Mas não precisava ter Chance berrando no seu ouvido pelo celular para saber que permanecer no apartamento de um cara morto não era uma boa ideia. Desceu correndo as escadas.

Jake continuava imóvel no chão. Holland quase tropeçou ao vê-lo. Supôs que parte do choque inicial estava passando, e tudo aquilo estava se tornando muito real.

– Holland, você ainda está aí? – perguntou Chance. Mas a voz do amigo parecia distante, e ela também se sentia distante.

Há pouco tinha sentido o mais puro pavor. Mas agora que estava ali, ao lado de Jake, sentia o luto se infiltrando. Sabia que seu nome verdadeiro era Axel, mas seu cérebro não tinha a capacidade necessária para digerir aquela mudança. Naquele momento, ele ainda era Jake. E Holland ainda era capaz de lembrar-se da sensação de beijá-lo, de como fora fofo no primeiro encontro, da esperança que a fez sentir quando a abraçou e talvez nada disso tenha sido verdade – talvez tudo não tenha passado de um trabalho para ele –, mas aquele cara, mesmo assim, tinha sido uma pessoa de verdade. Não merecia aquilo.

Holland precisava ligar para a polícia. Precisava digitar 190 ou gritar, pedindo socorro, ou fazer qualquer uma das coisas que as pessoas fazem quando encontram uma pessoa morta.

– Chance, preciso desligar.

– Holland, não…

Ela encerrou a chamada.

Tinha toda a intenção de ligar para o 190. Mas seu olhar se dirigiu à pasta preta que segurava nas mãos, com força.

Lera o suficiente a respeito de crimes e assassinatos para saber que, quando a polícia aparecesse, levariam tudo o que tinha. Sem dúvida, levariam aquela pasta e, dependendo das informações nela contidas, talvez a levassem também.

Não podia chamar a polícia antes de descobrir o que havia dentro daquela pasta.

A luz do sol estava indo embora, lançando o condomínio em cores antigas, de VHS. Mas, quando Holland abriu a pasta, ainda havia luz suficiente para ver o que tinha dentro dela.

Capítulo oito

Holland tinha a expectativa de que um cartão de visitas preto cairia da pasta, mas encontrou apenas um pequeno conjunto de papéis, presos por um clipe dourado cintilante. "Somos criminosos civilizados", davam a impressão de dizer, quando virou a primeira página em branco e encontrou uma foto dela mesma.

Holland já tinha a impressão de que o trabalho de Jake estava relacionado com ela, mas, mesmo assim, foi alarmante ver a foto. Era um flagrante. O cabelo loiro estava no rosto, por causa do vento, e a jovem olhava ao longe. Alguém claramente tinha tirado aquela foto sem que ela percebesse, e parecia ser recente.

A próxima página era ainda mais perturbadora, tinha todo tipo de informação a seu respeito. Data de nascimento, onde estudou, o quanto adorava filmes e quais eram seus favoritos, onde gostava de fazer mercado, com que frequência comia fora, seu trajeto costumeiro de corrida e como gostava do café.

Em parte, Holland se arrependeu de ter aberto a pasta – aquilo não lhe parecia uma pista a ser seguida, aquilo lhe parecia algo do qual deveria correr –, mas não conseguia parar de virar as páginas. A formatação do texto mudou na próxima página, que não tinha nada a ver com ela.

> **Papel:** Jacob Smith (apelido: Jake)
> Jacob Smith faz pós-graduação, estuda para ser professor de Inglês como língua estrangeira. Depois da pós, dá aulas particulares para crianças, não come carne, vai a todo lugar de bicicleta. Preocupa-se com o mundo e com os outros. É uma pessoa em quem Holland St. James vai acreditar que pode confiar.

Objetivo: Começar a namorar com Holland St. James e descobrir tudo o que conseguir a respeito dela e de sua família.

Sua família.

Jake era ator – não era só sobre o nome que era mentira, a pessoa com a qual Holland estava saindo não era real, ele a enganou e a usou, tudo isso para descobrir informações a respeito de sua família. Ou seja: era muito provável que alguém em Los Angeles soubesse quem Holland realmente era.

A jovem ficou tentando adivinhar quem. Como? Fazia quase quinze anos que tinha mudado de sobrenome, bem antes de ter ido morar ali.

Com a cabeça girando, pegou a pasta preta de papel cuchê com borda estilo *art decó* e, mais uma vez, pensou no cartão de visitas do demônio. Seria possível que ele tivesse contratado Jake?

Seu celular tocou de novo.

Chance não parava de ligar desde que Holland havia encerrado a chamada. Provavelmente, a jovem precisava acabar com o sofrimento do amigo.

– Ainda estou viva – respondeu.

– Por ora – disse um homem que, certamente, não era Chance. As palavras foram seguidas por um zumbido e por uma explosão de estática que fez Holland pensar em uma voz sendo transmitida por um rádio antigo.

– Quem está falando?

– Creio que você já saiba. Veio me procurar ontem à noite.

Mais uma explosão de estática, e um arrepio percorreu a espinha de Holland.

– Você ainda quer saber qual é a hora? – perguntou o Homem das Horas.

– Você matou Jake! – gritou a jovem.

– Eu não matei ninguém – retrucou o homem, ofendido. A estática parava sempre que o Homem das Horas falava, revelando um sotaque empostado, da região de Nova York, que, assim como o ruído, dava a impressão de ter sido roubado de outra época. – Ao contrário do que dizem certas histórias, as pessoas não podem fazer tratos comigo para viver mais tempo. Eu apenas digo em que hora vão morrer e, quando pertinente, digo o que podem fazer para expandir esse tempo. Não raro, apenas sugiro que arranjem um cachorro, façam mais exercícios e não postem comentários maldosos na internet. Infelizmente, nenhum desses conselhos se aplica a você. Entretanto, se conseguir arranjar mais tempo, recomendo muito um cachorro.

– Está de brincadeira comigo?

– Não fico de brincadeira nessas ligações e, de modo geral, se você precisa perguntar se é piada, não é uma boa piada, e esse é mais um motivo por eu não ser famoso pelas piadas. – Contudo, por um segundo, parecia que aquele homem estava fazendo alguma piada. O sotaque o fazia parecer um personagem de alguma comédia antiga, em preto e branco. – Tenho a tendência de assustar as pessoas – prosseguiu ele –, mas posso lhe garantir: não sou eu quem quer que você morra.

– Então por que você falou para o Jake me matar?

Houve mais uma descarga de estática pelo celular, quando o Homem das Horas soltou um suspiro.

– Eu não falei para ele te matar. Disse que matá-la prolongaria a vida dele. Mas não falei que era uma boa ideia.

– Então, talvez, não devesse ter dito nada!

– Ele perguntou qual era a hora – respondeu o Homem das Horas, com toda a paciência, mas a estática na linha estava ficando cada vez mais forte. – É minha função informar o que ele queria saber. E agora preciso lhe dizer que você vai morrer amanhã. Noite de Halloween, às 23h59.

Amanhã. Era mais tempo do que Jake havia recebido, mas não era muito. As poças d'água da calçada estavam se aproximando dos pés de Holland e, agora, ela conseguia sentir a umidade se infiltrando na pele, no sangue.

– Você ainda está falando comigo? – perguntou o Homem das Horas.

Holland tinha vontade de desligar, de gritar. Aquilo não podia estar acontecendo.

– Esta pode ser uma boa hora para você me perguntar o que pode fazer para conseguir mais tempo – cutucou o Homem das Horas.

– Não quero matar ninguém – a jovem conseguiu dizer.

– Que bom ouvir isso. O mundo não precisa de mais assassinos. E isso não iria lhe garantir mais tempo. A única maneira de continuar vivendo depois de amanhã é encontrar o Coração Alquímico.

Holland tentou se lembrar se aquilo era algo que a Professora-Doutora havia comentado em alguma das histórias. Por um segundo, quase chegou a pensar que aquela expressão não lhe era estranha. As palavras a fizeram pensar em uma conversa ouvida sorrateiramente, algo comentado uma vez só, aos cochichos, mas não conseguiu se lembrar de quando nem onde nem por quê.

– O que é o Coração Alquímico? – perguntou.

– Não posso te contar isso… – Mais um coro de estática explodiu pelo celular. – Mas… Holland… é uma boa ideia encontrar o Coração…

O outro lado da linha crepitou e apitou.

O Homem das Horas parou de falar.

A linha crepitou de novo.

– Alô? – disse Holland. – Você ainda está aí?

– Por favor, insira cinco centavos se deseja dar continuidade à ligação. – As palavras ditas por uma voz metálica confrontaram a estática que tomara conta do outro lado da linha. – Por favor, insira cinco centavos para dar continuidade...

Sirenes ecoaram ao longe, abafando a voz. O barulho pareceu distante por um segundo. Mais uma ideia do que uma chegada.

– Por favor, insira cinco...

Holland desligou o celular sussurrando um palavrão. Na sequência, digitou as palavras "Coração Alquímico" no Google, mas não veio nada de útil. Encontrou apenas sites de meditação e *links* para o romance *O alquimista*. O grito das sirenes se aproximou. Mais alguém no condomínio devia ter visto o cadáver de Jake e chamado a polícia. O barulho parecia estar perto demais para ser coincidência, e a jovem estava sem muita sorte naquela noite.

Seu olhar desviou do corpo que estava a seus pés para o horário no celular. 18h59.

Faltavam 29 horas para a meia-noite do Halloween. Ou ela acabaria igualzinha a Jake.

O coração de Holland bateu ainda mais rápido, o sangue frio bombeou até ficar quente em suas veias. Sabia que a coisa certa a fazer seria ficar ali e falar com a polícia. Mas isso poderia levar horas. Até mais, se vissem que ela era a última pessoa para quem o rapaz havia ligado ou se encontrassem a pasta em suas mãos, o que provavelmente serviria de motivo para um assassinato passional.

Holland não tinha feito nada de errado, mas a polícia não saberia disso logo de cara. E ela daria uma suspeita sensacional – essa era outra coisa que aprendera ao pesquisar os assassinatos de Hollywood. Às vezes, o suspeito mais conhecido não é o melhor suspeito, só o mais interessante.

A jovem precisava sair dali. A contagem regressiva já tinha começado. Só lhe restavam 28 horas e 59 minutos para encontrar o Coração Alquímico, e só havia uma pessoa conhecida que poderia ser capaz de lhe dizer o que era aquilo.

Portas de carro bateram.

Vozes gritaram comandos.

E Holland saiu correndo, batendo os pés no chão.

Capítulo nove

A Professora-Doutora tinha uma coleção muito antiga e muito v de relógios. Relógios de parede. Relógios de mesa. Relógios que faziam parte de coisas que, normalmente, não faziam, como potes de biscoito e bonecas de porcelana. Holland realmente não gostava da boneca-relógio da Professora-Doutora, apesar de ser uma das favoritas de sua orientadora.

Uma vez por semestre, a Professora-Doutora dava uma aula na casa dela e sempre ficava com a boneca-relógio ao seu lado. Os olhos de vidro ficavam olhando para o nada e para tudo conforme os alunos iam se sentando nos sofás e cadeiras, e o restante dos relógios tiquetaqueava alegremente por toda a sala.

Era assim que dava a aula sobre o Homem das Horas, em uma sala que zumbia de tantos ponteiros de segundo sincronizados.

Quando Holland foi assistente da Professora-Doutora, era incumbência sua posicionar todos os relógios na mesma sala de visitas, sincronizar todas as horas e, depois, pôr o alarme de todos para despertar exatamente na mesma hora. Quando a Professora-Doutora revelava o que acontecia quando alguém perguntava qual era a hora para o Homem das Horas, todos os relógios tocavam juntos, e um barulho estridente dos infernos tomava conta da sala, fazendo todos os alunos pularem de susto, soltarem palavrão ou alguma combinação dessas duas coisas.

Holland conseguia ouvir esse barulho estridente agora enquanto corria até o carro. Até que enfim o encontrou do outro lado de um estacionamento lotado, a lateral praticamente encostando no muro de cimento, ensanduichado entre dois carros que, na sua lembrança, não estavam tão perto assim. Tudo parecia estar mais próximo do que deveria, como se os carros, o condomínio e Los Angeles toda estivessem se encolhendo para pressioná-la.

A jovem se espremeu para chegar do lado do motorista e pôs a mão na maçaneta, mas a porta não abriu. Puxou de novo. A porta permaneceu trancada. Remexeu na pasta, procurando as chaves. Mas o carro não ligou, nem quando ela apertou o botão do controle remoto.

Holland poderia jurar que estava ouvindo um enxame de policiais ao longe. De acordo com o procedimento da polícia, logo começariam a fazer perguntas para as pessoas da região. Ela precisava sair dali.

Uma SUV escura se aproximou, e o vidro do passageiro baixou.

– Algum problema? – perguntou o motorista.

Ela sacudiu a cabeça.

– Nenhum.

Ela tentou apertar o controle do carro de novo, torcendo para que aquele motorista fosse embora dali (era melhor para ele ficar bem longe dela), mas o homem parou, bem atrás do carro de Holland, bloqueando a saída.

– Pode apertar esse botão o quanto quiser, não faz diferença. Eu dei meu jeito, o carro não vai ligar.

Holland sentiu um frio na barriga.

– Agora seja boazinha e entre no carro. – O homem abriu a porta do passageiro. As luzes internas se acenderam, revelando um cara que poderia ser o motivo pelo qual é preciso aconselhar as mulheres a não pegar carona com desconhecidos. Tinha um rosto atraente, usava um terno impecável, e o maxilar quadrado estava coberto com barba por fazer na medida exata.

Holland se afastou dele o máximo que pôde.

O desconhecido não tirou os olhos da jovem. Eram escuros e meio perturbados. Holland ficou com a impressão de que ele não se sentia lá muito bem por tê-la sequestrado, mas que isso não iria detê-lo.

– Essa parede não vai te salvar, querida. E, antes que perca mais tempo protestando, você tem duas opções: eu ou a polícia. Ou pode se arriscar com quem assassinou seu namorado.

Holland não se deu ao trabalho de corrigi-lo, dizendo que Jake não era seu namorado. Estava mais preocupada com o fato de o cara saber que ele tinha morrido.

– Como vou saber que não foi você que o matou?

– Não vai. Mas não matei. – O desconhecido lhe lançou um olhar fulminante, dando a entender que não era nenhum mentiroso. Como se esse pecado fosse ainda pior do que sequestrar ou matar alguém. – O tempo que temos está chegando ao fim. – E fez um gesto impaciente, apontando o banco vazio do passageiro.

Foi aí que ela viu, na parte debaixo do pulso do homem: uma tatuagem azulada de um olho de Hórus, com o símbolo do estanho – ♃ – em cima e o símbolo do enxofre – 🜍 – embaixo.

Ficou sem ar ao ver aquela combinação conhecida. Por instinto, segurou a corrente que estava em seu pescoço.

– Você tem uma tatuagem igualzinha à da minha irmã.

– Quem você acha que me pediu para vir aqui? – disse ele e fez uma expressão de ter se arrependido por ter dito "sim" ao pedido. – Estou fazendo um favor para January, mas só vou ficar mais trinta segundos. Depois, é com você e a polícia.

Em parte, com muita força, Holland tinha vontade de pular por cima do carro que estava do lado dela e começar a correr. Precisava chegar à casa da Professora-Doutora. Precisava encontrar o Coração Alquímico. Mas aquele cara tinha mencionado o nome de sua irmã e tinha a mesma tatuagem.

Logo depois de January ter feito a tatuagem, Holland achou que seria legal fazer uma igual. Mas a gêmea disse que, na verdade, quase tinha se arrependido e comprou um colar com os mesmos símbolos para a irmã. Deu para Holland um olho de Hórus com o símbolo do estanho pendurado embaixo, e comprou para si mesma um igual, só que com o símbolo do enxofre. January prometeu que jamais tiraria o colar, e Holland também. Seus dedos agora agarravam o símbolo do estanho, coisa que sempre fazia quando ficava nervosa.

Apesar de aquele homem conhecer sua irmã, a jovem tinha a impressão de que ele era um lobo de terno, e não queria bancar a Chapeuzinho Vermelho.

Ele soltou um suspiro.

– Juro que não vou encostar um dedo em você. – Ele disse isso do mesmo jeito que falou que não era mentiroso, como se tivesse alguns limites que nunca ultrapassaria, mas não muitos. – Só desativei seu carro porque precisava que você viesse comigo.

– Por que simplesmente não pediu, feito uma pessoa normal, que não é ameaçadora?

– Porque não finjo muito bem – respondeu o homem, com um tom ríspido. – Estou aqui porque devo um favor à sua irmã. January me pediu para eu proteger sua vida, mas não posso fazer isso se você não entrar. – Ele lançou um olhar para o espelho retrovisor. – Você tem cinco segundos – avisou. – Se quiser continuar viva e descobrir quem de fato matou seu namorado, venha comigo.

Holland ouviu um barulho de passos ao longe, seguido de vozes que a fizeram pensar que a polícia estava perto. Se a encontrassem agora, teriam todo tipo de perguntas a fazer a respeito do porquê ela fugiu da cena do crime. Estava presa entre duas opções ruins.

Ser devorada por um lobo ou ser interrogada pela polícia.

Ela sabia que não estava pensando claramente. Mas isso não a ajudou a pensar com mais lucidez, só a fez ter mais consciência de que, provavelmente, tinha tomado uma péssima decisão quando entrou naquele carro.

Folclore 517: a biblioteca acorrentada

Andar de carro pelas colinas de Hollywood faz você ter a sensação de que está jogando um videogame da vida real projetado por um urbanista sádico.

As ruas são íngremes e perigosamente estreitas, os carros que vêm na direção contrária sempre vão rápido demais. Além disso, há todas as entradas de garagem que, pelo jeito, sempre parecem ter algum veículo de construção ou caminhão de mudança se espalhando pela rua.

Uma bola vermelha quica na sua frente. Você pisa fundo no freio com medo de que alguma criança possa vir atrás dela. Mas é só a bola. Que *pula-pula-pula* pela rua.

Você vai um pouco mais devagar, e tudo bem, porque está quase chegando. Alguns carros já estão estacionados. Você reconhece o veículo de um dos colegas: tem um adesivo velho no para-choque, escrito "Pássaros não são reais". Você se sente aliviada ao vê-lo. Está no lugar certo.

A Professora-Doutora tem dado pistas ainda mais enigmáticas. Da última que você decifrou, estava escrito: "Vai haver um Terremoto em Chinatown no Halloween". Como era outubro, por alguns instantes você ficou se perguntando se era uma previsão e não uma pista. Depois, reparou que "Terremoto" estava escrito com letra maiúscula, sem necessidade. Pesquisou um pouco e descobriu que as três palavras escritas com letra maiúscula são nomes de filmes com cenas feitas no Reservatório de Hollywood.

Já esteve ali uma vez, assim que se mudou para Los Angeles. Dizem que é a melhor vista do letreiro de Hollywood, e você precisa concordar. É o tipo de lugar que dá vontade de adotar o hábito da corrida. Você se imagina correndo em volta da água, uma música dos anos 1980 ressuscitada tocando ao fundo, dando a sensação de que está vivendo dentro de uma daquelas montagens de filme.

Hoje não tem música, só um vento seco e calor. Você se sente mais próxima do sol no alto da colina. A Professora-Doutora está usando óculos de sol pretos redondos que tapam metade do rosto. Está de costas para a água, para as montanhas e para a vista perfeita do letreiro de Hollywood. O resto da turma forma uma ávida ferradura em volta dela. Agora, só restam nove alunos.

Todo mundo está esperando a mulher começar a falar, e ela está esperando por você. Fica parada um minuto inteiro depois que você chega, para que o restante da turma saiba que é você o motivo da demora. Então, tão baixo que todo mundo precisa se aproximar um pouco, ela começa a falar:

– Existem vários lugares em Los Angeles onde o tempo transcorre de forma diferente. O aeroporto LAX é um deles. Todos vocês, provavelmente, já perceberam que, não raro, o tempo se arrasta naqueles terminais.

A aluna ao seu lado solta uma risadinha. A Professora-Doutora ignora e prossegue.

– Aqui também o tempo anda com uma lentidão maior. As pessoas atribuem isso à sensação de paz e falta de pressa da reserva, à água e à vista, mas estou aqui para lhes dizer que é magia. Magia de verdade, que remonta à história que vou contar hoje. Por acaso algum de vocês já ouviu falar da biblioteca acorrentada da catedral de Hereford?

Três mãos se levantam. É uma coisa que lhe parece tão obscura, você fica surpresa por um terço da turma a conhecer.

A Professora-Doutora parece ter ficado decepcionada.

– Na Idade Média, os livros eram extraordinariamente valiosos, e era uma prática comum acorrentá-los para impedir que fossem roubados. Há cerca de quinhentos anos, uma grande quantidade desses livros e manuscritos acorrentados começou a aparecer misteriosamente na catedral de Hereford. Ninguém sabia por que, mas chegaram tantos que alguém resolveu fazer uma biblioteca.

– A maioria das pessoas considera o lugar algo curioso, um local para tirar fotos que podem ser postadas com legendas lapidares. Entretanto, meus queridos alunos, não foi por acaso que todos aqueles manuscritos acorrentados apareceram naquela catedral específica. A catedral de Hereford é dedicada a dois santos, um deles sendo Santo Etelberto, o Rei. Eu perguntaria se algum de vocês sabe quem ele é, mas, como não quero me decepcionar de novo, vou apenas contar. Etelberto foi um governante da Idade Média traído e assassinado pelos pais de sua amada.

A Professora-Doutora imita uma faca cortando a própria garganta. E você se sente levemente perturbada pelo fato de ela ficar tão animada sempre que fala do falecimento de alguém.

– Registros eram algo abismal na Idade Média, e a vida de Etelberto teria sido esquecida pela história se não fossem os acontecimentos que ocorreram após sua morte, que são muito impressionantes. Segundo as histórias, quando o corpo de Etelberto estava para ser enterrado, a cabeça decepada dele rolou do carrinho e devolveu a visão a um cego. Muitos outros milagres no local de seu túmulo foram relatados.

– Espalhou-se o boato de que o túmulo era mágico. Uma igreja foi construída ali, que se transformou na catedral de Hereford e, depois, os livros acorrentados começaram a aparecer. Mas nada disso foi por acaso, dizem as histórias. Um dos livros acorrentados da biblioteca foi trancafiado não por segurança, mas para proteger o mundo do que havia escondido dentro dele. Os outros livros acorrentados eram apenas disfarces para camuflar a existência deste volume e da magia que ele esconde.

– Mas, mesmo acorrentado, protegido por um santo morto e escondido entre pilhas e pilhas de outros volumes acorrentados, a magia trancada dentro deste livro marcou sua presença. Começaram a se espalhar pela Inglaterra histórias de pessoas que visitavam a biblioteca e recebiam dádivas sobrenaturais. A mais notável delas foi uma mulher de Dewchurch chamada Maria Jovem, ainda que restem dúvidas de que esse seja seu verdadeiro sobrenome. Depois de fazer uma visita à biblioteca acorrentada, Maria Jovem não envelheceu nem um dia sequer. Uma hora, foi rotulada de bruxa e assassinada por isso, mas não antes de sua história se espalhar pela Inglaterra. Outras histórias também se espalharam, até que, um dia, o livro sumiu da estante.

A Professora-Doutora faz uma pausa dramática, deixando que os alunos absorvam a história. É a primeira vez que conta uma lenda que não tem relação com Los Angeles. Mas você já está imaginando como a mulher vai fazer para trazer a cidade de volta.

– Até hoje, ninguém sabe quem roubou o livro – continua ela. – Mas, depois de o volume ter sumido, outras histórias de magias peculiares se espalharam por toda a Inglaterra. Há boatos de que o tempo parou, de que pessoas amadas mortas voltaram à vida, de que um rapaz conseguia matar apenas com palavras. Por cem anos, apareceram histórias de pessoas comuns recebendo dádivas mágicas extraordinárias até que, um dia, as histórias pararam. O livro que havia sido roubado reapareceu na biblioteca acorrentada. Só que, agora, o volume não tinha mais correntes e estava completamente vazio. O objeto mágico que continha havia sumido. Tudo o que restou foi um pedaço de pergaminho com uma série de números. Não costumo contar essa parte para os alunos, mas digamos apenas que me parece a hora certa.

A Professora-Doutora começa a declamar uma lista de números. É uma longa lista. Finalmente, você acha que está quase no fim, porque ela para de falar e, em seguida, termina com "um, zero, dois, zero, dois, cinco".

Você está fazendo contas de cabeça quando a pessoa ao seu lado diz:

– Os números são datas. Meses e anos.

Outra pessoa diz:

– O último é *este* mês.

É difícil interpretar a expressão da Professora-Doutora com aqueles óculos de sol gigantes, mas julga que ela parece satisfeita quando diz:

– Vocês dois estão corretos. De fato, a lista é de uma série de datas e cada uma delas coincide com o reaparecimento do objeto que estava escondido dentro do livro.

– O que estava escondido? – pergunta o mesmo aluno que foi o primeiro a descobrir que os números eram datas.

A Professora-Doutora censura.

– Acabei de dizer. O objeto mais poderoso do mundo.

– E devemos procurá-lo? – você pergunta, em um ato de ousadia.

– Na verdade, meu conselho é ficar longe deste objeto específico. Mas, se alguém ouvir falar dele, por favor, me avise.

Capítulo dez

O desconhecido dirigia de um jeito veloz e imprudente, como se acidentes de carro só acontecessem com mortais e ele não fosse um deles. Holland nem sequer tinha terminado de fechar a porta quando o homem saiu em disparada. O motor roncando. Pneus girando rápido demais.

– Por acaso está tentando me matar? – chiou a garota, tentando prender o cinto de segurança. O veículo estava gelado, inundado pelo ar-condicionado agressivo da Califórnia. Apesar disso, as palmas das mãos de Holland estavam suadas, a pele ardia, e ela não sabia ao certo se era porque tinha acabado de entrar em um carro com um completo desconhecido ou se era por causa de tudo que acabara de acontecer.

Talvez fosse pelas duas coisas.

Seu coração batia com uma velocidade maior do que a do carro. Holland tinha a sensação de que jamais diminuiria o ritmo. Batia acelerado como se precisasse se mexer, como se precisasse ser mais rápida do que tudo. Precisava ser mais rápida do que a morte de Jake, do que as sirenes e do que as palavras do Homem das Horas.

"Você vai morrer amanhã. Noite de Halloween, às 23h59. A única maneira de continuar vivendo depois de amanhã é encontrar o Coração Alquímico."

Era nisso que precisava se concentrar: encontrar o Coração Alquímico.

– Para onde está me levando? – perguntou.

– Para um lugar seguro – respondeu o desconhecido.

– Não – contestou Holland. – Precisamos ir para a casa da Professora-Doutora. – E já emendou com o nome da rua, bem como a saída que ele precisava pegar.

– É, não vai rolar. – O homem entrou com tudo na rodovia 405, acelerando até alcançar uma velocidade dos infernos, que fez Holland se agarrar ao apoio de braço com tanta força que ela ficou com receio de quebrar as unhas.

– Escute aqui, não sei muito bem por que minha irmã te mandou, mas...

A jovem não sabia como terminar a frase, porque, por um segundo, não pôde deixar de pensar que January poderia não o ter mandado.

Sim, os dois tinham a mesma tatuagem, o que parecia ser significativo. E Holland conseguia de fato imaginar a irmã mandando um guarda-costas – apesar de as duas serem gêmeas, January sempre assumiu o papel da irmã mais velha, mais responsável. Mas isso não ajudava a explicar por que tinha mandado *aquele* homem.

Holland pegou o celular com todo o cuidado.

O desconhecido arrancou o aparelho da mão dela, abriu o vidro e atirou o celular na rodovia.

Holland soltou um grito involuntário.

– Por que você fez isso?

Ele sacudiu a cabeça, como se a jovem é quem tivesse acabado de fazer algo de errado.

– January mandou que eu garantisse sua segurança.

– Era para ela que eu ia ligar. – Holland olhou feio para o homem. – Eu queria me certificar de que você não é um sociopata.

– Tome. – Ele atirou alguma coisa no colo de Holland. Parecia aqueles celulares pré-pagos, com botões de verdade, não *touch screen*. – Ande logo, ligue para a sua irmã. Está nos meus contatos, salvo como *J*. Pode perguntar o que quiser a meu respeito.

– Seria útil saber seu nome.

– Gabe.

– Você tem sobrenome, Gabe?

– January sabe quem eu sou.

Holland não duvidava disso. Gabe é o tipo de cara que a gente não esquece. Na penumbra do carro, Holland não conseguia enxergar se ele tinha cicatrizes, mas parecia ser do tipo que teria – imaginou uma na bochecha direita, logo abaixo dos olhos. O maxilar era quadrado e duro, parecia que o cara exercitava aquele músculo mastigando pedras. As sobrancelhas eram grossas, e a jovem imaginou que os olhos eram emoldurados por cílios grossos também. Mas, mesmo assim, falou:

– Gabe, na verdade, é um nome bem comum, e minha irmã conhece muita gente.

Um músculo ficou pulsando no maxilar de Gabe. E Holland sentiu um pequeno triunfo por não ser, durante um segundo, a única pessoa que estava constrangida.

– Cabral – resmungou ele.

Gabe Cabral.

Subitamente, Holland ficou com a sensação de que já ouvira esse nome antes, mas não conseguia recordar como. Será que January teria falado dele, afinal de contas?

Abriu os contatos de Gabe. Eram só cinco. Todos gravados com uma letra ou número, como se ele não fosse misterioso o suficiente.

– Você tem alguma coisa contra nomes?

– Não, só contra mulheres que ficam bisbilhotando meu celular.

Ignorando a alfinetada, Holland apertou na letra J. Pela terceira vez naquele dia, caiu na caixa postal da irmã. Pelo menos, Gabe realmente conhecia January.

– E aí, JJ, sou eu, Holland. Preciso falar com você. Estou ligando do celular do seu *amigo* Gabe Cabral. Ligue para mim assim que puder, no...

Gabe resmungou um número, que ela repetiu.

Assim que a jovem terminou de falar, o homem pegou o celular de volta.

– Melhor? – perguntou.

Holland deu risada.

– Você acha que me deixar fazer uma ligação depois de ter destruído meu celular e desativado meu carro vai fazer eu me sentir melhor?

Gabe retorceu os lábios. Estava com uma expressão de quem queria responder sim. Como se, para ele, agir feito um ser humano fosse uma boa ação colossal.

– Você praticamente me sequestrou. – Holland abriu o porta-luvas.

– Ei, pare de bisbilhotar – ordenou Gabe.

– Sendo sequestrada, é minha incumbência procurar qualquer pista que eu puder achar. – Infelizmente, o porta-luvas estava intocado, com exceção de um comprovante de seguro que pertencia a Rita Meeker. Holland estendeu o papel para ele. – Achei que você tinha dito que seu nome é Gabe Cabral.

Ele olhou feio.

– Por acaso você vai se sentir melhor se eu disser que vou devolver o carro para ela quando terminar?

– Só se eu acreditasse em você. – Holland ainda tinha várias perguntas em relação ao porquê de a irmã ter enviado aquele homem. – Só metade dessa história faz sentido. Como minha irmã sabia que eu estava encrencada?

O trânsito parou. Gabe fez cara feia, olhando para todos os espelhos do carro.

– Foi isso que sua irmã deixou para mim. – Ele entregou um pedaço de papel para Holland, que imediatamente reconheceu a letra de January.

GARANTA A SEGURANÇA DA MINHA IRMÃ.

Se ele não conseguir o que quer, vai atrás dela na sequência.

Dava a impressão de que poderia ter mais palavras embaixo dessa frase, mas a parte inferior fora rasgada.

– O que mais estava escrito? – perguntou Holland. – Por que o papel está rasgado? E quem é *ele*? Quando foi que minha irmã te deixou esse bilhete?

Por alguns instantes, Gabe fez uma expressão de quem tinha se arrependido de dar o papel para Holland.

– O que January te contou a respeito do namorado dela?

– January não tem namorado.

Depois de um cara sobre o qual Holland prometeu nunca mais falar, a irmã tinha jurado que nunca mais ia namorar. "Eu não namoro. Só transo com homens feios", costumava dizer. Mas nem isso ela fazia. January tinha o seu trabalho. Viajava pelo mundo. Holland achava que a gêmea não era feliz, mas era isso que fazia para não afundar na tristeza.

– Então January não te falou dele? – indagou Gabe.

– Minha irmã não tem namorado – repetiu Holland.

Gabe fez uma expressão ainda mais feia.

– Sua irmã conheceu esse namorado no último trabalho. Ele disse que era turista e, da última vez que a vi, January me falou que os dois estavam apaixonados.

– Isso não me parece coisa dela.

– Eu sei – concordou Gabe. Sua voz tinha certo tom de alguma coisa que Holland não conseguia decifrar muito bem.

– Por que ela te contou isso? Por acaso vocês dois saíam?

– Não – respondeu Gabe, de imediato, como se essa ideia o ofendesse. – Sou *freelancer*. Mando bem quando o negócio é conseguir comprar coisas difíceis de encontrar. Às vezes, quando está com algum trabalho mais complicado, sua irmã me liga. Como, recentemente, eu estava precisando de um favor, liguei para ela e, quando a vi, percebi na hora que tinha alguma coisa estranha. E aí que January estava com um anel de noivado no dedo.

– Minha irmã não está noiva. Ela nem sequer tem namorado – repetiu Holland, mais uma vez. – January teria me contado.

– Só estou falando o que eu vi – disse Gabe. – Mas concordo. Toda aquela conversa me fez pensar que, seja lá quem fosse o tal cara, estava fazendo algum tipo de lavagem cerebral na sua irmã. Quando January falava nele, parecia um daqueles cartões cafonas e melosos. – Gabe fez careta, como se tanto a coisa melosa quanto o cartão tivessem deixado um gosto ruim em sua boca.

Holland também estava com um gosto ruim na boca. A irmã nunca era melosa, mas falou exatamente desse jeito com ela, naquele mesmo dia, pelo celular.

January era uma força da natureza. Era inteligente, esperta e impiedosa, de um jeito que Holland nunca foi capaz de ser. Mas havia um motivo para a jovem não namorar.

Na faculdade, January se apaixonou pelo cara errado. Era a primeira vez que ficava apaixonada na vida e, quando o namoro terminou, January sumiu por um mês. Holland não sabia de todos os detalhes, só que a irmã quase se deu mal ao ponto de perder a faculdade. Depois voltou, mas não era a mesma. January nunca foi sensível como Holland, mas tudo o que ela tinha de delicado fora arrancado e substituído por algo duro, que não estremecia desde então. Pelo menos, até agora.

– No dia seguinte, January me ligou – prosseguiu Gabe. – Desta vez, parecia trêmula, nervosa. Pediu para me encontrar de novo, mas só encontrei esse bilhete.

Holland olhou mais uma vez para o papel rasgado, e outro conjunto de perguntas veio à tona em sua cabeça. Por que January mandaria Gabe? Por que não daria essa mensagem diretamente para Holland, simplesmente? As duas tinham se falado naquele mesmo dia, e January não disse nada.

Entretanto... Holland se lembrou, mais uma vez, que a irmã não parecia ela mesma, com aquela história de "Saudade de você" e "Eu queria estar aí com você".

– O que ele quer de nós?

– Era isso que eu ia te perguntar – falou Gabe. – Por acaso sua irmã te mandou alguma coisa? Ou te falou alguma coisa estranha ou inesperada?

– Não – respondeu Holland. January não havia lhe dito nada de significativo recentemente. Mas...

Holland abriu a pasta de carteiro e tirou dela a pasta de papel preto e dourado que tinha pegado no apartamento de Jake.

– Encontrei isso hoje. O cara com quem eu estava saindo, o que morreu, tinha sido contratado para se infiltrar na minha vida e descobrir coisas sobre minha família. Fico pensando que, talvez, essa pessoa com quem January namorava pudesse estar fazendo a mesma coisa.

– Nessa pasta... diz o que ele estava procurando?

– Não. – Mas, na opinião de Holland, era muito provável que Jake tivesse morrido por causa disso, o que a fez pensar que só podia ser algo valioso.

– Você faz alguma ideia do que ele poderia querer? – insistiu Gabe.

A jovem começou a dizer "não", mas se lembrou do sr. Vargas e do cofre que lhe fora deixado de herança. Não fazia ideia do que poderia ter lá dentro, mas talvez Jake pudesse estar atrás disso. Pensou em contar para Gabe, mas o sr. Vargas deixou muito claro que não queria que Holland comentasse com ninguém a respeito do cofre.

– O que você não quer me contar? – perguntou Gabe.

– Levando em consideração que não confio em você, muita coisa.

Gabe pisou mais forte no acelerador, obrigando o carro a ir mais rápido.

– Eu só estou tentando proteger sua vida, querida.

Holland poderia ter dito para ele parar de chamá-la de "querida", mas, assim que Gabe disse a palavra "vida", seus ouvidos ficaram tomados pelo ruído de estática crepitante e pelas palavras ditas pelo Homem das Horas: "A única maneira de continuar vivendo depois de amanhã é encontrar o Coração Alquímico".

– Você já ouviu falar do Coração Alquímico? – perguntou.

O olhar de Gabe se dirigiu imediatamente para ela, como se a jovem tivesse acabado de se tornar muito mais interessante.

– Você acha que estão atrás disso?

– Não sei – respondeu ela, sendo sincera. – Nem sei o que é o Coração Alquímico.

Gabe ficou com uma expressão de descrença.

– Então por que você me perguntou?

Holland não queria mesmo responder a essa pergunta, mas Gabe acabara de dizer que fora enviado para proteger sua vida e claramente sabia o que o tal coração era.

– Preciso encontrá-lo.

O homem deu risada. Foi um som levemente perturbador.

– Por que você está rindo?

– Porque, querida – a risada parou, mas Gabe continuou com uma expressão de quem estava achando graça, de um jeito inquietante –, todo mundo *adoraria* encontrar o Coração Alquímico.

– Por que está falando assim? O que é isso?

– Não importa. Não é algo que você vá encontrar – ele respondeu com um tom de encerramento que fez Holland sentir-se como se o cara tivesse acabado de rasgar as últimas páginas do seu caderno favorito, impedindo-a de escrever qualquer palavra a mais.

Os olhos de Gabe voltaram-se para a estrada, e Holland sabia que, se não o fizesse mudar de ideia, nunca encontraria a Professora-Doutora, nunca descobriria o que era o Coração Alquímico e jamais sobreviveria ao dia seguinte.

– Escuta aqui, sr. "O Meu Hobby é Danificar Carros e Sequestrar Mulheres".

– Nunca mais me chame assim.

– Só estou tentando fazer você me ouvir – disse ela, impaciente. – Pouco antes de você aparecer, me disseram que tenho pouco mais de vinte e quatro horas para encontrar o Coração Alquímico. Se não o encontrar, eu vou morrer.

– Quem disse isso? – indagou ele.

Holland considerou revelar a ele tudo sobre o Homem das Horas, mas a última pessoa a quem contara essa história estava morta.

– Não importa – murmurou. – Eu acredito nele.

Gabe semicerrou os olhos.

– Essa pessoa ameaçou matá-la ou disse a *hora* em que você vai morrer? – Ele deu ênfase especial à palavra hora, e Holland se perguntou se talvez, de algum modo, Gabe já conhecia a lenda do Homem das Horas.

– A *hora* – ela disse. – Um minuto antes da meia-noite no Halloween... a menos que eu encontre o Coração Alquímico.

– Merda – murmurou Gabe. – Você está ferrada.

Capítulo onze

Quando Holland era mais nova, sempre que ficava doente ao ponto de não ir para a escola, falava para a tia Beth que ia morrer. Aí, é claro, tia Beth a tranquilizava, dizendo que tosse, nariz escorrendo ou cólicas terríveis não iriam matá-la.

Agora, a jovem queria que Gabe a tranquilizasse. Queria que ele dissesse que, apesar do que tinha acabado de revelar, ela não precisaria se preocupar, não iria morrer, desde que pudesse contar com ele para proteger sua vida.

Mas Gabe não disse nada disso. Ficou com uma expressão de que o pedido de ajuda de January estava saindo pior do que a encomenda.

– Vou te falar a verdade. O Homem das Horas sempre acerta.

– Espere aí… como *você* sabe do Homem das Horas?

– A pergunta mais acertada é: como você sabe? – Gabe olhou para Holland de novo, como se não a achasse lá muito impressionante e não conseguisse entender como ela sabia de alguma coisa, que dirá de uma lenda obscura.

A jovem endireitou a postura e olhou bem nos olhos do homem, que a subestimava.

– Posso não ser muito boa quando o assunto é fugir de cenas de crime e enterrar todas as minhas emoções, mas sei um monte de coisas sobre folclore, e a professora que quero visitar é uma especialista em mitos locais e lendas urbanas. Se existe alguém que pode saber onde encontrar o Coração Alquímico, este alguém é ela. Tentei pesquisar no Google, mas…

Gabe soltou uma risada debochada.

– Não dá para pesquisar o Coração Alquímico no Google.

Holland sentiu o rosto ficando vermelho mais uma vez.

– Sei disso *agora*. Então, você poderia, por favor, me dizer o que é?

Ele soltou um suspiro.

– É um mito.

Normalmente, Holland adorava a palavra "mito". Quando ouvia "mito", imaginava que seu mundo estava prestes a se ampliar. Acreditava que toda história sempre tem um fundo de verdade. Mitos e lendas deviam ter saído de algum lugar. Mas, pelo jeito que falou, Gabe não acreditava nisso. Pronunciou a palavra "mito" como um pai ou mãe diria "conto de fadas" para uma criança bem pequena.

– Ainda assim, quero ouvir a respeito.

– Tudo bem – disse Gabe, de má vontade. – Por acaso você já ouviu falar da Ordem Sagrada da Aurora Paralela?

Holland teve uma lembrança súbita de um fôlder em papel cuchê onde estava escrito "Seja bem-vindo, novo recruta!". Mas tinha quase certeza de que era fruto de sua mente hiperativa tentando encontrar relação com uma disciplina que fez sobre sociedades secretas, porque aquele nome realmente parecia ser de uma.

– Acho que não ouvi falar. Mas conheço a Ordem do Templo Solar e a Ordem Hermética da Aurora Dourada.

Gabe não ficou muito impressionado.

– A Ordem Sagrada da Aurora Paralela é bem mais antiga do que estas. Foi fundada no início da Idade Média por um grupo que acreditava na existência de um mundo paralelo que continha magia. De acordo com a história, depois de um dos integrantes ter morrido e voltado à vida em um ritual, essas pessoas alegavam ter visitado esse mundo paralelo e trazido prova de sua existência na forma de um objeto que, mais tarde, se tornaria conhecido pelo nome de Coração Alquímico.

O trânsito na estrada parou. Os olhos de Gabe se dirigiram aos carros vizinhos e, em seguida, ele verificou todos os vidros e espelhos antes de dizer:

– Ninguém sabe qual é a aparência do Coração Alquímico, mas dizem que é tão poderoso que quem chega perto recebe uma habilidade e qualquer objeto que encostar nele fica imbuído de magia. A Ordem Sagrada se deu conta tarde demais de que, depois que uma forma de magia é criada, não pode ser destruída. A magia ou habilidade simplesmente seria passada para outra pessoa ou outro objeto. Foi aí que a Ordem Sagrada da Aurora Paralela começou a se desmembrar. Uma facção queria destruir o Coração Alquímico.

– Espere aí – interrompeu Holland. – Pensei que você tinha dito que a magia não pode ser destruída.

– E não pode. Mas dizem que o Coração Alquímico é a fonte de toda magia, e certas pessoas acreditam que, se for destruído, toda a magia criada por ele também será.

– Pelo jeito, é o objeto mais poderoso do mundo – comentou Holland.

Gabe lhe lançou um olhar que dava a entender "Obrigado por afirmar o óbvio, meu bem".

– Não estou apenas afirmando o óbvio. A Professora-Doutora deu uma aula sobre isso. Falou de um objeto escondido numa biblioteca acorrentada. – Holland contou rapidamente a história para Gabe, terminando com o fato de o livro acorrentado ter voltado, vazio e oco. – Entretanto, ela nunca usou o termo "Coração Alquímico". Só disse que era o objeto mais poderoso do mundo.

– Certamente, poderia ser. – Gabe olhou para Holland como se ela não fosse uma inútil, afinal de contas.

A jovem tentou disfarçar o sorrisinho. Não se importava nem um pouco se iria impressioná-lo ou não. Apenas era bom, finalmente, ter alguma compreensão do que estava acontecendo.

– Só me pergunto por que a Professora-Doutora não usou esse nome.

– Provavelmente, porque existe toda uma organização dedicada a apagar o Coração Alquímico dos anais da história – respondeu Gabe. – A história que sua professora contou me parece vaga o suficiente ao ponto de não chamar a atenção deles. Mas seriam capazes de te matar, só por ter ouvido a história que contei.

– Então como você sabe?

Gabe fez uma careta.

– Você faz muitas perguntas.

– Só estou tentando continuar viva.

– Odeio te dizer isso, mas você não tem muitas chances. Como eu disse, o Coração Alquímico é um mito. De acordo com um boato, existe uma lista de datas, meses e anos, de quando o Coração vai aparecer. Mas, até onde eu sei, essa lista só acarreta a morte das pessoas que procuram pelo Coração Alquímico.

Holland nunca tinha ouvido falar de tal lista. Mas, se realmente acarretasse a morte das pessoas, era capaz de entender por que a Professora-Doutora nunca tinha falado dela.

– Se você tem medo de morrer, não precisa me ajudar – declarou Holland. – Você só precisa me deixar na casa da Professora-Doutora.

Gabe soltou um suspiro. Holland não conseguiu distinguir se foi um suspiro "Preciso me livrar dessa daí" ou "Nem ligo de morrer".

– Você realmente confia nessa sua professora?

– Confio minha vida a ela – respondeu Holland.

– Então me fala de novo onde ela mora.

– Na verdade, é na próxima saída. – Os carros na estrada começaram a se movimentar novamente, e Holland passou rapidamente as orientações.

– Vou te levar. Mas, quando estivermos lá, se eu falar para a gente ir embora, vamos embora, sem fazer perguntas.

A jovem assentiu. Só que Gabe era mesmo maluco se achava que Holland iria entrar em um carro com ele novamente.

Capítulo doze

A Professora-Doutora morava em um daqueles bairros clássicos dos Estados Unidos, que sempre cheiravam a grama recém-cortada e pareciam cenário de um filme dos anos 1950. A luz de quase todas as varandas estava acesa. Todas as calçadas tinham sido varridas, e a maioria dos lares estava pronta para o Halloween. Todos os degraus estavam repletos de abóboras rechonchudas, cor de laranja, e fantasmas simpáticos, feitos de lençol, esvoaçavam, pendurados em árvores antigas.

Se fosse um pouco mais cedo, os vizinhos estariam, provavelmente, levando os cachorros para passear e alguém teria, com toda a certeza, reparado em uma jovem descalça saindo de um carro estacionado na frente da única casa da rua que não estava com as luzes da varanda acesas.

Todas as janelas estavam às escuras, e a casa, em silêncio, quando Gabe saiu do carro e, em seguida, Holland. Era mais alto do que a jovem tinha percebido dentro do veículo. Conseguia sentir aquele homem bem acima dela, andando perto demais. Tão perto que chegou a pensar que, se desse mais do que um passo na frente, Gabe a seguraria e a puxaria para trás, para bem perto dele.

Ele roçou o punho cerrado nos dedos da jovem.

– Nem pense em sair correndo – sussurrou.

– Estou descalça. Você acha que eu conseguiria chegar muito longe? – Holland esticou a perna e remexeu os dedos dos pés.

Gabe olhou para as pernas dela. Não fez cara de quem tinha achado muita graça, mas Holland poderia jurar que os olhos do homem se demoraram em sua perna à mostra antes de subir até o ponto em que a saia tinha ficado enroscada na coxa.

Por um segundo, Holland perdeu o equilíbrio.

Gabe imediatamente segurou seu braço, apoiando-a. E, tão rápido quanto pegou, soltou, como se não quisesse encostar nela.

– Apenas não corra – ordenou. – Não posso garantir sua segurança se você correr.

– De acordo com o que acabou de me dizer no carro, você não pode garantir minha segurança de jeito nenhum. – O tom saiu mais ríspido do que ela pretendia. Se fosse qualquer outra pessoa, teria pedido desculpas, mas tinha quase certeza de que ele era um dos motivos para sentir vontade de ser ríspida.

Uma lufada de vento empurrou uma cadeira de balanço quando Holland e Gabe chegaram à porta da casa da Professora-Doutora. Ao contrário dos vizinhos, ela não tinha feito nenhuma decoração. Não tinha nem uma abóbora em miniatura, só a cadeira de balanço e um capacho, em que estava escrito: "Com tantas espeluncas para tomar gin no mundo".

A Professora-Doutora não decorava a casa para o Natal, mas adorava o Halloween. Normalmente, mergulhava de cabeça na data. Fazia lanternas de abóbora elaboradas e pendurava fios de luzinhas em forma de balas. No ano anterior, até colocara uma daquelas aldravas falsas em formato de mão-esqueleto. Holland achou bem preocupante o fato de ela não ter feito nada naquele ano.

– Pelo jeito, sua professora não está em casa – comentou Gabe.

Holland bateu à porta. Sabia que, provavelmente, Gabe tinha razão. A casa estava escura e silenciosa demais, mas não podia deixar de ter esperança. Esperança era tudo o que tinha naquela noite.

– Sou eu, Professora-Doutora, a Holland! – gritou. Em seguida, apertou a campainha e bateu com mais força.

A casa rangeu. Um fantasma feito de lençol esvoaçou em uma árvore próxima.

Gabe lançou um olhar fulminante para os dois lados da rua.

– É melhor a gente cair fora daqui.

– Aquele ali não é um fantasma de verdade – censurou Holland.

– Não estou com medo de um lençol pendurado numa árvore.

– Que bom, porque ainda não podemos ir embora.

Uma sombra sinistra tomou conta da expressão dele.

– Lembra que falei "se eu disser para a gente ir embora, vamos embora"? – E segurou o punho de Holland.

Em seguida, a puxou, mas a jovem se manteve firme e fincou os pés no capacho da Professora-Doutora.

– Ela tem um diário. Que chama de caderno sagrado. É onde anota todos os mitos e lendas que conta na aula e alguns que não conta para os alunos. Nele deve ter alguma informação que pode nos ajudar a encontrar o Coração Alquímico.

Gabe fez uma expressão intrigada, contra a vontade.

– Você sabe onde ela guarda esse diário?

– Na biblioteca, nos fundos da casa.

– Então você quer arrombar a porta? – Ele pôs a mão por baixo do paletó do terno. Em um primeiro momento, Holland não sabia o que Gabe estava fazendo. E aí viu um brilho característico, de metal.

– Ah, não! Nada de armas.

– Vamos arrombar a porta de uma casa.

– Não vamos arrombar nada. Sei onde fica a chave reserva.

Ele fez uma expressão de quem queria discutir, mas a jovem não podia permitir que Gabe vencesse aquela briga.

– Não tem ninguém em casa e, se alguém nos encontrar lá dentro, é provável que seja alguma vizinha idosa. E aí você vai acabar matando a avó de alguém. Realmente quer ser esse cara? Gabe, assassino de vovós.

Ele olhou para Holland como se nunca tivesse ouvido um argumento mais ridículo ou visto uma pessoa mais ridícula na vida. Mas deixou a arma onde estava, escondida embaixo do paletó.

Folhas caídas ficaram grudadas nos pés de Holland quando ela foi para o quintal da Professora-Doutora. Durante o dia, era cheio de flores e chafarizes tilintantes. Mas, à noite, ouvia-se apenas o ruído perturbador de lâmpadas de vidro batendo umas nas outras, por causa do vento.

A jovem costumava imaginar de que gênero sua vida seria, se fosse um filme. Ter crescido na fazenda do tio e da tia, no norte da Califórnia, lhe dava a sensação de que a infância é um daqueles dramas que ganham muitos prêmios, mas são meio lentos e tediosos. Holland jurou que, quando crescesse, sua vida seria um programa de TV, com cores saturadas, música pop atrevida e um montão de beijos.

E era esse o rumo que estava tomando antes de ficar sabendo que a disciplina da Professora-Doutora existia.

Não sabia ao certo em que gênero estava agora, mas as cores eram mais sujas, não tinha nenhuma trilha sonora pop e a quantidade de beijos estava longe de ser suficiente.

Seus olhos se dirigiram a Gabe.

Só de estar assim tão próxima a ele tinha a sensação de estar na contramão. Definitivamente, não queria beijá-lo. Mas, por um segundo, foi só isso que conseguiu imaginar. Não seria um beijo delicado. Os braços dele a abraçariam apertado. Apertado ao ponto de doer. Apertado ao ponto de impedir que ela caísse aos pedaços, até que a soltaria, de um jeito repentino e brusco, e restariam apenas pedaços. Caras como Gabe despedaçam jovens mulheres como Holland.

Não era isso que ela queria, nem de longe. Cat estava enganada quando disse que a amiga queria alguém que a assustasse um pouco. Holland queria alguém que a fizesse se sentir segura. Alguém que a fizesse ter a sensação de que, mesmo que o mundo desmoronasse à sua volta, não iria parar de segurá-la, de abraçá-la.

Mas Gabe não era esse homem. Minutos atrás, não tinha sido capaz nem de segurar seu pulso por mais de um segundo. Holland apertou o passo para ficar mais adiante dele.

O acesso ao escritório pessoal da Professora-Doutora era por uma porta dupla antiga, de vidro e emoldurada de madeira, que levava a um pátio de tijolinhos cercado por roseiras supercrescidas, fúcsias resistentes e pés de bordo-japonês decorados com luzinhas de vidro minúsculas, que não paravam de tilintar ao vento. Sua orientadora escondia a chave reserva embaixo de um gnomo de jardim mal-humorado, que olhou feio para Holland quando ela pegou a chave.

– Você não precisa disso – declarou Gabe, quando a jovem pegou a chave.

– Falei que não vamos arrombar a porta – insistiu ela.

– E, além disso, não somos os primeiros a chegar aqui. – Ele encostou dois dedos em uma folha da porta dupla, que se abriu facilmente.

No segundo seguinte, todas as luzes se acenderam.

E, depois disso, tudo virou um caos.

Folclore 517: até segunda ordem

O cheiro é de urina. Você caminha, enquanto levanta a poeira das trilhas de terra, mas o cheiro só fica mais forte. Pensa em ir embora, em faltar a essa aula, mas todo mundo que já fez a matéria diz que essa aula é importante.

As palavras sempre são seguidas por um silêncio.

Você fica impressionada com a lealdade que, pelo jeito, todos os ex-alunos da Professora-Doutora têm para com ela. Mas compreende: tampouco conta os segredos da aula para ninguém. Essas histórias são coisas que você acha que fez por merecer e não quer dá-las de graça.

E, eis você aqui, no Antigo Zoológico de Los Angeles, no Griffith Park.

Não sabe ao certo por quanto tempo o zoológico ficou aberto ao público. Mas, depois de passar pelas jaulas tragicamente pequenas, não consegue acreditar que tenha ficado aberto um dia. Já viu armários maiores do que esses cercados. Não é para menos que dizem que os animais que viveram aqui ainda assombram o local.

Você acha que o lugar foi construído no começo dos anos 1900. Mas, ao contrário de outras partes de Los Angeles que foram construídas na mesma época, essas jaulas pequenas, feitas de ferro e de pedra, parecem não conter nenhuma magia. Quando muito, dão a impressão de serem amaldiçoadas.

Esse lugar tem mais fantasmas do que árvores. Você pensa no pobre casal que morreu em cima de uma mesa de piquenique enquanto fazia amor. Depois, pensa em todas as pessoas que, ao longo dos anos, apareceram aqui com amnésia. Acontece, mais ou menos, uma vez por mês. Às vezes, se esquecem de dias, às vezes de anos, e nunca ninguém conseguiu descobrir por quê. Você imagina que, talvez, a aula possa ser sobre isso quando para atrás de uma dessas jaulas, onde os poucos alunos que restaram estão reunidos.

– *Hãn-hãn* – faz alguém, atrás de você. Todo mundo se vira lentamente.

Não é a Professora-Doutora. Mas a mulher jovem é, claramente, uma de suas pupilas. A postura é reta e rígida. Os olhos não piscam tanto quanto deveriam. E você desgosta dela no mesmo instante, porque teme que a presença da mulher signifique que a Professora-Doutora não vem. Mandou uma representante.

A representante espera todos os olhos estarem voltados para ela antes de dizer:

– Estou aqui para informar a todos que todas as aulas da Professora-Doutora foram suspensas até segunda ordem.

Ela dá as costas e vai embora antes que você possa fazer qualquer pergunta.

Capítulo treze

Recortes de jornal emoldurados tinham sido arrancados das paredes. Livros, derrubados das prateleiras. Gavetas foram impiedosamente arrancadas das escrivaninhas. Almofadas, removidas das poltronas. A casa inteira estava de pernas para o ar.

Gabe disse alguma coisa, mas sua voz parecia muito distante. Holland mal conseguiu ouvir com o zumbido de estática das lâmpadas – ou, talvez, o barulho só existisse dentro de sua cabeça.

Holland sempre adorou o escritório pessoal da Professora-Doutora. Era um daqueles lugares como aquela sala de vidro leitoso, repleto daquela magia das coisas simples, atemporais. A maioria dos tesouros da Professora-Doutora era relacionada aos mitos e lendas que colecionava. As estantes estavam cheias de plantas baixas de hotéis mal-assombrados de Hollywood, receitas de *sidecar* com molduras elaboradas, filipetas de ingresso originais do Antigo Zoológico de Los Angeles, relógios à corda da sua coleção. Um dos relógios parecia estar quebrado. O ponteiro dos minutos girava feito o dos segundos, o das horas tiquetaqueava feito o dos minutos e ecoava pelo recinto estraçalhado.

– Precisamos encontrar a Professora-Doutora – declarou Holland. – Precisamos ter certeza de que ela está *bem*. – A jovem não teve coragem de dizer a palavra "viva". Não queria nem sequer conceber a ideia de que sua orientadora pudesse estar morta, assim como Jake.

Holland não sabia se seria capaz de aguentar muita coisa a mais naquela noite, mas, sem dúvida, não iria aguentar perder a Professora-Doutora.

Gabe apertou bem os lábios quando seus olhos pousaram em um exemplar rasgado de *Assassinato em San Simeon* – um dos suspenses preferidos da Professora-Doutora. A expressão do homem dava a impressão de dizer: "Se sua professora estiver aqui, ela não vai estar bem".

– Ela pode estar ferida – disse Holland. E se dirigiu à porta que levava ao restante da casa. Tentou não pisar em nenhum livro ou caco de vidro, mas estava de pernas bambas, seus movimentos saíam atrapalhados.

Gabe segurou seu pulso e a puxou rápido para trás, com tanta força que quase a fez cair.

– Eu vou olhar. Você fica aqui.

– Mas…

– Não – disse ele, curto e grosso. – Fazemos assim ou vamos embora.

– Não vou embora.

– Você acha que não posso te obrigar a fazer isso? – Os dedos dele apertaram o pulso da jovem, enviando uma linha de calor que subiu pelo braço dela. – Fique aqui – ordenou. E em seguida, a soltou.

A impressão foi de que a luz ficou mais fraca assim que ele saiu do recinto. Holland achava que o lustre estava aceso, mas agora só havia o lume do abajur Tiffany da Professora-Doutora, derrubado. Estava em cima da mesa, ao lado de um telefone de discar de um verde bem vivo, que fazia os barulhos que telefones fazem quando são tirados do gancho.

A jovem foi até a mesa para pôr o aparelho de novo no gancho, e foi aí que viu, enfiado embaixo do fone: um cartão de visita cor de creme, com letras verde-esmeralda.

JANUARY ST. JAMES
Livros Raros & Objetos de Coleção

A cabeça de Holland começou a girar. A irmã e a Professora-Doutora não se conheciam. Nunca se encontraram. E January havia passado todo o mês de outubro na Espanha, não poderia ter estado ali. A menos que tivesse dado uma passada no mês anterior. Mas, então, por que nem January nem a Professora-Doutora comentaram nada? Holland queria se convencer de que estava vendo coisa demais naquilo. Sua orientadora adorava livros e objetos raros. Talvez tivesse procurado sua gêmea para localizar alguma coisa, e as duas se esqueceram de comentar sobre isso com ela. Ou existia alguma ligação mais ampla, que Holland não estava conseguindo enxergar.

Ela pensou em Gabe. Que conhecia as histórias do Homem das Horas e do Coração Alquímico. Isso a fez pensar que January também poderia conhecer. Mas então por que nunca comentou nada com a irmã?

Antes de Jake, Holland jamais havia comentado a respeito das histórias de mitos e lendas contadas pela Professora-Doutora com ninguém, a não ser com January. Depois que começou a fazer a dissertação, mostrou uma primeira versão para a irmã. Depois contou a lenda do demônio e do *sidecar*, que aprendera na aula. Holland tentou se esquecer do que a irmã disse na ocasião, porque as palavras doíam demais.

"Você precisa crescer, Holland. Os dois se foram. Não vão voltar, e inventar histórias a respeito deles não vai mudar esse fato."

A briga por causa da dissertação se transformou em uma briga por causa dos pais das duas. Holland estava furiosa com January por ela nunca falar deles, e January estava brava com Holland por se recusar a esquecer os dois. E aí, sabe-se lá como, a situação se transformou em January dizendo para Holland que precisava jogar a dissertação no lixo e dar um fim no relacionamento com a Professora-Doutora que, na ocasião, chamou de "louca de pedra".

Foi a pior briga que as gêmeas já tiveram na vida. Ficaram um mês inteiro sem se falar. E aí, certa noite, January apareceu na casa de Holland sem avisar, com uma mochila para passar a noite e uma garrafa de vinho com uma etiqueta escrito: "Desculpa, sou um lixo".

E as irmãs nunca mais voltaram a tocar no assunto da dissertação nem da Professora-Doutora. Mas, sabendo como January podia ser teimosa, Holland duvidava que ela tivesse mudado de opinião. O que a fez pensar mais uma vez. Onde sua orientadora tinha conseguido o cartão de visita de January? E por que tinha um cartão da irmã?

Holland passara os últimos anos estudando histórias e sabia que, por mais complicado que algo parecesse, no fundo, toda e qualquer história sempre revelava uma verdade simples, que costurava tudo. Sendo assim, das duas, uma: ou Holland ainda não tinha todos os pedaços daquela história ou estava encaixando as peças de modo incorreto.

A jovem enfiou o cartão de visita da irmã na pasta estilo carteiro e deu as costas para a mesa. Talvez perguntasse para Gabe a respeito quando ele voltasse. Literalmente, não tinha tempo para descobrir isso agora.

Todos os livros da Professora-Doutora tinham sido arrancados das estantes, um por um, como se a pessoa que fez isso estivesse procurando o diário. Holland ficou de coração partido quando se deu conta da dimensão do estrago que tinham feito às coisas mais preciosas de sua orientadora. A impressão é que daria para salvar muito pouca coisa, mas ela não podia deixar de tentar.

Depois de colocar alguns livros de volta na estante, pegou um pôster de *O preço da magia* que, normalmente, ficava pendurado na parede. Não foram poucas as vezes em que Holland ficou imaginando como a Professora-Doutora tinha posto as mãos naquele em especial. O pai da jovem sempre fizera questão de não permitir que fizessem réplicas dos pôsteres originais de seus filmes, porque gostava de incluir referências escondidas, os famosos *easter eggs*.

Na parte de cima do pôster, o título estava escrito com letras que ardiam em chamas, acima de uma foto do casal principal do filme, Red e Sophia Westcott, sendo fustigado pelo vento. Os dois estavam de mãos dadas. Mas, olhando com mais atenção, dá para ver que, na verdade, Sophia estava se segurando em Red.

Atrás dele, parecia que o sol tinha acabado de se pôr. Mas, de novo, olhando com mais atenção, Red estava, na verdade, parado diante de um par de portões pretos sombreados. Atrás de Sophia, tinha um grupo de crianças. Uma, em primeiro plano, tinha perfeitos cachos loiros e estava agarrada a um cachorro, que tinha dois sinos presos na coleira, um com a letra H, outro com a letra B. Na coleira também tinha uma plaquinha em forma de coração, com as letras JJ.

Os sinos eram para Holland, por causa do apelido Hollybells, e os JJ eram para January. O pai delas colocara *presentinhos* para as filhas em ambos os filmes da série *O preço da magia*, que resultaram em duas das caças ao tesouro preferidas das meninas. Segurando o pôster agora, Holland ficou imaginando que, talvez, pudesse conter outro *easter egg* que ela jamais tinha visto. Sabia…

A casa rangeu.

Holland ficou petrificada.

Então ouviu passos.

Gabe estava voltando. Pelo menos, ela torcia para que fosse ele. Talvez estivesse sendo paranoica, mas jurou que aqueles passos faziam um barulho diferente, eram mais leves. Alguém estava tentando não fazer barulho. A jovem desejou estar com algo nas mãos mais substancial do que um pôster de filme antigo.

Os passos vinham do lado de fora do escritório.

Holland deu um pulo para pegar o telefone de discar, bem na hora em que Adam Bishop passou pela porta, andando na maior tranquilidade.

Capítulo catorze

Adam estava quase igual à vez que Holland o encontrou na sala do professor: calça jeans rasgada, camisa xadrez, braços perfeitos e sardas na ponte do nariz. O que a fez pensar, mais uma vez, em um estudante de pós-graduação. Alguém igual a ela, alguém em quem podia confiar. Mas não havia nenhum motivo para aquele homem estar na casa revirada da Professora-Doutora. Nenhum bom motivo.

– Posso explicar. – Adam parou logo depois da porta, como se não quisesse assustá-la. Mas era tarde demais para isso.

– O que você está fazendo aqui? – A jovem tentou falar com um tom autoritário, mas as palavras saíram ofegantes e apavoradas.

O professor passou a mão no cabelo dourado, deixando-o mais desgrenhado do que bagunçado, sem dúvida tentando ficar com uma aparência que a fizesse baixar ainda mais a guarda.

– January disse que você não seria capaz de se afastar de sua orientadora.

– Espere aí… como… – gaguejou Holland. – Como você conhece a January?

– É por causa dela que estou aqui. – Adam deu mais um passo cauteloso.

– Não… não… não… não… não… – Holland foi ainda mais para trás.

– Ela me pediu para cuidar de você.

– Não – repetiu Holland. January não teria mandado duas pessoas se meterem na sua vida. A menos que temesse muito pela irmã ou…

…uma das duas pessoas estivesse mentindo. Com o desenrolar daquela noite, essa parecia a resposta mais provável.

– January disse que você era apegada à sua mentora, então achou que esse poderia ser um bom papel para mim.

– Um papel? – repetiu Holland, cada vez mais cética.

Adam estava com uma expressão de quem pede desculpas quase de surpresa por Holland ter mesmo acreditado nele, e a jovem se sentiu uma tola. Óbvio que aquele homem não era professor-doutor coisa nenhuma, era só mais um cara tentando enganá-la.

– Eu não queria mentir para você. – Os olhos de Adam agora estavam pedindo desculpas sinceramente. – Sua irmã me pediu para te proteger de longe, e eu tentei. Mas... – Ele ficou em silêncio e deu uma olhada no escritório destruído. – Pelo jeito, não está funcionando muito. – E deu mais um passo, aproximando-se da jovem.

– Não – Holland estendeu a mão e foi se aproximando cada vez mais da porta do jardim. – Pare bem aí.

– Não temos tempo para isso, Holland. Precisamos tirar você daqui.

– Não vou a lugar nenhum com você. Já mentiu para mim hoje. Se quer que eu acredite nessa história, preciso de provas. Deixe eu ver seu pulso. – O olhar de Holland se dirigiu à grossa pulseira de relógio que tapava a região onde January e Gabe tinham tatuagens iguais.

– O que isso vai provar?

– Apenas faça.

Adam tirou o relógio e ali estava: uma tatuagem igualzinha à de Gabe e January. Ele ficou olhando para Holland com impaciência, enquanto ela olhava para a tatuagem.

– É prova suficiente?

A jovem negou com a cabeça.

– Não faz sentido. Por que January mandaria você e Gabe?

Adam ficou com uma expressão alarmada.

– Sou o único que sua irmã mandou. Seja lá quem for esse tal de Gabe, você não pode confiar nele.

– Que engraçado, eu já ia dizer a mesma coisa para ela. – Gabe entrou pela porta aberta do jardim e empurrou Holland, para a jovem ficar atrás dele. – *Corra* – murmurou.

– É dele que você tem que se afastar – declarou Adam.

– Você precisa correr – repetiu Gabe.

– Acho que ela não quer te ouvir. – Adam deu mais um passo na direção de Holland.

– Não se mexa. – Gabe pôs a mão dentro do paletó e tirou a arma.

Na frente dele, Adam se movimentou com uma velocidade incrível e, do nada, também estava apontando uma arma.

– Não... nada de armas! – berrou Holland. – Ninguém precisa sair ferido.

Os dois homens estavam com uma expressão de quem não concordava.

Gabe segurava a arma de um jeito que fez Holland pensar que, provavelmente, ele dormia com uma desde o berço. E Adam parecia estar tão à vontade com a sua que chegava a ser alarmante.

– Não sei o que foi que ele te disse – falou Adam. – Mas você não pode acreditar em nenhuma palavra.

Gabe soltou um ruído raivoso demais para ser chamado de risada.

– Você poderia, pelo menos, ter posto uma roupa diferente para tentar seduzir esta aqui.

Seduzir.

Holland ficou petrificada.

Será que isso significava que era Adam quem estava *namorando* a irmã dela?

O falso professor negou, com veemência.

– Você não pode dar ouvidos a ele, Holland. Vim até aqui para te proteger.

– Ele está mentindo – retrucou Gabe.

– Juro que estou falando a verdade. Trabalho com a sua irmã, January. Ela é minha sócia. E me mandou até aqui para cuidar de você.

– Você não pode acreditar nesse cara – insistiu Gabe. – Ele mentiu para January e agora está mentindo para você. Sou eu quem sua irmã mandou.

Holland tinha vontade de mandar os dois pararem. Sua cabeça estava girando de novo, dizendo para sair daquela toca de coelho, para voltar à sua vidinha com problemas insignificantes, para deixar *ambos* aqueles homens para trás.

– Holland. – Adam fez uma voz mais suave, como se soubesse que ela estava à beira de desmoronar, de fugir ou das duas coisas. – Juro que estou falando a verdade.

O homem olhou para a jovem como se toda sua vida dependesse dela, como se só importasse o que Holland estava pensando, como se estivesse disposto até a levar um tiro se fosse levá-la a acreditar nele. E, por uma fração de segundo, Holland quis acreditar em Adam.

E aí a impressão foi que tudo aconteceu ao mesmo tempo.

Holland ainda estava com os olhos fixos na cara de súplica de Adam quando ouviu o tiro.

Parecia que o mundo estava chegando ao fim. Que a Terra estava rachando ao meio. Que montanhas estavam desmoronando.

Então, mãos largas estavam segurando seus braços, arrastando-a em direção à porta.

Gabe. Ele é que estava arrastando Holland.

A jovem conseguia ver os lábios dele se mexendo, mas não conseguia entender o que ele estava dizendo. Os ouvidos estavam zumbindo. O escritório estava se transformando em uma daquelas fotos fora de foco, em que tudo está borrado a não ser uma coisa. E essa coisa em foco era Adam, caído no chão, no meio do recinto.

– Não! – gritou Holland. E, de repente, o mundo voltou a ficar nítido. Conseguia sentir o frio vindo da porta, logo atrás dela, brigando com o calor das mãos assassinas de Gabe, que tentava arrastá-la para longe dali. – Me solte!

– Precisamos sair daqui – berrou Gabe. E pegou Holland no colo.

– Me coloque no chão. – Ela debateu as pernas. – Você não precisava matá-lo!

– Não se preocupe, esse escroto é muito mais difícil de matar do que você pensa. E... – Gabe soltou um suspiro trêmulo e a segurou mais perto do corpo, fazendo Holland ficar de frente para ele, com as pernas em volta da sua cintura. – Ele atirou primeiro.

Foi aí que Holland sentiu que o peito de Gabe estava úmido. Sangue. Não viu Adam puxar o gatilho. Estava concentrada demais nos olhos dele, do mesmo jeito que tinha ficado na sala da faculdade, quando bastou um olhar para fazê-la ficar corada. Adam a tinha enganado de novo. E aí, com um péssimo pressentimento, imaginou que aquele homem poderia ter feito isso com sua irmã.

Holland parou de bater as pernas por alguns instantes.

– Pode me colocar no chão. Você não devia estar me carregando.

– Não estou morrendo – resmungou Gabe. Mas a jovem já conseguia sentir que ele estava soltando o corpo dela. Com todo o cuidado, desvencilhou-se do homem.

Diante dos dois, Adam ainda estava caído no chão, de olhos fechados, a cabeça torta, com seus cabelos dourados. Mas, olhando com mais atenção, parecia estar respirando. Levara um tiro, bem perto do coração, mas ainda estava vivo, sabe-se lá como.

– Precisamos ir embora! – Gabe segurou a mão de Holland e a arrastou na direção da porta. – É melhor a gente não estar por perto quando ele acordar.

Capítulo quinze

As casas vizinhas pareciam mais iluminadas do que na lembrança de Holland. Algumas portas estavam abertas, e havia pessoas esperando ansiosas, imaginando de onde tinham vindo aqueles tiros.

– Dirija – ordenou Gabe. Ele se jogou no banco do passageiro, com a cabeça inclinada, segurando as costelas.

– Esse é um daqueles carros com quem a gente pode falar? – perguntou Holland.

Ele espremeu os olhos ou, talvez, já estivessem só entreabertos.

– Por que você precisa falar com o carro?

– Preciso te levar para o hospital, mas não sei onde é.

As juntas dos dedos estavam brancas, de tanto que a jovem apertava o volante. Começou a dirigir, mas não fazia ideia de onde estava indo. Só sabia que precisava sair dali. Os vizinhos tinham saído das varandas e ido para a calçada. Pelo menos um deles tirou foto. Holland torceu para que estivesse escuro demais para alguma câmera conseguir capturar seu rosto, mas, se alguém tivesse conseguido, ela poderia estar sendo procurada pela polícia, por seu envolvimento em dois assassinatos.

– Nada de hospital. – Gabe ergueu o braço e desfez o nó da gravata com uma mão só. – Você pode me costurar na minha casa.

– Ah, não… eu não costuro gente. Eu não costuro nem coisas costuráveis muito bem.

– Você vai se sair bem. É só pensar que está me esfaqueando com uma agulha.

– Mas eu não quero te esfaquear.

Ele retorceu o canto da boca.

– Queria, há pouco.

Holland não teve como discutir.

– Relaxe, não foi tão grave assim. Acho que a bala ricocheteou quando bateu na minha costela – disse o cara, mas estava com a voz meio ofegante. E a jovem não achava que uma bala ricochetear quando bate em qualquer coisa era algo muito bom.

Gabe indicou que ela virasse até chegarem a uma rua principal. Semáforos e placas em neon anunciando lugares de *fast-food* substituíram os postes de luz do bairro. Holland tinha a sensação de que estava dirigindo rápido demais e devagar demais, tudo ao mesmo tempo. Toda vez que um semáforo ficava vermelho, percebia que estava segurando a respiração até poder pôr o pé no acelerador.

Passaram por um *outdoor* com um anúncio faiscante do Baile de Halloween do Hollywood Roosevelt. A imagem ficava piscando. Um segundo, mostrava o emblemático letreiro do hotel. Em seguida as palavras mudavam para "Feliz Halloween".

Os votos de boa festa brilhavam em neon, no vermelho característico do Roosevelt. E, de repente, Holland começou a se lembrar da manhã daquele mesmo dia, quando viu essas mesmas palavras carimbadas no canto de uma caixa embrulhada com papel pardo. Achou que era só mais um livro esotérico sobre o demônio. Mas agora imaginava que a Professora-Doutora poderia ter enviado alguma outra coisa.

– Precisamos passar na minha casa.

– Não precisamos, não – foi a resposta imediata de Gabe.

Só que Holland já estava se dirigindo à rodovia expressa que os levaria de volta a Santa Mônica.

– Você errou o caminho.

– Você acabou de me dizer que não está morrendo, e a Professora-Doutora me mandou algo que podemos precisar. Acabei de me lembrar, quando vi o letreiro escrito "Feliz Halloween". Tinha um carimbo escrito "Feliz Halloween" no pacote. Agora fico pensando que ela pode ter me mandado o diário.

– E por que ela faria isso?

– Sou a aluna preferida dela. Se minha orientadora sabia que algo ruim estava para acontecer, teria me mandado o diário, para eu guardá-lo em segurança. Precisamos pegá-lo. A menos que tenha alguma outra pista de como encontrar o Coração Alquímico.

Gabe mexia o maxilar, como se quisesse argumentar, mas não pudesse.

– Tem mais algum outro segredo ou surpresa que você queira me contar?

– Eu não estava guardando o pacote em segredo – explicou Holland. – Eu realmente me esqueci.

– E tem mais alguma coisa que você tenha esquecido?

– Provavelmente. Aconteceu muita coisa hoje.

Na verdade, muita coisa tinha acontecido apenas nas últimas horas. A jovem ainda conseguia sentir as folhas mortas da casa da Professora-Doutora nos pés e a água dos irrigadores, de quando tinha ficado ao lado do cadáver de Jake. Tinha a sensação de que aquela era o tipo de noite que, mesmo depois de terminada, jamais iria passar completamente. E, apesar disso, também tinha a sensação de que já estava perdendo partes dela.

Tentou fazer uma lista em pensamento do que sabia e do que não sabia.

Agora sabia, com absoluta certeza, que as lendas contadas pela Professora-Doutora eram muito verdadeiras. Ou seja: a previsão do Homem das Horas iria se confirmar. Holland iria morrer no dia seguinte, a menos que encontrasse o Coração Alquímico. Mas não fazia ideia de onde procurar. E, depois de ver a casa de sua orientadora, tinha certeza de que outras pessoas também estavam procurando pelo objeto.

Gabe disse que tinha uma espécie de lista de datas de quando o Coração Alquímico supostamente iria reaparecer. Holland tinha ouvido falar dessa lista por alto, mas, se ela existisse mesmo, outras pessoas saberiam que agora era hora de procurar.

Como Adam Bishop.

Claramente, Adam era a pessoa de quem January tinha medo e comentou no bilhete, o que fez Holland suspeitar que ele tinha sido contratado pela mesma pessoa que contratou Jake.

Olhou de relance para o banco do passageiro, onde tinha deixado a pasta preta que encontrou no apartamento de Jake. Mais uma vez, se perguntou se a borda estilo *art decó* era só uma coincidência ou se era uma pista que provava que o demônio é quem estava por trás de tudo aquilo.

Pensou, mais uma vez, na advertência de Adam, de que ela não devia fazer a dissertação sobre o demônio. Será que estava tentando impedi-la de descobrir para quem ele trabalhava? Ou estaria tentando protegê-la?

Holland riscou a segunda hipótese. Não podia continuar tentando transformar Adam no bonzinho da história. Ele só tinha aparência de bonzinho, com aqueles olhos que, sem o menor esforço, diziam: "Acredite em mim" – o que, provavelmente, deve ter sido o motivo de o terem contratado para seduzir January.

– Você acha que Adam está trabalhando para o demônio? – perguntou.

Gabe fez careta. Holland não poderia dizer se foi só de dor ou se tinha ficado incomodado com a pergunta.

– Quando você fala do demônio, está se referindo ao demônio bíblico?

– De que outro demônio eu poderia estar falando?

Ele não respondeu.

A jovem lançou um rápido olhar para o banco do passageiro. Gabe agora estava completamente encolhido, encostado na porta, de olhos fechados.

– Ei! – Ela o sacudiu pelo ombro. – Não durma.

Holland não era nenhuma especialista em ferimentos a bala, mas já vira filmes suficientes para saber que, se alguém pega no sono depois de levar um tiro, não costuma sobreviver para fazer parte da sequência.

Pisou mais fundo no acelerador.

Gabe abriu os olhos.

– Estou bem – disse, mas sua voz estava ainda mais ofegante.

– Estamos quase chegando – disse Holland. – Continue acordado.

– Não vou morrer – resmungou o cara. Agora, o tom era de irritação, o que era melhor do que ofegante, mas o coração da jovem continuou a bater acelerado quando ela virou na rua da própria casa.

Holland morava em Santa Mônica, perto da Avenida Montana, em uma casa estilo espanhol que fazia as pessoas, logo de início, ficarem com a impressão de que deveriam tirar os sapatos e, em seguida, fazer perguntas que ela não queria responder.

A jovem sabia que todo mundo que entrava lá ficava imaginando como ela podia pagar por aquela casa. Holland não gostava de mentir, mas também nunca contou a ninguém a verdade a respeito dos pais. Pelo contrário, inventava histórias. Histórias que eram tão obviamente falsas que não contavam como mentira.

"É tudo dinheiro sujo", dizia, às vezes. "Fui uma daquelas noivas-criança, me casei com um chefão da máfia. Ele era católico e não acreditava em divórcio. Eu o envenenei para pôr fim ao casamento, e agora o cadáver está enterrado lá fora, embaixo da varanda."

E tentava terminar a história com um olhar que dava a entender: "E posso enterrar o seu cadáver também, se fizer mais alguma pergunta". E, normalmente, as pessoas não faziam mais perguntas. Normalmente, davam risada ou entravam na brincadeira, e aí Holland mudava de assunto.

Gabe não perguntou nada quando pararam o carro na entrada e Holland desligou o motor. Só falou:

– Você deveria ter parado na rua.

– Acho que você não consegue andar tudo isso.

O homem fez uma expressão ofendida. A jovem teve vontade de recordá-lo do fato de que tinha sido baleado. Mas, na verdade, ele dava a impressão de ter se recuperado quando saiu do carro. Se não fosse por estar segurando a lateral do corpo, Holland não saberia que havia algo de errado com Gabe.

Ele andou na frente, pela entrada da garagem, sumiu nos fundos da casa, depois a encontrou na varanda.

– A barra está limpa.

Holland teve vontade de debochar de Gabe, por ser tão dramático. Mas então se lembrou de Jake, deitado em uma poça de sangue, seguido pela casa revirada da Professora-Doutora. E, de repente, ficou um pouco nervosa de entrar na própria casa.

– Quantas pessoas mais você acha que estão atrás do Coração Alquímico?

– Não me importa quantas estão procurando. Só me importa *quem* está procurando. Existem certas organizações das quais é melhor não chamar a atenção.

A jovem teve vontade de comentar outra vez sobre sua teoria a respeito do demônio. Mas, sob a luz da varanda de casa, pôde ver o suor brilhando na testa de Gabe, o rosto um pouco pálido. Ele ainda estava em pé, mas não parecia mais tão firme quanto estava quando saiu do carro.

– Talvez seja melhor você se sentar. – E apontou para a cadeira de balanço, que tinha comprado porque se inspirou na Professora-Doutora. A mesma coisa tinha acontecido com o capacho que, como o de sua orientadora, tinha uma frase tirada de um filme antigo, só que o de Holland era uma frase de *O Mágico de Oz*, não de *Casablanca*.

A campainha não funciona
Por favor, bata na porta

Holland sentiu um aperto no peito ao ler aquelas palavras. Realmente torcia para que a Professora-Doutora estivesse bem, onde quer que estivesse. Também gostaria muito de poder falar com ela. Mas tomara que houvesse algumas respostas dentro do pacote que havia enviado para Holland.

– Chaves – disse Gabe, estendendo a mão. Holland as tirou da bolsa, mas não entregou. Os olhos dele estavam se fechando de novo. – Eu realmente acho que você deveria se sentar.

– Não vamos ficar aqui. Você vai pegar o pacote e aí… – Gabe cambaleou.

– Ah, não! – Holland correu para o lado dele e encaixou o ombro debaixo do braço do cara. Que era pesado. Parecia feito de puro músculo. E estava quente. A jovem conseguia sentir o calor passando através da camisa e do paletó. Gabe não estava nada bem. E, apesar disso, resistiu a ser amparado por Holland na porta. Não queria dar um passo além do batente.

– Que foi? Por acaso é vampiro? Precisa que eu te convide para entrar?

– Não – resmungou ele, e Holland pensou *quase* ter visto o esboçar de um sorriso. – Só tenho a sensação de que eu não deveria entrar. – Lançou um olhar para o sangue que se acumulava na mão, depois para o chão de carvalho branco e para as paredes brancas e lisinhas. – Está muito *limpo*.

– Não tem problema – garantiu Holland. – Se eu só viver até amanhã, as gotas do seu sangue vão tornar minha morte ainda mais misteriosa. – Ficou torcendo para ver outro sorriso se esboçar, uma careta ou qualquer sinal de vida, mas Gabe não estava com um bom semblante. – Vamos só chegar até o banheiro.

Ela o ajudou a passar pela porta.

– Venha, não falta muito.

– Acho que aqui está bom. – Gabe se jogou no corrimão da escada, encolheu os ombros, fechou os olhos.

– Não desmaie – censurou Holland. – Vou buscar remédios, curativos, panos e... – Não sabia por que estava tagarelando. Correu até o banheiro mais próximo.

Pegou toalhas, bandagens e água oxigenada, depois se lembrou de que January lhe dera um kit de primeiros socorros do tamanho de uma mala. Holland nunca tinha usado. Nunca precisou de mais do que um curativo. Lembrou-se de ter perguntado, em tom de brincadeira, se a irmã achava que o Apocalipse estava por vir. "A gente nunca sabe quando vai acontecer um desastre", retrucou January, em tom de piada. Holland pensou que ela estava brincando. Mas agora, ao pegar o kit enorme, ficou imaginando que a irmã poderia esperar que algo assim acontecesse. Era óbvio que não estava lhe contando certas coisas a respeito de sua vida.

Holland deu um pulo de susto ao ouvir som de movimento vindo da parte da frente da casa. Do lugar onde tinha deixado Gabe... e o pacote enviado pela Professora-Doutora.

Capítulo dezesseis

O coração de Holland começou a bater acelerado de novo. Ou talvez nunca tenha parado.

Ela saiu correndo do banheiro e parou de supetão.

Gabe ainda estava lá, sentado nos degraus. Tinha tirado o pacote das costas e colocado na frente dele, segurando o ferimento com uma mão e a arma com a outra.

Holland respirou, ofegante.

– Qual é o seu problema? – perguntou o cara. E retorceu os lábios quando olhou para a jovem. – Por acaso achou que eu iria embora com isso? – E fez sinal com a cabeça para o pacote.

Ela queria dizer que não, mas foram tantas as mentiras naquela noite que não queria contar nem uma minúscula.

– Pensei nisso.

– Você ainda não confia em mim?

– Não sei – respondeu Holland, sendo sincera.

Há pouco tempo, dizer "não" seria fácil. Ainda tinha a sensação de que deveria ser. Dado tudo o que descobrira a respeito de Jake e de Adam, lhe parecia prudente não confiar em ninguém, especialmente em qualquer homem que achasse bonito, até que passasse por um exame rigoroso de detector de mentiras ou confessasse todos os seus pecados sob o efeito de algum soro da verdade. Mas Gabe tinha levado um tiro, tinha protegido o pacote e não a abandonou.

E a jovem não queria que ele fosse embora.

Não tinha certeza se isso era ou não confiança, mas era alguma coisa. O suficiente para fazê-la se sentir só um tantinho nervosa quando se aproximou dele.

Gabe foi para a direita, aproximando-se do corrimão, abrindo espaço para Holland se sentar ao lado dele na escada. Ainda estava com o paletó azul-cobalto e, pelo caimento da peça no seu corpo, era obviamente caro. O tecido, lisinho ao toque quando a jovem o ajudou a tirá-lo, também passava essa sensação.

– Não deveria – declarou Gabe.

Os dedos de Holland ficaram parados.

– Não deveria o quê?

– Você não deveria confiar em mim. Não sou uma boa pessoa.

– Por acaso te dei a impressão de achar que você é uma boa pessoa?

Holland tentou dizer isso do jeito que alguém que ainda tinha vontade de esfaqueá-lo diria, mas aí cometeu o erro de olhar para o homem. Olhar de verdade. Talvez fosse a primeira vez que fazia isso na luz e tinha acertado: os olhos de Gabe eram escuros, e ele tinha uma cicatriz na bochecha direita, logo abaixo do olho. Era exatamente igual à cicatriz que imaginara quando estava dentro do carro.

A jovem tentou se convencer de que não era grande coisa imaginar que um cara como Gabe teria uma cicatriz no rosto. Mas algo naquela cicatriz lhe dava a sensação de que já a tinha visto antes, não apenas imaginado. Por um segundo, teve uma rápida lembrança do rosto daquele homem, aproximando-se, com um ar sofrido nos olhos vermelhos, olhando nos olhos dela.

E então viu os olhos de fato se espremendo, porque Gabe a pegou olhando para ele.

Holland desviou o olhar rapidamente e se concentrou a ajudá-lo a tirar o paletó. A camisa por baixo do casaco parecia ter sido toda branca, mas agora estava empapada de sangue. Tanto sangue… Uma das mãos grandes de Gabe estava em cima do ferimento, e a jovem não fazia ideia do que iria acontecer quando ele a tirasse.

– O que faremos depois? Ou melhor, o que eu faço agora? – perguntou. Odiava ter que admitir, mas estava começando a se sentir meio tonta, só de olhar para o sangue. – Tiro sua camisa e aí você vai ter que tirar a mão do ferimento? Ou devo tirar sua mão e aí tiramos sua camisa? Tem uma ordem certa?

Gabe lhe lançou um olhar pesaroso. A jovem ficou com a sensação de que ele esperava um pouco mais, como se talvez esperasse que ela fosse January, que não teria ficado incomodada com o sangue nem com Gabe, que tirou a mão dela de cima do próprio corpo.

– Eu cuido da camisa. Você se concentra em arranjar agulha e linha.

As mãos de Holland tremiam quando abriu o kit de primeiros socorros. Tudo que havia lá dentro estava etiquetado com capricho, de um jeito perturbador, com frases do tipo: "Quando não quiser ir ao hospital", e "Em caso de envenenamento".

E, de repente, Holland teve certeza de que a irmã sabia que algo assim iria acontecer. Pegou o saquinho etiquetado com: "Quando não quiser ir ao hospital", e o rasgou com impaciência.

Tinha mais saquinhos lá dentro com luvas, paninhos para limpeza antisséptica e lencinhos anestésicos, alicates pequenos e apavorantes, tesouras, agulhas e um fio que a fez pensar em fio de pesca. Só que ela sabia que não era fio de pesca. Era um fio de dar pontos em pessoas.

Precisava se distrair.

– Estou achando que minha irmã, na verdade, não compra livros raros.

– Essa é uma pergunta que você precisa fazer para ela, não para mim.

– Você pode me dar uma pista? Ela é uma assassina de aluguel? Vocês dois fazem parte de uma liga de sequestradores?

– Não trabalhamos juntos. – Gabe disse isso como se fosse importante.

– Mas você me disse.... – Holland, na verdade, não conseguia se lembrar do que Gabe havia dito no carro, por causa do trauma ocasionado pelo trajeto ou por causa do sangue que estava diante dela naquele exato momento. Só conseguia se lembrar de que ele e a irmã nunca tinham namorado.

– Sou *freelancer*. Sou bom em adquirir coisas difíceis de encontrar. Agora... – disse Gabe, com um tom ríspido, deixando claro que queria dar fim a qualquer pergunta futura. – ...pegue um desses paninhos antissépticos para limpar o ferimento.

A jovem fez o que ele mandou.

Gabe tirou a mão do ferimento, e tinha tanto sangue e carne viva e...

Holland teve que fechar os olhos. Não era January. Não era capaz de fazer aquilo. Queria fazer, mas seus olhos não queriam abrir.

– Ei. Olhe para mim, querida.

– Não sei se consigo.

– Não olhe para o meu ferimento – falou Gabe, com uma delicadeza surpreendente. – Olhe para *mim*.

Holland ouviu Gabe colocar a arma no degrau, e aí sentiu a mão dele segurando a sua.

– Você pode relaxar. – A mão dele estava quente e guiou os dedos da jovem até o ferimento. – Não está na minha hora de morrer.

– Você não sabe disso.

– Sei, sim. – Seu tom de voz ficou ainda mais delicado. – Eu sei, assim como você sabe qual é a hora em que irá morrer.

Os olhos de Holland se abriram de repente.

– Você falou com o Homem das Horas?

Gabe foi guiando a mão de Holland até ela passar o paninho antisséptico.

– Hoje à noite não é minha hora.

Holland se lembrou do jeito que ele dirigia, como se acidentes fossem coisas que só aconteciam com os outros.

– É por isso que você estava dirigindo feito um maníaco.

– Não, é só meu jeito de dirigir – respondeu ele. E Holland poderia jurar que viu o cantinho da boca de Gabe se erguer. Com toda a paciência, ele instruiu a jovem a colocar as luvas, depois usar um lencinho para anestesiar a pele em volta do ferimento aberto.

Holland ainda não queria olhar para o local onde a bala tinha estraçalhado a pele de Gabe. Mas, depois do que ele havia acabado de lhe dizer a respeito do Homem das Horas, não estava mais tão nervosa. Agora, estava apenas terrivelmente curiosa. Queria perguntar qual era a hora dele, mas isso lhe pareceu uma pergunta íntima demais. Mas, até aí, Gabe estava sentado na casa dela, sem camisa, enquanto Holland costurava sua pele à mostra com todo o cuidado.

– Qual foi a hora que ele te passou? – disparou ela.

– Só importa que não é hoje à noite.

Holland deu mais um ponto. Achou que o ferimento já estava melhor. O rosto de Gabe já estava com uma corzinha. Mas havia algo de trágico nos olhos dele.

– O Homem das Horas te disse alguma coisa que você pode fazer para conseguir mais tempo?

– Por quê? Está preocupada comigo? – Gabe disse isso como se, provavelmente, tivesse senso de humor. Mas os cantos da boca foram para baixo, como se o fato de Holland se preocupar com ele fosse uma péssima ideia.

– Só estou curiosa já que, nesse exato momento, sinto que toda a minha vida depende de fazer ou não o que o Homem das Horas mandou.

– Você quer saber se existe outra maneira de conseguir mais tempo?

– Existe?

– Não que eu saiba. Mas… – Gabe pronunciou essa palavra devagar, como se estivesse decidindo se deveria dizer ou não o que estava pensando – …a sua situação pode não ser completamente irremediável. – Ele olhou para trás, para o pacote embrulhado em papel pardo que a Professora-Doutora tinha enviado.

Holland deveria ter aberto o pacote assim que Gabe melhorou um pouco. Certamente, deveria abri-lo às pressas agora. Mas, por um segundo, só conseguiu ficar olhando.

– O que você está esperando? – perguntou ele.

Capítulo dezessete

Holland não podia contar para Gabe por que titubeou.

Já tinha tirado as luvas e usado outro paninho para limpar as mãos, mas demorou mais alguns instantes limpando-as na saia antes de pegar o pacote. A pele formigou quando encostou nele. Se não fosse o diário da Professora-Doutora, a jovem não teria nenhuma outra pista para encontrar o Coração Alquímico.

Com todo o cuidado, desfez o embrulho de papel pardo.

Aliviada até o último fio de cabelo, a jovem reconheceu a capa de couro vermelho e gasto. O diário da Professora-Doutora era grosso e lindo – ou era lindo para Holland, naquele exato momento –, cheio de folhas que tinham ficado enrugadas e soltas, de tantos anos de uso.

– É ele – declarou.

A primeira capa não tinha nada, mas Holland conseguia sentir algo gravado no verso. Virou o volume. Um grande símbolo, recém-gravado, tomava conta da quarta capa. Holland não era nenhuma especialista em símbolos, mas, no último bimestre, tinha feito uma disciplina chamada Símbolos Comuns e Incomuns do Folclore. A disciplina em si tinha sido seca feito uma torrada velha, mas a jovem se interessou pelo assunto ao ponto de ter estudado bastante por conta própria.

Holland era capaz de dizer que aquele símbolo era, na verdade, composto por pelo menos outros cinco símbolos: um coração em chamas, contendo um labirinto, que contornava um olho de Hórus que, por sua vez, dava a impressão de ter dois símbolos saindo dele. Em cima do olho, tinha o símbolo do estanho e, embaixo, o do enxofre.

– Esta parte do meio é o mesmo símbolo que você e January têm tatuado no pulso.

Quando January fez a tatuagem, disse que tinha feito por impulso, depois de terminar o namoro. Falou que não fazia a menor ideia de qual era o significado daquela combinação de símbolos, mas achou interessante. Mentiu.

Holland levou a mão ao pescoço e encostou no símbolo igual que tinha na corrente. Mas, pela primeira vez, aquele acessório não lhe pareceu nem um pouco especial. O colar a deixou com a sensação de ter sido engambelada, para não fazer mais perguntas.

– Quero saber mais sobre essas tatuagens. O que significam, de verdade? – perguntou a jovem.

– Agora não tem mais importância – respondeu ele. Então apontou para a imagem maior, que estava no diário. – Este é o símbolo do Coração Alquímico.

Horas atrás, tinha falado do Coração Alquímico como se não passasse de um mito. Mas agora ficava claro que Gabe acreditava naquele "mito" mais do que deixava transparecer ou mais do que queria admitir para si mesmo. Ele passou a mão no maxilar.

– Como sua professora poderia saber que precisava te mandar isso?

– Não sei. Mas tem muita coisa que desconheço neste exato momento. – Holland ficou se perguntando o que a irmã poderia saber a respeito do Coração Alquímico. E que outros segredos January estaria guardando.

Então abriu o diário. As páginas tinham sido preenchidas com a letra cursiva da Professora Doutora. Holland leu rapidamente as anotações a respeito das lendas urbanas que conhecia: os cartões de visita do demônio, o menu pós meia-noite, o Homem das Horas.

Continuou folheando as páginas, até que as lendas se tornaram desconhecidas. Encontrou uma nova, da qual nunca tinha ouvido falar, a respeito de um hotel chamado Regal.

E aí, quase no fim do diário, encontrou.

Aula nº 6
A biblioteca acorrentada

A maioria das anotações da Professora-Doutora refletiam exatamente o que Holland se lembrava de ter ouvido em aula. Então, quase no final, tinha uma linha recém-escrita.

Tudo o que restou foi um pedaço de pergaminho com uma série de números escritos.

A Professora-Doutora escreveu, então, aquela lista de números. Eram datas – meses e anos. Os números remontavam há muitos séculos. A última data, 10.2025, era aquele mês, o que fazia sentido, batia com o que Gabe tinha dito, que havia uma súbita busca frenética pelo Coração Alquímico. Mas foi o número que vinha antes desse que Holland achou ainda mais assombroso: 10.2010.

"Quinze anos atrás, um de meus clientes alugou um cofre", o sr. Vargas havia dito.

Holland achou que o homem era um golpista. Só que, agora, as palavras ditas por ele lhe pareciam mais uma pista para as antigas caças ao tesouro do pai. Se a jovem estivesse encaixando as peças corretamente, sabia por que alguém poderia mandar pessoas para persegui-la e à irmã. Acreditavam que, quinze anos atrás, o pai das duas tinha encontrado o Coração Alquímico. E que havia escondido o objeto para dar às filhas.

– Encontrou alguma coisa? – perguntou Gabe.

– Acho que você tinha razão…

Alguém bateu com força na porta da casa de Holland, interrompendo o que ela ia dizer.

Gabe pegou a arma.

A jovem se levantou de supetão com o diário ainda em mãos e espiou pela janela que ficava ao lado da porta.

– Ah, não – resmungou.

Chance Garcia estava parado do outro lado da porta, com as mãos no bolso, a preocupação estampada no rosto perfeito de astro do cinema.

– O que ele está fazendo aqui, caramba?

– Ele é meu amigo.

Imediatamente, Gabe fez uma expressão desconfiada.

– *Amigos* não passam na casa da gente sem motivo às quinze para a meia-noite.

– Está mesmo tão tarde assim?

Gabe fez movimento de sim com a cabeça, como se isso provasse o que ele estava dizendo.

– Somos só amigos – repetiu Holland.

– Então se livre do cara – advertiu ele. – Senão, eu me livro. – E mostrou a arma.

– Guarde isso. Chance não está metido em nada disso.

– Então por que está aqui?

– Provavelmente, porque eu estava falando com ele no celular quando encontrei Jake. Desliguei para ligar para a polícia e aí, pouco depois disso, *alguém* atirou meu celular pela janela do carro. – Holland lançou um olhar de reprovação para Gabe. – Meu palpite é que Chance ficou tentando me ligar durante as últimas duas horas e está apavorado porque não atendi.

– Tudo bem – resmungou Gabe. – Só dê um jeito de conversar com ele rápido… e *manter* o cara fora disso. – Então enfiou a arma na parte de trás das calças. – Ah, e talvez também seja bom tapar isso aí. – O homem apontou para a blusa rosa-claro da jovem, que tinha respingos do sangue dele.

Holland abriu o armário do saguão e pegou uma capa de chuva comprida. Ia ficar ridícula, mas não podia deixar Chance ver aquele sangue. Gostaria que o amigo não tivesse vindo. Mas, em parte, também adorou o fato de ele estar ali. Chance se importava com ela. Era seu amigo. Um bom amigo. E era por isso que precisava se livrar do rapaz.

Dando um suspiro profundo, Holland entreabriu a porta de casa, só o suficiente para conseguir pôr a cabeça para fora.

O alívio estampado no rosto de Chance quase partiu seu coração.

– Ei! – disse ela. – O que está rolando? – Mas seu tom pode ter saído um pouco alegre demais.

O alívio de Chance se inverteu, transformando-se em alguma coisa mais parecida com frustração.

– Que diabos aconteceu com você? Faz horas que estou te ligando. – Ele deu um passo, aproximando-se da porta, mas Holland sabia que não podia abrir mais do que aquilo. Gostaria, mas aí pensou em Gabe e na arma e fechou um pouco a porta em vez de abri-la.

Chance franziu mais o cenho.

– Desculpe… – Ela não queria mentir. Mas também sabia que não havia nada de verdadeiro que pudesse dizer para melhorar a situação.

– Estou preocupado com você, Holly. Você me falou que alguém morreu e depois sumiu.

– Eu sei… eu disse isso. Mas…

– Quem é, gata? – O som grave da voz de Gabe foi seguido pelos seus braços, que envolveram a cintura de Holland por trás e a puxaram para perto do peito nu dele. E, depois, com uma voz feita de puro ponto de exclamação: – Não pode ser… é o Chance Garcia! Gata… você não me contou que conhece esse cara!

A mágoa ficou estampada no rosto de Chance.

Gabe apertou a cintura de Holland, de um jeito que não pareceu necessário.

– Somos amigos há anos – respondeu ela, tentando transmitir o máximo de sentimento possível pelo tom de voz. Mas, pelo jeito, Chance estava hipnotizado pelo peito nu de Gabe, encostado nas costas de Holland. E, pelo jeito, também estava medindo a capa de chuva da amiga com um novo grau de desdém.

– Não acredito que você nunca me contou que conhece o Chance Garcia, gata!

– Somos dois – retrucou Chance. – Ela nunca comentou de você para mim também.

– Bom, as coisas entre mim e a Holly são bem recentes. – Gabe se abaixou e deu um beijo no rosto da jovem. Seus lábios eram quentes e macios, e ele se demorou. – Tenho tentado ficar com ela só para mim. Mas, cara! Você devia total entrar! Tenho tantas perguntas para te fazer sobre aquele episódio de *O sótão mágico* que nunca foi ao ar.

Chance ficou pálido. Por um segundo, nem parecia ele mesmo.

– Tento não dar atenção a conspirações – continuou Gabe, como se não tivesse percebido, mas Holland sabia que tinha. Queria se afastar, mas aquele homem a abraçava com uma força que dava a impressão de ser um aviso para ela não se esquecer de que tinha acabado de dizer, há poucos minutos, que não era um cara legal. – Mano, tem umas teorias muito loucas por aí – prosseguiu. – Eu adoraria saber o que você acha delas.

– Fica para a próxima. – Chance começou a se afastar. Olhou nos olhos da amiga por um doloroso segundo. Indagação, decepção e mágoa, tudo brilhou em seu olhar.

Holland tentou pensar em algo a dizer.

Gabe a abraçou mais apertado e encostou o queixo no ombro dela. E então a jovem sentiu os lábios dele se aproximarem de seu ouvido.

– Nem pense em ir atrás do seu amigo – sussurrou ele.

Capítulo dezoito

Gabe fechou a porta com um chute quando Chance chegou à calçada.

– Não gosto desse cara.

– Não precisava magoá-lo. – Holland se desvencilhou dos braços dele, que fez uma expressão de quem não sentia o menor remorso.

– Ele não é seu amigo.

– É, sim… Ou pelo menos, era – retrucou a jovem.

Gabe negou com a cabeça.

– Você não pode confiar nele. Confie em mim.

– Por acaso *não* acabou de me dizer para não confiar em você, porque não é uma boa pessoa?

– Exatamente. Não sou uma boa pessoa e posso te dizer que tem alguma coisa estranha com esse cara.

– Chance é meu amigo há anos – argumentou Holland.

– Ele não é seu amigo. – Gabe voltou os olhos castanho-escuros para o diário. – O que você estava falando mesmo, tem uma lista de datas?

– Nada, na verdade. Só que você tinha razão. Tem uma lista de números aí, e o último corresponde a este mês, deste ano. – Holland fechou o diário, como se não houvesse mais nada a ser dito.

– Deixe eu ver.

– Ver o quê?

– O diário.

Os dedos de Holland seguraram o caderno com mais força. Sabia que estava sendo mesquinha. Mas aquele *showzinho* que Gabe tinha dado com Chance confirmou que não o conhecia muito bem e não estava a fim de mostrar mais nada para ele naquele exato momento. Na verdade, nem sabia se ainda precisava dele. Se estivesse certa, e o pai tivesse escondido o Coração Alquímico no cofre do banco, só precisava abrir o cofre na manhã seguinte.

– Por que você está arisca? É por causa do seu namoradinho? – Gabe, então deu um passo propositado para a frente.

Holland deu um passo para trás.

– Pare de tentar me intimidar. E, se quer que eu seja menos *arisca*, preciso que faça a mesma coisa. Preciso que responda às perguntas que fiz sobre minha irmã.

A jovem inclinou a cabeça, sinalizando o pulso à mostra do cara. Há poucos instantes, ele havia dito que o significado da tatuagem não tinha importância, mas a Holland não acreditou.

Sabia que January a amava. Também sabia que, às vezes, a forma de amar da irmã era muito diferente da sua. A gêmea via o mundo com um lugar muito mais duro do que Holland e achava que precisava protegê-la desse mundo.

Holland queria acreditar que era por isso que a irmã estava sempre guardando segredos. January, provavelmente, achava que estava fazendo o certo. E talvez estivesse. Talvez os segredos guardados por ela fossem o motivo para Holland conseguir enxergar o mundo alegremente colorido como enxergava. Mas a jovem queria acreditar que, mesmo que ficasse sabendo de duras verdades, ainda conseguiria se apegar à esperança e à crença de que o mundo é repleto de magia – do tipo maravilhoso de magia encontrado em caças ao tesouro – e que poderia encontrá-la, se apenas conseguisse esticar a mão o suficiente para encostar nela.

– Só quero saber o quanto minha irmã está escondendo de mim – prosseguiu. – Ela conhece todas essas lendas assim como você, pelo jeito, não é? Como foi que se envolveu com tudo isso?

Gabe ficou olhando para Holland de um jeito que, na imaginação da jovem, com a cobiça que um lobo olharia para um coelho branco e fofinho ou com a fúria que uma chama olharia para um *marshmallow*, como se o jogo estivesse no papo.

– Não vou responder suas perguntas.

– Por que não?

– Não acredito em muitas coisas, mas acredito em lealdade. Os segredos de January são dela, não cabe a mim revelá-los.

Em outra ocasião, a "lealdade" de Gabe poderia ser até elogiável, mas aquilo mais parecia uma desculpa para esconder tudo dela. Holland deu as costas e saiu corredor afora, pisando firme.

– Aonde você vai? – perguntou Gabe.

Holland continuou pisando firme.

Ele segurou a jovem pelo braço e a virou de frente para ele, uma faísca de frustração, até que enfim, fez sua fachada de pedra ruir.

– Você não pode simplesmente fugir desse jeito.

– Não estou fugindo, estou na minha casa. E, se não vai me contar nada a respeito da minha irmã, vou descobrir por conta própria. – Holland se desvencilhou enquanto Gabe falava alguma bobagem, dizendo que precisavam ir embora porque ali não era um lugar seguro.

– Você pode vir comigo se quiser, será bem-vindo – disse ela, entrando no quarto de visitas.

Azul era a cor predileta de sua irmã gêmea e, sendo assim, Holland enchera a cama de almofadas azuis, comprou um tapete xadrez azul e branco para pôr no chão e até preencheu as prateleiras presas à parede só com livros azul-claros.

January viajava muito a trabalho e, sempre que estava em Los Angeles, ficava na casa da irmã. Ia tanto lá que até tinha deixado várias roupas e uma mochila.

Gabe entrou no quarto bem na hora em que Holland abriu o armário e tirou a mochila lá de dentro. Elásticos de cabelo, filipetas de ingressos, trocados e correspondências caíram feito uma cascata. Apesar de toda a sua inteligência, January nunca tinha aprendido a usar uma lata de lixo.

Ele ficou encostado na porta do quarto. Tinha colocado a camisa e o paletó de novo e agora observava a jovem com um ar de curiosidade, enquanto ela começava a revirar os badulaques da irmã.

– O que pensa que vai encontrar aí?

– Mais do que você está disposto a me contar. – Holland pegou mais algumas coisas e as largou em seguida, até que encontrou dois envelopes verde-esmeralda bem grossos. Eram do tipo de envelope chique, que poderia conter um convite de casamento, só que em tamanho ofício. Um tinha o nome e endereço de January. O outro, o de Holland. A carta que January tinha recebido já estava aberta.

– Acho que você não devia mexer nisso. – Gabe se afastou da porta assim que Holland começou a rasgar o envelope para abrir a carta endereçada a ela.

– Por que não?

Gabe agora estava a apenas trinta centímetros de distância. Com um semblante de quem queria arrancar a carta das mãos de Holland, mas também de que estava com medo de encostar no envelope.

– Veio de um lugar com o qual é melhor não brincar – respondeu, enquanto a jovem desdobrava um papel cor de creme.

"Banco Oficial de Cidade Centenária" brilhou na parte de cima, escrito em tinta verde.

E, na mesma hora, Holland teve certeza de quem havia mandado aquela carta. Era capaz de ouvir a voz do sr. Vargas dizendo: "A senhorita não recebeu minhas cartas?".

Por que a irmã tinha mantido aquilo em segredo?

Poderia ter perguntado para Gabe, mas ele já havia deixado claro sua opinião a respeito dos segredos de January e continuava olhando para a carta como se fosse uma dinamite acesa.

– Por que você não gosta deste banco? – indagou Holland.

Gabe ficou mexendo na nuca, com uma expressão supremamente constrangida.

– É maligno.

Naquele momento, o quarto ficou mais iluminado, um carro cujos faróis eram fortes demais estava passando pela rua. E parou na frente da entrada de carros da casa de Holland, bloqueando completamente o carro de Gabe.

Ele baixou o braço de repente e pegou a jovem pela mão.

– Temos que ir embora.

Capítulo dezenove

Holland mal teve tempo de espiar pela janela da frente antes que Gabe a arrastasse quarto afora.

– Espere aí…

– Não temos tempo para esperar!

– Se você quer que eu corra, vou correr mais rápido se estiver calçada. – O pulso da jovem latejava quando se desvencilhou da mão dele.

Portas de carro bateram do lado de fora.

Holland pôs primeiro a mochila de January nas costas, imaginando que ainda poderia conter explicações para o segredo. Depois, enfiou os pés em um par de tênis da gêmea. O pé direito doeu, como se tivesse alguma coisa enfiada embaixo da sola.

– Precisamos sair já. – Gabe segurou de novo a mão dela, impedindo-a de tirar o tênis.

– Quem está aí? – perguntou Holland. E, em seguida, o mundo inteiro ficou preto. A casa. As luzes da rua. O carro que tinha acabado de bloquear a saída dos dois. Tudo ficou escuro de repente.

– Continue andando – insistiu Gabe.

– Mas as luzes…

– Não é com isso que precisamos nos preocupar. Precisamos sair pelos fundos.

Ele, pelo jeito, não se incomodou com a escuridão e foi empurrando a jovem para a frente. E, desta vez, não soltou sua mão. Holland tropeçou mais de uma vez, mas Gabe continuou a segurando firme.

No quintal, nos fundos da casa, um portãozinho simples, de madeira, era tudo o que separava os dois e quem quer que estivesse lá fora. Holland conseguia ouvir vozes abafadas e o ruído de passos se aproximando da frente da casa.

– Quem está aqui? – sussurrou.

Gabe a ignorou, examinando as cercas em volta do quintal. Seus movimentos eram precisos, tensos.

– Algum dos vizinhos tem cachorro?

– Não.

Assim que Holland terminou de pronunciar essa palavra, Gabe a ajudou a pular a cerca dos fundos e resmungou algo, dizendo que torcia para os vizinhos não terem piscina.

Não tinha nenhuma piscina. Mas tinha muitas pedras. Que machucaram as solas dos pés de Holland, e ela teve plena consciência de que January tinha enfiado alguma coisa dentro do tênis. Mas não tinha tempo para parar. Gabe ainda não tinha dito quem ele achava que estava atrás dos dois, mas Holland imaginava que devia ser mais alguém que estava atrás do Coração Alquímico.

– Venha logo. Precisamos de um carro.

Gabe continuou segurando a mão de Holland enquanto os dois corriam pela lateral da casa vizinha, até chegarem a uma rua mergulhada em um breu tão profundo quanto a dela. Parecia que alguém tinha desligado o interruptor do mundo inteiro. Entretanto, Holland jurou que podia ouvir um enxame de carros, logo ali na esquina.

– Precisamos continuar andando. – Gabe arrastou Holland rua afora.

À medida que os olhos da garota foram se ajustando à escuridão, ela passou a enxergar um pouco além do contorno das casas.

– Ali... – E apontou para a rua, mais adiante, onde alguém tinha estacionado um Fusca antigo.

Ele lhe lançou um olhar. Foi difícil ver por completo na escuridão. Mas a jovem podia sentir que, de fato, Gabe olhou feio para ela, pelo jeito abrupto com que virou a cabeça e falou:

– Não sei se você é capaz de compreender o conceito de um carro de fuga.

– Eu estava tentando pensar num carro que a gente pudesse fazer ligação direta.

Gabe soltou um ruído engasgado, que poderia ser uma risada.

– Não vamos fazer ligação direta em carro nenhum.

Uma luz piscou, duas casas mais à frente. Era uma única lâmpada, suave e amarelada, na frente de uma garagem, onde alguém tinha estacionado um arrojado carro esportivo.

– Aquele ali – disse Gabe, baixinho. Ele diminuiu o passo quando se aproximaram do veículo. Baixou os dedos, sem encostar realmente no carro, mas fez uma expressão de quem queria fazer carinho no automóvel.

Holland nunca entendeu a fascinação que os homens têm por carros. Em seu mundo ideal, todo mundo andaria de bicicleta, de preferência, daquelas com cestinho e pintadas com várias camadas de tinta colorida e brilhante. Em vez de buzinar, as pessoas tocariam sininhos de bicicleta, acenariam em vez de fazer gestos obscenos, e o mundo como um todo seria um lugar mais feliz. Pelo menos, para ela.

Não conseguia imaginar Gabe andando de bicicleta. Tampouco conseguia imaginá-lo feliz. Mas agora ele estava com um semblante de quem sobrevoava algo semelhante à alegria.

– Acho que você não vai conseguir roubar esse – comentou Holland. Podia até não entender muito sobre carros, mas sabia que aquele modelo era novo o suficiente ao ponto de precisar de chave ou…

Ele abriu a porta com um simples toque dos dedos. No mesmo segundo, o motor roncou.

– O que você estava dizendo mesmo?

Holland olhou para ele, boquiaberta.

– Como foi que você fez isso?

– Os carros gostam de mim. – Gabe se acomodou no banco do motorista.

O rádio já estava ligado, tocando uma balada rock, que, na verdade, era perfeita para uma fuga. E, quando Holland entrou no carro, não pôde deixar de pensar que o filme de sua vida tinha acabado de se tornar um filme de ação. *Um filme de ação com magia*.

– Por acaso você acabou de usar magia?

Ficou esperando uma risada debochada por parte de Gabe ou que ele dissesse que ela estava simplesmente imaginando coisas. Mas a jovem sabia que não tinha imaginado. Outra pessoa poderia supor que Gabe tinha algum tipo de tecnologia avançada escondida no bolso. Mas não Holland.

Ela sempre acreditou em magia. Quando era criança, sabia que havia diferença entre a fantasia e a realidade. Mas também imaginava que poderia existir mais magia na realidade do que as pessoas lhe contavam. Como poderiam existir tantas histórias que falavam sobre magia se ela não existisse? Esse foi um dos motivos pelos quais foi atraída pela disciplina da Professora-Doutora. As lendas que ela contava lhe pareciam uma ponte entre o mundo comum e o mundo onde alguém poderia estalar os dedos que todas as luzes se apagariam.

– O que mais você é capaz de fazer? – perguntou Holland. Pelo semblante de Gabe, já podia saber que ele não gostava que ela fizesse perguntas, mas não conseguiu conter a empolgação. – Você também usou magia para deixar o bairro inteiro no escuro? Precisa usar as mãos para dirigir esse carro?

Ela ficou observando Gabe pisar no acelerador. Mas então imaginou que, provavelmente, era porque gostava de dirigir carros roubados feito um maníaco, não porque precisasse de fato.

– Em primeiro lugar, não empregamos a palavra "magia" – respondeu ele, ríspido. – Em segundo lugar, é falta de educação perguntar a respeito da habilidade das pessoas.

– Por quê?

– Simplesmente não se pergunta. Se empregar a palavra "magia", todo mundo vai saber que você não faz parte deste mundo.

– E, com "mundo", você quer dizer o mundo das lendas da Professora-Doutora?

Gabe franziu o cenho.

– As lendas não pertencem à sua professora, mas sim… – Ele deixou a frase no ar e dirigiu o olhar para o espelho retrovisor. – Que estranho.

– Que estranho o quê?

– Não tem ninguém nos seguindo.

Holland olhou para trás. As luzes dos postes tinham voltado. A noite de outubro tornara a ficar iluminada. A jovem pensou ter visto uma pessoa na entrada de carros da qual tinham acabado de sair. Mas, seja lá quem fosse, a pessoa que viu não estava correndo atrás deles. Estava parada ali, observando os dois se afastarem de carro.

Gabe fez uma curva fechada e, depois disso, ficaram só os dois, o ruído do ar-condicionado e a balada rock raivosa saindo pelos alto-falantes.

– Não faz o menor sentido – resmungou ele. – Até parece que nos deixaram fugir. – E se virou para Holland, de forma brusca. As mãos nem mesmo estavam em cima do volante. Tinha desistido de fingir que era uma pessoa normal. Só que agora olhava para a jovem como se ela é que estivesse escondendo um segredo. – O que não está me contando? Não sei quem era aquela gente, mas qualquer pessoa que estivesse atrás de você por achar que está com o Coração Alquímico não iria parar, sem mais nem menos.

– Talvez estivessem atrás de você – sugeriu Holland. Mais uma vez, ficou esperando Gabe rir do seu comentário ou dizer alguma frasezinha cafajeste, terminando em "querida".

Só que Gabe não disse mais nem uma palavra durante o restante do trajeto.

Gabe permaneceu calado quando parou o carro roubado em uma entrada de garagem que estava às escuras. Holland conseguiu sentir o aroma marítimo quando abriu a porta. Deviam estar quase na praia, mas não tinha absoluta certeza de onde. A noite estava tão nublada que o cabelo foi se encaracolando à medida que seguia os passos dele, percorrendo uma entradinha curvada que se iluminava magicamente a cada passo que ele dava.

Se tivesse tirado um tempo para imaginar aonde Gabe poderia levá-la, teria pensado, provavelmente, em um arranha-céu moderno e arrojado, combinando com o terno chique dele, mas aquele lugar não podia estar mais distante disso.

Era uma casa de praia pequena, com cerquinha branca, que tinha um balanço de corda pendurado em um pé de carvalho-da-ilha que dava a impressão de ser mais velho do que Holland.

– Essa é a sua casa?

– É, por esta noite.

A luz da varanda se acendeu, iluminando um capacho com ondas e as palavras "*mi casa es su casa*". Holland ficou pensando se nunca tinha passado pela cabeça dos donos daquele lugar que intrusos poderiam levar as boas-vindas ao pé da letra.

A porta tinha um daqueles teclados eletrônicos, mas Gabe não se deu ao trabalho de digitar a senha. A fechadura se abriu com um clique assim que ele encostou na maçaneta. Holland pensou que não podia se esquecer de que, caso sobrevivesse àquela noite, jamais compraria uma daquelas fechaduras eletrônicas. Apesar de ter a sensação de que nem as fechaduras normais impediriam o cara de entrar.

– Primeiro as damas. – Gabe fez um gesto magnânimo em direção à entrada da casa. Mas, novamente, olhou para Holland como se ela estivesse guardando um segredo feito de pólvora. Algo grande e exclusivo, com o poder de destruir os dois.

A casa de praia agora estava inundada por uma luz quente e amarela, iluminando uma sala que Holland poderia apostar que, em uma propaganda, seria anunciada como perfeita para tirar fotos para as redes sociais. A parede atrás do sofá era toda revestida por folhagens artificiais, com exceção de um espaço bem no meio, onde havia um letreiro em neon branco, em letra cursiva: "Eu amo Los Angeles!".

Gabe não devia gostar muito do letreiro, porque essa foi a única luz que deixou apagada.

Na mesinha de centro, tinha um toca-discos de plástico *pink*, ao lado de porta-copos em tons neon que lembravam disquetes antigos.

As almofadas do sofá de veludo laranja eram todas bordadas, com frases que não cairiam muito bem na casa de uma avó. E, na parede que ficava de frente para as janelas com vista para o Pacífico, tinha um retrato enorme de Dolly Parton, estilo Andy Warhol.

Tudo isso fez Holland pensar, mais uma vez, que sonhava em morar dentro de um filme com trilha sonora de música pop. De repente, teve a sensação de que esses sonhos poderiam tê-la levado até ali, mas sob circunstâncias muito diferentes e, sobretudo, não com Gabe.

Ele fez careta para uma das almofadas do sofá bordadas com frases inconvenientes e a jogou para o lado antes de resolver que, na verdade, não queria se sentar. Dava a impressão de estar deslocado, parado ali naquela sala de cores alegres e saturadas, com aquele terno escuro feito sob medida e aquela camisa empapada de sangue.

– Foi você quem escolheu esse lugar – disse Holland.

– Eu deveria ter olhado as fotos – resmungou Gabe.

– Eu gostei.

– Que bom, porque este pode ser o lugar onde vai morrer se não descobrirmos o que faz de você alguém tão especial. – Os olhos castanho-escuros de Gabe começaram a medir Holland de cima abaixo, como se ele estivesse tentando descobrir isso por conta própria. Mas, após um único segundo, ele virou o rosto. – Até hoje, eu nunca nem tinha ouvido seu nome. Sabia que January tinha uma irmã gêmea, mas ela raramente falava de você. Agora, pelo jeito, todo mundo acha que você é a chave para encontrar o Coração Alquímico, e quero saber por quê. O que você não está me contando?

Holland respirou fundo e, finalmente, confessou:

– Muita coisa.

Capítulo vinte

Era quase impossível de decifrar a expressão no rosto de Gabe. Um cantinho da boca se movimentava de um jeito que poderia ser tanto sua forma de expressar extrema surpresa quanto um satisfeito "eu sabia", em igual medida.

Holland se sentou no sofá de veludo laranja, esperou Gabe fazer a mesma coisa antes de dizer:

– Hoje um bancário passou lá em casa.

Ele espremeu os olhos castanho-escuros.

– Um bancário de onde?

– Do Banco Oficial de Cidade Centenária.

A cor se esvaiu do rosto de Gabe.

– É o Banco. – E pronunciou essa palavra com ênfase na letra B. – O que eles queriam?

– O bancário disse que alguém me deixou um cofre de herança, quinze anos atrás, e que preciso abri-lo até amanhã. Caso contrário, o conteúdo será destruído. De início, achei que era um golpe, mas aí não consegui me conter e liguei, marcando uma hora.

Gabe olhou para Holland como se a jovem tivesse acabado de confessar que tinha bebido um frasco de veneno.

– Não me diga que você acha que este cofre misterioso contém o Coração Alquímico.

Era exatamente isso o que a jovem achava. Conseguia perceber que ele pensava que isso era ingenuidade de sua parte, mas, naquele momento, ainda não estava disposta a contar para ele a relação que aquilo tinha com o pai.

– Que mal tem dar só uma olhadinha neste cofre? Se o Coração Alquímico não estiver lá dentro, só teremos desperdiçado quinze minutos.

– Não é tão simples assim.

– Então me explique.

Gabe passou a mão na barba por fazer, acompanhando o maxilar, por um longo e constrangedor minuto que fez Holland se arrepender de ter resolvido se sentar no sofá e não na mesa da cozinha. Assim, tão perto dele, era capaz de sentir a tensão, a raiva e alguma outra emoção inominável, mas muito constrangedora que ele exalava.

Até que por fim, Gabe falou:

– Esse não é um banco normal. Quando a Ordem Sagrada da Aurora Paralela se fragmentou, dividiu-se em três grupos distintos. Uma facção achava que a magia criada pelo Coração Alquímico precisava ser destruída.

Holland assentiu.

– Uma das outras duas facções achava o contrário. Queriam continuar usando o Coração Alquímico para criar magia...

– Espere aí... – interrompeu a jovem – Pensei que você tinha dito para não empregar a palavra "magia".

– Pessoas têm habilidades – explicou ele, irritado. – Objetos possuem magia.

– Então... *posso* empregar a palavra "magia"?

– *Apenas* quando estiver falando de um objeto. Mas simplesmente... não empregue.

– Ai, caramba: você é um esnobe!

Gabe, imediatamente, fez uma expressão ofendida, mas aí sua expressão esnobe voltou, coisa que só provou que Holland tinha razão.

– Você é um esnobe mágico! Faz parte desse mundo mágico e não quer que eu diga a palavra "magia" porque tem medo de que isso possa te tornar menos sério e assustador.

Ele fez careta.

– Quer que eu termine de contar a história do Banco ou quer discutir sobre magia?

Só para constar, era Gabe que não parava de dizer a palavra "magia". Mas Holland achou que, provavelmente, não seria prudente apontar isso:

– Por favor, continue – falou, com um tom de ternura.

A boca de Gabe se transformou em uma linha torta, como se ele não tivesse certeza de que expressão fazer. Assassinatos, perseguições de carros e casas reviradas eram apenas parte de um dia normal para ele, mas tinha sido surpreendido pelo deboche. Holland ficou olhando a boca dele se retorcer, de incerteza, por mais alguns segundos até que, enfim, Gabe falou:

– A terceira facção era da opinião de que o Coração Alquímico não deveria ser destruído, mas tampouco ser usado. Diziam que queriam proteger o mundo e o Coração Alquímico mantendo-o longe de mãos alheias. Esta facção se tornou conhecida como o Banco.

– Isso não me parece tão ruim assim – comentou Holland.

– Não terminei. Na época em que o Banco se separou da Ordem Sagrada, começou uma campanha para apagar todas as menções ao Coração Alquímico e à Sagrada Ordem da Aurora Paralela da história. Mas não parou por aí. O Banco é o motivo pelo qual ninguém que não faça parte deste mundo se recorda de ter ouvido falar do Coração Alquímico. Eles apagam lembranças e fazem isso de forma impiedosa.

Holland tampouco entendeu como isso era necessariamente maligno, mas, pelo jeito, Gabe ainda não tinha terminado de falar.

– Durante a Segunda Guerra Mundial, o Banco confiscou diversos objetos poderosos das pessoas. Alegaram que estavam a serviço da guerra, mas os objetos nunca foram devolvidos… e muitas das famílias das quais roubaram faziam oposição abertamente às práticas do Banco. Fizeram a mesma coisa com habilidades. Não deveria ser possível roubar uma habilidade de alguém, mas o Banco conseguiu roubá-las de famílias inteiras, e agora as emprestam a juros para seus funcionários, como um incentivo para convencer pessoas a trabalhar para eles. – Gabe retorceu os lábios como se achasse isso de mau gosto, e Holland teve que admitir que também achava.

– O Banco alega que seu objetivo é manter a ordem e garantir a segurança das pessoas, mas o que realmente quer é controlar, manipular e possuir todo o poder do mundo. É por isso que querem o Coração Alquímico e, se você for lá amanhã, juro que, antes de conseguir sair do Banco, vão roubar o que houver dentro daquele cofre e, em seguida, roubarão suas lembranças. Não apenas dessa conversa: vão apagar tudo que aprendeu com sua preciosa Professora-Doutora, tudo o que você descobriu a respeito da sua irmã hoje à noite, eles… – Gabe olhava Holland nos olhos e, por um segundo, a jovem imaginou que fosse dizer que também iriam roubar todas as suas lembranças nas quais ele aparecesse, mas o que disse foi bem pior. – Só por *garantia*, podem até roubar os últimos anos da sua vida. Você vai se tornar uma daquelas pessoas que acaba no Griffith Park, sem ter lembranças de como foi parar lá nem de quem é.

Arrepios subiram pelos braços dela. A Professora-Doutora dava uma aula a respeito disso. Todos os anos, dizia para os alunos que havia entre um e dezenas de casos de amnésia inexplicáveis registrados no Antigo Zoológico de Los Angeles. E falava que todas essas pessoas tinham tomado conhecimento por acaso dos mitos e lendas sobre os quais ela comentava na aula. E depois, alertava os alunos, dizendo que era por isso que a turma jamais poderia repetir as histórias que contava.

Holland nunca acreditou muito nessa lenda. A história lhe parecia uma certa tentativa de manipulação. Só que não parecia que Gabe estava tentando manipulá-la, parecia que estava apenas relatando fatos. E a jovem acreditou nele.

Essa história fez Holland pensar, talvez, que poderia ter sido isso que aconteceu com sua orientadora, que ela poderia ter chegado perto demais de verdades demais, e que o Banco tinha apagado suas lembranças. Talvez esse fosse o motivo para ter enviado o diário para Holland – para que alguém se lembrasse.

Gabe fez que ia levantar do sofá, como se a conversa tivesse chegado ao fim.

– Espere aí... – disse Holland. – E se o Coração Alquímico realmente estiver no cofre?

– Você não desiste, não é mesmo?

– Não se minha vida depender disso. – Entretanto, Holland gostaria de abrir o cofre do pai mesmo que sua vida não dependesse disso.

– Então me dê um só bom motivo para acreditar que o Coração Alquímico pode estar dentro desse cofre.

Holland respirou fundo. Sempre esteve convencida de que, quando se apaixonasse, saberia, por que *este* seria o segredo que revelaria. Era a única coisa que nunca contava a ninguém. E era a única coisa que estava desesperada de *vontade* de contar a alguém. Só não esperava que esse alguém fosse Gabe, um guarda-costas relutante que podia ou não a ter sequestrado naquela mesma noite... ela ainda ia e voltava em sua opinião a esse respeito.

Mas a jovem se recordou que, se a irmã acreditava naquele sujeito, ela também poderia acreditar.

Tentou manter a voz firme.

– Não fui completamente sincera quando contei daquela lista de datas no diário da Professora-Doutora. Percebi que a penúltima data foi quinze anos atrás, neste mês, data em que meu pai alugou o cofre no Banco.

– Isso não significa que ele tenha colocado o Coração Alquímico lá dentro.

– E se te disser que meu pai também faz parte de uma das lendas da Professora-Doutora?

Isso, pelo jeito, chamou a atenção de Gabe. Ele inclinou a cabeça para o lado e perguntou:

– Quem é seu pai?

Holland respirou fundo de novo:

– Benjamin Tierney.

– Tipo o diretor que... – Ele não completou a frase.

Mas a jovem sabia o que ele estava prestes a dizer. Ele diria algo do tipo: "Ben foi assassinado pela esposa", algo que a maioria das pessoas dizia quando os nomes Ben Tierney e Isla Saint eram mencionados.

E, de repente, Holland se arrependeu de ter contado uma coisa que fosse para Gabe. Nunca deveria ter dito o nome do pai. Ela...

– Ei, não... – Gabe segurou seus ombros, com as mãos firmes, de um jeito que a fez se dar conta de como não estava se sentindo nem um pouco firme. – Você ainda não desmoronou essa noite. Não faça isso agora. – E olhou para a jovem como se quisesse falar mais, como se, talvez, até quisesse pedir desculpas, mas Holland pensou que, apesar de aquele cara ser adepto de abduzir donzelas em perigo, não estava acostumado a consolá-las.

– Está tudo bem. Não vou desmoronar. Conheço muito bem a história dos meus pais.

Holland começou a se desvencilhar, mas Gabe a segurou por mais um segundo, antes de dizer, bem baixinho:

– Eu não sabia. Sua irmã nunca me contou.

– Não contamos para ninguém. Só te contei porque achei que, se eu não contasse, você não me deixaria ir até o Banco.

– Ainda não tenho cem por cento de certeza de que vou deixar você ir. – Gabe tirou a mão do ombro de Holland. – Mas, por mais que eu odeie admitir, essa sua pista é boa. – A expressão de Gabe sugeria que ele poderia se arrepender do que estava prestes a dizer. – Há boatos de que Ben Tierney estava de posse do Coração Alquímico.

– Então você acha que eu acertei? – perguntou Holland, com toda a cautela.

– Não falei isso. – Gabe passou o punho cerrado no maxilar. – É só um boato. É por isso que te falei que o Coração Alquímico é um mito, porque todas as histórias *recentes* nem mesmo são histórias verdadeiras. São só especulações, fofocas que as pessoas gostam de repetir.

– Só porque é fofoca não quer dizer que não é verdade. Meu pai alugou esse cofre quinze anos atrás. Então, a época bate com a data do diário.

– Poderia ser apenas coincidência – argumentou Gabe.

– Uma coisa pode ser coincidência. Mas, quando a gente tem múltiplas coisas que se encaixam, é uma história – retrucou Holland.

– E acha que essa história termina com seu pai colocando o objeto mais valioso do mundo dentro de um cofre?

Holland queria dizer "sim". Seus instintos não paravam de lhe falar que a resposta era "sim". Mas não achava que seus instintos bastavam para vencer uma discussão com Gabe.

A jovem pegou o diário de sua orientadora.

– O que você está procurando?

– A Professora-Doutora deu uma aula sobre o Banco. – Essa era a única aula que, pelo jeito, a jovem nunca conseguia se lembrar, mas sentia que apresentava uma imagem do Banco diferente da apresentada por Gabe e imaginava que sua orientadora tivesse escrito coisas a esse respeito no diário.

– O Banco é bom de fazer propaganda ideológica – resmungou Gabe.

Ignorando o olhar feio que ele lhe lançou, a jovem continuou folheando as páginas.

– Achei. A Professora-Doutora escreveu que os cofres do Banco são os mais seguros e os mais assegurados do mundo. Nunca ninguém roubou nada do Banco, incluindo ele próprio. O Banco garante a execução de todas as leis do mundo deles. Um dos motivos para conseguirem manter esse poder é porque obedecem a todas as regras. As filiais do Banco guardam o maior número de objetos mágicos do mundo, e um dos motivos para as pessoas estarem dispostas a guardar seus objetos mágicos mais valiosos lá é porque sabem que ninguém irá encostar neles. Desde que tenham uma hora marcada. – Holland ficou em silêncio por alguns instantes. – Isso é verdade?

Gabe ficou mexendo o maxilar com um semblante nada feliz, o que fez a jovem ficar com a impressão de que a resposta era "sim".

– O que mais ela diz?

– Uma das regras mais conhecidas do Banco é que eles oferecem proteção a qualquer pessoa que tenha uma hora marcada. Se tiver uma hora marcada, ninguém, nem mesmo o Banco, pode encostar em você durante esse período.

Holland olhou para Gabe, esperançosa. Se isso fosse verdade, fazia ainda mais sentido o pai ter guardado o Coração Alquímico em um dos cofres do banco.

Gabe ficou andando de um lado para o outro daquela sala minúscula. Parecia que estava debatendo se ia ou não mandar que ela entrasse em um Banco maligno para pegar um tesouro mítico que poderia não estar lá de fato ou…

De fato, não havia outra opção, coisa de que, pelo jeito, ele se deu conta.

– Você não vai ter problema para entrar no Banco – declarou, entredentes, por fim. – Se tem uma hora marcada, é porque querem que você entre lá, querem que abra o cofre de seu pai. O complicado vai ser tirá-la do Banco. Assim que sua hora marcada terminar e você sair do local, vão tentar detê-la.

– Então você vai deixar eu ir?

– Acho que não posso impedi-la – respondeu Gabe. O que, pelo jeito, era o elogio mais legal que ele era capaz de dar.

Holland tentou dizer isso, mas, de repente, ficou com dificuldade de respirar. A luz tinha diminuído, e a sala estava enevoada. A cabeça girava um pouco e, quando conseguiu voltar a falar, as palavras não saíram do jeito que ela pretendia.

– E se o Coração Alquímico não estiver dentro do cofre do meu pai e o Banco resolver me deter?

– Não vou permitir que isso aconteça. Você entra, eu garanto que vai conseguir sair – declarou Gabe. Mas, de repente, ele não tinha mais a aparência de Gabe. Estava igualzinho a Adam Bishop. Cabelo dourado, pele dourada, expressão que-tudo-o-mais-vá-para-o-inferno no lindo rosto.

Holland piscou, mas, quando abriu os olhos, ainda estava olhando para Adam.

O falso professor estava dentro daquela casa de praia, bem na frente da jovem, palpável ao ponto de ela conseguir tocá-lo, com a mesma calça jeans rasgada e a mesma camisa xadrez de antes, só que agora a camisa estava aberta, e Holland podia ver que o ombro estava enfaixado.

– Pode acreditar em mim, Olho-Vivo – disse, e a voz também parecia a de Adam. – Não vou deixar ninguém segurar você, a não ser eu. – E a boca foi, lentamente, esboçando um sorrisinho irônico, e ele passou os braços na cintura da jovem.

Holland tentou se desvencilhar, mas se sentia indefesa enquanto Adam a puxava mais para perto dele. Só conseguiu fechar os olhos de novo. E apertou mais desta vez.

– Holland... – Agora, a voz era de Gabe. Que segurou seu ombro, bem na hora em que ela sentiu uma coisa úmida pingando do nariz.

Capítulo vinte e um

Holland abriu os olhos.

Adam tinha sumido.

Gabe estava de volta, e a casa da praia, de repente, ficou iluminada demais, parecia que alguém tinha ligado todas as luzes ao mesmo tempo. A parede de folhagem artificial parecia tenebrosa, o sofá tinha um tom de laranja mais ofuscante do que antes e tinha um *monte* de sangue bem vermelho na mão dela.

Será que era assim que iria morrer? Será que tinha alguma coisa acontecendo com seu cérebro que só o Coração Alquímico seria capaz de consertar?

Gabe ficou passando uma toalhinha amarela com todo o cuidado no nariz de Holland. Ela não o viu sair para buscá-la, mas tampouco o viu durante o minuto em que ficou imaginando Adam.

– Você está bem? – perguntou Gabe.

Nananinanão. Definitivamente, não estou bem, nem de longe.

O relógio do micro-ondas marcava 2h17. De repente, a jovem se sentiu cansada até o último fio de cabelo.

Só queria dormir e ouvir alguém dizer que tudo ficaria bem assim que os créditos do filme subissem e, talvez, também quisesse um abraço. Na verdade, queria muito um abraço. Se estivesse com qualquer outra pessoa, teria pedido um, mas tinha a impressão de que Gabe era alérgico a abraços.

– Acho que só estou cansada.

Ele olhou para a jovem com ar de descrença.

– Você sempre sangra quando está cansada?

– Acho que nunca estive tão cansada – respondeu ela. E resolveu acreditar nisso em vez de confessar que aquela era a terceira vez que seu nariz sangrava nas últimas 24 horas e que também tinha visto coisas que não existiam. Talvez essa não tenha sido a melhor decisão que tomou na vida. Mas, como tia Beth sempre dizia: "Só erros acontecem depois das duas da manhã". – Vou… limpar o rosto.

O banheiro em que Holland entrou era revestido por um papel de parede estampado com limões gigantes. Os azulejos do chão formavam um padrão xadrez em preto e branco e, bem no meio, tinha um grande tapete atoalhado, no formato de duas cerejas bem vermelhas. Como teve a impressão de que o tapete alegre estava limpo e era macio, a jovem se atirou nele imediatamente.

Primeiro, tirou a mochila de January das costas. Depois, até que enfim, tirou o tênis e o virou. O solado saiu do lugar na mesma hora, e uma chave com um chaveiro de plástico vermelho escrito "Motor Hotel" caiu em sua mão.

Holland sentiu uma rápida descarga de eletricidade estática, mas, tirando isso, a chave não tinha nada demais. Parecia algo saído de um hotel barato dos anos 1960. Não era isso que ela esperava. Poderia ter pensado que era só uma quinquilharia inútil. Mas por que a irmã tinha escondido aquela chave no tênis, então?

Nessa hora, Holland recordou-se de que a Professora-Doutora tinha escrito a respeito de um hotel no diário. Sem pensar duas vezes, tirou o caderno da mochila e folheou até encontrar a página certa.

O Regal

Talvez o maior mito de todos ou, pelo menos, o mais grandioso. O Regal é a encarnação do motivo pelo qual as pessoas passam a vida procurando magia.

É preciso ser um detentor de chave devidamente inscrito ou estar na lista oficial de convidados de um detentor de chave devidamente inscrito.

Convidados de detentores de chave devidamente inscritos podem permanecer no Regal por até 24 horas.

Detentores de chave podem permanecer o tempo que quiserem e alguns fazem justamente isso.

Segundo boatos, há vários casos de desaparecimento misterioso que, de fato, são de pessoas que fizeram check-in no Regal e jamais fizeram check-out.

O cumprimento das regras de comportamento e de vestimenta é estritamente exigido.

Nada de animais nus (não sei se é piada).

Dizem que existe fora do tempo. Uma hora dentro do Regal é um minuto no mundo real, o que torna este o lugar perfeito para aqueles que não desejam amadurecer ou para quem quer se esconder.

Holland ficou imaginando que aquela chave poderia ser do Regal. Só que hotéis grandiosos não têm chaveiros de plástico. Quando o pai criava caças ao tesouro para Holland quando ela era criança, sempre avisava quando a filha tinha encontrado todas as pistas. Falava baixinho: "Você já tem tudo o que necessita. Só precisa enxergar". E então Holland sabia que não precisava mais ficar procurando por pistas, só precisava decifrar as que já tinha. Mas agora o pai não estava mais ali para lhe dizer isso.

Era isso o que a jovem realmente queria: que o pai ou a irmã ou alguma outra pessoa que a amasse lhe dissesse que ela já tinha tudo o que necessitava, que iria ficar bem, que não estava sozinha.

Continuar procurando mais explicações poderia ter apaziguado parte de sua curiosidade, mas não iria lhe dar o que realmente queria. Um chuveiro foi ligado em outro banheiro. Holland conseguia ouvir os canos vibrando através das paredes finas. Gabe deveria estar tomando banho e, de repente, ela também ficou desesperada por um.

A água estava fria quando entrou, mas a sensação de se livrar de toda aquela imundície foi boa mesmo assim. Depois que se secou, vestiu uma regata limpa e um short fino que estavam na mochila da irmã.

Depois de se vestir, Holland abriu a porta e entrou no quarto conjugado. A luz era suave e baixa, projetada por um lustre feito de contas de madeira. Nada de letreiros em neon, só trepadeiras com flores de plástico na parede atrás da cama, e Gabe parado ali, sem camisa.

O cabelo escuro dele estava úmido, o peito enfaixado tinha um tom de bronze, e ele só estava de cueca samba-canção preta de uma cintura perigosamente baixa. Holland tentou se convencer a não ficar olhando, mas aquele homem estava tão perto, parado bem na sua frente, quase sem roupa e quase nada de distância entre os dois.

Gabe teria que se movimentar se Holland quisesse passar reto por ele e ir até a porta. E ela passaria reto por ele.

Não queria dormir com Gabe. Nem nesse sentido nem no outro sentido. Só que meio que queria. Apenas sabia que, se fizesse isso, seria mais um daqueles erros que acontecem depois das duas da manhã.

Precisava sair daquele quarto e dormir *sozinha* em uma cama. Mesmo que aquela fosse sua última noite de vida, coisa que não era. Não podia pensar assim.

A água escorria pelas suas costas, ensopando a regata branca, quando ela deu um passo na direção da porta.

Gabe esticou o braço. A mão pousou na cintura de Holland. A jovem sentiu um frio na barriga. Não esperava que ele encostasse ali. Um vestígio de surpresa na expressão de Gabe a fez pensar que ele também não esperava. Que estava querendo pegar outra coisa, mas os dedos acabaram pousando na cintura de Holland.

– Aonde você vai?

– Preciso ir para cama.

– Tem uma cama aqui. – A mão de Gabe foi escorregando até as costas de Holland, pressionando a regata molhada.

– Ah, não... – A jovem se desvencilhou, os pés descalços escorregaram no chão de madeira quando ela deu um passo para trás. – Você também está aqui e...

– Não sei por que está discutindo. – Gabe deu mais um passo, até que Holland ficou perto dele e de seu peito nu. – Sabe tão bem quanto eu que vou dormir em qualquer cama que você esteja dormindo.

Holland ficou com o estômago embrulhado. E aí Gabe a puxou para a cama.

Em um segundo, ela estava em pé e, no segundo seguinte, os dois estavam deitados na cama. Juntos, Gabe abraçando Holland.

– Não vou permitir que você saia do meu campo de visão – murmurou ele.

Holland deveria ter dito que Gabe não precisava abraçá-la tão apertado para conseguir enxergá-la. Não precisava estar nos braços daquele homem, que eram muito mais fortes do que esperava. Mas a verdade é que era bom sentir o peso dos braços de Gabe. Talvez, um pouquinho mais do que bom, talvez esse peso lhe desse a sensação de não estar tão sozinha.

Quando ele pegou no sono, uma das mãos se enfiou embaixo da regata da jovem, só até seus dedos quentes encostarem na barriga dela. E, em vez de se afastar, Holland se entregou a esse toque.

Capítulo vinte e dois

Não parecia ser de manhã.

Parecia um fim de tarde veranil, quando a luz tem uma espécie de brilho granulado e o dia está tão quente que tudo fica um pouco turvo.

Holland estava acordada, mas não conseguia abrir os olhos de verdade. Estavam pesados, de sono e de resquícios de sonho. Por um segundo, não conseguia se lembrar de onde estava. O quarto tinha cheiro de mar e tinha outra pessoa enroscada nela.

A jovem entrou em pânico, se debateu por breves instantes, e os braços em volta de seu corpo a apertaram.

– Relaxe, gata, você está em segurança. – A mão dele acariciou sua barriga.

Em seguida, sentiu os lábios do homem no ombro, no pescoço, na orelha.

Aquilo era uma má ideia.

Aquilo era realmente uma má ideia, por tantos motivos que não valia a pena listar, motivos que apenas a deixariam mais nervosa, porque só poderia fazer aquilo com aquele homem se tivesse certeza de que iria mesmo morrer naquele dia. E ela não queria morrer naquele dia.

– Não podemos fazer isso. – A jovem se desvencilhou e virou de frente para ele, o que, claro, foi um erro.

Adam ficava lindo pela manhã. Suavizado na luz granulada, meio descabelado e com os olhos ainda pesados de sono.

– Bom dia, Olho-Vivo. – E pôs a mão no quadril dela. Confiante, quente e…

Uma gota de sangue caiu do nariz dele, seguida por outra e mais uma.

– Adam… – Holland encostou nele, mas o homem não se mexeu. Nem sequer estremeceu, e mais sangue jorrou na cama. Os olhos ainda estavam abertos, mas tinham ficado vidrados.

– Adam! – Holland gritou o nome dele e o sacudiu pelo ombro, mas a única coisa que se movimentou foi o sangue. – Adam! Adam...

– Holland... – disse Adam, mas sua boca não se mexia. Ele continuava imóvel e sangrando.

– Adam! – Ela continuou a sacudi-lo.

– Holland! – gritou a voz dele, mais alto desta vez. E aí a jovem sentiu uma mão no ombro. – Holland, acorde! Acorde!

Por um segundo, os olhos dela continuaram fechados, se recusando a abrir. Presos naquele espaço partido entre um sonho e outro.

– Está tudo bem – garantiu Gabe. Não o Adam. Adam era só um sonho. Gabe era real. – Estou aqui. Estou com você.

Os olhos de Holland se abriram, piscando. Gabe estava sentado na cama. Com uma mão no ombro dela, a outra segurava uma fronha, empapada de sangue da jovem.

Foi aí que ela sentiu o gosto: sangue nos lábios.

– O que está acontecendo comigo?

– Não sei. Você... – Gabe titubeou, cerrou os dentes por breves instantes – ...você estava gritando "Adam".

Holland sentiu uma onda de humilhação, seguida de alarme. Não queria contar para Gabe que tivera um sonho muito realista, que estava na cama com Adam. Muito menos naquele exato momento, quando Gabe estava com uma expressão que dava a entender que gostaria muito de ter outra oportunidade de atirar em Adam. Em vez disso, disse:

– Eu, provavelmente, só estava revivendo o dia de ontem. E acho que é melhor ir lavar o rosto agora.

A jovem saiu da cama com as pernas trêmulas e correu para o banheiro. Depois de lavar o rosto, abriu mais uma vez a mochila de January. Por baixo do amontoado de coisas da irmã, encontrou uma quantidade surpreendente de roupas e também um *nécessaire* muito completo. Tirou da mochila um vestido de seda verde-esmeralda trespassado na cintura, com mangas japonesas e decote profundo. Era um pouco arrumado demais para ir ao Banco, mas Holland tinha a sensação de que o Banco era mais chique do que a média dos bancos comerciais.

Em seguida, experimentou os sapatos de salto da irmã. Eram de verniz preto e mais altos do que ela gostaria. Mas, pelo menos, não eram tão delicados e tinham uns botõezinhos retrô fofos na lateral, que combinavam com o vestido verde.

Não seriam muito bons para correr, mas Holland estava torcendo para não ter que correr. Também tinha uma bolsinha preta na mochila da irmã.

Holland a pegou e colocou algumas coisas pessoais dentro, incluindo a chave de plástico do Motor Hotel que era de January. Sentiu outra descarga de estática quando encostou na chave e, mais uma vez, ficou imaginando o que poderia ser aquilo.

Gabe bateu com força na porta do banheiro.

– Já está quase pronta?

Tinha um aroma diferente circulando pela casa de praia quando Holland abriu a porta. Manteiga. Xarope de bordo. Canela. Bacon. Café. Será que Gabe tinha feito café da manhã para ela?

A cozinha ficava logo depois da sala. Como o restante da casa, o cantinho tinha sido decorado para render boas fotos. Os armários recém-pintados tinham um tom esverdeado dos anos 1950, os eletrodomésticos cor de creme eram brilhantes e *vintage*, e as cadeiras em volta da mesa eram de vinil retrô, com faixas largas, cor de creme, no meio.

Holland se aproximou, observando a montanha de caixas de papelão de comida de restaurante. Se é que tinha lido corretamente o que estava escrito, Gabe tinha pedido panquecas de abóbora, rabanada de abóbora, linguiças de abóbora, *waffles* de abóbora e bolinhos de abóbora com gotas de chocolate, seu preferido. De repente, a jovem se lembrou de que era Halloween. Será que ele tinha pedido tudo aquilo para ela?

Sentiu um formigamento nas costas perto dos ombros, uma sensação de estar sendo observada. Virou para trás e deu de cara com Gabe, encostado na porta.

Usava um terno azul risca de giz que não estava vestindo na noite anterior, disso ela tinha certeza. Holland teria lembrado que o traje fazia os olhos de Gabe ficarem tão brilhantes. Ou, talvez, só estivesse com plena e dolorosa consciência do jeito que aquele homem olhava para ela, subindo pelas pernas à mostra antes de admirar o vestido de seda curto.

E aí veio se aproximando da mesa, como se tivesse medido Holland com os olhos sem querer. Holland ficou se perguntando se Gabe também achava que dormirem na mesma cama tinha sido um erro. Em vez de se sentir mais à vontade na companhia dele, tinha a sensação de que tudo estava um pouco mais constrangedor.

Passou pela sua cabeça que seria legal se certos relacionamentos viessem com orientações de cuidado, como nas etiquetas de roupa:

Usar só em caso de emergência.

Evite contato próximo.

Não coloque junto na cama.

Os olhos de Gabe se espremeram.

– Você está preocupada.

– O que tenho para me preocupar? – disparou Holland, com um tom petulante. – Tirando não conseguir sair do Banco, não encontrar o Coração Alquímico, ter mais um sangramento no nariz. Espere aí... o que vai acontecer se eu começar a sangrar lá dentro do Banco?

– Não comece a sangrar lá dentro.

– Mas...

– Você só tem vinte minutos – interrompeu ele.

– Na verdade, são só quinze.

– Não falaram para você chegar cinco minutos antes?

– Sim.

– Então você tem vinte minutos. – Gabe entregou para Holland um relógio branco de cerâmica. – Ponha no pulso. A exatidão é da casa dos milésimos de segundo. Você vai precisar de todo e qualquer instante que tiver para entrar e sair de lá com o Coração Alquímico.

– Mas e se não estiver dentro do cofre?

– Vou tirar você de lá mesmo assim.

– Como?

Gabe se fez de ofendido só por Holland ter perguntado. Em seguida, pôs a mão no bolso e tirou dele um celular descartável.

– Tem meu número gravado. – Então colocou o aparelho na mão da jovem.

– Você fica andando por aí com um monte de celulares pré-pagos no bolso?

Ignorando a pergunta, Gabe explicou:

– Sou o único contato. Ligue assim que estiver com o Coração Alquímico em mãos ou precisar sair do Banco.

– Espere aí – disse Holland, dando-se conta de que, na verdade, não tinham conversado a respeito disso na noite anterior. – Você não pode entrar comigo?

– Acho que não é uma boa ideia.

– Por que não?

– Sua hora marcada protege apenas você, querida. E por falar nessa hora marcada... – Gabe dirigiu os olhos para a mochila – ...é melhor não levar isso. O Banco vai procurar maneiras de fazê-la perder tempo, de dificultar a sua fuga. Se você entrar carregando essa mochila, vão verificar cada coisinha que tiver aí dentro para se certificar que não está imbuída com nenhuma espécie de magia.

– É só uma mochila de roupas – argumentou Holland, o que não era cem por cento verdade, mas estava relutante de se separar dela, já que agora também continha o diário da Professora-Doutora.

– Você não precisa deixar aqui. Pode deixar comigo enquanto estiver dentro do Banco.

– E o celular que você me deu?

– Eles não vão dar bola. É óbvio que é um lixo. Ande… temos que ir.

– Só um pouquinho… E por falar em celular, você teve alguma notícia da minha irmã?

Gabe negou com a cabeça.

Holland sentiu uma leve onda de preocupação.

– Não se preocupe, tenho certeza de que, em breve, teremos notícia dela.

Holland também sabia que a irmã estava em outro país, mas, mesmo assim, estava inquieta.

– Você pode, pelo menos, me dar o número dela para eu gravar no meu celular?

– Você acha mesmo que a sua irmã vai atender um número desconhecido tentando se fazer passar por você?

Ele tinha razão, mas a jovem insistiu:

– Eu gostaria de tentar mesmo assim.

Gabe pegou o celular e inseriu um número.

Holland imediatamente digitou uma mensagem.

> Oi! Sou eu, Holland. Seu amigo Gabe
> atirou meu celular pela janela, então
> estou mandando mensagem de um novo.
> E...

Holland ficou ruminando o que mais deveria dizer. Tinha tantas perguntas, mas achava que uma mensagem de texto não era o lugar adequado para fazê-las. Por fim, contentou-se com escrever:

> E vou ao Banco hoje de manhã.

– Ande – repetiu Gabe. – Temos que ir.

– Só mais um segundo. – Holland se virou de novo para a mesa e pegou um café gelado e o saco inteiro de bolinhos de abóbora com gotas de chocolate.

Gabe ficou parado na porta e não encostou em nada.

– Você não está com fome?

Ele negou com a cabeça.

– Não gosto muito de abóbora.

– Então por que pediu tudo isso?

Ele deu de ombros.

– Você tem jeito de quem gosta de comemorar esse tipo de festa. – E se afastou, como se dizer ou fazer alguma gentileza pudesse lhe causar urticária.

Holland sentiu falta do peso da mochila da irmã assim que a colocou dentro da caminhonete.

– Vai estar aí dentro quando você voltar – garantiu Gabe.

Mas, de repente, Holland só conseguia pensar que, quando alguém dizia esse tipo de coisa nos filmes, as pessoas nunca conseguiam voltar de fato.

– Está nervosa?

– Por que eu estaria nervosa? Estou apenas indo a um banco maligno para reaver um objeto que pode ou não estar lá e acabo de me dar conta que nem sei como é esse objeto.

– *Ninguém* sabe como esse objeto é. Há quem suspeite que é capaz de mudar de forma.

– Não ajudou – comentou Holland.

Gabe franziu o cenho, depois pôs a mão no bolso do paletó do terno e tirou dele uma moeda antiga, de bronze.

– O que é isso? – perguntou Holland.

– Só uma coisinha que eu peguei – respondeu ele, de um jeito que deixava claro que era mais do que "só uma coisinha". – Agora preciso que você estenda a mão.

– Tenho a sensação de que preciso um pouco mais do que isso para obedecer.

Gabe soltou um suspiro.

– Vou te dar uma aulinha rápida de como sentir objetos mágicos, só para o caso de não conseguir entender direito o que tem dentro do cofre do seu pai. Agora, estenda a mão.

Desta vez, Holland obedeceu.

– Quando eu colocar essa moeda na palma da sua mão, quero que me diga se sente ou intui alguma coisa quando encostar. O que torna a magia complicada é que a sensação não é sempre a mesma. Às vezes, causa arrepios nos braços, outras pode fazer o mundo à sua volta ficar em silêncio por um segundo. A magia faz coisas que as pessoas percebem o tempo todo, mas não percebem de fato o *porquê*, a menos que estejam prestando atenção. Então… – Gabe parou de falar e seus olhos castanho-escuros fitaram os de Holland – …preciso que você preste atenção.

A jovem assentiu, mas estava inexplicavelmente nervosa. Ficou com os braços arrepiados, mas, como ele ainda nem tinha colocado a moeda em sua mão, era óbvio que não foi por causa disso. E então Gabe colocou a moeda na palma da mão de Holland, e ela sentiu. Um vento seco e gelado cortando o ar quente da manhã. Foi só por um instante. Em seguida, Holland tornou a sentir o sol batendo nela.

– Acho que senti. – A jovem deu um sorriso. – Senti uma mudança no ar.

Gabe balançou a cabeça uma única vez e fez que ia pegar a moeda.

Holland fechou a mão.

– Calminha aí. Quero saber o que essa moeda faz.

Gabe olhou para ela, bem sério.

– Se eu entrar em um bar, nunca vou precisar pagar pela bebida, desde que esteja com esta moeda.

– Está de brincadeira?

– Não sou muito famoso pelo meu senso de humor, querida.

Mas agora Gabe estava dando um sorrisinho. Podia ser a primeira vez que Holland o via sorrir de fato, e realmente era um bom sorriso. A jovem pode ter se sentido só um pouquinho encantada e, pelo jeito, ele percebeu. Holland ficou esperando que o sorriso se dissipasse. Mas, em vez disso, Gabe estendeu a mão e abriu os dedos dela um por um, para pegar a moeda.

– Depois que você sair do Banco com o Coração Alquímico, hoje à noite, as bebidas são por minha conta.

Será que as aulas da Professora-Doutora realmente tinham sido canceladas ou aquele seria mais um dos testes dela?

Boa parte de seus colegas acredita que é um teste: todos sabem que a Professora-Doutora adora fazer joguinhos. Alguns de seus amigos estão cansados de jogar, mas você não está disposta a desistir. Ainda não.

Acha que a Professora-Doutora deve ter deixado pistas de onde será a próxima aula: você só precisa encontrá-las.

Então repassa as anotações que fez. "O demônio, o Banco, o Regal, o menu pós-meia-noite, a picante história da morte de Isla Saint e Benjamin J. Tierney."

Na sua opinião, qualquer uma dessas histórias pode conter uma pista, mas Benjamin J. Tierney é o nome que não para de lhe saltar aos olhos. Ele pode até ter morrido há quase quinze anos, mas as pessoas ainda são obcecadas por ele. O diretor era famoso por aninhar histórias dentro de outras histórias e de esconder *easter eggs* pessoais nos filmes. E, quando dá por si, você percebe que está imaginando que poderia haver algo escondido na história *dele*.

Fica um pouco obcecada por assistir a entrevistas e a filmes antigos e ler o artigo da *Wonderpage* dedicado a ele.

Trilogia O preço da magia

Artigo Discussão Ler Ver histórico Ferramentas

A trilogia inacabada **O preço da magia** (uma produção JMP) foi o último projeto ao qual Benjamin J. Tierney se dedicou antes de morrer.

Sinopse dos filmes [editar]

A trama de *O preço da magia* se concentra em Sophia Wescott (interpretada por Michelle Penha), uma bibliotecária do interior que tem o dom da necromancia. No começo do filme, não fica claro por que Sophia e o marido, Red (interpretado por Sam Young), foram morar no meio do nada, deixando para trás todos os amigos, a família e a linda casa que tinham à beira de um penhasco em Seaspray, Califórnia. O filme alterna cenas do passado e do presente, revelando lentamente aos espectadores o segredo por trás do motivo para Red e Sophia terem ido morar do outro lado do país.

Red, que era bombeiro, morreu há um ano, em um incêndio que, supostamente, deveria ter sido fácil de apagar. Sophia empregou seu dom de necromancia para trazê-lo de volta à vida. Mas, ao fazer isso, deu início a um incêndio apocalíptico que se alastrou por todo o estado. Depois de jurar que jamais tornaria a usar sua magia, Sophia foi morar com Red em Secret Ravine, na Louisiana, onde a nova vida pacata dos dois não demora a ser interrompida por uma perturbadora série de assassinatos de crianças.

Juntos, Sophia e Red descobrem que um culto mágico está por trás desses cruéis assassinatos, e só existe uma maneira de Sophia conseguir detê-los e trazer todas as crianças assassinadas de volta à vida: sacrificar o poder que possibilita que o marido continue vivendo.

Sinfonia da morte

No segundo filme, Sophia, determinada a reaver seus poderes, alia-se a uma foragida, acusada de assassinato. Mais para o fim do filme, Sophia consegue livrar a vidente dessas acusações, encontrando o verdadeiro assassino. Também traz, novamente, o marido morto de volta à vida. Só que, desta vez, isso lhe custa a própria vida.

Terceiro filme sem título

Não há sinopse disponível para este filme.

O derradeiro roteiro de Benjamin J. Tierney jamais foi encontrado. Há quem suspeite que o cineasta, na verdade, nunca o escreveu. Também há boatos de que o roteiro existe, sim, e é amaldiçoado – assim como sua segunda trilogia – e que é melhor para o mundo que ele jamais seja encontrado.

Última atualização: 30 de out. de 2025

Você já leu este artigo antes, mas não se recorda do comentário a respeito de o roteiro perdido de Tierney ser amaldiçoado. Repara que a página foi atualizada no dia anterior e fica imaginando que a Professora-Doutora poderia ter feito isso. Se esta é a pista e…

Linhas pretas brotam na tela do seu computador e vão descendo.

– Que p… – Você solta um palavrão e tenta mudar o cursor de lugar. Tenta fechar o *browser*, mas a única coisa que se mexe no computador são as linhas pretas. Formam ondas na tela, dando a impressão de que seu notebook está enjoado. Você aperta a tecla Esc sem parar. Tem um trabalho dentro desse computador que você não pode se dar ao luxo de perder, e o computador é praticamente nov…

A tela inteira fica cinza e embaçada. Por um segundo, você acha que viu duas palavras: *Game Over*. E aí a tela fica preta. Preta como breu. Preta como a morte.

– Não! – Você aperta o botão de *power*.

Nada acontece.

Você aperta de novo.

Nada acontece.

Então liga o notebook na tomada, achando que, talvez, possa só ser a bateria. Espera dez minutos, então aperta o botão de novo. Mas seu computador nunca mais volta à vida. Você pensa nas palavras *Game Over*. Não sabe se é esse o joguinho da Professora-Doutora, mas cansou. Ah, como cansou…

Você acabou de comprar este computador. Tem um trabalho para entregar no dia seguinte. Gosta das histórias que a Professora-Doutora conta, mas se arrepende por não ter se matriculado em Ciência dos Super-Heróis em vez de na disciplina dela.

Capítulo vinte e três

O relógio no painel do carro marca 9h01. Dentro de uma hora, Holland terá saído do Banco ou... Ela não quis concluir esse pensamento. A breve empolgação que sentiu com a aula de magia dada por Gabe tinha se dissipado. Assim como o sorriso efêmero do cara. O que a fez pensar que ele não devia ter falado sério quando disse que iriam sair para beber. Não que isso tivesse alguma importância. O que importava era entrar e sair do Banco com vida.

O trajeto de carro até Cidade Centenária foi o mais rápido da história de Los Angeles. Não tinha trânsito. Nenhuma parada. Um único sinal vermelho, ao lado de um *outdoor* em neon do mais recente filme de Vic VanVleet. Holland sentiu uma pontada de arrependimento ao ver o rosto sorridente de Chance.

E, depois disso, não havia mais nem um *outdoor*, apenas lindas árvores, belos pássaros e postes de luz pretos e foscos, que pareciam ter sido importados do início do século 20.

Os dois passavam por um bairro onde os quintais eram tão grandes que Holland nem conseguia enxergar as casas, só fileiras de árvores explodindo em cores deslumbrantes, coisa que raramente via na cidade. Parecia outono, de verdade.

E cores que não via em carros desde, provavelmente, nunca: verdes cintilantes com teto cor de creme, laranjas ardentes com faixas de corrida no capô, vermelhos cintilantes com pitadas de purpurina, azuis vibrantes cor de mar com relâmpagos na lateral, roxos escuros como ameixas e verdes-menta retrô.

Tudo isso deveria dar uma impressão de cafonice, mas dava apenas a ideia de que aquela era uma rua mais vibrante e cheia de vida do que qualquer outra que Holland já vira em Los Angeles. Não dava a impressão, nem de longe, de que aquele era o tipo de lugar que poderia abrigar o quartel-general de uma organização maligna. Quase dava a noção de ser um lugar para, em um sábado, fazer um piquenique ou visitar imóveis chiques à venda, daqueles que oferecem um coquetel para os interessados. Entretanto, a jovem ficou com a sensação de que as pessoas que moravam ali nunca mudavam de casa.

– Tem certeza de que tem um banco por aqui? – perguntou para Gabe.

E foi aí que viu, a uns cem metros de distância. Ocupando uma quadra inteira. Um prédio absurdamente alto, verde-jade com uma deslumbrante borda decorativa dourada estilo *art decó* que cortava os intermináveis andares cheios de janelas. Era tão alto e impressionante que Holland não sabia como nunca tinha visto aquele lugar até então.

Magia.

Foi nessa hora que conseguiu sentir, assim como sempre conseguia sentir uma mudança no ar toda vez que se aproximava do mar. O que estava sentindo, não seria capaz de descrever. Não tinha cheiro. Mas era uma sensação parecida com aquela que teve quando segurou a moeda.

Quanto mais olhava, mais o Banco parecia vistoso e luminoso, mais alto até. Agora, Holland achava impossível nunca ter visto aquele prédio antes. Que jamais tivesse aparecido em algum filme ou cartão-postal. Tinha vontade de perguntar que tipo de magia seria capaz de esconder do mundo um prédio como aquele, mas Gabe estava estacionando o carro na frente de uma casa com cercas vivas tão perfeitas que pareciam bordadas e, de repente, ela ficou tão nervosa que não conseguia falar. Não sabia nem como ainda sabia respirar. Estava ficando zonza. A única coisa que conseguia era tomar golinhos de ar.

O Banco ficava na próxima quadra. A uma faixa de pedestres de distância. Holland torceu para que o Coração Alquímico estivesse lá dentro, esperando por ela. Mas agora, que estava tão perto, parecia impossível. E, mesmo que estivesse lá dentro, parecia que seria impossível tirá-lo de lá.

– Tem mais uma coisa que você deveria saber – avisou Gabe.

– Acho que já sei tudo o que eu preciso saber. – Normalmente, Holland adorava informações. Adorava fatos e histórias, mas tinha a sensação de que, se soubesse de mais alguma coisa naquele momento, seria demais. Já estava em um mundo novo, cheio de regras novas, que não conhecia. Regras que ela poderia desrespeitar sem querer.

– Relaxe – disse Gabe. – Logo, logo, tudo isso vai acabar. Quando entrar, só faça uma coisa: fique longe da gerência.

– Por quê? De quem é esse cargo?

– Não sei. Eles guardam isso em segredo. Mas ouvi dizer que a pessoa é capaz de ler pensamentos. – Gabe titubeou. – Se cruzar com essa pessoa, apenas não pense em mim. Se descobrirem que estou aqui fora, te esperando, talvez eu não consiga te tirar lá de dentro.

De repente, Holland tinha mil perguntas. Mas faltavam apenas poucos minutos para sua hora marcada com o Banco. Os segundos estavam transcorrendo mais rápido do que segundos deveriam transcorrer, e tudo aquilo era demais. A magia, os mistérios de Gabe e aquela sensação esmagadora de que realmente não sabia onde estava se metendo.

– Não sei se consigo dar conta disso.

– Ei… – Gabe desligou o carro e olhou bem nos olhos de Holland. – Assim que sair do cofre, ligue para mim, estarei te esperando assim que puser os pés fora do banco.

– E se eles me pegarem antes disso?

Ele se aproximou.

– Não vou permitir que isso aconteça.

– Mas…

Gabe pôs a mão na nuca de Holland e deu um selinho nela. Seus lábios eram macios, mas meio bruscos, como se quisesse parar de beijá-la, como se soubesse que aquele beijo era um erro. As pontas dos dedos fizeram cafuné, os dentes seguraram o lábio inferior da jovem e mordiscaram de leve. Gabe soltou Holland em seguida, mas ficou olhando para ela como se tivesse vontade de beijá-la de novo.

Holland foi se aproximando, mas Gabe se afastou. A jovem quase chegou a pensar que viu um sinal de arrependimento nos olhos dele, mas sumiu tão rápido que ficou em dúvida se realmente tinha aparecido.

– Vou estar aqui quando você sair – declarou ele.

Capítulo vinte e quatro

Holland se permitiu pensar no beijo por um minuto. Imaginar por que Gabe a beijou e por que ficou com aquele olhar de arrependimento e por que estava nervosa por causa disso, sendo que sua vida dependia, literalmente, do que iria acontecer dentro do Banco.

Um beijo não tinha importância. Só que beijar sempre tem importância.

E aquele tinha sido um beijo muito bom.

Holland se permitiu pensar sobre isso mais uma vez. Admitiu para si mesma que queria que acontecesse de novo. Talvez, quisesse mais do que um beijo.

Então entrou.

O Banco dava a impressão de ser aquele tipo de lugar onde não se deve tocar em nada.

Não toque nas portas de vidro imaculadas.

Não toque nas maçanetas antigas.

Não toque nas mesas de mármore dos bancários que estão sentados atrás de máquinas de escrever de marfim com teclas reluzentes, de metal dourado.

Tec-tec-tec.

Tec-tec-tec.

Tec...

Por um segundo, todos pararam de escrever à máquina. Foi só por um instante, apenas o tempo necessário para o silêncio alcançar o pôr do sol geométrico que decorava o teto abobadado. E então voltaram a escrever.

Mas a jovem poderia jurar que, por baixo do *tec* limpo das teclas, havia cochichos muito baixos. Não conseguia entender nenhuma palavra, mas os pelos dos braços ficaram arrepiados e o coração batia acelerado, do jeito que os corações batem quando sabem que estão falando de seu dono.

– Bom dia, srta. St. James – disse uma bancária bonita, de chapéu de caubói, botas de caubói, cinto com duas pistolas de plástico e uma estrela prateada reluzente, onde estava escrito: “Apenas me chame de xerife”.

Os cochichos pararam assim que ela falou.

Agora as pessoas fingiam que não estavam observando Holland tentar entender por que aquela bancária estava fantasiada de versão feminina de Wyatt Earp, aquele xerife do Velho Oeste que, de tão temido, inspirou uma porção de filmes.

Aí a jovem se recordou de que era Halloween. Tinha esquecido disso por um segundo. Julgou que o beijo tinha deixado seu cérebro meio confuso. Mas, mesmo assim, ficou surpresa de ver aquela bancária fantasiada. Todo aquele brilho e aqueles não-me-toques se encaixavam na imagem que tinha de um banco maligno. As fantasias não. Quando olhou ao redor, para todos aqueles bancários que estavam tentando não olhar, percebeu um número anormal de chapéus e botas de caubói, e de coletes de couro com franjas.

– É a sexta-feira do Velho Oeste – explicou a bancária. – Sempre escolhemos um tema para o Halloween. – A mulher começou a se dirigir à parte dos fundos, dando passos tão leves que os saltos não faziam barulho ao bater nos ladrilhos dourados e verde-esmeralda, que formavam um intrincado padrão em zigue-zague. – Eu me chamo Padme, aliás. Vou acompanhá-la até a sala da gerência, porque acredito que esta seja sua primeira visita.

– É, sim. Mas… espere aí… Por que vou falar com a gerência? Vim até aqui para abrir um cofre.

– Eu sei. Mas a gerência deseja vê-la antes disso – explicou Padme, com um tom agradável, do jeito que uma bancária que trabalha para um banco normal poderia sinalizar para um cliente não tão normal que lhe concederam uma audiência especial. Só que aquilo não lhe pareceu especial. Holland só conseguia pensar no conselho de Gabe.

A não ser que a pessoa que ocupava o cargo fosse Manuel Vargas. Foi com ele que Holland pediu para marcar uma hora. O sr. Vargas talvez quisesse lhe dizer mais alguma coisa.

– Por acaso é o sr. Vargas o responsável pela gerência? – questionou.

Padme ficou com uma expressão desconcertada.

– Não conheço nenhum sr. Vargas. Mas, se ele trabalha no Banco, tenho certeza de que é conhecido da gerência.

– Se não houver problema – disse Holland –, prefiro ir até a sala da gerência depois que eu abrir meu cofre.

Padme continuou dando um sorriso acolhedor.

– Receio que isso não seja possível. – Ela parou diante de um elevador de metal dourado estilo antigo, do tipo que tem uma elaborada porta de metal sanfonada e, na parte de cima, um mostrador em semicírculo com uma seta que vai andando em sentido horário e mostrando em que andar o elevador está. Naquele momento, o mostrador indicava que o elevador ainda estava três andares acima. Padme, então, olhou para o relógio. – Tecnicamente, sua hora marcada só começa dentro de dois minutos. Ainda não sou obrigada a levá-la a nenhum lugar ainda. E, pode acreditar em mim, srta. St. James, é melhor atender ao convite da gerência antes de abrir esse cofre.

O elevador apitou. Padme abriu a porta sanfonada.

Holland imaginou que poderia ficar parada ali por mais dois minutos e, depois disso, exigir que a levassem até o cofre, mas Padme estava olhando para ela com uma expressão que dava a entender que esse seria um erro grave. E Holland não tinha certeza de que esperar faria alguma diferença, a não ser fazê-la desperdiçar dois minutos.

Entrou no elevador.

– Sábia decisão. – Padme fechou a porta sanfonada e apertou um botão de metal redondo, com o número 23. O elevador respondeu com uma campainha. As portas se fecharam, e o coração de Holland foi parar na boca quando começaram a subir.

Nos alto-falantes do elevador, alguém fazia um *cover* daquela música de Lana Del Rey que fala de bruxas, *Season of the witch*. Padme batia os saltos das botas no chão com toda a delicadeza, no ritmo da música. Trabalhar em um banco maligno era só mais um dia normal para ela.

O elevador subiu mais alguns andares, até que a bancária se virou lentamente para Holland.

– Estava tentando conter minha empolgação agora há pouco, mas sou uma grande fã de sua irmã.

Até então, Holland nunca ouvira ninguém falar sobre January do jeito que Padme falou, como se ela fosse uma subcelebridade ou uma super-heroína de cidadezinha do interior. E, de repente, ficou muito confusa.

– Como você conhece minha irmã?

– Sim, na verdade, não a conheço tão bem – respondeu Padme. Tecnicamente, como ela não trabalha nesta agência, só a encontrei umas duas vezes. Mas sua irmã é tão boa no que faz que todo mundo sabe quem é January St. James. – A bancária, então, deu um grande sorriso, como se Holland devesse ficar extremamente orgulhosa de sua gêmea.

Mas Holland só sentiu alguma coisa queimando no estômago. January não podia trabalhar ali, de jeito nenhum. O Banco era maligno.

Padme continuou falando alegremente:

– Também gostaria de falar que lamento muito o que houve com Adam, o sócio de sua irmã. – Nessa hora, a bancária levou a mão ao coração. – Me senti péssima quando soube do tiroteio. – Padme disse mais alguma coisa, que todo mundo no Banco fazia votos de que Adam tivesse uma plena recuperação e torcia para que o atirador fosse preso. E aí Holland teve a impressão de que Padme começou a falar de January outra vez. Mas mal conseguia processar o que aquela mulher estava dizendo. Porque só conseguia ouvir as palavras que Adam tinha dito no dia anterior: "Juro que estou falando a verdade. Trabalho com a sua irmã, January. Ela é minha sócia. E me mandou até aqui para cuidar de você".

Holland não acreditou em Adam. Acreditou em Gabe. E se tivesse se enganado?

Não. Adam é quem estava mentindo. Não Gabe. No dia anterior, Gabe dera o próprio celular para Holland ligar para January. E, naquela mesma manhã, ele tinha passado o número de January para Holland. Mas será que tinha feito isso mesmo? A jovem não sabia para que número tinha ligado no dia anterior, só que tinha caído na caixa postal da irmã, o que era uma coisa bem fácil de forjar. O número que Gabe tinha lhe dado pouco antes de se dirigirem ao Banco até poderia estar errado, Holland não teria como saber.

A jovem deu uma rápida olhada no celular. Ainda não tinha recebido resposta da gêmea.

Gabe talvez tivesse razão, e January jamais atenderia um número desconhecido. Ou talvez só tenha dito isso para o fato de ela não responder não parecer suspeito.

– A senhorita está bem? – perguntou Padme. – Precisa de um copo d'água?

Holland negou com a cabeça. O que precisava era de mais tempo para processar tudo aquilo.

O elevador parou, com mais uma campainha. Padme abriu a porta de metal sanfonada e, em seguida, segurou a mão de Holland. Seus dedos negros eram quentes e macios.

– Não se preocupe. – A bancária apertou a mão da jovem. – Tenho certeza de que Adam já está melhor. – Depois dessa, Padme disse "tchau" e entrou no elevador para voltar ao saguão.

Holland olhou mais uma vez para o relógio: restavam exatos quinze minutos de sua hora marcada. Ou seja: tinha quinze minutos para descobrir em quem podia confiar. E, naquele exato momento, achava que não podia confiar em ninguém.

Queria acreditar que existia um mundo onde Adam poderia ser sócio de January e Gabe poderia ser um cara legal. Mas não conseguia conceber como isso poderia acontecer. Um daqueles dois homens tinha sido enviado para protegê-la, e o outro a estava enganando.

A cabeça de Holland latejava quando se dirigiu à única porta do andar, que ficava no fim do corredor. Provavelmente, deveria bater, mas não podia desperdiçar mais tempo. Com um "olá" nervoso, girou a maçaneta.

A primeira coisa em que reparou foi no tanto de vidro que havia ali. Uma parede inteira de vitral verde projetava uma luz cintilante, cor de esmeralda na sala. Parecia que *O mágico de Oz* e *O grande Gatsby* tinham caído da estante e derramado palavras que, então, se transformaram em cintilância estilo *art decó*. As cortinas eram de veludo, os lustres eram globos suspensos de vidro e metal dourado, o tapete tinha uma estampa luxuosa de losangos e flores estilizadas e, parada bem no meio dele, encostada em uma grande mesa de marfim, estava a Professora-Doutora.

Capítulo vinte e cinco

A Professora-Doutora estava com uma calça de cintura alta verde-floresta e uma blusa de seda creme, com um grande e elegante laço na gola. Os brincos eram de pérola, e uma travessa de madrepérola com detalhes de diamantes prendia os cabelos grisalhos para trás, em um dos lados.

Em aula, nunca tinha se apresentado com uma aparência tão glamurosa quanto ali, parada naquela luz verde, de bruma. Sua aparência era a dos boatos que Holland ouvira antes de conhecer sua orientadora: chique estilo estrela de cinema, que atraía todos os olhares. Era visível que aquela mulher não era a pessoa que a jovem sempre acreditou que ela fosse.

– O que você está fazendo aqui? – perguntou Holland. A resposta parecia meio óbvia, mas torcia para ter uma explicação que pusesse fim àquela sensação de que o coração estava prestes a ser partido.

Holland tinha ficado com tanto medo de que algo terrível tivesse acontecido com a Professora-Doutora… E agora se sentia completamente boba. Se é que estava interpretando aquela situação da maneira correta, sua orientadora nunca correu perigo: ela é quem estava mexendo seus pauzinhos.

– Quem a senhora é, de verdade?

– Você sabe quem eu sou – respondeu a Professora-Doutora, baixinho.

– Não. Não sei. Até poucos minutos, achei que era minha mentora. Achei que podia confiar em você.

– Por que nós duas não nos sentamos? Vou mandar trazer um chá e contar tudo o que você deseja saber.

Holland desejava saber um monte de coisas. Mas não tinha cem por cento de certeza de que podia acreditar nem em uma palavra sequer do que aquela mulher havia dito, e agora só lhe restavam catorze minutos.

– Prefiro simplesmente ser levada até o cofre do meu pai. Por favor.

A Professora-Doutora franziu o cenho.

– Você deve estar preocupada com o tempo, minha querida. – Nessa hora, ela pegou uma grande ampulheta de jade que estava em cima da mesa. – Esta ampulheta vai parar o tempo até toda a areia passar. – Então virou a ampulheta e a colocou de volta em cima da mesa. – Vá em frente, dê uma olhada no seu relógio.

Holland olhou. O ponteiro dos segundos tinha parado, congelado em dez segundos após o minuto.

– Como sei que está parando o tempo de fato e não todos os relógios?

A orientadora da jovem franziu o nariz, como se um truque barato como aquele não estivesse à sua altura.

– Venha cá. – Ela foi até a parede de janelas de vidro verde.

Holland não se mexeu.

A Professora-Doutora bufou.

– Não seja tão dramática. Não vou te atirar lá embaixo, minha querida. Há maneiras bem mais elegantes de matar uma pessoa que não seja defenestrá-la. E a última coisa que quero é que você morra. – Ela pôs a mão atrás de uma exuberante cortina de veludo e apertou um botão. Imediatamente, o vidro ficou transparente. – Quero que dê uma olhada lá fora.

Holland deu alguns passos cautelosos à frente, até conseguir espiar através do vidro.

O mundo nunca esteve tão parado. As árvores estavam petrificadas. Os carros tinham parado no meio dos cruzamentos. Mas foi o pássaro que a convenceu. Em pleno voo, sem se mexer, as asas abertas, rodeado por uma espiral de folhas caídas suspensas no ar.

– É um truquezinho encantador, não é mesmo? – A Professora-Doutora parecia estar bastante satisfeita consigo mesma, governando aquele mundo que tinha feito parar com um simples gesto.

Holland não podia negar que tinha ficado impressionada. Aquela era a magia que vinha procurando e, finalmente estava ali, bem na sua frente. E, agora, sua orientadora sorria para ela, como se a jovem pudesse possuir tal magia.

– Faz séculos que eu queria te mostrar isso e tantas outras coisas. – A voz da Professora-Doutora transbordava de afeição, como se Holland fosse sua pupila mais valiosa e aquele fosse um momento pelo qual realmente estivesse esperando. Mas será que estava sendo sincera ou era apenas fingimento? Porque era claro que estava fingindo desde o instante em que a jovem a viu pela primeira vez.

– Posso perceber que ainda tem perguntas e dúvidas. Mas eu lhe garanto, continuo sendo a mesma pessoa. – A Professora-Doutora se aproximou de Holland até as duas ficarem bem no meio daquele escritório reluzente. – Todas as histórias que contei na 517 são verdadeiras. Nada do que ensinei naquele curso foi enganação.

– Você só deixou de fora o fato de você ser uma das histórias.

Esse comentário fez a Professora-Doutora sorrir.

– Infelizmente, isso foi necessário. Sempre omiti certas partes para que apenas os alunos mais inteligentes encontrassem este mundo.

– Por que fez isso? Por que a farsa?

– Quem é que não adora fingir que é outra pessoa? E, neste caso, foi muito útil. Até bem pouco tempo. – A mulher retorceu a boca ao dizer isso, mas não deu mais detalhes a respeito do que havia acontecido na universidade.

– Eu queria ser Professora-Doutora porque queria que os melhores e os mais inteligentes trabalhassem para mim. Nascer numa família que tem habilidades pode tornar as pessoas preguiçosas e, sendo bem sincera, muito sem graça. Mas descobrir que a magia existe e que é possível possuí-la desde que se esforce... isso transforma pessoas comuns em tesouros extraordinários. Pessoas como você. – Quando as duas se entreolharam, os olhos da Professora-Doutora brilhavam de orgulho. – Quando te conheci, minha querida, você estava na graduação, estudando Teoria da Narrativa e escrevendo *fan fiction* de vampiros. E olhe só para você agora... encontrou o caminho que te trouxe ao nosso mundo.

A mulher ficou em silêncio, e a jovem pôde perceber que ela estava esperando algum tipo de reação. Era a mesma coisa que sempre fazia na aula e, ano após ano, os alunos correspondiam às suas expectativas. Mas, agora, Holland só conseguia olhar para a ampulheta.

Um terço da areia dourada já tinha transcorrido. Holland não sabia quantos minutos isso significava. Mas chutou que só devia ter mais uns dez até o tempo voltar a transcorrer.

– Você deveria ficar extraordinariamente satisfeita consigo mesma – disse a Professora-Doutora, enfim. – Claro que sempre achei que você era inteligente. Na verdade, eu ia te oferecer um emprego aqui quando terminou a graduação.

– E por que não ofereceu, então?

A Professora-Doutora soltou um suspiro.

– Na verdade, foi por causa da sua irmã. January já tinha sido recrutada por outra agência e disse que aceitaria o trabalho só se mantivéssemos você fora deste mundo. – Ela ficou com uma expressão azeda, como se ainda se ressentisse desse fato.

A Holland do dia anterior talvez também tivesse ficado magoada. Poderia ficar se perguntando por que a gêmea esconderia a magia dela –

sabendo que Holland tinha passado a vida inteira à caça da magia –, mas agora só conseguia pensar que January devia estar tentando protegê-la.

– E do que, exatamente, você acha que ela está tentando te proteger?

A jovem deu um pulo de susto e se recordou de que Gabe havia dito que a pessoa que ocupava o cargo de gerência era capaz de ler pensamentos.

A Professora-Doutora deu um sorriso sarcástico.

– Tento não usar essa habilidade, a menos que seja absolutamente necessário.

– Por que tenho tanta dificuldade de acreditar nisso?

– Porque, hoje, você não quer acreditar em nada do que estou dizendo. Mas juro: tudo o que eu disse desde que você pôs os pés nesta sala é verdade. Admito, posso estar enganada em relação à sua irmã. Só conheci January de fato muito recentemente. Mas, até onde posso ver, ela não estava tentando te proteger. Sua irmã só mentiu e te deixou de fora. Foi por isso que pedi que viesse aqui hoje. Acho que toda essa situação tem sido absolutamente injusta com você. Sei que sua irmã não vai gostar, mas quero te oferecer um emprego aqui, para trabalhar comigo.

A mulher, então, deu aquele seu sorriso de Mona Lisa, aquele, que prometia segredos, histórias e magia. Magia essa que estava fora do alcance de Holland por uma questão de milímetros, mas *ela* poderia mostrar como encontrá-la, tomá-la e apoderar-se dela.

– É exatamente isso que vou fazer – disse, baixinho. – Venha trabalhar para mim que, finalmente, terá as respostas que deseja a respeito do demônio e de seus pais. Porque, sim, sei de tudo a respeito deles, minha querida, e lamento muito, muito mesmo. Mas prometo que continuarei te ajudando a descobrir a verdade.

Ela parecia estar sendo tão sincera que chegava a ser arrasador. O que não apagou aquela sensação que Holland tinha de ter sido traída. Mas foi solapando, conforme a jovem se recordava de todos os livros que sua orientadora havia lhe enviado. Houve momentos em que se sentiu tentada a contar a verdade e imaginou que a Professora-Doutora tinha percebido isso durante as muitas conversas que as duas tiveram.

– Tudo isso será mais fácil *quando* você estiver trabalhando no Banco. Terá acesso a todos os nossos recursos. E vai possuir uma habilidade. – Os olhos da mulher brilharam, como se esse fosse o detalhe que mais ansiava por revelar. – Normalmente, novos recrutas só recebem habilidades que não são tão relevantes, como a de sempre encontrar um bom lugar para estacionar. Mas, para você, tenho em mente algo especial.

A Professora-Doutora voltou para a mesa e deu um tapinha em cima de uma linda caixa dourada. Holland imaginou que a habilidade poderia estar lá dentro. Não sabia como nada daquilo funcionava de fato. Mas sua orientadora deu a impressão de estar disposta a lhe contar e entregar as chaves do reino para a jovem assim que ela dissesse "sim".

– Que habilidade é essa? – perguntou Holland.

– Ah, você vai adorar – respondeu a Professora-Doutora. – Vai, literalmente, mudar sua vida. Antes, só preciso de um pequeno favor. – Então deu mais um sorriso para Holland, um sorriso ardiloso, que levou a jovem a pensar que, na verdade, aquele favor estava longe de ser pequeno. – Sei que está aqui para abrir um cofre e, quando abrir, preciso que me entregue o que estiver lá dentro.

Holland caiu na risada. Não conseguiu se conter.

– Você realmente me hipnotizou por um minuto.

– Fui sincera em tudo o que disse.

– Não foi, não – retrucou a jovem, ainda às gargalhadas. – Você disse que queria me ajudar e me dar uma habilidade. Mas não quer me ajudar nem me dar nada. O que quer é uma troca. – Holland deu mais uma olhada na ampulheta. Ficou com a impressão de que a areia estava descendo mais rápido. – Quero ir embora agora. Por favor, diga como faço para chegar ao cofre do meu pai.

A Professora-Doutora cerrou os dentes.

– Vou deixá-la sair quando a areia terminar. Até lá, preciso que me ouça. Sei que você é boa pessoa, Holland. Não acho que queira fazer mal a ninguém. E, como sei que é inteligente, acredito que já saiba quais são minhas suspeitas a respeito do que está dentro do cofre do seu pai. Se eu estiver certa, deixar esse objeto cair em mãos erradas pode ser catastrófico. Se entregar o Coração Alquímico para mim, posso lhe garantir que o Banco vai protegê-lo de qualquer pessoa que pretenda usá-lo para fazer o mal. Como seu novo amigo, Gabriel Cabral.

O corpo de Holland enrijeceu. A jovem ficou imaginando como sua orientadora sabia a respeito de Gabe, mas então recordou-se de que ela era capaz de ler pensamentos.

– Você não precisa se preocupar. Gabe não é meu amigo.

– Que bom, porque Gabriel Cabral é um homem muito perigoso. – A Professora-Doutora deixou essas palavras pairarem no ar enquanto mais areia preciosa transcorria na ampulheta.

Holland já sabia que Gabe era perigoso. Ele tinha desativado seu carro, a sequestrado, mentido a respeito da irmã e atirado em Adam. Mas, mesmo assim, algo no jeito de falar da Professora-Doutora a fez pensar que aquele homem era ainda mais cruel do que havia percebido. Não era apenas alguém de quem deveria manter distância, era alguém a quem devia temer.

– Não sei como os caminhos de vocês se cruzaram, mas morro de medo do que pode acontecer caso o Coração Alquímico venha a cair nas mãos de Gabriel. E odeio pensar que este homem está te usando agora e depois vai matá-la, igualzinho ao que fez com a própria esposa.

Capítulo vinte e seis

Não. A primeira coisa que Holland pensou foi que a Professora-Doutora só podia estar enganada. A jovem não queria acreditar que ninguém era assassino, muito menos o homem com quem tinha passado a noite anterior.

Ainda restava um pouquinho de areia na ampulheta. Se fosse embora agora, sairia na frente. E queria ir embora. Depois de falar com Padme, já tinha concluído que não podia confiar em Gabe. Não precisava de mais motivos para manter distância dele. Mas, se sua orientadora estivesse dizendo a verdade, a questão não era apenas confiar ou não em Gabe. Significava que jamais deveria tornar a se aproximar dele.

Holland sabia que a Professora-Doutora a enganara. Mas, na verdade, não achava que estivesse mentindo a respeito disso. E, sim, sempre teve um fraco pelas histórias que sua orientadora contava.

– Fale mais sobre a esposa de Gabe.

– Gabriel Cabral não nasceu numa família detentora de habilidades – explicou a Professora-Doutora. – Quando isso acontece, existem apenas duas maneiras de obter uma habilidade. A mais respeitável é vir trabalhar para o Banco. A outra é se envolver com alguém que tenha uma, na esperança de que essa pessoa lhe deixe essa habilidade de herança quando morrer. Gabriel Cabral escolheu a segunda opção. Casou-se com uma mulher cuja família possuía muita magia e, um dia depois do casamento, assassinou a esposa.

A Professora-Doutora franziu o cenho, a expressão de sua boca se suavizou, os olhos se voltaram para baixo. Tinha voltado a ser a orientadora que Holland conhecia e amava, e sua expressão era de sinceras desculpas.

– Sinto muito, minha querida. Odeio ser a portadora de notícias tão ruins. Mas, ao contrário de muitas das histórias que conto, esse é um fato muito bem documentado. Se não acredita em mim, pode dar uma olhada na lista de mais procurados do Banco. – Ela acenou, sinalizando um duto de correspondência feito de vidro que ficava perto da mesa, como se bastasse uma ligação sua para a lista chegar por ali. Mas Holland não achava que precisava de provas.

Soube que Gabe era perigoso assim que ele baixou o vidro do carro, lá naquele estacionamento. Tinha confiado nele porque havia lhe mostrado um pedaço de papel escrito com a letra da irmã. Esse, na verdade, não foi o único motivo. Mas, em retrospectiva, todos os demais motivos agora lhe pareciam fracos. A jovem temia que, talvez, tivesse acreditado nele só porque quis acreditar. Talvez, afinal de contas, Cat tivesse razão, e Holland realmente se sentisse atraída não apenas por histórias, mas por pessoas que a faziam sentir medo.

Ela olhou para a ampulheta, torcendo para que, enfim, estivesse na hora de ir embora. Ainda restava um pouquinho de areia na parte de cima – mas, de repente, o vidro se espatifou e a areia dourada se esparramou por cima da mesa. Um pássaro bateu na janela com tanta força que aquele vidro também rachou.

– Não era para isso ter acontecido – declarou a Professora-Doutora. Lenta, quase que mecanicamente, ela passou a mão pelo cabelo. Os dedos saíram ensanguentados.

– A sua mão, Professora-Doutora! – gritou Holland.

Mas, pelo jeito, sua orientadora não a ouviu nem percebeu o sangramento. Apenas repetiu:

– Isso não deveria acontecer. Isso não deveria acontecer.

Então, feito uma chicotada, a mulher, de repente, olhou para a jovem, deu um sorriso plácido e falou:

– É melhor você ir embora, minha querida. Ao que tudo indica, seu tempo acabou.

Holland estava desesperada de vontade de avisar que ainda havia sangue nos dedos da Professora-Doutora. Queria perguntar o que tinha acabado de acontecer. Seria a mesma coisa que não parava de acontecer com ela?

Só que o tempo, literalmente, acabou.

Ela se dirigiu à porta.

– Pense com carinho a respeito do conteúdo do cofre de seu pai – gritou a Professora-Doutora, como se sua cabeça ainda não estivesse pingando sangue no chão imaculado do escritório. – Tenho certeza de que, agora, você está se sentindo muito pressionada. Mas acredito que vai tomar uma decisão acertada.

Aquela mulher era mesmo indomável. Holland odiava o fato de não ter mais certeza de que podia confiar nela porque, em parte, ainda a respeitava.

A Professora-Doutora deu uma piscadela.

A jovem deu as costas antes que ela pudesse ler mais algum de seus pensamentos. Mas ainda havia um último pensamento que precisava revelar. Ainda não sabia ao certo o que iria fazer depois de abrir o cofre do pai, mas tinha certeza de que não voltaria para Gabe.

– Tem algo que você precisa saber – declarou, dirigindo-se à sua orientadora. – Gabriel Cabral está sentado dentro de um carro, a uma quadra daqui.

Capítulo vinte e sete

Quando Holland entrou no elevador, estava silencioso... Nada de música de Halloween saindo pelos alto-falantes. Nada de bancária ao lado dela, batendo os saltos das botas de caubói.

E ela ficou grata por aquilo. Também ficou nervosa. Segurou o pingente que levava pendurado no pescoço, enquanto observava o ponteiro dos segundos dar a volta no relógio de pulso. Só lhe restavam doze minutos. A sensação era a de que o tempo estava longe de ser suficiente para pegar o Coração Alquímico e sair do banco, ainda mais sem Gabe para ajudá-la.

A jovem ficou com náusea ao pensar nele. Pensou que se sentiria melhor após dedurá-lo para a Professora-Doutora. Mas só sentiu um buraco no estômago. Odiava o fato de ter beijado aquele homem e de ter confiado nele – tinha contado a história de seus pais para Gabe. O que a fez se sentir uma boba. E também triste, o que a deixou brava, porque deveria estar se sentindo apavorada. Só que o problema dos sentimentos é que, às vezes, a gente não tem o direito de escolher. Às vezes, o melhor que dá para fazer é lutar contra eles.

O elevador parou.

As portas se abriram.

Arandelas de vidro de mercúrio iluminavam um recinto pequeno e retangular que, decididamente, era mais antigo do que o restante do Banco. O chão, riscado e gasto por tantos anos de uso, era revestido por lajotas de mármore rosa e verde, que formavam um padrão de losangos. Diante dela, havia um pequeno sofá aveludado no mesmo tom de verde das lajotas do chão. Na frente do sofá, em cima de uma mesa redonda, de metal dourado, havia uma caixa de metal.

Era o cofre do pai.

Era maior do que Holland esperava. Nos filmes, cofres são sempre coisas pequenas e estreitas. Mas aquele era do tamanho de vários desses cofres de filme.

Era isso. A última coisa que o pai tinha deixado para ela. A jovem sentiu um aperto doloroso no peito.

O relógio tiquetaqueava, mas Holland ainda não tinha coragem de abri-lo.

Só tinha 10 anos quando o pai morreu. As lembranças que tinha dele e da mãe começavam a dar uma sensação de algo velho e gasto, como as fotos dos álbuns que a jovem tinha olhado várias vezes, até demais. Pareciam mais registros fotográficos de instantes do que lembranças autênticas.

O pai sentado na mesa de café da manhã do Natal, com gorro de Papai Noel. A mãe lendo na cama com ela, usando suas entonações mais dramáticas. Noite de filme em família no pátio, sob as estrelas, com saquinhos de pipoca e filmes projetados em grandes lençóis brancos. Pirulitos pendurados em todos os galhos de uma árvore do quintal, no aniversário.

Os pais podiam até ter participado de sua vida apenas por um breve período, mas tentaram torná-la cheia de maravilhamento. E Holland vinha tentando se apegar a esse encanto.

Quando estava pesquisando para a dissertação, a jovem deparou-se com uma frase. Pouco depois de James Dean ter morrido, Humphrey Bogart disse: "Ele nunca conseguiu ter uma vida que fizesse jus à sua fama". Holland pensava muito nisso. Benjamin Tierney fez tanta coisa na vida, mas tudo foi eclipsado pela maneira como morreu.

A jovem gostava de acreditar que, se o pai não tivesse morrido, teria se tornado algo muito maior do que toda aquela fama trágica. Ao longo dos anos, Holland assistira a todas as entrevistas de Tierney que pôde encontrar, e o pai era uma pessoa inteligente, magnética e gentil, e Holland odiava o fato de ele lhe ter sido roubado.

Finalmente, levantou a tampa da caixa.

Dentro do cofre, havia uma pasta de couro fina, do tipo que se usa para levar um notebook. As mãos de Holland ficaram suadas quando encostou a palma da mão no couro e tentou sentir a magia, como Gabe havia lhe ensinado. Nada faiscou nem formigou. A jovem não sentiu formigamento na pele nem uma mudança no ar. Era apenas uma pasta de couro comum.

Tentou se convencer de que aquilo não fazia diferença. O Coração Alquímico poderia estar lá dentro mesmo assim.

Nervosa, abriu a pasta e tirou dela outra pasta, comum, de papel pardo. Mais uma vez, não sentiu nada de mágico quando encostou no objeto. Era só papel.

Seu coração começou a ficar apertado.

Tinha tanta certeza de que o Coração Alquímico estaria dentro daquele cofre que nem pensou no que faria caso não estivesse.

Abatida, abriu a pasta de papel pardo e tudo mudou imediatamente. O coração começou a bater acelerado quando viu a letra tão conhecida do pai, na primeira página, acima de três linhas datilografadas com capricho:

```
ALQUIMIA DOS SEGREDOS
Um filme da série O preço da magia
Escrito por Benjamin J. Tierney
```

Era o roteiro perdido do pai.

Capítulo vinte e oito

Holland achou que nunca mais leria palavras escritas pelo pai. Todo mundo falava que aquele roteiro nem sequer existia, e houve gente que passou anos procurando por ele. Por que o pai tinha escondido aquelas páginas ali?

A jovem olhou para o relógio.

Restavam seis minutos.

A impressão era de que havia apenas um punhado de páginas e, mesmo assim, não daria tempo de ler todas.

Mas ela não podia sair do cofre sem, pelo menos, dar uma olhadinha em algumas das páginas. Aquele poderia ser seu último dia de vida e, naquele momento, tudo o que Holland mais queria era ler as últimas palavras do pai.

EXTERNA. CEMITÉRIO. PÔR DO SOL.

Uma mão (a mão de Red Westcott) coloca um buquê de flores diante de um túmulo coberto pela grama verdejante da primavera. Na lápide, está escrito:

> Sophia Westcott
> Esposa amada. Linda alma.
> Isto é apenas temporário.

Meu vizinho da casa ao lado?

Há um instante do mais perfeito silêncio, a não ser pelo ruído da brisa farfalhando as folhas de um pé de plátano-da-califórnia.

E aí…

Red enfia o punho cerrado na cova da esposa e arranca um punhado de terra.

Enche um pote de vidro com a terra. Um pote modelo Blue Ball, da marca Mason. Só que, em vez de ter a palavra "ball" em relevo, está escrito:

Alquimia
dos
segredos

Red continua enchendo o pote aos punhados, com raiva, até o vidro ficar cheio de terra…

Corta para

INTERNA. PISTA DE BOLICHE. NOITE.

Red bate com o pote cheio de terra em uma mesa. No vidro, agora está escrita a palavra "ball" e não o nome do filme.

Ao fundo, bolas estão rolando, pinos estão caindo. Quando alguém deixa cair a bola na canaleta, se acende um coração em neon, com as seguintes palavras dentro: "Não é seu dia de sorte".

Imagine um cruzamento de quadro de Cassius Marcellus Coolidge, aquele, dos cachorros jogando pôquer, com arquitetura neocolonial hispano-americana. O letreiro em neon está aceso quando Red entra. Ele se aproxima de uma mesa de vinil, onde está sentado um grupo de mulheres mais velhas e estilosas, usando camisas de boliche iguais. O nome "Hollybells" está bordado nas costas da camisa rosa e verde delas. Cinco dessas mulheres estão tomando refrigerante de garrafinha de vidro retrô, com canudos listrados. A sexta está bordando uma casa amarela em uma almofada.

RED WESTCOTT
Como posso trazê-la de volta?

ALMA HERNANDEZ
Falei para você não vir aqui de novo, moleque.

RED WESTCOTT
Fale o que tenho que fazer para
trazê-la de volta que nunca mais vou
te incomodar com a minha presença.

Alma toma um gole de refrigerante e olha para Red como se o cara fosse um pino de boliche que ela gostaria de derrubar. As luzes da pista se apagam, uma luz negra se acende, e o letreiro em neon fica piscando, alternando "dia de sorte" e "Não é seu dia de sorte".

ALMA HERNANDEZ
Você precisa falar com o Homem das Horas.

Ao fundo, começa a tocar Frank Sinatra.

RED WESTCOTT
Já sei qual vai ser a hora da minha morte.

ALMA HERNANDEZ
O Homem das Horas pode te dizer muito mais do que
só o dia e a hora em que você vai morrer.
Se quer trazer minha filha de volta à vida,
vai precisar da Fonte, e, para conseguir
a Fonte, vai precisar que o Homem das Horas te
diga onde procurar.

RED WESTCOTT
E como faço para encontrar o Homem das Horas?

ALMA HERNANDEZ

Isso você vai ter que descobrir por conta própria. Vou te dizer como trazer minha filha de volta. Mas acho que não é uma boa ideia. Os mortos têm que continuar mortos. Quando voltam à vida, sempre há consequências. Será que já não morreu gente demais por causa do seu amor imortal? Faça o que é certo. Deixe o que é melhor permanecer intocado no passado, pense no futuro e vire a página.

Enquanto lia, Holland conseguia imaginar cada palavra em cores vivas e saturadas, preenchendo uma tela ampla de cinema. Em relação ao tema, as histórias de Benjamin J. Tierney podiam até ser meio soturnas. Mas, visualmente, seus filmes sempre eram exuberantes, vívidos e cheios de luz.

Em uma das entrevistas preferidas da filha, o cineasta disse: "Quando a gente conta uma história sombria, é importante garantir que quem estiver assistindo nunca perca a esperança. É preciso dar aos espectadores alguma coisa luminosa para se apegar, mesmo que seja apenas uma cor na tela, para recordar as pessoas de que ainda existe luz no mundo. Todos os dias, até pode chegar a hora da noite escura, mas o sol sempre vai raiar e apagá-la".

Ao ler sobre o pôr do sol e o túmulo, Holland ficou imaginando se o pai sabia ou não que iria morrer dentro de poucos meses. E aí, quando leu a cena da pista de boliche, teve certeza, quase instantaneamente, do porquê o pai escondera aquelas páginas.

Ele se aproxima de uma mesa de vinil, onde está sentado um grupo de mulheres mais velhas e estilosas, usando camisa de boliche igual. O nome "Hollybells" está bordado nas costas da camisa rosa e verde delas.

Essas páginas foram uma pista para a jovem. Mais uma caça ao tesouro. E ela ficou imaginando se iria ou não terminar encontrando o Coração Alquímico. Por que outro motivo o pai se daria a tanto trabalho para esconder aquelas páginas?

Holland sentiu vontade de chorar, de ligar para a irmã ou de chorar e ligar para sua gêmea. Era tanta emoção que não conseguia pensar com clareza, em um dia que já estava carregado de emoção.

Ela prometeu para si mesma que só iria ler umas duas páginas, mas não conseguiu parar. Era uma criança em uma caça ao tesouro, uma menininha que não tinha perdido o pai, uma jovem que sentiu a esperança voltar. Aquele era o último presente que o pai lhe dava, e a sensação era a de que tinha em mãos a coisa mais linda, ao mesmo tempo feliz e triste, que já tivera na vida.

No roteiro, tinha uma curiosa anotação à mão, feita a lápis. Mas o que realmente chamou a atenção de Holland foi o fato de Alma ter mencionado o Homem das Horas. A jovem tinha visto os filmes da série *O preço da magia* pelo menos umas cinquenta vezes. O Homem das Horas nunca foi mencionado. Isso era obviamente uma pista.

E se o pai estivesse falando para ela procurar...

De repente, o cofre mergulhou na escuridão.

Sem luz. Sem eletricidade.

Gabe.

Holland imaginou que o Banco poderia ter ido atrás dele – ou já tê-lo pegado –, e ele estava usando sua habilidade para desligar a chave-geral.

A jovem tentou não se sentir culpada. Mas, por um segundo, só conseguiu pensar em Gabe na casa dela, sangrando nos degraus da escada, em plena madrugada, depois orientando sua mão, com toda a paciência, a fazer os pontos. E então, com toda a certeza, se sentiu culpada. Mas tentou se convencer de que alguém como aquele homem não devia sentir nada.

Preparando-se para o pior, Holland abraçou as páginas do roteiro do pai e, em seguida, tentou pegar, com todo o cuidado, a pasta de couro onde os papéis estavam escondidos. Quando saiu do elevador, não havia visto nenhuma outra porta. Mas tinha que existir uma saída de emergência lá embaixo. Às cegas, enfiou os papéis na pasta do pai e a colocou a tiracolo.

Foi se movimentando com cautela, mas depressa, ficou de braços abertos, até que bateu em uma parede. Conseguia sentir o papel de parede em contato com os dedos. E aí: uma fresta. Foi acompanhando essa fresta com o dedo. Ia até o chão. Só podia ser a porta.

Holland empurrou com toda a força e quase caiu, porque a porta cedeu com facilidade. Devia haver uma janela em algum ponto acima, porque conseguia enxergar o contorno de uma escada delicadamente dourada. Não estava longe da saída. Não fazia ideia do que fazer quando saísse. Mas, por ora, tinha apenas que se concentrar em fugir. Ao se aproximar do alto da escada, ouviu as vozes caóticas dos bancários do outro lado da parede. Ficou parada perto da porta de saída, prestando atenção aos ruídos, até que as vozes se calaram.

Ficou só ouvindo por mais um punhado de segundos. Se ninguém mais passasse por ali, aquela poderia ser sua chance. Só tinha uma chance de fugir, caso contrário, aquela caça ao tesouro chegaria ao fim antes mesmo de ter começado.

Sua pulsação foi às alturas quando ela girou a maçaneta.

A porta se abriu ao lado de duas plantas bem frondosas, dentro de um vaso, em um nicho do saguão. Bastariam para escondê-la por um minuto, mas não por muito tempo. Com tantas janelas no recinto, a jovem não podia dizer ao certo se as luzes estavam apagadas ou não, bastaria um caubói olhar na sua direção.

Holland conseguia ver a porta da frente, a uns seis metros de distância. Ficou ponderando se deveria ou não simplesmente sair correndo. Ainda lhe restavam noventa segundos.

E foi aí que avistou. Largado no chão, a poucos metros de distância, um chapéu de caubói de aba larga. A jovem pegou o chapéu, enfiou na cabeça e voou até a porta.

Pode até ter se movimentado um tanto rápido demais, mas não olhou em volta, não olhou para trás. Conseguia ver a rua e o sol. E, então, estava lá fora, tinha conseguido sair com um minuto de sobra.

A jovem continuou correndo pela rua, na direção contrária de onde Gabe tinha estacionado. Ela, pelo menos, torcia para que estivesse correndo na direção contrária.

– Holland! – Um carro vermelho-cereja que parecia ter saído direto dos anos 1910 parou bem do seu lado. – Entre já aqui…

A porta se abriu, e Holland avistou Eileen sentada no banco de couro do motorista. Estava fantasiada de Calamity Jane, a lendária atiradora do Velho Oeste, com casaco de franjas e dois revólveres de mentira enfiados em um cinto que tinha uma grande fivela de metal dourado.

Será que eu sou a única pessoa da minha vida que não possui uma identidade secreta? – perguntou Holland, olhando para a amiga, boquiaberta.

– Eu diria que posso explicar tudo, mas não temos tempo para isso. – Eileen fez sinal para a amiga ocupar o banco do passageiro. – Entre. Agora.

Holland olhou de relance para o relógio no painel do carro de Eileen. 10h01. A hora marcada tinha, oficialmente, chegado ao fim. A proteção do Banco já era.

– Como sei que posso confiar em você?

– Porque, se eu tivesse feito o que me mandaram fazer, não teria deixado meu chapéu de vaqueira perto da saída de emergência e… sou sua amiga. – Eileen lançou a palavra "amiga" na conversa do jeito que uma apostadora colocaria todas as suas fichas no meio da mesa de apostas.

– Quero acreditar em você – declarou Holland. Quando olhava para Eileen, via a amiga. Mas, ao que tudo indicava, Eileen fazia parte daquele mundo, onde, pelo visto, todos a enganavam.

– Mesmo que não acredite em mim, pelo menos seja prática. Você sabe tão bem quanto eu que esses saltos são uma graça, mas que não irá muito longe com eles nos pés.

As franjas do casaco de caubói que Eileen usava sacudiam enquanto ela dirigia. Holland sempre achou que a jovem era sua amiga mais centrada, mas agora estava um pouco maníaca, encarando placas de PARE como meras sugestões. Isso a fez pensar em outra pessoa que também escondia um grande segredo. Apesar de não querer continuar pensando nele, de verdade. E, já que estava falando verdade, o fato de Eileen ter uma identidade secreta não era uma completa surpresa.

Holland sempre falou que Eileen era a amiga para quem ligaria caso um dia precisasse esconder um cadáver e concluiu que aquilo explicava o motivo.

– Sabe, você acabou de perder uma excelente oportunidade de dizer: "Venha comigo se quiser viver".

Ao ouvir a referência a *Exterminador do futuro*, Eileen revirou os olhos.

– Não sou um robô mortífero.

– Mas trabalha para o Banco.

Eileen apertou os lábios antes de falar, com um tom seco:

– Um acordo de confidencialidade me impede de responder a essa pergunta.

Holland tentou outra tática:

– Você trabalha para a Professora-Doutora?

Eileen mexeu os lábios novamente, como se estivesse tentando responder, sem conseguir. Devia haver algum tipo de magia no tal acordo de confidencialidade que ela assinou.

Quanto mais frustrada ficava a jovem, mais rápido ia o carro.

– Assim que saí da faculdade, me ofereceram um emprego. A... – Ela deixou a frase no ar, retorceu os lábios, em uma expressão sofrida e, depois do que pareceu um esforço significativo, declarou: – Foi muito difícil dizer "não" a essa oferta.

– A Professora-Doutora te ofereceu uma habilidade – completou Holland.

Eileen assentiu.

– Você pode me dizer qual é?

A jovem fez que não e, em seguida, lançou um olhar para Holland que a levou a concluir que a amiga tinha sido enganada.

– Não é tão impressionante quanto você gostaria.

Holland lembrou-se do que sua orientadora tinha lhe dito lá no Banco, dentro de seu escritório.

– Por acaso você tem a habilidade de sempre encontrar um ótimo lugar para estacionar?

Eileen arregalou os olhos.

– Como foi que adivinhou? – perguntou ela, depois dirigiu o olhar para o pulso da amiga. Os olhos permaneceram fixos ali por um segundo e, então, franziu o cenho, como se não tivesse encontrado o que estava procurando.

De repente, Holland compreendeu o que significavam aquelas tatuagens.

– Por acaso você estava procurando um olho de Hórus com os símbolos do enxofre e do estanho?

A amiga fez careta, como se não devesse responder àquela pergunta. Então virou o pulso, que normalmente ficava tapado por um relógio ou uma manga, deixando à mostra uma tatuagem igualzinha à de January, Gabe e Adam, com a diferença de a sua ter um tom de verde meio manchado.

Holland devia ter acertado. As tatuagens significavam que a pessoa tinha uma habilidade.

– Por quê...?

O celular da jovem apitou, notificando uma mensagem de texto. Por um segundo, ela pensou que poderia ser January e que tinha cometido um erro terrível em relação a Gabe. Mas a mensagem não era da irmã.

O que foi que você fez?

De repente, Holland ficou, sim, com medo. Eram só seis palavras, mas o fato de Gabe tê-la enviado queria dizer que o Banco não tinha conseguido detê-lo. E que sabia que Holland o tinha dedurado.

Ela ficou olhando pela janela, nervosa, para ver se Gabe estava seguindo as duas. Não viu nada, só a estrada, árvores e...

Um *outdoor* apareceu ao lado da estrada. No instante anterior, não estava ali e aí simplesmente brotou, do nada.

O *outdoor* mostrava um casal andando em um carro conversível, com a capota baixada. Ele era parecido com Cary Grant. Ela, com Grace Kelly, óculos de sol enormes escondendo os olhos, uma echarpe azul-esverdeado esvoaçante, e os dois e dirigiam a uma mansão.

Durante os meses mais quentes do ano, o cemitério Hollywood Forever projetava filmes clássicos na lateral de um dos mausoléus, depois do pôr do sol. Holland ficou imaginando que aquele *outdoor* poderia ser uma propaganda disso, já antiga. Se, por acaso, tivessem exibido *Ladrão de casaca* naquele verão.

Só que no *outdoor* estava escrito:

HOTEL REGAL
Próxima saída
8 quilômetros

– Ai... meu... Deus. – A voz de Eileen ficou com um tom agudo e esganiçado que Holland nunca tinha ouvido antes. – Você tem uma chave de lá.

O olhar de Eileen ficou se revezando, com empolgação, entre Holland, Cary e Grace.

– Do que você está falando?

– Este *outdoor* faz propaganda do Hotel Regal. Só quem tem chave consegue enxergar.

Holland já ia dizer que não tinha, mas ficou em dúvida. Abriu a bolsa e tirou lá de dentro o chaveiro de plástico escrito "Motor Hotel", que era da irmã. Os dedos faiscaram de novo quando encostou. E, então, diante de seus olhos, a chave se transformou em uma chave-mestra dourada e reluzente, pendurada em uma argola oval cintilante, com duas palavras gravadas: "Hotel Regal".

Capítulo vinte e nove

A próxima rua era a travessa Hitchcock.

Eileen nem pensou duas vezes antes de virar. Tudo mudou quando ela fez isso.

Era manhã até então, mas aí ficou parecendo um daqueles dois momentos do dia que os fotógrafos chamam de "hora dourada". O céu estava repleto de nuvens luminosas, tons amanteigados, e fluxos de cores derretidas. Palmeiras cujas frondes eram de um verde muito vivo acompanhavam a curva de uma rua pavimentada com os tijolos mais vermelhos que Holland já vira na vida. Tudo era perfeito. Pássaros voavam lá no alto e borboletas brilhantes flutuavam acima das palmeiras.

– É magnífico. – Subindo um morro, Eileen estava radiante de tanto maravilhamento. Uma mansão da Era de Ouro de Hollywood, com pelo menos trinta metros de altura, surgiu no campo de visão. – Você não tem ideia de quanto tempo faz que quero vir aqui.

– O que torna este lugar tão especial? – indagou Holland. Entretanto, só pela magia da chave, ela já era capaz de dizer que aquele hotel era fora do comum.

Sabia que a Professora-Doutora havia escrito sobre o Regal em seu diário, mas estava tão tarde quando a jovem o leu, e já estava tão cansada que só conseguia se recordar de algo em relação aos animais, que deviam usar roupas, o que, na verdade, poderia ser uma piada.

– A família que mandou construir este lugar é famosa por ser detentora de habilidades relacionadas ao tempo e à sua manipulação – explicou Eileen. – Sendo assim, cada hora passada dentro do Regal corresponde a apenas um minuto *do lado de fora*. Neste exato momento, como estamos dentro do terreno do Regal, o tempo praticamente se arrasta em todos os demais lugares. A gente poderia passar um mês aqui que, no restante do mundo, iriam transcorrer apenas 12 horas.

Era exatamente disso que Holland precisava. Tempo. Também gostava da ideia de que ninguém podia entrar ali sem chave. Tomara que isso significasse que Gabe não poderia vir atrás dela.

Eileen tirou os olhos da rua por breves instantes e olhou diretamente para Holland.

– Como foi que você conseguiu pôr as mãos em uma chave dessas?

A jovem não queria mentir, muito menos depois de tanta gente ter sido desonesta com ela. Mas a irmã tinha escondido a chave, fizera disso um segredo. E Holland ainda não tinha cem por cento de certeza de que podia confiar em Eileen.

Queria acreditar que Eileen era uma boa amiga. Mas ela também era funcionária do Banco cuja gerente era a Professora-Doutora. Que, por sua vez, sabia que Holland era do tipo sentimentaloide e melosa e, provavelmente, confiaria nos amigos.

– Eu gostaria de poder te contar, mas, na verdade, a chave não é minha.

O comentário, pelo jeito, só serviu para deixar Eileen ainda mais intrigada.

– Você roubou? É por isso que o Banco queria te capturar?

– Você não sabe por que eles queriam me capturar?

– Só sei que, hoje de manhã, tive a impressão de que todo mundo estava falando de você. – Eileen ficou olhando para Holland, como se estivesse tentando descobrir o motivo.

Agora tinham se aproximado da construção ao ponto de conseguirem enxergar a ampla entrada de carros em curva, ladeada por cercas vivas imaculadas, com um burburinho de manobristas de uniforme impecável e carregadores de malas prestativos. Todos usavam casacos vermelho-cardeal com botões de metal dourado bem polidos, combinando com as faixas douradas da calça.

Certos lugares têm uma aparência mágica, outros lugares passam uma sensação de magia, mas o Regal *era* mágico. Holland era capaz de sentir a magia, das pontas dos dedos das mãos até as pontas dos dedos dos pés. Aquilo era magia das grandes. Magia nível toca do coelho de Alice. Magia nível Nárnia, do outro lado do armário. Magia nível daquele mundo que Holland sempre sentiu, até o último fio de cabelo, que não tinha como não existir.

– Você pode parar o carro e me deixar aqui mesmo? – perguntou, para Eileen. – Onde a estrada faz uma leve curva e os manobristas não vão me ver?

– Você não pode estar falando sério. – O sorriso de Eileen se dissipou.

– Pode acreditar em mim, é melhor você não saber.

Eileen olhou para Holland com uma expressão de quem não conseguia acreditar que a amiga tinha apelado para uma frase feita tão trivial. Eileen odiava trivialidades, nutria por esse tipo de coisa o mesmo desdém que nutria pelas pessoas que falavam no viva-voz em público.

– É para o seu bem – completou Holland.

Eileen fez que não.

– Está piorando.

– Você vai me agradecer depois.

– Não vou, não.

– Eu te diria, mas aí teria que te matar.

Depois dessa referência a Sherlock Holmes e aos filmes de James Bond, Eileen se encolheu toda.

– Não acredito que você disse isso. – Em seguida, parou no acostamento da estradinha. – Cai fora. Já chega, cansei de você e das suas frases feitas. – Mas aí olhou para Holland como se, na verdade, não quisesse que a amiga saísse do carro e enfrentasse aquela situação sozinha.

Ninguém era capaz de ser tão sincero quanto Eileen. Assim como ninguém era capaz de ser carinhoso como Cat nem carismático como Chance. Holland amava os amigos, e esse era mais um motivo pelo qual não podia permitir que nenhum dos três se envolvesse a fundo com aquilo.

– Desculpe não poder te contar tudo. Mas o que eu posso te dizer é o seguinte: hoje fui ao Banco para abrir um cofre. A gerente e várias outras pessoas achavam que esse cofre continha algo valioso que elas queriam, só que não continha. Era só uma coisa de valor sentimental. – Holland pousou uma das mãos na pasta que era do pai. – Se realmente quer me ajudar, pode voltar lá no Banco e contar isso para eles.

Eileen olhou bem nos olhos da amiga.

– Meu cargo é bem baixo. Mas vou fazer tudo o que estiver ao meu alcance.

– Obrigada. – Holland abriu a porta do carro e saiu. Queria ter se despedido de Eileen de um jeito melhor. Mas, assim que seus pés encostaram no chão, ela sentiu a magia. Estava no canto dos pássaros. Por um instante, todos os pássaros presentes no céu entoaram a mesma nota alegre. Um som de badalada, de campainha, que lhe deu as boas-vindas enquanto Eileen e seu carro vermelho-cereja sumiram estrada afora.

O Regal possuía o tipo de glamour que só existia em filmes preto e branco.

À medida que Holland foi se aproximando da rotunda, repleta de manobristas atarefados e carros reluzentes feito maçã caramelada, foi ficando com a sensação de que até o ar era diferente. Mais limpo. Mais fresco. O tipo de ar que a fazia se lembrar de como é bom respirar, viver.

Os hóspedes que entraram na frente dela eram todos lindos, claro, trajando ternos, peles e colares de pérola verdadeiros, disso Holland tinha certeza. Acreditava que aquele era o tipo de lugar onde tudo era verdadeiro. E, apesar disso, tudo lhe pareceu completamente falso quando pisou no tapete vermelho que levava até a entrada dourada.

Uma garota de boné e vestido de bolinhas operava uma máquina de pipoca, espalhando pelo ar uma versão levemente mais doce do nostálgico aroma ao entregar alegres caixinhas listradas de vermelho e branco cheias de pipoca para os hóspedes que chegavam.

– Olá, srta. St. James – disse um funcionário mais velho, que foi abrir a porta dupla do Regal usando luvas de um branco imaculado. – Seja novamente bem-vin… – Uma ruga se formou entre suas sobrancelhas. – A senhorita não é January. – O homem disse isso em tom de acusação. Holland teve vontade de perguntar para ele como era capaz de diferenciar entre as duas: ninguém nunca conseguia distingui-la da irmã.

Só que o funcionário fez uma expressão de quem já ia expulsá-la do hotel antes mesmo de ela entrar. Holland ficou esperando o homem berrar: “Gêmea impostora!”.

Então ficou pensando que deveria ser por isso que aquele homem ficava na porta: tinha a habilidade de detectar hóspedes que não deveriam estar ali.

– Sou a irmã de January, Holland – a jovem se apressou em dizer. – Estou com a chave dela. – Então tirou a chave da bolsa, com gestos frenéticos, e a sacudiu diante dos olhos do homem.

O funcionário não estava mais com uma expressão de quem iria expulsá-la do hotel. Mas, a julgar pela sua expressão desagradável, Holland tinha claramente desrespeitado alguma regra da qual não tinha conhecimento. Em seguida, dando um sorriso no qual ela não confiou, o homem disse:

– A senhorita precisa passar no balcão de *check-in*. É logo na entrada, à esquerda. – Ele apontou nessa direção e, enfim, abriu a porta. – Aproveite sua estadia.

Uma música alegre ao piano e vozes animadas a recepcionaram quando entrou no hotel. Sempre adorou o saguão do Hollywood Roosevelt, mas aquele era outra coisa, bem diferente. Cheio de drinques dos quais não sabia o nome e de pessoas das quais tinha a sensação de que deveria saber o nome. Todo mundo tinha uma aparência bonita, poderosa ou peculiar de um jeito tão inesperado que Holland teve vontade de falar com aquela gente.

Ficou com a sensação de que aquele era o motivo para ter voltado a Los Angeles. Não para ficar à caça de lendas a respeito do demônio, mas para encontrar magia. Magia como aquela.

Até o balcão de *check-in* parecia uma obra de arte. Um mosaico de marfim e metal dourado revestia a parte da frente, formando uma imagem reluzente, em estilo *art decó*, da fachada do Regal. Atrás do balcão, havia uma série de caixinhas de correspondência de madeira, contendo jornais enrolados com capricho, pacotes finamente embrulhados e umas poucas e cobiçadas chaves. Acima das caixas de correspondência, tinha uma fileira de relógios esmaltados, todos etiquetados, cada um com um nome de lugar diferente: Sydney, Tóquio, Londres, Nova York, Los Angeles, Regal.

O único relógio que dava a impressão de estar se movimentando era o do Regal. Marcava 17h47, o que não fazia sentido. De acordo com o relógio de pulso de Holland, eram 10h23. Mesmo que estivesse em um fuso horário diferente, os minutos deveriam estar alinhados. Então, ela se recordou do que Eileen havia dito, que o tempo ali transcorria de um jeito diferente: "Cada hora passada dentro do Regal corresponde a apenas um minuto do lado de fora". Ou seja: de uma hora para a outra, Holland tinha mais tempo.

A menos que... também fosse Halloween dentro do Regal. Ou seja: ela teria menos tempo.

Nervosa, a jovem se aproximou do balcão de *check-in*.

Havia uma fila e Holland, sinceramente, não saberia dizer se as pessoas estavam fantasiadas ou se apenas eram excêntricas ao extremo. A mulher logo à sua frente estava de casaco de pele nos ombros e segurava uma taça de champanhe em uma mão e um cigarro aceso na outra. Um homem de bigode grisalho incrível falava francês bem rápido em um telefone de discar prateado, com um fio comprido e enrolado que ia até atrás do balcão de *check-in*. Na frente dele, tinha um casal com um macaco de estimação, usando uma cartolinha e um colete listrado. Pelo jeito, eram muito importantes ou causavam muitos problemas: naquele momento, três funcionários estavam atendendo ao casal.

Holland não conseguia ouvir o que as pessoas da fila estavam dizendo. Mas todas, ao que tudo indicava, estavam ficando cada vez mais frenéticas. A tira da pasta onde o roteiro do pai estava guardado afundou no ombro da jovem, tornara-se mais pesada de uma hora para a outra. Apesar de o tempo no mundo do lado de fora do hotel ter diminuído a velocidade, a impressão era de que os minutos dentro do Regal transcorriam rápido demais.

Até que enfim, outro funcionário com um traje mais gerencial surgiu do lado de dentro do balcão. Holland torceu para que estivesse ali disposto a atender a próxima pessoa e reduzir a fila. Só que aí o homem cochichou alguma coisa no ouvido de outro funcionário e não demorou para ambos ficarem olhando diretamente para ela.

Capítulo trinta

Normalmente, Holland odiava supor o pior. Mas, depois de tudo o que tinha acontecido nas últimas vinte e quatro horas, tinha a sensação de que devia.

Saiu da fila e se misturou à comoção do saguão. Papagaios voavam perto do teto, planando entre palmeiras plantadas em vaso. Só que, ao contrário das que havia no Roosevelt, essas palmeiras eram verdejantes e cheias de vida. Tudo tinha um leve aroma cítrico. E aí ela viu que de fato tinha um lindo pé de laranjeira no meio do saguão. Alguém de luvas brancas colheu uma laranja, depois cortou em fatias perfeitas para decorar os drinques de uma dupla de hóspedes sorridentes.

Era um lugar lindo e alegre e, infelizmente, tão aberto que Holland não conseguiria se esconder. Não sabia ao certo se estava sendo seguida por algum dos funcionários do balcão de *check-in*, mas não perdeu tempo tentando confirmar.

Passou às pressas pelo pé de laranjeira.

Holland ouviu uma pancada seca, outra em seguida e, depois, um barulho tão alto que irrompeu uma série de suspiros de assombro.

Não pôde deixar de se virar para trás. Foi apenas um segundo, mas tudo o que precisava ver era que absolutamente todas as laranjas tinham caído da árvore e se espatifado no chão.

– Mil perdões. – Um funcionário do hotel já estava se desculpando com os hóspedes mais próximos.

Holland não sabia o que estava acontecendo, mas começou a correr. Tinha um elevador antigo mais à frente, parecido com o do Banco. O mostrador informou que a cabine estava, naquele momento, sete andares para cima e continuava subindo, lentamente. A jovem mal viu o ponteiro do mostrador se mexer. E se deu conta de que, na verdade, não sabia qual era o número do quarto da irmã. Não havia nenhuma indicação na chave.

Será que o hotel tinha uma lojinha onde ela pudesse se esconder? Mais adiante do saguão, tinha um cantinho. Holland avistou uma dupla de portas pretas laqueadas com uma lousa simples, na qual estava escrito: "O preto e branco". Não fazia a menor ideia do que essas palavras queriam dizer, mas entrou e se escondeu.

Imediatamente, o mundo mudou, deixou de ter as cores da paleta de cores supervívidas do Regal e adotou o brilho enigmático da tela de cinema em preto e branco. A sensação era a de que a cena anterior tinha sido a dos créditos de abertura, o instante em que se sabe que alguma coisa está prestes a acontecer, alguma coisa vai mostrar em que tipo de história, exatamente, você se meteu.

Holland não conseguiu se conter e se virou devagar, absorvendo aquele novo tipo de magia. Nuvens de fumaça flutuavam no teto, pessoas sentadas em sofazinhos com encosto bem alto conversavam, animadas, tomando drinques em preto e branco, decorados com trios de minicebolas espetadas.

Do lado oposto, de frente para Holland, um *bartender* de gravata-borboleta preta e camisa branca com as mangas dobradas trabalhava atrás de um balcão cheio de gente. Jogou a coqueteleira no ar, o que lhe rendeu uma longa sequência de aplausos e vivas. Do outro lado do balcão, casais giravam e rodopiavam em uma pista de dança com chão de tabuleiro de xadrez, animados pela música de uma banda ao vivo, cuja cantora usava um vestido de paetê bem chamativo. Tinha em mãos um daqueles microfones antigos, grandes e retangulares, e cantava uma música animada de Edith Piaf.

Holland sabia que precisava seguir em frente, mas era difícil não ficar hipnotizada por toda aquela maravilha em preto e branco. Ninguém estava no celular nem tirando fotos. As pessoas conversavam, riam, dançavam e se beijavam.

Teve a impressão de que uma centena de histórias estava se desenrolando à sua volta, todas ao mesmo tempo.

Perto do palco, havia um par de cortinas de veludo compridas, com uma placa estreita na parte de cima, contendo duas palavras: O ABRACADABRA. Holland sempre gostou da palavra *abracadabra*. Ficou pensando que aquele poderia ser um bom lugar para se esconder e ler o roteiro do pai. Começou a andar naquela direção, mas parou ao ouvir o som de uma voz conhecida.

Seu olhar se dirigiu ao balcão, e ela o viu de imediato, sentado ao lado de uma mulher com estrutura óssea de estrela de cinema. Adam Bishop.

O coração da jovem se sobressaltou inesperadamente.

Adam estava perfeito à luz da tela de cinema. E, entretanto, Holland tinha a mais estranha das sensações, de que o coração não estava sobressaltado só porque aquele homem estava lindo de calça social escura, paletó de veludo e camisa polo branca, meio desabotoada, de um jeito displicente. As mangas do blazer estavam arregaçadas meio de qualquer jeito, e a gravata estava solta em volta do pescoço. Parecia um cara meio indiferente, meio inocente, e a jovem não pôde deixar de pensar que tinha sentido a falta dele.

Aquilo não fazia sentido. Antes do dia anterior, Holland não conhecia Adam e, apesar disso, de repente, tinha a sensação de que o conhecia. Conhecia aquele homem de algum lugar. De algum lugar antes daquela noite ou da noite passada ou da tarde anterior. Não conseguia se recordar como. Não conseguia se recordar de nada a respeito de Adam Bishop que não tivesse tomado conhecimento nas últimas vinte e quatro horas. Mas sentia que o conhecia porque a pele formigava, os batimentos cardíacos se aceleravam, e aquele homem atraía sua atenção de algum jeito, parecia um ímã. *Ela o conhecia de antes.* E não era só porque Adam era sócio da irmã. Aquele cara era alguém... alguém que Holland não conseguia se lembrar.

De repente, a jovem queria que ele olhasse para ela, a enxergasse e reparasse nela. Tinha plena consciência de todos os detalhes daquele homem, com um certo exagero até. Aquele homem que não parecia ter levado um tiro na noite anterior. Na verdade, não parecia ter levado um tiro nunca na vida.

Holland pensou, mais uma vez, que o tempo transcorria de outra maneira ali. Se Adam tivesse sido levado para o Regal logo depois de ter sido ferido, então dias, provavelmente semanas, tinham se passado para ele, ao passo que a jovem estava havia poucas horas ali.

Adam agora estava dando um sorriso largo e inebriado, tinha voltado toda a sua atenção para a mulher deslumbrante que estava ao seu lado. Ela usava um vestido estilo anos 1940, com mangas japonesas, um decote profundo, bordado com cristais, e um par de luvas frisadas.

Ao que tudo indicava, Adam tinha se esquecido completamente de Holland e do que havia prometido para January, e tudo bem. Holland não precisava que ele reparasse nela. Provavelmente, tinha aqueles sentimentos por ele devido às estranhas visões que vinha tendo. Tentou se livrar da sensação se sacudindo e quase bateu em um garçom que estava transportando uma bandeja repleta de drinques efervescentes, tapados com redomas de vidro. Em seguida, outro garçom passou, levando drinques decorados com pipoca, coisa que, ao que tudo indicava, era um tira-gosto popular naquele hotel.

– Dance comigo. – As palavras, praticamente inaudíveis por causa da balbúrdia do balcão, foram seguidas por uma mão indesejada, que pousou na base da coluna de Holland.

– Desculpe, não estou muito a fim.

– E eu, na verdade, não estou perguntando.

A mão que estava nas costas subiu até a cintura, de um jeito possessivo, dedos confiantes viraram Holland, até ela ficar cara a cara com Adam.

O coração da jovem acelerou, de nervoso.

Adam cheirava a conhaque e a licor de laranja e assim, tão de perto, Holland pôde ver que não era só a gravata que parecia estar solta e desfeita. Todos os detalhes de Adam Bishop refletiam a mais perfeita negligência e displicência, daquele jeito charmoso que só os homens realmente bonitos conseguem adotar.

– Você está bêbado – disparou Holland.

Ele deu um sorriso tão perfeito que chegava a ser injusto.

– Que bom te ver também. Fico feliz por aquele mercenário não a ter matado. E, sim, estou absolutamente supimpa. Nem fiquei à beira da morte. Muito obrigado por perguntar. – O olhar enevoado de Adam se aguçou, parte da embriaguez se dissipou, revelando uma pitada de algo que parecia raiva.

E, de uma hora para outra, ele estava rodopiando Holland no meio da pista de dança, falando, com a voz arrastada:

– Eu me ofereceria para te pagar um drinque, mas acredito que, na verdade, você é que está me devendo... por causa daquela história toda de eu ter me disposto até a levar um tiro só para você confiar em mim.

Adam chamou um garçom antes que Holland pudesse objetar.

Ela começou a dizer:

– Sinto muito, muito mesmo, pelos tiros. Cometi um erro terrível e...

– Olá. O que posso trazer para o senhor? – O garçom interrompeu, balançando a cabeça para Adam com a maior deferência.

– Oi, sim, a dama gostaria de pagar uns drinques para nós. Ela vai tomar um Shirley Temple, com cerejas a mais. – Depois de pedir esse drinque sem álcool para Holland, Adam olhou para a jovem e deu uma piscadela. – E eu aceito um *sidecar*.

Capítulo trinta e um

Por um instante, aquele segundo trouxe a sensação de uma lembrança súbita. O tempo parou. Por completo. O balcão mais parecia uma fotografia. O ambiente era um borrão em tons de cinza e branco. Holland conseguia ver pessoas, mas não rostos, a não ser o de Adam Bishop.

Aquele homem tinha uma beleza de anjo caído, com seu cabelo dourado e seu sorrisinho demoníaco. E também estava bêbado e agindo como se fosse superior. Adam não era o vilão calculista que Holland imaginara, mas isso não significava que não fosse um vilão. No Livro do Apocalipse, o demônio é chamado de "o grande enganador". E se Adam tivesse enganado todo mundo: January, o Banco e Holland?

– Você está olhando para mim como se eu tivesse feito algo de errado – murmurou ele.

– É que eu odeio Shirley Temple, odeio muito, só isso – desconversou Holland, porque, de repente, não sabia o que dizer. Será que deveria perguntar para Adam se ele era o demônio? Será que lhe diria a verdade? E se admitisse, o que fazer, então?

– O Shirley Temple era para ser uma piada. – Um sorriso cândido se esboçou nos lábios de Adam e, por um segundo, ele ficou com uma aparência tão inocente. O tipo de rapaz que mora na vizinhança e entraria pela janela do quarto de alguma moça para lhe roubar uns beijinhos, não para fazer um trato pedindo a alma dela em pagamento.

– Boa noite, pessoal – gritou a cantora, em cima do palco. – Antes de eu dar início à próxima canção, gostaria apenas de lembrar a todos qual é o drinque especial desta noite. Bernard, nosso *bartender*, está de visita, trabalha num dos hotéis da nossa rede em Charleston, onde é famoso por fazer o *sidecar* perfeito. Espero que todos vocês gostem!

A música começou a tocar de novo, e Holland soltou um suspiro aliviado.

– Você pediu um *sidecar* porque era o drinque especial da noite?

Um meio-sorriso irônico.

– E porque o nome é ótimo.

– Você já pediu um antes?

Adam espremeu os olhos enevoados.

– Por que todas essas perguntas?

– Por nada. – Holland começou a se afastar. Mesmo que Adam não fosse o demônio, não podia ficar ali com ele. Precisava ir para algum lugar seguro, tentar decifrar o roteiro do pai. – É melhor eu deixar você voltar para sua...

De canto de olho, ela viu um súbito borrão vermelho. Homens de gravata-borboleta vermelha, quatro deles, tinham entrado no bar. O restante do traje era preto e branco. Mas, por algum motivo, as gravatas eram de um vermelho brilhante.

A atmosfera do bar mudou imediatamente.

A música em cima do palco saiu do ritmo.

O ruído de vozes cessou.

A cantora, por engano, errou a letra da música.

Adam era a única pessoa no recinto que dava a impressão de não se importar com isso. Tirou Holland para dançar de novo, deixando-a sem escolha, a não ser passar as mãos em volta de seu pescoço e, quando tornou a falar, foi com um tom quase de brincadeira.

– Preciso que você me diga: por acaso entrou aqui na surdina, sem ter chave?

– Não... eu tenho chave.

– Como conseguiu?

– É de January.

Os olhos de Adam se espremeram muito sutilmente.

– E ela te deu?

– Não, eu achei.

Adam lhe lançou um olhar que fez Holland pensar que tinha dado a resposta errada, mas estava sem tempo para explicar. Agora, os homens de gravata vermelha estavam quase na pista de dança. As pessoas saíam da frente, abrindo caminho para eles, às pressas. A jovem ficou com a sensação de que precisava sair correndo.

– Fique comigo. – Adam puxou Holland um pouco mais para perto. – Caso contrário, esses brutamontes vão te escoltar até a saída, e você ficará proibida para sempre de pôr os pés no Regal.

– E você acha que pode impedi-los?

Ele soltou uma risada disfarçada, ofendido. Então se virou para os homens de gravata vermelha e deu o sorriso mais confiante que a jovem já vira na vida.

Os homens de gravata vermelha pararam de se movimentar.

– Boa noite, sr. Bishop – disse o mais corpulento dos homens de gravata vermelha. Ele tinha, pelo menos, o dobro da largura de Adam, mas Holland poderia jurar que ouviu um nítido tremor na voz do homem. Os outros três que o acompanhavam não disseram uma palavra, apenas ficaram ali, enrijecidos.

Adam soltou um suspiro vagamente irritado.

– Por acaso precisam de alguma coisa? – Ele foi baixando cada vez mais a mão que estava na base da coluna da jovem.

As bochechas dela foram ficando coradas, pouco a pouco.

– Por favor, desculpe a intromissão – disse o homem de gravata vermelha que tinha falado há pouco. – Infelizmente, a jovem com quem o senhor está dançando não é uma detentora de chave devidamente inscrita nem está registrada como convidada.

– Então coloque-a na minha lista de convidados – ordenou Adam, com um tom insolente.

– Mas... – intrometeu-se um dos outros homens de gravata vermelha.

– Você ouviu o que o senhor disse. – Interrompeu o primeiro homem de gravata vermelha. – Perdoe-nos, mais uma vez pela intromissão, senhor. Posso mandar drinques de cortesia para a sua mesa?

Adam pediu dois drinques, que não eram nem *sidecars* nem Shirley Temples. Então sacudiu a mão, dispensando os seguranças, e os homens de gravata vermelha foram embora tão rápido quanto chegaram.

Em cima do palco, a música voltou ao ritmo normal. Todos voltaram a dançar e a conversar, como se nada tivesse acontecido, mas Holland estava abalada. Tirou os braços do pescoço de Adam.

– Obrigada pela ajuda. Mas acho que posso me virar sozinha daqui para a frente.

Ele segurou a mão da jovem e a puxou para trás antes que desse tempo de ela se afastar.

– Acho que você não entende como é que isso funciona. É minha convidada, ou seja: se quiser permanecer neste hotel, precisa ficar *comigo* durante as próximas vinte e quatro horas.

– Por que vinte e quatro horas?

– Norma do hotel. Detentores de chave devidamente inscritos podem ficar o tempo que quiserem, mas convidados só têm permissão para permanecer durante vinte e quatro horas *do Regal*. Sendo assim, sugiro que, até lá, a gente se embebede nesse bar ou... – Adam olhou bem nos olhos de Holland e todo e qualquer resquício de charme e displicência sumiu – ... me conta o que aconteceu após eu levar um tiro e por que você está com jeito de quem está fugindo para salvar a própria pele neste exato momento.

Holland ficou petrificada. Sentiu-se tentada a dizer para Adam algo semelhante ao que dissera para Eileen. Tinha conhecido aquele homem no dia anterior, apenas. Confiar nele não fazia o menor sentido. Mas sua gêmea confiava. A irmã havia enviado Adam.

A jovem tinha muitas perguntas a respeito de muitas coisas, mas sabia, até o último fio de cabelo, que January a amava. Seja lá quais fossem os segredos que viesse guardando, era por um bom motivo. E, se tinha enviado Adam Bishop para garantir sua segurança, também deveria ter sido por um bom motivo.

– Vou te contar o que foi que aconteceu. Mas acho que não deveríamos falar disso aqui.

Capítulo trinta e dois

As cores voltaram assim que Holland entrou com Adam no elevador. Que só tinha dois botões.

Andar principal
Cobertura

Holland ficou imaginando que tipo de dinheiro ou poder alguém precisaria ter para ser dono da chave de uma cobertura em um lugar como aquele.

Um sininho tocou.

A porta se abriu.

E o espaço enorme do outro lado da porta respondeu à pergunta da jovem.

Mais.

Adam tinha mais poder e mais dinheiro do que ela poderia imaginar. Holland pressentiu isso no bar. Pelo jeito como as pessoas reagiam a ele, era nítido que ele era mais do que alguém que trabalhava no Banco, o que a fez pensar por que, aliás, ele trabalhava no Banco?

Diante de seus olhos, uma fileira de janelas perfeitas mostrava a vista mais extraordinária que já vira na vida. Adam nem sequer dirigiu o olhar para a vista. Largou a chave dentro de uma tigela que ficava perto do elevador antes de tirar o blazer de veludo e atirá-lo em cima de uma raposa empalhada.

Agora que Adam tinha voltado a ter cores, Holland conseguia ver que a calça era preta e que o blazer aveludado era de um vermelho impressionante. Na verdade, a cobertura inteira tinha tons impressionantes de alguma coisa, tudo era cor de água-marinha escura, verde-esmeralda intenso, preto obsidiana cintilante, linhas de ouro brilhantes e toques de alabastro cor de creme. A jovem ficou se perguntando se aquela decoração era mesmo do gosto do cara ou se os quartos daquele hotel só vinham em cores intensas e chamativas.

Era o tipo de lugar onde ninguém devia ficar perambulando nem mexendo nas coisas, mas era bem isso que Holland tinha vontade de fazer. Ela ficou esperando encontrar obras de arte chiques nas paredes – do tipo que foi roubado dos museus anos atrás –, mas o que encontrou era ainda melhor. Viu uma fileira de alguns dos mais raros pôsteres de filme que já vira na vida. Um pôster de *Metrópolis* em alemão, de 1927; do *King Kong* de 1933; do *Frankenstein* de 1931; de *O gato preto*, de 1934, e seu preferido, um pôster de *Casablanca*, de quando foi lançado na França, em 1947.

O pai dela tinha comentado sobre aquele pôster raro de *Metrópolis* em uma de suas antigas entrevistas e, ali, a jovem se deu conta que tinha caído em uma toca de coelho repleta de pôsteres de filmes antigos. Queria perguntar para Adam a respeito da coleção, mas uma fotografia preto e branco que estava em um porta-retratos, em cima do frigobar, desviou sua atenção. Era uma foto de dois homens, um com o braço apoiado no ombro do outro. Um deles era Adam, dando aquele sorriso aberto e de pura felicidade que, às vezes, faz a pessoa sair na foto com um semblante bobo, mas para ele ficava incrível. Trajava uma roupa bem parecida com a daquele momento: camisa branca e uma gravata borboleta desamarrada, em volta do pescoço. Ao lado dele, tinha um cara de *smoking* branco que era igualzinho ao homem que Holland tinha visto no Roosevelt.

A pele da jovem arrepiou-se toda quando se recordou de como aquele homem a olhara de um jeito íntimo, e Holland não pôde deixar de pegar a foto.

– Quem é esse?

O sorriso de Adam desapareceu imediatamente.

– É meu irmão mais velho, Mason. – Então olhou para a foto quase como se tivesse se esquecido de que estava ali, o tipo de coisa pela qual passava todos os dias, sem enxergar de verdade. Mas, agora que tinha se lembrado, preferia que isso não tivesse acontecido.

Claramente, aquilo era algo sobre o qual Holland não deveria fazer mais perguntas. Mas tinha a sensação de que aquela era uma coincidência estranha demais para apenas colocar a foto no lugar, como se não fosse nada.

– Você por acaso sabe se ele conhece a minha irmã?

– Não – respondeu Adam, de um jeito quase protetor. – Por quê?

– Eu o vi ontem.

Adam ficou rígido.

– Onde?

– No Hollywood Roosevelt.

– Você falou com ele?

– Não. Ele estava no mezanino, e eu no saguão. Eu só me lembrei porque seu irmão olhou para mim como se me conhecesse... como se realmente me conhecesse... coisa que não fazia o menor sentido até você dizer que esse cara é seu irmão, e talvez ele possa ter me confundido com January.

– Meu irmão causa um efeito nas pessoas. – Adam olhou de novo para a foto. Seus olhos ainda estavam um pouco sem foco, mas, conforme foi falando, parecia que iam ficando mais aguçados. – Quando eu era criança, idolatrava meu irmão. Aonde quer que ele fosse, era o centro do Universo. O que Mason dizia estava sempre certo, e o que Mason fazia também estava sempre certo. Achei que ele era o tipo de boa pessoa que eu jamais seria. – Ele, então, ficou em silêncio de um jeito que deixou a jovem com a sensação de que havia um "mas" seguido de outra frase que ele não queria falar.

– O que foi que aconteceu? – perguntou Holland.

– É uma longa história, uma que não é nem um pouco lisonjeira para nenhum de nós dois. Mas termina comigo deixando de idolatrá-lo. – Adam tirou a foto das mãos de Holland e a colocou em cima do frigobar, virada para baixo. – Então... – falou, com outro tom, deixando claro que tinha encerrado aquele assunto. – ...fale para mim o que você acha deste lugar. – Dito isso, ele se largou no sofá. Era de um veludo cor de água-marinha escuro, em formato de ferradura, e dava a impressão de dizer: "Sou maior, mais ousado e mais chique do que o seu sofazinho bege e prático".

– *Ãhn*, é muito legal.

Adam fez uma expressão ofendida.

– "Legal" é uma palavra tão decepcionante. Mas, sinceramente, é meio demais para mim. Não passo muito tempo aqui no Regal.

Holland lhe lançou um olhar de descrença.

– Você não acredita em mim?

– Não sei. Fiquei com a impressão de que estava se divertindo lá embaixo, no bar.

– Sou capaz de me divertir em qualquer lugar. – Ele, então, se recostou no sofá e esparramou os braços nas almofadas. – Depois que eu fui baleado, o Banco me trouxe para cá para eu me recuperar, e tenho passado muito tempo naquele bar. Foi aí que ouvi os boatos de que *você* é a jovem que está com o Coração Alquímico.

– Lamento te decepcionar, mas está mal informado. Não está comigo.

– Que bom. – O sorrisinho de *playboy* de Adam havia voltado. – Agora podemos nos divertir.

Holland fez careta.

Aos olhos da jovem, todo mundo queria o Coração Alquímico. Por que Adam não iria querer? Seu olhar ficou vagando mais uma vez por aquela cobertura tão extravagante. O quarto devia ocupar, no mínimo, metade do último andar do Regal, se não todo, e Adam nem mesmo tinha se dignado a olhar pela janela. Era óbvio que tinha o dinheiro para pagar por aquilo e também devia possuir os brinquedinhos reluzentes. Mas, pelo jeito, não ligava muito para isso.

– Não me entenda mal. Não sou indiferente ao poder do Coração Alquímico, mas procurar essa coisa é uma boa maneira de morrer, e eu realmente gosto de viver. Também gosto muito de não ser baleado.

– É por isso que não foi atrás de mim depois que se recuperou do tiro?

Adam inclinou a cabeça para o lado.

– Ficou magoada por eu não ter ido te socorrer montado em um cavalo branco?

"Magoada" não seria a palavra que Holland teria empregado. Mas, de repente, ela ficou preocupada, sim. As mãos seguraram o pingente pendurado no pescoço.

Tinha acabado de supor que Adam a levara lá para cima para ajudá-la e que, assim que contasse a respeito da caça ao tesouro para o cara, ele entraria de cabeça naquela busca. Mas, agora, tinha se dado conta de que a ideia de ajuda de Adam talvez fosse apenas embebedá-la naquele quarto de hotel. Por uma fração de segundo, ficou com saudade de Gabe, mas foi apenas por um segundo. Recusava-se a pensar naquele homem por mais tempo do que isso.

– Não fiquei magoada – respondeu, por fim.

– Ficou brava? Porque está com uma expressão irritada. – Adam esticou a mão na direção da mesinha de centro e fez careta quando se deu conta de que não tinha nenhum drinque ali em cima. Levantou-se do sofá e se dirigiu ao frigobar. – Quer beber alguma coisa?

– Quero encontrar o Coração Alquímico.

Adam sacudiu a cabeça.

– Essa é uma ótima maneira de acabar morrendo, e sua irmã me pediu para eu proteger sua vida.

– Nesse caso, precisa me ajudar a encontrar o Coração Alquímico – declarou Holland. – O Homem das Horas me ligou ontem.

Adam ficou petrificado.

– O que foi que ele disse?

– Que vou morrer às 23h59 da noite de Halloween, a menos que eu encontre o Coração Alquímico.

Ele passou a mão no maxilar bem devagar e soltou um palavrão entredentes.

– Então, deixe-me ver se eu entendi. Você vai morrer amanhã e, mesmo assim, não quer beber nada?

A jovem pegou uma almofada do sofá e atirou nele.

– Estou falando sério.

– Eu também – retrucou Adam, mas tinha se afastado do frigobar e agora estava com um semblante de quem tentava ficar sóbrio. – O que você precisa de mim?

– Achei que tinha me dito, agora há pouco, que procurar o Coração Alquímico é uma ótima maneira de morrer.

– E disse. Mas, se alguma coisa acontecer com você, sua irmã vai me matar. – Depois de tudo o que havia descoberto a respeito de January nas últimas horas, Holland teve a sensação de que Adam estava falando mais no sentido literal do que no figurativo, e amou loucamente a irmã por isso.

– Se você está mesmo disposto a me ajudar, então precisamos encontrar o Homem das Horas.

Adam olhou para ela, perplexo.

– Por quê?

A jovem chegou a considerar a hipótese de contar para o cara a respeito do roteiro do pai. A falta de interesse que Adam demonstrou pelo Coração Alquímico a fez se sentir mais propensa a confiar nele. Mas Holland também tinha a sensação de que não podia mostrar as últimas palavras do pai para *ninguém*.

– Você acreditaria em mim se eu dissesse que tenho um palpite?

– Nem um pouco.

– E se eu dissesse que não sei onde o Coração Alquímico está, mas que uma fonte muito confiável me deu essa pista, de que precisamos falar com o Homem das Horas?

– Melhor. Agora, se vou arriscar minha vida para me envolver nessa história, vou precisar de um pouco mais do que isso. – Nessa hora, ele dirigiu o olhar para a pasta que a jovem levava a tiracolo.

Holland pensou que Adam poderia estar mais sóbrio do que ela imaginava. Ou talvez, estivesse apenas desligando o Adam *playboy* do bar e ligando o Adam que a irmã tinha enviado para protegê-la.

– Não posso te oferecer mais nada neste exato momento. Estou confiando em você porque minha irmã confia, mas vou precisar de *um pouco mais* do que isso, se você quiser saber de tudo.

Adam deu um sorrisinho irônico.

– Que tal eu te levar para falar com o Homem das Horas e, depois disso, tentamos uma renegociação?

– Então você sabe onde ele mora?

Na mesma hora, Adam fez uma expressão ofendida.

– Sei onde encontrar qualquer pessoa. Por que acha que sua irmã me pediu para cuidar de você?

– Essa é a pergunta que não quer calar.

Isso lhe rendeu um sorriso de verdade, do tipo que fazia os olhos castanho-claros de Adam brilharem.

– Este mundo onde você se encontra agora não recebe os forasteiros muito bem. Sei que não sou a mais responsável das pessoas, mas posso abrir qualquer porta que precise. – Adam disse isso de um jeito que outra pessoa poderia ter empregado para aceitar uma aposta, como se mal pudesse esperar para mostrar a Holland que iria se sair muito bem nisso, como se a possibilidade de ela morrer fosse apenas um desafio, não uma ameaça real.

A jovem não sabia se achava o convencimento dele irritante ou tranquilizador. Talvez um pouco dos dois. Algo em Adam Bishop, uma qualidade inominável, deixava Holland com a sensação de que tinha duas opções: aquele homem poderia ser seu improvável salvador embriagado ou o seu fim.

Capítulo trinta e três

— Vou trocar de roupa – disse Adam. – Pode bisbilhotar à vontade ou roubar coisas do frigobar até eu voltar.

O estômago de Holland roncou assim que Adam saiu da sala. Odiava recusar uma oportunidade de bisbilhotar, mas toda aquela corrida pela própria vida a tinha deixado faminta. E também se deu conta de que estava muito curiosa para saber o que o frigobar de um lugar como aquele teria a oferecer. Para sua surpresa, era modesto, do tamanho de um daqueles toca-discos antigos, de gabinete. Já ia abri-lo quando reparou em uma espécie de botão insólito na parede, ao lado do frigobar.

O botão estava instalado no meio de uma pequena moldura dourada, embaixo das palavras "Aperte para champanhe". Claro que a jovem já ia apertar, mas aí percebeu um seletor redondo embaixo da moldura. Seus dedos formigaram quando girou o seletor.

Agora aparecia "Aperte para *sidecar*" na moldura, em volta do botão. Ficava claro que o hotel estava instigando os hóspedes a pedir o drinque especial da noite. E, apesar disso, ela sentiu só um pinguinho de preocupação. Eram tantas as pessoas que faziam parte de sua vida que não eram o que aparentavam ser.

Holland girou o seletor mais uma vez. Agora, aparecia "Aperte para pipoca". O estômago roncou de novo, e ela apertou o botão. Não sabia com exatidão o que esperava que fosse acontecer, mas não apareceu nada nem parecido com pipoca. Olhou para o elevador, imaginando que alguém do hotel poderia vir entregar. E então ouviu um ruído de estouro, vindo de dentro do gabinete. Virou-se para trás e, finalmente, abriu a porta do frigobar.

Holland não percebeu se os dedos formigaram ou não, se saíram faíscas ou se o ar à sua volta mudou por um segundo, mas teve certeza de que aquilo era magia. Não era a magia simples das coisas atemporais nem uma grande magia nível toca do coelho. Era algo entre essas duas coisas.

O gabinete do frigobar ficou com aroma de manteiga e açúcar, daquele primeiro instante em que a gente entra no cinema. Dentro dele, tinha um palco em miniatura com cortinas de veludo vermelho e, entre as cortinas, três caixinhas altas, com listras brancas e cor-de-rosa. A jovem ficou observando, maravilhada, as caixinhas se encherem, até a pipoca se esparramar por cima das barras de chocolate que estavam posicionadas na frente do palco.

Não conhecia nenhuma daquelas três barras. Todas estavam embrulhadas em papel alumínio brilhante e tinham rótulos ultracoloridos, com coisas escritas, do tipo: "Sinta o sabor de um raio de sol" e "Morda a nostalgia".

A pipoca, pelo jeito, vinha em três sabores: manteiga, caramelo e cheddar. Holland pegou a caixinha de caramelo. Depois, não conseguiu se conter e pegou uma das barras de chocolate também: "A melhor lembrança da qual você já se esqueceu".

– O que foi que você encontrou lá dentro?

Holland virou-se para trás ao ouvir a voz de Adam e derramou pipoca de caramelo no chão perfeito daquele quarto de hotel.

Ele parecia ter saído daquela música antiga da Lana Del Rey, de calça jeans e uma camisa branca bem macia. Devia ter tomado banho, porque estava cheirando a limpeza e capim fresco, o cabelo dourado estava com as pontas molhadas. Uma gota de água caiu na testa dele, e seus olhos primeiro se fixaram na barra de chocolate que a jovem tinha em uma das mãos, depois na caixinha de pipoca, na que estava na outra. Ele deu um sorrisinho, visivelmente achando graça.

– De onde você tirou pipoca?

– Daquele botão. – Holland apontou para a parede, mas, agora, as palavras escritas acima do botão eram "Aperte para uísque". – Que estranho.

– Muda, de acordo com quem está usando – explicou Adam.

A jovem já ia pedir para ele virar o seletor, para ver o que mais ia aparecer. Mas, depois de roubar um punhado da pipoca de Holland, Adam se dirigiu ao elevador, e ela não quis detê-lo.

Estava na hora de visitar o Homem das Horas.

– Hoje vai ser um dia escaldante, meus amigos. A previsão é que, ao meio-dia, a temperatura fique acima dos 40 graus em boa parte de Los Angeles, fazendo desse Halloween o mais quente da história do sul da

Califórnia. O que é uma boa notícia para todas vocês que estão empolgadas para usar suas fantasias de Halloween indecentes. Espero ver muita pele hoje à noite. Mas, por favor, tenham cuidado, meus amigos. Não sei o que está rolando por aí, talvez seja só o calor, mas outra notícia de quebrar os recordes...

Adam trocou de estação de rádio, colocou em uma de música. Holland pensou que ele deveria achar que a música seria capaz de fazê-la relaxar. Ela queria encontrar logo o Homem das Horas, mas, agora que tinham saído do Regal, os segundos estavam pulando uns em cima dos outros e se transformando em minutos rapidamente.

O relógio do painel marcava 11h16. Estavam no carro há meia hora. O meio-dia se aproximava rapidamente, metade daquele dia já tinha quase transcorrido.

Adam colocou a mão na perna de Holland. A jovem teve certeza de que foi só para acalmá-la e, para sua grande surpresa, funcionou. Continuava com a sensação de que o conhecia há muito mais tempo do que apenas um dia. Ele a tinha deixado dirigir o carro dele, já que não estava completamente sóbrio. E, como passageiro, era tão bom que chegava a ser surpreendente: não reclamou do seu jeito de dirigir nem se preocupou se ela cuidava ou não do carro chique, o que a fez suspeitar que ele tinha mais de um carro.

– Ali em cima – disse ele, baixinho.

O Hotel Beverly Hills foi um dos primeiros hotéis que Holland e os amigos visitaram depois de ouvir o mito do *sidecar* contado pela Professora-Doutora. Era o tipo de lugar onde os tons de cor-de-rosa e verde nunca desbotavam, o neon jamais piscava, dando defeito, e quem passasse uma tarde na piscina teria facilidade para acreditar que a vida sempre seria como a capa de uma revista de moda.

Holland teve certeza de que aquele não era um lugar onde as pessoas faziam pactos com o demônio. Era um lugar onde as pessoas tiravam *selfie* perto do letreiro iluminado, escrito Hotel Beverly Hills, e tiravam fotos dos drinques, coisa que ela mesma já fizera antes (eram lindos demais para não tirar fotos).

Depois de sair do carro e entrar no saguão, ela cochichou para Adam:

– Fico surpresa de o Homem das Horas morar aqui.

Por quê?

– Simplesmente parece um lugar tão cheio de vida...

– Provavelmente, deve ter sido por isso que ele escolheu esse lugar. Se fosse sua incumbência dizer para as pessoas quando elas vão morrer, você não iria querer morar num lugar cheio de vida?

Adam abriu uma porta de vidro larga que levava para parte externa, um labirinto de folhagens verdes e flores rosa-pálido. O céu estava azul feito uma centáurea, e o tempo, quente como o DJ havia dito no rádio. Depois de alguns passos, a pele de Holland ficou brilhando, e ela teve a impressão de que algumas das plantas estavam... *derretendo*.

A jovem esticou o braço e encostou em uma folha verde e lustrosa. Não era feita de plástico, mas deixou uma mancha verde nos dedos.

– Olhe só para isso.

Ele franziu o cenho.

– Talvez tenham usado o pesticida errado.

– Por acaso esse hotel é... mágico?

Adam fez que não com a cabeça.

– Existem alguns outros hotéis como o Regal, mas nenhum deles fica perto de Los Angeles. Isso aqui é só coisa do tipo estragamos-o-mundo, pura e simples.

A caminho do chalé do Homem das Horas, Holland reparou que mais algumas plantas derretiam. Os caules se curvavam como se fossem de borracha, e mais de uma flor pingou gotas cor-de-rosa chamativas na trilha de tijolos. Ela tinha consciência de que ainda não conhecia muito bem a magia do mundo. Mas, seja lá o que estivesse acontecido ali, parecia magia.

Ficou pensando que Adam poderia estar mentindo para ela ou que, simplesmente, não dava a mínima. A bebedeira dele estava começando a passar, mas ele continuava a se movimentar pelo mundo com uma elegância indiferente, como se nada pudesse atingi-lo.

Holland, por outro lado, ficava mais nervosa a cada passo que dava. Ficou imaginando se, de alguma maneira, o mundo à sua volta poderia refletir sua ansiedade.

Poderia jurar que viu um caule se erguendo no meio dos tijolinhos que levavam ao chalé 22. A casinha era pintada com um dos tons de cor-de-rosa que eram marca registrada do Hotel Beverly Hills e uma verdejante coleção de plantas tropicais fazia sombra nela.

Adam bateu na porta.

– Tomara que seja o chalé certo.

Um segundo depois, um cavalheiro mais velho atendeu. Usava um *smoking* comprido, de brocado e estava com uma expressão de curiosidade.

– Por acaso vocês estão perdidos?

– Tomara que não – respondeu Adam. – Estamos aqui para falar com o Homem das Horas.

A curiosidade fugiu da expressão do homem, assim como a gentileza que havia em seu olhar.

– Receio que ele não receba visitantes indesejados.

– Diga para ele que o irmão caçula de Mason Bishop está aqui.

O rosto do homem mais velho ficou meio acinzentado.

– Tudo bem, pode deixar entrar, meu amor – disse uma voz, vinda de trás dele.

– Ao que parece, hoje é seu dia de sorte. – O homem estampou uma imitação de sorriso no rosto e abriu a porta lentamente.

Holland nunca tinha entrado em um daqueles chalés, mas sabia que vários eram inspirados pelos hóspedes mais famosos do hotel. O número 1 era de Marilyn Monroe; o número 5, de Elizabeth Taylor, e aquele era, visivelmente, de Frank Sinatra.

Era uma obra-prima modernista no estilo anos 1950, com um elegante piano de cauda preto e tudo, um toca-discos retrô tocando a canção *Witchcraft*, colunas altas e paredes douradas. A jovem não sabia ao certo o que aquelas colunas e paredes douradas tinham a ver com o sr. Sinatra, mas davam ainda mais amplitude àquele espaço, que já era impressionante por si só.

– Acho que as colunas são meio exageradas – murmurou Adam.

– Não sei – comentou Holland. – Acho que são meio divertidas.

Ela também julgava não ser uma boa ideia insultar a casa de um homem que dizia às pessoas quando iriam morrer. Mas, pelo jeito, Adam não era da mesma opinião. Parecia estar perturbado pela quantidade de plantas. Isso a jovem tinha que admitir: a sala parecia uma selva. Tinha mais plantas vivas espalhadas pelo ambiente do que seria de se esperar dentro de um hotel e, pelo menos, vinte e cinco telefones de discar.

Outro cavalheiro, da mesma idade do homem que abrira a porta, estava falando em um desses telefones.

– Sugiro que dê mais caminhadas com seu parceiro, arranje tempo para ver o pôr do sol e pare de comer esses biscoitos venenosos. Tenha um bom-dia. – Ele colocou o telefone no gancho com todo o cuidado antes de se aproximar lentamente de Adam e Holland.

Olhou para Adam de cima a baixo, com os olhos quase fechados, coisa que, pelo jeito, só fez Adam achar graça. Mas o homem deu um sorriso aberto quando viu Holland.

– Estava torcendo para ter o prazer de conhecê-la qualquer dia desses. E fico lisonjeado que tenha vindo me fazer uma visita justo no dia em que seu tempo é tão limitado. – Ele segurou a mão da jovem com as duas mãos e a cumprimentou.

Aquele só podia ser o Homem das Horas. A voz não parecia aquela que Holland ouvira ao telefone. Recordava-se, precisamente, que a voz tinha um sotaque nova-iorquino, mas aquele era muito californiano. Lento, tranquilo e relaxado.

– O que foi que aconteceu com seu sotaque?

Ele sorriu ainda mais.

– É só afetação. Descobri que ajuda no telefone. E o sotaque também é uma maneira de separar o trabalho da minha vida pessoal.

– Quer dizer, então, que ser o Homem das Horas é seu trabalho?

Ele balançou a cabeça.

– É uma história complicada. Eu adoraria lhe contar. Acredite ou não, Ernest e eu não recebemos muitas visitas. Mas, já que seu tempo é limitado, srta. St. James, suponho que tenha vindo aqui para ouvir outra história.

Holland, na verdade, não fazia ideia do motivo para estar ali, mas sentiu uma onda de emoção que, um dia, conhecia muito bem, aquele *tique-taque* de empolgação que costumava sentir nas caças ao tesouro do pai, a explosão de alegria causada por ir atrás de uma pista e descobrir que tinha acertado. A dica que o pai dera, de procurar o Homem das Horas, tinha lhe parecido um tanto óbvia, mas a jovem ainda sentia uma grande satisfação de, ao que tudo indicava, ter sido confirmada por ele.

O Homem das Horas levou Holland e Adam até um pátio privativo nos fundos do chalé. Era maior do que a maioria dos pátios da Califórnia, com uma cerca de madeira coberta por flores tropicais, uma lareira de pedra e duas áreas de estar com mesas de ferro verde e poltronas de assento branco almofadado. Holland não conseguia ver um chafariz, mas conseguia ouvir um ruído suave de água quando o Homem das Horas indicou que se sentassem na namoradeira, de frente para ele.

– Vamos tomar um chá.

Em cima da mesinha que havia entre os dois sofás, estavam dispostos três bules: um preto, com uma flor roxa; um branco, com flores claras de laranjeira, e um verde-azulado, com uma flor rosa nos mesmos tons do hotel.

– Você estava nos esperando – disse Holland.

O Homem das Horas deu um sorriso sugestivo, de quem estava por dentro das coisas. Em seguida, virou a cabeça para Adam, que tinha acabado de pegar o bule branco.

– Ah, não, sr. Bishop, este é para a srta. St. James. Fiz para você o chá preto. – O Homem das Horas, muito cavalheiro, se debruçou sobre a mesa e serviu uma caneca de chá para Adam. E era realmente preto. Escuro feito nanquim e escaldante. – Pode confiar em mim, rapaz, você vai gostar.

E manteve os olhos aguçados fixos em Adam até que, finalmente, ele levou a caneca aos lábios. Soprou o vapor e deu um grande e propositado gole, deixando óbvio que não queria ofender o homem que diz para as pessoas quando elas vão morrer.

– Está delicioso. – Adam falou como se não estivesse sendo realmente sincero, mas, mesmo assim, o Homem das Horas deu um sorriso antes de se virar para Holland.

Agora era a vez dela. A jovem se serviu uma caneca, deu um gole cauteloso que, na verdade, foi bem refrescante, e foi isso o que comentou:

– Vocês são muito gentis. – O Homem das Horas, então, serviu uma caneca para si. – Agora, vamos tratar do motivo para eu ter pressuposto que você viria aqui. Vamos falar de seu pai.

Capítulo trinta e quatro

— Eu adorava os filmes de seu pai – o Homem das Horas começou a dizer. Um gato tigrado de pelo branco e dourado surgiu e ficou se esfregando nas pernas dele. O Homem das Horas fez carinho na cabeça do animal e disse: – Até dei o nome de Red para o meu gato. Por causa de *O preço da magia*.

Holland deu um sorriso. Perdera a conta de quantas vezes alguém já tinha mencionado os filmes do pai na sua frente. Mas esta era a primeira vez que alguém fazia isso sabendo quem Ben Tierney era para ela. Era algo que já tinha imaginado, mas nunca vivenciado e a fez sentir uma poça de felicidade, como se parte dela tivesse derretido ao sol. E aí se recordou de que Adam estava sentado bem na sua frente.

Virou-se para ele, nervosa. Os olhos de Adam já estavam dirigidos a Holland. Estava com uma expressão nada surpresa, mas tampouco abalada. *Ele já sabia.*

O olhar de Adam tinha perdido o sorriso, e a boca estava com os cantos para baixo, de um jeito que parecia dizer muito mais do que "meus sentimentos". Holland ficou imaginando quando January teria contado para ele. Ficou imaginando *por que* a gêmea teria contado para ele. Entretanto, nenhuma dessas duas coisas tinha metade da importância do fato de January ter confiado em Adam ao ponto de contar. Parecia que esse único detalhe era tudo que Holland precisava saber.

– Que tragédia Ben nunca ter terminado o terceiro filme – prosseguiu o Homem das Horas. – Certa vez, ele me disse que adorava escrever sobre personagens como Red porque precisava acreditar que um homem comum, dotado apenas de coragem e determinação, poderia se opor às forças mais extraordinárias do mundo, o inexplicável, o inacreditável, a injustiça crassa, e vencer.

O homem, então, lançou um olhar sugestivo para Holland, e a jovem sentiu algo se retorcer dentro dela, ao mesmo tempo triste e alegre. Não sabia se aquela frase era uma migalha de pão que o pai havia deixado intencionalmente ou se era apenas algo que havia dito por ser quem era. De todo modo, ficou feliz de ouvir.

– Então você realmente conhecia meu pai?

– "Conhecer" pode ser um tanto exagerado. Tive a honra de encontrar Ben por um breve período antes de seu trágico falecimento. Ele tinha um coração enorme, e era uma daquelas raras pessoas que, ao longo da vida, se deixa guiar cada vez mais pelo coração. Mas estou me precipitando. – O Homem das Horas parou para tomar um gole de chá e devia estar esperando que Holland e Adam fizessem a mesma coisa, porque só tornou a falar quando os dois fizeram isso. – Seu pai era de uma das famílias antigas.

– Não sei se compreendo o que você quer dizer com isso – comentou Holland.

– Existem dois tipos de pessoas neste mundo: quem nasce com isso, como o seu amigo, sr. Bishop, e aquelas que encontram em algum momento da vida e passam o restante da vida tentando se encaixar.

O Homem das Horas tomou mais um gole de chá, bem devagar. Novamente, ficou sentado, sorrindo, até Adam e Holland fazerem a mesma coisa. Ainda assim, a jovem não conseguia relaxar. Ficar sentada em um jardim bebericando chá era um luxo para o qual não tinha tempo. Gostaria que o Homem das Horas pudesse ser um pouco mais rápido.

– Seu pai era do primeiro tipo – prosseguiu o Homem das Horas. – E não apenas nasceu numa família que possuía magia, mas nasceu em uma família que possuía magia há séculos.

Isso era novidade para Holland e, de certo modo, a jovem não ficou completamente chocada. Talvez porque sempre tenha acreditado em magia. Ficou se perguntando se o pai pretendia contar para ela em algum momento ou se tinha organizado aquelas caças ao tesouro para que a filha descobrisse por conta própria.

– Na família do seu pai, era uma tradição as crianças sempre ligarem para mim no dia do aniversário de 18 anos. Dado que a família Tierney era uma família prática, da magia antiga, acreditava que não fazia sentido conceder uma herança para uma criança que morreria antes de completar 40 anos.

– As crianças não poderiam apenas mentir qual seria a hora em que iriam morrer? perguntou Holland.

Mais uma pausa para beber chá antes de o Homem das Horas responder:

– Não na família Tierney. Eles eram famosos pela habilidade de distinguir a verdade da mentira. É claro que, quando seu pai descobriu que morreria tão cedo, resolveram não compartilhar essa habilidade com ele.

– Então está dizendo que os pais do meu pai o deserdaram porque ele iria morrer cedo? – Holland sempre soube que o pai tinha se afastado da família, só nunca soube o porquê. O tio e a tia que a criaram não eram parentes de sangue na verdade: eram velhos amigos dos pais da jovem e se mudaram de Los Angeles pouco depois de os pais dela morrerem.

A jovem sentiu-se tentada a perguntar se os avós ainda eram vivos, mas não tinha certeza de que gostaria de conhecer uma família que tinha deserdado o pai porque ele iria morrer jovem.

– Antes que você faça um julgamento precipitado e duro da família de seu pai, precisa saber que é muito comum levar em conta a idade que a pessoa vai morrer quando se decide quem vai herdar algum poder – explicou o Homem das Horas. – Se seus avós tivessem passado as habilidades que possuíam para o seu pai, quando ele morreu essas habilidades teriam sido tomadas pelo Banco e não passadas para você, já que existem regras que impedem o recebimento de poder antes de atingir a maioridade. A família de seu pai também sabia que ele não iria completar a tarefa que lhe passei para ter uma vida mais longa. Era uma tarefa impossível… bem semelhante à sua. Mas, ao contrário de você, aconselhei seu pai a não realizá-la.

– Qual era a tarefa? – perguntou Holland.

– Falei para o seu pai que, se ele quisesse ter mais tempo de vida, precisaria encontrar o Coração Alquímico e entregá-lo a um dos demônios.

– Como assim, "um" dos demônios? – indagou Holland, alarmada.

Aquela não era uma história que ela já tinha ouvido antes. Em todas as pesquisas que fizera, sempre havia apenas um demônio. A jovem lançou um olhar para Adam, para ver se ele achava alguma coisa daquilo, mas ele lhe pareceu calmo como sempre, recostado tranquilamente na namoradeira. Holland o cutucou com a perna, mas ele nem se mexeu. Será que estava dormindo profundamente?

– Até que enfim – comentou o Homem das Horas, bufando. – Estava com medo de ter feito o chá muito fraco.

– Foi você que fez isso com ele? – Holland olhou para a caneca de chá de Adam, horrorizada.

– Não tenho tempo para explicar. – O Homem das Horas deu uma rápida olhada no relógio. – Temos apenas poucos minutos antes de o sr. Bishop acordar.

– Mas por que deu um chá sonífero para ele? – Holland olhou para aquela cena diante de seus olhos, que tinha sido orquestrada com todo o capricho: Adam adormecido, o Homem das Horas em alerta máximo, de repente, três bules de chá dispostos com um nível premeditado de precisão. – Como você sabia que eu viria aqui hoje?

– Seu pai me disse – respondeu ele, ríspido.

– Mas você disse que a família do meu pai não deu uma habilidade para ele.

– E não deu.

– Mas então…

– Suas perguntas vão ter que esperar, srta. St. James. – O Homem das Horas pôs a mão embaixo da almofada onde estava sentado e tirou de lá um daqueles envelopes pardos que têm um cordãozinho e duas bolinhas de papel, para fechar. – Seu pai me deu isso antes de morrer. Resolveu seguir meu conselho, disse que o Coração Alquímico era tão poderoso que ninguém devia possuí-lo e não conseguiu entregá-lo para nenhum dos dois demônios.

– Espere aí – Holland interrompeu de novo –, por favor, o que você quer dizer com "nenhum dos dois demônios"?

Baixinho, ele respondeu:

– São dois homens que compõem o demônio. Dois irmãos. – Os olhos do Homem das Horas tornaram a se dirigir para Adam e, desta vez, a jovem teve um pressentimento de que ele não estava se certificando de que ele estava dormindo.

– Por acaso você está dizendo…

– Não… – cortou o Homem das Horas. – Eu não disse nada. – Mas, novamente, seu olhar se fixou em Adam, e Holland teve absoluta certeza do que ele não estava dizendo.

Deitado ao lado dela, com os olhos delicadamente fechados, o cabelo dourado jogado na testa, Adam não parecia um demônio, com toda a certeza. Talvez Holland tenha pensado isso na primeira vez que o viu, mas agora ele apenas parecia um jovem imprudente que tinha um rosto lindo.

– Tem certeza? – perguntou, dirigindo-se ao Homem das Horas. – Eu vi este homem levar um tiro. Vi este homem sangrar.

– Eu não disse que ele é Deus. – O Homem das Horas apertou bem os lábios, em uma expressão de frustração. – Agora, você quer perder mais tempo debatendo sobre isso ou devo lhe contar o que seu pai disse?

Holland ficou calada, apesar de ter a sensação de que seus pensamentos a respeito de Adam estavam fazendo muito barulho. Até que ponto January realmente conhecia o sócio?

Mas a gêmea havia contado para Adam quem eram os pais das duas. Holland nunca confiou em ninguém ao ponto de revelar esse segredo. Só contou para Gabe porque sua vida, literalmente, dependia dele. Agora tinha a sensação de que sua vida dependia de conseguir ou não acreditar em Adam e no que o Homem das Horas estava prestes a lhe dizer.

– Depois de falar que o Coração Alquímico era tão poderoso que nenhum homem deveria possuí-lo, seu pai me pediu para guardar o envelope que acabei de lhe dar, até o dia em que uma das filhas viesse me fazer uma visita.

Holland olhou para o envelope que tinha em mãos. Era parecido, em termos de peso e tamanho, à pasta que estava no cofre do Banco. Estava tão empolgada no início daquela caça ao tesouro… Mas agora sentia uma espécie diferente de gravidade, que a fazia ter os pés mais no chão, ao imaginar o pai trazendo aquele envelope para o Homem das Horas antes de morrer. Aquilo não era apenas sua última caça ao tesouro: era seu último desejo para a filha, antes de morrer. Não podia decepcioná-lo.

Ainda não compreendia, contudo, como o pai sabia o minuto exato em que ela e Adam iriam ali. A menos que estivesse de posse do Coração Alquímico, e o objeto tivesse lhe dado a habilidade de vislumbrar o futuro – assim como havia dado habilidades às pessoas que depararam com ele na biblioteca acorrentada.

Os dedos de Holland se fecharam em volta do envelope, em um gesto protetor.

– Meu pai tinha a habilidade de vislumbrar o futuro, não tinha?

O Homem das Horas soltou um suspiro.

– Vislumbres do futuro podem ser enganadores. Não sei o que o seu pai via, mas sei que, toda vez que alguém me pergunta as horas, eu sempre vejo múltiplos desfechos. O curso do futuro só se torna fixo quando se transforma em passado. E, por falar nisso… – O gato tigrado ronronou. O Homem das Horas olhou para o relógio. – …nosso tempo já vai acabar. Depressa, srta. St. James, coloque este envelope na bolsa e não mostre para ninguém. Depressa – repetiu ele: – Srta. St. James, coloque este envelope dentro de sua bolsa e não mostre para ninguém!

Holland olhou para o Homem das Horas, confusa. Gotas de suor tinham formado uma linha úmida na testa dele. Ou seria sangue? Várias gotas pareciam ser mais escuras do que outras.

– O senhor está bem?

– Rápido, srta. St. James, coloque este envelope dentro de sua bolsa e não mostre para ninguém!

Uma gota de suor vermelho perturbadora caiu do rosto do homem, e ele ficou petrificado em seguida. A boca, os olhos, as mãos, que pairavam logo acima da mesa… nada se mexia. Nem a gota de suor vermelho caiu em cima da mesa. Permaneceu suspensa no ar.

Holland sentiu um aperto tão grande no peito que, por um segundo, teve dificuldade para respirar e achou que, talvez, também iria ficar petrificada. Segurou a mão do Homem das Horas e tentou sacudi-la, freneticamente, mas nada aconteceu. Aquilo era bem parecido, de uma forma apavorante, com o que havia acontecido no Banco, com a Professora-Doutora, só que estava demorando ainda mais.

E, então, o gato ronronou e, enfim, o tempo começou a transcorrer de novo, ao que tudo indicava. A gota de suor caiu em cima da mesa.

– Depressa, coloque este envelope na sua bolsa e não mostre para ninguém! – repetiu o Homem das Horas, mais uma vez, como se nunca tivesse dito isso.

Imediatamente Holland enfiou o envelope dentro da pasta, ao lado das páginas do roteiro do pai.

– Acho que o senhor está sangrando. – E apontou para a testa do homem.

O Homem das Horas estancou o sangue com um guardanapo, bem na hora em que Adam piscou os olhos com uma expressão levemente atônita.

– Receio que isso seja tudo o que tenho a oferecer para vocês – disse o Homem das Horas, como se tivesse acabado de responder a uma pergunta. Já tinha limpado o sangue da testa. Holland tinha muita vontade de perguntar a esse respeito, mas não sabia como fazer isso sem mencionar as palavras que ele tinha acabado de repetir. Se mencionasse tais palavras, Adam saberia que tinha algo dentro de sua bolsa. E, por um segundo, a jovem ponderou. Algo havia se partido ou estava se partindo, e Holland tinha a terrível sensação de que, de alguma maneira, era culpa dela.

Ao seu lado, Adam esfregou os olhos para se livrar do sono.

– Fiquei apagado por quanto tempo?

– Não muito – respondeu Holland. – Mas receio que precisemos ir embora. – Ela se virou para o Homem das Horas e disse: – Mil obrigadas pela atenção e pelo chá. – Ficou em pé, com as pernas subitamente trêmulas. Sabia que não podia ficar ali, apenas não tinha descoberto ainda aonde ir. Voltar para o Regal lhe parecia uma opção óbvia, mas, se fosse para lá, teria que ficar com Adam, e não tinha mais tanta certeza de que confiar nele era uma boa ideia.

Pensou em pedir para Adam se poderia ligar para a irmã. Mas, com Gabe, isso só tinha lhe dado uma falsa sensação de segurança. Talvez fosse simplesmente melhor deixá-lo para trás e seguir sozinha dali em diante, mesmo que essa ideia a amedrontasse.

Capítulo trinta e cinco

Eram 12h59.

Restavam onze horas.

Quando Holland e Adam saíram do chalé do Homem das Horas, ela reparou que várias pessoas já estavam fantasiadas. Viu uma Chapeuzinho Vermelho sensual de mãos dadas com um lobo e, pouco antes de voltar para a parte principal do hotel, os dois passaram por um anjo que estava fumando e conversando com um demônio de chifres vermelhos.

– Então o Homem das Horas não falou mesmo nada de útil enquanto fiquei dormindo? – questionou Adam.

– Não – respondeu Holland, tentando manter um tom de naturalidade. – Ele só falou do quanto adorava os filmes do meu pai.

Adam franziu o cenho, não muito convencido disso.

– Se o Homem das Horas não tinha nenhuma informação, então quer me fazer o favor de me dizer por que achou que vir aqui era uma boa ideia?

– Foi só um palpite.

Ele continuou olhando para a jovem com um ar desconfiado e bateu sem querer em um casal que saía do quarto.

– Desculpem – falou. Então seus olhos voltaram para Holland, com uma expressão dura, de acusação. – Por que você está mentindo?

– Eu não estava mentindo… – Antes que as palavras saíssem pela sua boca, Adam a pegou pela mão e a puxou, fazendo-a passar por uma porta.

De repente, ela estava dentro de uma elegante suíte de hotel, cor-de-rosa e verde, com muita luz natural que vinha das janelas e notas persistentes do perfume de seus prévios ocupantes.

– O que você está fazendo? – perguntou Holland, em um gritinho.

Adam soltou a mão dela e foi para o outro lado do quarto, como se a suíte fosse sua.

– E como foi que conseguiu dar um jeito de nos fazer entrar aqui se... – Ela parou de falar quando viu que Adam tinha arrancado a pasta do seu ombro. Sentiu um aperto no peito, de pânico. E foi para cima dele, para recuperar a bolsa. – Pode me devolver!

– Pode me contar a verdade. – Adam não teve dificuldade para segurar os dois pulsos de Holland. E apertou as duas mãos juntas, mantendo-a refém, no meio da suíte.

A jovem tentou puxar as mãos para se desvencilhar dele. Mas ele nem se mexeu. A única coisa que se movia em Adam era a boca, como se achasse graça da triste tentativa de escapar de Holland.

– Não sou eu que estou em contagem regressiva, Olho-Vivo.

Holland ficou petrificada ao ouvir aquele apelido. Já tinha ouvido Adam chamá-la desse jeito antes. Mas só em suas visões. Voltou a ter aquele pensamento, de que já o conhecia antes. Que aquele homem era alguém para ela, mas não conseguia se recordar.

As mãos dele estavam quentes em contato com sua pele. Apertava com firmeza, mas não com tanta força quanto poderia e, apesar de os lábios continuarem achando graça, o olhar dizia outra coisa. Adam parecia magoado, como se a possibilidade de Holland ter mentido para ele o fizesse sofrer.

A jovem tinha dois quebra-cabeças para solucionar: o mistério do Coração Alquímico e o mistério de Adam Bishop. E tinha certeza de que não iria solucionar o primeiro sem antes desvendar o segundo.

– Tudo bem – admitiu. – Eu menti. O Homem das Horas me falou, sim, uma coisa enquanto você dormia. – Holland ficou em silêncio por alguns instantes e completou: – Ele disse que você é o demônio.

Ficou esperando Adam rir, dar um sorrisinho ou dizer que tinha ficado lisonjeado. Esperou que aqueles lindos olhos demonstrassem um sinal de surpresa. Ficou esperando, esperando e esperando.

Adam ficou parado ali por uma eternidade de segundos. Então, até que enfim, declarou:

– Não sou o demônio.

– Então por que demorou tanto para dizer isso?

Ele ficou olhando para a jovem durante mais um segundo absurdamente longo. As mãos que, até então, estavam quentes, de repente ficaram geladas.

– Juro para você. Não sou o demônio. Mas há muito, muito tempo, eu fui.

Holland sentiu as pernas ficando bambas.

Então Adam a soltou. Soltou as mãos dela e se afastou.

A jovem ouviu pessoas saindo pelo corredor, empurrando malas barulhentas e falando alto demais no celular, levando suas vidinhas comuns, e sentiu mais um pedaço de chão firme desmoronar sob seus pés.

Parado diante de Holland, Adam não disse nenhuma palavra.

Olhava para ela como se estivesse com medo de que fosse sair correndo. E como se quisesse que Holland saísse correndo, como se quisesse dizer para a jovem ficar o mais longe dele possível. E, pelo tempo de uma frágil batida cardíaca, sentiu que estava mais para alguém assombrado pelo demônio do que o demônio em si.

– Conte a história para mim – pediu Holland. Estava com as pernas mais firmes e, em parte, queria muito sair correndo, mas sabia que não seria capaz de deixar aquele quarto antes de ouvir o que o homem tinha a dizer.

Adam passou a mão no cabelo.

– É uma longa história, e você não tem muito tempo.

– Então me conte a versão "resumão para o vestibular".

Ele se arrastou até o frigobar. Deu uma conferida, fez uma expressão decepcionada, virou-se para a jovem de novo e falou:

– Neste mundo, cada família tem uma maneira diferente de decidir quem vai ficar com a herança. Meu pai disse para meu irmão Mason e para mim que concederia toda a sua magia e suas habilidades para quem de nós dois conseguisse angariar a maior quantidade de poder e influência. Meu irmão sempre foi o garoto de ouro, o bonzinho. Mas todo mundo sabe que, nem sempre, ser bom leva a pessoa às alturas. Eu não tenho sido um cara bom. Mas, a vida toda, tenho conseguido me sair até que bem.

Adam pronunciou as palavras "até que bem" do jeito que outra pessoa poderia dizer "mal e mal", mas Holland tinha a sensação de que a versão de Adam de "até que bem" queria dizer muito mais do que apenas "se virar".

– Eu não sabia ao certo o que iria acontecer, mas aí Mason me disse que não queria competir comigo. Queria que nós dois tivéssemos habilidades e sugeriu que trabalhássemos juntos. E teve uma ideia do que poderíamos fazer. – O sorriso de Adam tinha conseguido voltar, mas agora era um sorriso ressentido.

– Qual foi a ideia do seu irmão? – perguntou Holland, sem ter certeza se realmente queria saber ou não.

– Ele disse que, juntos, poderíamos nos tornar o demônio.

Um pavor tomou conta do estômago da jovem.

– Você precisa entender. Meu irmão mais velho era meu ídolo, mais do que meu pai poderia ter sido. – O tom de Adam era suave, de súplica. Holland se recordou de que ele já a enganara antes. Mas, daquela vez, não dava a impressão de estar encenando. Dava a impressão de que arrancava partes de si mesmo. A voz estava mais rouca e, toda vez que a olhava nos olhos, era com uma expressão sofrida. – Mason me prometeu que ninguém sairia ferido. Disse que não iríamos nos transformar no verdadeiro demônio, não iríamos nos tornar malignos. Apenas iríamos usar o nome dele para construir um império.

– Como? – perguntou Holland.

– Todo mundo já ouviu falar do demônio – explicou Adam. – Mas a maioria das pessoas não saberia dizer que aparência ele tem, onde mora ou qual é seu drinque preferido. Então, Mason teve a ideia de criar uma série de mitos em torno do demônio, mitos que levariam a nós.

– Como o *sidecar* do demônio?

– Exatamente. Mas essa não foi a primeira história que inventamos. Começamos com a história de Natalia West. Eu até perguntaria se você se lembra dela, mas sei que sim, já que escreveu sobre essa mulher na sua dissertação. – Por um instante, Adam ficou com uma expressão vagamente impressionada. – Só para constar: meu irmão e eu nunca fizemos um pacto com ela. Mas falamos que sim. Começamos a disseminar o boato de que Natalia West tinha conquistado a fama porque tinha feito um pacto com o demônio e aí espalhamos outro boato, de que a razão de sua morte misteriosa era o fato de ela não ter cumprido sua parte no trato.

– Na primeira vez que meu irmão sugeriu isso, eu me lembro do sorriso que deu, como se tudo não passasse de um divertido truque de ilusionismo. E eu acreditei nele. Mason disse que não iríamos matar ninguém. – Adam ficou olhando para as próprias mãos, e Holland teve a impressão de que o cara bem que gostaria de estar segurando um drinque. – Mason disse que, se as pessoas acreditassem que o demônio morava em Los Angeles e tinha o poder de tornar as pessoas famosas, viriam até nós. E vieram.

– Depois de espalhar os boatos a respeito do demônio, meu irmão recrutou pessoas de famílias com habilidades menores para trabalhar para nós. Foi assim que começamos a fazer com que as pessoas nos devessem favores. Mason usava as habilidades dos outros para abrir portas que pessoas sem habilidades nem magia não conseguiriam abrir por conta própria. E, depois que conseguia abri-las para essas pessoas, todas ficavam devendo favores *para o demônio*.

– E qual era o seu papel em tudo isso? – indagou Holland, apesar de essa não ser a única pergunta que tinha para fazer. Aquela história toda estava fazendo sua cabeça girar. Ao longo de toda a pesquisa que fizera a respeito do demônio, nunca lhe ocorreu que poderia ser apenas um homem – ou *dois homens* – assumindo a *persona* do demônio. Quando Adam falou de Natalia West, a jovem teve um breve instante de triunfo, por ter descoberto a verdade, mas agora tinha a sensação de que fora enganada, assim como todo mundo.

– No começo, espalhei uma porção de boatos e marquei uma porção de reuniões. Eu circulava por Los Angeles, encontrava moças que eram bonitas, mas não lindas. Falava com homens que eram espertos, mas sem traquejo social. Ou com atores excelentes que tinham um rosto pouco atraente. E aí dizia para essas pessoas que eu poderia mudar tudo isso. Começamos fazendo pactos, de início, quase só com atores e atrizes. Mas aí meu irmão queria que pessoas com mais poder ainda ficassem devendo favores para a gente. E Mason sempre queria mais. E conseguia, até que... nosso pai descobriu.

– Espere aí... achei que estivessem fazendo isso para o seu pai.

– E estávamos. Mas ele não ficou nem um pouco impressionado. Foi a primeira vez na vida que vi meu pai ficar decepcionado com Mason. Falou que nós dois não passávamos de mafiosos de baixo escalão e que ia encontrar outro herdeiro. Na manhã seguinte, meu pai estava morto, e Mason possuía *todas* as habilidades dele. – Adam sacudia a cabeça, como se ainda não fosse capaz de acreditar. – A pior parte é que eu não liguei os pontos logo de início. Achei que meu irmão e eu tínhamos partido o coração do nosso pai e que ele morrera por causa disso. Mas a causa não foi o coração partido. Foi o Mason.

– Tem certeza?

Adam assentiu, a raiva substituiu sua dor.

– Meu irmão matou meu pai antes que ele pudesse encontrar um novo herdeiro, sabendo que, via de regra, todas as suas habilidades ficariam para o filho mais velho. E foi aí que eu tentei pôr um fim nisso tudo. Falei para o meu irmão que a gente precisava parar. Eu nunca quis matar ninguém. Nunca quis fazer mal a ninguém – declarou Adam, mas o jeito rouco com que disse a palavra "fazer mal" fez a jovem pensar que ele, de fato, tinha feito mal a várias pessoas.

E, de repente, lhe veio à mente a ideia de que também iria fazer mal a ela, caso permanecesse ali. Aquela história era o sinal de alerta mais gritante da história e, mesmo assim, Holland, quando deu por si, estava se sentindo menos inclinada a ir embora. Se Adam estava dizendo a verdade, então não era seu inimigo – o irmão dele era.

– Foi aí que vocês dois brigaram? – perguntou.

– Não. Mason ficou feliz de ter o nome do demônio só para si. E, como eu não tinha nem um pingo da magia de nosso pai, não era uma ameaça. Não até tentar roubar as habilidades de Mason.

– O que foi que aconteceu, então?

– Não foi nada bom. – Os olhos de Adam dispararam pelo quarto de hotel, verificando para se certificar de que ainda estavam a sós. – Você deve ter percebido, em sua pesquisa, que ninguém fez pactos com o demônio recentemente.

Na verdade, Holland não se dera conta disso. Estava tão obcecada com o passado que não tinha prestado atenção ao presente. Mas Adam tinha razão. A jovem não conseguia pensar em nenhuma morte de celebridade recente que ela tivesse atribuído ao demônio. E, mesmo tendo ido ao Roosevelt tantas vezes, nunca viu o irmão dele lá, a não ser na noite anterior.

– Meu irmão ainda possui suas habilidades. Mas não consegue usá-las… por ora.

– Por que ele não consegue usá-las agora?

– É quase impossível roubar uma habilidade de alguém. O melhor que eu pude fazer foi algo para bloquear as habilidades dele. Mas tudo isso vai mudar se ele conseguir pôr as mãos no Coração Alquímico.

– Você acha que ele está procurando?

– Sim. Mesmo antes de eu impossibilitar Mason de empregar suas habilidades, ele queria o Coração Alquímico. Sempre quis. Por que acha que tantas pessoas que fizeram pacto com Mason não conseguiam pagá-lo?

– Por acaso você está dizendo que a única maneira de pagar os favores de seu irmão era entregar o Coração Alquímico para ele?

– Para muita gente, sim – respondeu Adam, pesaroso.

– Mas isso é impossível – Holland estava passando mal. E aí se lembrou do pai e do fato de o Homem das Horas ter lhe dito que a única maneira de Ben continuar vivendo era dar o Coração Alquímico para um dos demônios. Mas, no mesmo instante em que pensou isso, Holland não conseguiu imaginar o pai fazendo um trato tão tolo.

– Por acaso você e seu irmão fizeram um pacto com meus pais? – perguntou Holland.

– Não – respondeu Adam, imediatamente. – Nunca fiz um pacto com seus pais.

– E o seu irmão?

Adam franziu o cenho.

– Isso foi um sim ou um não?

– Não sei – respondeu ele, baixinho. – Mesmo antes de nosso relacionamento terminar, meu irmão fazia muita coisa que eu não tomava conhecimento.

– Então pode ter feito – concluiu Holland. – Ele pode ter sido o verdadeiro motivo para meus pais terem morrido.

– Não consigo entender por que você iria querer acreditar nisso, mas estava falando sério ontem. Se sobreviver ao dia de hoje, ir atrás da resposta para essa pergunta só vai fazê-la morrer amanhã. Meu irmão pode até não ter acesso a todas as suas habilidades, mas continua sendo incrivelmente perigoso.

Holland fez uma careta. Não existia um universo onde não iria continuar caçando essa resposta, mas ficou claro que Adam não iria ajudá-la.

– Por acaso minha irmã sabe disso tudo?

– Eu não costumo contar essa história para qualquer um com quem saio para beber. – Adam tornou a olhar para as próprias mãos e ofereceu a pasta de volta para Holland, como uma oferta de paz. – Se quiser sair correndo agora, não vou te recriminar.

A jovem chegou a pensar em fazer isso. Dar as costas para ele significava não ter mais que se preocupar se ia ou não confiar em alguém. Mas também significava que estaria sozinha. Holland não queria fazer aquilo sozinha e, se conseguisse encontrar o Coração Alquímico, também poderia ajudar Adam a deter o irmão de uma vez por todas. E gostava muito desta ideia.

A lembrança de ter visto Mason no Roosevelt veio à tona em sua mente, como também o fato de ele a ter reconhecido visivelmente. E, de repente, Holland ficou pensando se sabia o porquê.

– Eu estava saindo com um cara – contou. – Ontem à noite, ele foi assassinado, e descobri que ele só estava saindo comigo porque foi contratado para levantar informações sobre mim e sobre a minha família. Encontrei uma pasta preta e dourada no apartamento dele, com instruções detalhadas de como se aproximar de mim.

Adam passou a mão no maxilar lentamente.

– Parece coisa do meu irmão. Dourado e preto sempre estiveram presentes nos cartões de visita de Mason. E ele não tem problema nenhum em matar pessoas.

– Ainda tenho uma pergunta – declarou Holland.

– Só uma?

– Eu faria mais. Mas, como você mesmo disse, estamos em contagem regressiva. Quantos anos você tem?

Isso lhe rendeu um sorriso surpreso.

– É isso que você quer saber?

– As contas da sua história não estão batendo. Das duas, uma: ou você está bem demais para a idade que tem, ou faz muito tempo que não envelhece.

O sorriso de Adam ficou mais largo.

– Você acha que estou bem demais?

Holland resistiu ao ímpeto súbito de socá-lo.

– Você sabe que sim.

Ele ficou sorrindo por mais um segundo antes de adotar uma expressão séria.

– Por que não voltamos ao assunto de preservar sua vida? – Nessa hora, Adam tentou pegar a aba da pasta de Holland.

Capítulo trinta e seis

— Eu não deveria te mostrar o que tem aí dentro – disse Holland.

– Então, provavelmente, você não deveria me deixar abrir – disse Adam.

Mas ela não o deteve.

Ele tinha acabado de confessar que, em outra época da vida, tinha sido o demônio. Só que não era mais o demônio. Era o sócio da irmã, e January confiava nele. Holland também poderia confiar. E queria muito abrir o envelope que o Homem das Horas havia lhe dado. Não fazia ideia de quantas pistas o pai tinha escondido e não queria mais perder tempo.

O quarto de hotel chique em que os dois estavam no momento dava a impressão de estar ocupado, a julgar pelas malas abertas e pelos produtos de higiene espalhados na cama desfeita e no sofá. Ela imaginou que os hóspedes deveriam ter ido almoçar, mas poderiam voltar a qualquer momento.

– Tem um envelope. Você deveria abri-lo primeiro, e logo.

Adam tirou o envelope da pasta.

– O que é isso?

– Não sei. O Homem das Horas me deu enquanto você estava desmaiado.

– Eu sabia que aquele escroto tinha me apagado. – Adam sentiu o peso do envelope na mão, fez quase a mesma coisa que Holland tinha feito, e o entregou em seguida. – Se entregaram para você, é você que deveria abrir.

Não precisou dizer duas vezes. A jovem desenrolou o cordão que fechava o envelope. Havia papéis lá dentro. Menos folhas do que no cofre, mas Holland as reconheceu imediatamente.

EXTERNA. PÁTIO DO HOTEL. DIA.

Pássaros tropicais olham para baixo, Red e o Homem das Horas estão sentados em um pátio que passa a sensação de ser Palm Springs nos anos 1960. Cadeiras brancas de ferro batido, guarda-sóis com listras azuis-esverdeadas, grama bem aparada nas frestas entre os quadrados de concreto branco e, é claro, flamingos de plástico.

Red e o Homem das Horas estão jogando palavras--cruzadas. As peças são brancas e azuis-esverdeadas, nos tons da decoração. Para Red, só restam quatro peças: APMJ.

HOMEM DAS HORAS

Sua vez.

A contragosto, Red baixa o A, formando as palavras "vá" e "lá".

HOMEM DAS HORAS

Tenho a sensação de que não está se esforçando muito, sr. Westcott.

RED WESTCOTT

Não vim aqui para jogar.

HOMEM DAS HORAS

E a vida, por acaso, não é um jogo? Todo mundo que conhecemos é um oponente, um aliado ou, às vezes, uma pista.

O Homem das Horas posiciona peças no tabuleiro, formando a palavra "inverter".

RED WESTCOTT

O que você é?

HOMEM DAS HORAS

Acho que fiz 68 pontos, com os pontos em dobro do V.

RED WESTCOTT
Você sabe que não foi isso que eu perguntei.

HOMEM DAS HORAS
Mas talvez eu tenha respondido mesmo assim. Sua vez de novo, sr. Westcott. Só tem mais uma chance de vencer.

Certifique-se de que está indo na direção certa antes de abrir um buraco.

– Pensei que este roteiro nem existia. – Adam continuou olhando fixamente para as páginas. Com os olhos arregalados e brilhando, com uma empolgação quase infantil. Ele era mesmo fã do pai de Holland. – Sabe… – Ele tirou os olhos do roteiro, como se tivesse acabado de se lembrar de com quem estava falando. – Espere aí… você não me parece surpresa.

– Não foram essas as páginas que recebi. – Holland enfiou a mão na pasta e tirou dela o restante do roteiro.

Imediatamente, Adam ficou hipnotizado de novo. Quando chegou à terceira página, disse:

– Era por isso que queria ver o Homem das Horas hoje? Era ele a fonte confiável de que estava falando?

– Quando eu era pequena, meu pai vivia criando umas caças ao tesouro. Assim que eu vi essas páginas, tive certeza de que ele tinha feito isso de novo.

– Seu pai era um gênio – declarou Adam, com deferência. – Você acha que essas novas páginas vão revelar qual é o próximo lugar em que devemos olhar?

– Acho.

Adam pegou o outro conjunto de páginas e dispôs os papéis em cima do sofá, depois de atirar no chão as roupas que tinham sido deixadas ali.

– Acho que aquela última linha escrita a lápis quer dar a entender que precisamos cavar ou algo assim. Talvez a gente devesse voltar para a parte dos chalés e verificar se seu pai não enterrou alguma coisa ali.

– Normalmente, as pistas que meu pai deixava costumam ter várias partes – contou Holland. – Se eu estivesse prestando mais atenção ao primeiro conjunto de páginas, provavelmente teria descoberto por conta própria que encontraria o Homem das Horas neste hotel. – A jovem apontou para o roteiro, na parte em que as instruções de cena mencionavam que uma música de Frank Sinatra tocava logo depois de Red perguntar onde poderia encontrar o Homem das Horas.

– Acho que essa foi um pouco forçada – comentou Adam.

– Não se eu combinar com a primeira pista. – Holland apontou para a segunda página. – O nome da equipe de boliche de Alma é Hollybells, meu apelido de infância. O nome está bordado em camisas com uma combinação de verde e rosa, e todo mundo sabe que essas cores são a marca registrada do Beverly Hills Hotel.

– O que você acha que essas páginas novas estão dizendo, então? – questionou Adam.

– Acho que a próxima pista tem a ver com o que eles estão jogando. Olhe só as peças de Red. – Holland apontou mais uma vez para a página. – Aqui diz que ele tinha quatro peças. Joga uma, formando as palavras "vá" e "lá", e sobra PMJ. Em seguida, logo depois de falar a palavra "pista", o Homem das Horas monta a palavra "inverter" no tabuleiro.

Um olhar perplexo vindo de Adam.

– Se você "inverter" as letras PMJ, vira JMP. Vá lá na JMP.

– Tipo o estúdio de filmagem?

– Não qualquer estúdio de filmagem – respondeu Holland. – Jericho Monroe Produções é o estúdio com o qual meu pai trabalhava. Acho que é para lá que a gente deve ir. Se meu pai enterrou alguma coisa, aposto que foi lá.

A Jericho Monroe Produções era o lugar perfeito para esconder alguma coisa. O estúdio era tão grande que tinha até o próprio código de endereçamento postal. Também contava com corpo de bombeiros, consultórios médicos e um ginásio que incluía uma quadra de basquete oficial, quadra de tênis e quadra de *pickleball*, uma mistura de tênis com pingue-pongue.

– Minha amiga Cat é assistente da direção do Departamento de Narrativa. Ontem mesmo, falou para eu ligar caso quisesse uma fantasia para a festa de hoje à noite.

– Que festa? – Adam parecia estar levemente ofendido por não ter sido convidado.

– O Baile Assombrado de Halloween do Hollywood Roosevelt. Meus amigos e eu vamos todos os anos. Se disser para Cat que queremos fantasias, ela vai dar um jeito de a gente entrar no estúdio. Só não sei onde procurar depois que…

Holland parou de falar porque a porta do quarto de hotel começou a se abrir.

Capítulo trinta e sete

– Que droga é essa?

– Saiam já do nosso quarto! – Em questão de segundos, uma trilha sonora de gritos raivosos de turistas tomou conta da linda suíte.

Holland começou a entrar em pânico.

Adam se virou para ela com um sorriso nos lábios.

– Não se preocupe, Olho-Vivo. Não vai ser assim que vão nos pegar. – Sem dizer mais nenhuma palavra, ele atravessou o quarto de hotel com passos confiantes. – Acho que houve um engano. – E falou mais baixo depois disso.

A jovem não conseguiu ouvir o que ele disse e tampouco viu – estava ocupada recolhendo as páginas do roteiro do pai – mas, em questão de segundos, o casal tinha parado de gritar e estava dando risada.

– Mil desculpas – disse a mulher.

– Podemos pagar um jantar para vocês dois? – perguntou o homem.

– Ah, por favor, sim! Adoraríamos levá-los para jantar. – E depois passaram um minuto inteiro tagarelando a respeito do Polo Lounge, o bar do Beverly Hills Hotel. – É o tipo de comida que dá vontade de tirar fotos.

A essa altura, Holland já tinha conseguido recolher todas as páginas. Só precisava da pasta e de Adam – que estava fazendo o casal rir de novo, possivelmente por causa da comida que dá vontade de tirar fotos. A jovem tentou não se irritar. Seja lá o que ele tenha feito, tinha salvado a pele dos dois. Só não sabia ao certo como fizera isso.

Pedindo desculpas outra vez, o homem apertou a mão de Adam. Em seguida, a mulher o abraçou. Aquilo seriam lágrimas de verdade nos olhos dela? Um segundo depois, os dois já tinham ido embora, e Adam estava com uma expressão de imensa satisfação consigo mesmo.

– O que você acabou de fazer? – perguntou Holland.

Adam deu de ombros.

– É o meu charme.

Holland estreitou os olhos.

– Você não é tão charmoso assim.

– Olha só quem fala, justo a mocinha que acabou de revelar todos os seus segredos para mim. – Ele encostou o ombro na porta, para mantê-la aberta.

Holland sentiu um calor subir pelo pescoço.

– Não foi por isso que revelei todos os meus segredos – retrucou.

Mas, olhando para ele, parado ali, sob a luz dourada vespertina, encostado na porta de um jeito que, sabe-se lá como, o fazia parecer ainda mais alto, temia que o charme pudesse ter sido um motivo, *minúsculo*.

– Precisamos ir embora – disse ela, de um jeito brusco, já se dirigindo ao corredor. – Você deveria saber que te contei sobre o roteiro porque não conheço muito bem esse mundo mágico e… – Holland parou de falar de repente, porque se deu conta do que tinha acabado de acontecer com aquele casal. – Sei o que você fez. Magia. Você usou magia naquelas pobres pessoas.

Ele não disse que a jovem estava enganada, mas também não parecia mais tão satisfeito enquanto os dois percorriam o corredor. Gabe tinha pegado no pé de Holland por ela ter empregado a palavra "magia". Mas, pelo jeito, Adam não via nenhum problema nisso, possivelmente porque sua família a possuía. Não tinha nada a provar para ninguém. A não ser…

– Espere aí… – Holland ficou de frente para ele. – Você falou que não possuía magia nenhuma.

– Não – respondeu Adam. – Eu falei que meu irmão ficou com toda a magia do nosso pai.

– Mas você *tem* uma habilidade? – perguntou Holland. Tinha visto como as pessoas o tratavam. E, se é que tinha aprendido alguma coisa a respeito daquele mundo, é que habilidades são tudo.

– Posso usar minha habilidade porque fiz um empréstimo no Banco. – Algo que parecia vergonha tingiu as bochechas de Adam. Mas Holland só registrou essa reação por um segundo.

Estavam se aproximando da saída grandiosa do Beverly Hills Hotel e, logo do outro lado do vidro, a jovem avistou um par de chapéus de caubói.

– Ah, não – declarou, com um suspiro.

– Que foi?

– Pode não ser nada. Olhe ali adiante – sussurrou Holland. – Umas duas pessoas fantasiadas de caubói.

Adam olhou para ela com ar de indagação.

– Acho que são do Banco – explicou a jovem. – Você reconhece?

– Não, mas não costumo trabalhar naquela agência. – Adam diminuiu o passo e passou o braço no ombro de Holland, puxando-a mais para perto. Seu corpo estava quente e era muito firme. A jovem recordou da primeira vez que vira os braços dele, achou que ele fazia academia, mas não em excesso. Mas, agora, que estava assim tão perto, de repente julgou que tinha se enganado.

– O que você está fazendo? – sussurrou ela.

Adam acariciava o braço de Holland bem devagar, fazendo pequenas faíscas percorrerem a pele da jovem.

– Todo mundo vai olhar para a gente se sairmos correndo, mas ninguém quer olhar para um casal demonstrando carinho em público. – Ele então se abaixou e deu um beijo, bem devagar, no alto da cabeça dela, depois mais um no rosto.

Os dois deram mais alguns passos. Estavam quase chegando às portas de vidro.

O coração de Holland batia acelerado, e os lábios de Adam estavam baixando.

– Relaxe – sussurrou ele.

E, então, a beijou. Holland esperava que o beijo fosse curto e carinhoso. Mas, desta vez, Adam se demorou. Provocou, lambeu, segurou o lábio dela entre os dentes e provocou um pouco mais. A jovem sentiu uma ardência na pele, de tanto calor, quando retribuiu o beijo. Ele tinha dito que ninguém iria querer olhar para os dois, mas a sensação era de que aquele era o tipo de beijo do qual não dá para desviar o olhar.

Sem dúvida, a sensação era do tipo de beijo do qual ela não queria se desvencilhar. Mesmo em plena luz do dia, na frente de um hotel movimentado, tinha gente olhando, fixamente. Adam deu uma mordida, meio forte, quase machucou o lábio inferior de Holland, e então parou de beijá-la.

– Preciso que você faça o que eu fizer.

E a beijou de novo. Em seguida, tirou o braço do ombro dela, pegou na sua mão e a levou até o carro que o manobrista estava estacionando.

– Este carro não é nosso – disse Holland.

– Está prestes a ser.

Adam foi para o lado do motorista. Holland teve vontade de virar para trás, para ver se as pessoas de chapéu de caubói estavam olhando, mas não conseguia tirar os olhos dele. Pelo jeito, nunca conseguia tirar os olhos dele. E talvez o que realmente quisesse ver era se Adam tinha sido tão afetado por aquele beijo quanto ela.

Sentiu uma pontada de culpa ao pensar que tinha beijado Gabe havia poucas horas. Tecnicamente, foi ele quem a beijou. E permitir que Gabe a beijasse tinha sido um erro terrível. Holland não tinha nada que se sentir culpada a respeito disso. Mas todas as suas emoções estavam tão à flor da pele que não precisava muito para atiçá-las.

Enquanto ficou parada ali, observando, a sensação era de que o ar estava mais quente, de que toda aquela cena parecia um pouco lavada. Adam sorriu para ela do outro lado do carro e aí, de uma hora para outra, não era mais Adam, era Gabe Cabral.

Holland sentiu um aperto no peito, de pânico, ficou tonta e…

Ping.

Ping.

Ping.

– Não! – A jovem limpou o sangue do nariz, as pontas dos dedos ficaram sujas de vermelho. Tinha voltado a acontecer. Estava vendo coisas que, na verdade, não existiam. Será que foi só porque tinha acabado de pensar em Gabe?

Sabia que o sujeito não estava de fato roubando aquele carro. Adam é que estava. Mas não conseguia mais enxergá-lo, apenas Gabe. Com uma roupa mais casual do que da última vez que o vira, de calça jeans preta e camisa preta.

– Está na hora de entrar no carro, gata – falou, com um tom afetuoso.

Holland teve vontade de correr, mas suas pernas não se mexiam, ela simplesmente sentiu o próprio corpo entrar no carro roubado.

O assento de couro debaixo dela estava quente. Esticou os dedos para ligar o ar-condicionado, enquanto Gabe mexia no rádio.

– Odeio essa música – resmungou ele. Mas a próxima estação também estava tocando a mesma música. Gabe trocou de novo, mas a mesma música estava por todo lado.

– Que diabos…

Gabe desligou o rádio, mas a mesma canção maldita continuou a sair pelos alto-falantes.

Holland tentou se recordar, desesperada, como tinha feito para conter aquelas visões. Fechou os olhos. Sacudiu a cabeça. Mas, simplesmente, a música tocava sem parar.

– Pare com essa música. Pare com essa música…

– Estou tentando – disse Adam.

A jovem reconheceu a voz dele com um imenso alívio. Abriu os olhos. Bancos de couro quentes, ar-condicionado fraco, a mesma música tocando no rádio.

Adam estava com uma expressão preocupada e lhe deu o lenço. Um pensamento fugaz lhe ocorreu, de que os lenços que ele usava faziam sentido, agora que sabia que ele não envelhecia. Deu uma risadinha, uma risadinha daquelas que, às vezes, as pessoas dão quando essa é a reação menos apropriada à circunstância.

– Quer me contar o que está acontecendo? – perguntou Adam.

Holland terminou de estancar o sangue com o pano e olhou pela janela para ver se já tinham saído das instalações do Beverly Hills Hotel. Estavam a caminho da JMP.

A jovem trocou de estação. Estava tocando a mesma música. Trocou de novo. Mesma música de novo. Igualzinho ao que tinha acontecido em sua visão.

– Acho que o rádio está com defeito – comentou Adam.

– Você trocou de estação antes? – perguntou Holland – Quando eu desmaiei?

– Eu não estava pensando muito no rádio.

Mas Holland ainda estava pensando no rádio com defeito. O aparelho a fez achar que, de alguma maneira, aquelas visões poderiam ser visões do futuro, mas isso não fazia sentido, porque teria visto Adam, não Gabe. Agora que sua onda de tristeza inicial tinha passado, pensar nele lhe causava uma sensação crescente de pavor, e era por isso que estava tentando não pensar nele, com todas as forças.

– Por acaso no seu mundo sangramentos no nariz são sinal de alguma coisa?

– Não que eu saiba.

Holland tentou se lembrar de todas as vezes que seu nariz tinha sangrado, na sala de Adam, no Roosevelt, na casa da praia e... seus pensamentos foram interrompidos quando olhou para baixo e viu com que roupa estava. Ainda usava o vestido da irmã, mas, em vez de salto alto, estava com um estiloso par de tênis brancos.

Encostou neles, pensando que, talvez, os sapatos da irmã fossem mágicos, como a chave do hotel. Mas não houve nenhuma descarga de eletricidade, nenhum silêncio repentino. Eram tênis comuns, e ela não fazia ideia de onde tinha conseguido aquilo.

– Quando foi que troquei de calçado?

Adam olhou para ela, intrigado.

– Antes de sairmos do Beverly Hills Hotel, caso a gente precisasse correr. Você pegou esses tênis emprestados naquele quarto.

Holland tinha quase certeza de que pegar alguma coisa de alguém sem permissão era, na verdade, roubar, mas estava bem menos preocupada com seu pequeno delito do que com o fato de não ter nenhuma lembrança de tê-lo cometido.

A mesma música que tocava sem parar voltou a tocar no rádio até que, enfim, Adam o desligou.

– Odeio essa música.

A jovem ficou com uma sensação de *déjà vu*. Mas aí se lembrou de que Gabe dissera exatamente aquilo. Alguma coisa estava acontecendo, alguma coisa que começava a deixá-la apavorada: primeiro, as visões e o sangue e, agora, suas lembranças estavam desaparecendo.

Ela estava começando a ficar com medo do que mais poderia perder antes que aquele dia chegasse ao fim.

Capítulo trinta e oito

A primeira coisa que Holland viu foi a emblemática torre da caixa d'água. Alta e prateada, sobressaía-se em contraste com o azul do céu e, pintada nela, com letras maiúsculas também emblemáticas, a sigla JMP.

Jericho Monroe Produções.

A primeira vez que Holland entrara ali, tinha 5 anos. Ela e a irmã foram com o pai em um dia que o estúdio liberava a presença de crianças, o Dia de Levar os Filhos no Trabalho! Tudo o que ela mais queria era ver a princesa Papoula e seu pônei de estimação, Pistache. Até trouxe uma varinha de arco-íris igualzinha à que Papoula usava no programa. January queria ver o cachorro, Brilhos. Tinha trazido uma caixa de petiscos caninos e uma coleira com guia. Pretendia usá-los para convencer o cachorro a entrar na coleira e depois levá-lo para casa.

Todo mundo achou que as duas meninas eram muito preciosas por terem tanta esperança, tantos sonhos, acreditando em personagens da ficção. Até hoje, que Holland era completamente adulta, ainda sentia dificuldade em não acreditar, só um pouquinho.

O estúdio de filmagem continha um tipo de magia diferente da magia do Regal, nem por isso deixava de ser magia. E o que é a magia se não algo que faz as pessoas acreditarem, sentirem e ficarem maravilhadas?

Holland não sabia se estava apavorada ou empolgada ou se aquele zumbido todo dentro de sua cabeça era alguma outra emoção impossível de identificar.

Adam parou o carro ao lado da guarita do segurança, e o guardinha saiu. Usava uma roupa igualzinha ao personagem do pai de *Meu vizinho da casa ao lado*, um clássico programa de TV da JMP.

– Feliz Halloween – cumprimentou Adam. – Viemos falar com nossa amiga que trabalha no Departamento de Narrativa.

– Nome? – perguntou o guarda.

– Charlotte Davis – informou Holland.

– Não sei se ela teve tempo de avisar, mas pode confirmar ligando para a sala dela. – Adam falou com um jeito malandro e confiante, que não deixou nenhum espaço para discussão. A jovem ficou em dúvida se o ele estava usando magia ou se era assim mesmo.

Lembrou-se da primeira vez que o viu, de como tinha sido fácil cair nos encantos dele. E, depois, de como Adam tinha ficado perplexo quando percebeu que esses encantos tinham perdido o efeito. Não era magia, concluiu ela.

Ainda assim, o segurança ligou para o ramal sem discutir e, em seguida, fez sinal para os dois passarem pelo portão, dizendo, com um tom simpático:

– Podem parar no estacionamento à direita. É reservado para funcionários, mas hoje não está tão cheio assim. A srta. Davis vai sair e encontrar vocês lá.

– Valeu, cara – disse Adam.

E, simples assim, os dois entraram.

Holland checou que horas eram no relógio de pulso, enquanto saía do carro. Era mais tarde do que imaginava. 3h33. O sol brilhava como se aquela fosse sua última oportunidade de brilhar, sem conter nenhum de seus raios nem de seu calor. Ela conseguia sentir o cheiro do asfalto derretendo.

Ao que tudo indicava, o estúdio não tinha mudado muito nos últimos anos. A jovem foi se dirigindo à antiga vaga de estacionamento do pai, que agora pertencia à diretora Vic VanVleet. Agora era o carro de Vic que ficava estacionado ali, um carro elétrico com cintilância de madrepérola e placa fantasia, escrito VX3 – o nome da sua produtora.

– Então, por onde começamos a procurar? – perguntou Adam.

– Na antiga cabana do meu pai. Número 17.

Adam fez uma expressão de quem não botava muita fé.

– Você acha que ainda pode ter alguma pista lá, depois de tanto tempo?

– Meu pai ainda não nos decepcionou.

– E aí, pessoal? – Cat pisou no estacionamento, sacudindo uma espada que tinha uma pedra em forma de coração no cabo. Estava fantasiada de Isabella Rose, de uma das séries de TV mais populares da JMP, *Faca e Cruz*. Que, por acaso, também era a série de vampiros preferida de Holland. E, sim, quando a jovem ficava especialmente estressada, ainda escrevia *fan fiction* dessa série, às vezes.

Na série, Isabella – a humana pela qual um dos vampiros mais mortíferos do mundo se interessava, era uma caçadora de vampiros que tinha mudado de corpo acidentalmente –, sempre usava vestidos que não eram apropriados para a época, mas eram absolutamente deslumbrantes, como o que Cat usava agora. Era todo de alcinhas de renda preta elegantes e camadas de tule rosa-claro que caíam, formando uma saia rodada gloriosa.

– Adorei a fantasia – comentou Holland.

– Obrigada! Eu estava tão empolgada de poder usá-la e estou tão empolgada por você estar aqui! – Cat deu um abraço apertado na amiga antes de se virar para Adam. – Você deve ser o acompanhante de Holland. Ouvi falar muito de você!

Cat achou que Adam era Jake, e Holland não quis corrigi-la. Ainda bem que a amiga só conhecia Jake como Clark Kent – Holland nunca revelava os nomes verdadeiros dos caras com quem saía. Era parecido demais com gravar o número de alguém no celular antes da hora.

Ainda bem que, nesse caso, isso permitiu que apresentasse Adam pelo nome verdadeiro.

– É um grande prazer conhecê-la – disse Adam. – Obrigado por ter nos colocado para dentro.

– Às ordens – disse Cat. – Se um dia quiser voltar para fazer o *tour*, é só falar que eu sou sua namorada. Quer dizer, não que eu seja. Holland é, visivelmente, mas sou amiga dela, então agora também sou sua amiga, tipo! – Cat falava de um jeito atrapalhado, e ela nunca ficava atrapalhada.

Quando Adam se virou para olhar um dos trenzinhos que passavam levando um grupo de turistas, Cat falou para Holland, sem emitir som: "Ele é tão gato!"

Holland tentou não sorrir, porque sabia que seria um sorriso verdadeiro. Mas a jovem e o ele estavam apenas fingindo. E ele nem estava mais fingindo muito. Depois que os dois se beijaram no Beverly Hills Hotel, na verdade, dava a impressão de fazer um esforço consciente para não encostar em Holland.

– Ah, quase me esqueci de te falar – acrescentou Cat, bem alto. – Chance também está aqui.

Holland sentiu um súbito nó no estômago. Não podia dar de cara com Chance naquele momento, ainda mais depois do que acontecera na noite anterior. Se ele a visse, a jovem não teria como explicar aquela situação e, talvez, o amigo jamais a perdoasse.

– O que ele veio fazer aqui? – perguntou.

– Veio falar com Vic VanVleet. – Cat fez um pequeno movimento circular no ar com a espada falsa, porque Isabella Rose não era apenas extraordinariamente estilosa, mas também mandava muito bem com as armas. – Acho que Vic quer fazer outro filme estrelado por ele.

– Que maravilha para Chance – comentou Holland. E era uma maravilha para ela também, porque era muito pouco provável que fosse dar de cara com o amigo.

– Não fala para ele que eu contei – disse Cat. – Tenho certeza de que Chance quer te contar pessoalmente hoje à noite, na festa.

– Não se preocupe – garantiu Holland. – Não vou nem comentar que a gente esteve aqui.

Cat lhe deu um sorriso grato e começou a andar pelo estacionamento, na frente dos dois.

– Normalmente, eu diria que dá para ir andando até lá, mas esse calor está absurdo, e é uma pernada até o Departamento de Figurino. Então, estava pensando que a gente podia pegar um carrinho de golfe emprestado.

– Na verdade – disse Holland –, pensei que Adam e eu poderíamos dar uma passada nas cabanas antes. A gente estava torcendo para conseguir dar uma olhada na cabana do Ben Tierney.

Cat ficou imediatamente constrangida.

– Acho que não é uma boa ideia.

– Só queremos tirar uma foto rápida. Estudo cinema – mentiu Adam, na cara dura. – E é por causa de Benjamin Tierney. Quero muito ver onde ele trabalhava.

Cat ficou mordendo o lábio inferior.

– Por favor. – Adam encostou no braço dela.

Cat ficou olhando para ele de olhos arregalados. Só de ter encostado nela deve ter deixado a jovem fora de si. Se antes já parecia atrapalhada, agora parecia deslumbrada. Sacudiu a cabeça. Parte do deslumbramento se dissipou de seus olhos, mas, por um segundo, Cat ficou com uma expressão meio perdida.

– Do que estávamos falando mesmo?

– Você recebeu uma ligação do seu chefe – respondeu Adam. – Como precisa voltar para sua sala, Holland e eu só estávamos falando que encontramos você no Departamento de Figurino.

– É, certo, boa ideia. – Cat apontou a espada para o lado direito da torre da caixa d'água. – Vejo vocês daqui a pouco – falou, mas foi sem o entusiasmo que era sua marca registrada. Sua voz estava com um tom longínquo.

E agora Holland chegava à apavorante conclusão de que sabia exatamente como funcionava a magia de Adam. Não era uma versão ampliada do charme, como ela pensava. Se sua hipótese estivesse correta, Adam Bishop tinha o poder de apagar lembranças e escrever outras completamente novas, com um simples toque de seus dedos.

Capítulo trinta e nove

Parecia que Adam não tinha feito nada de errado. Parecia que não tinha feito absolutamente nada. O que talvez fosse o mais assustador.

– O que foi que você fez com a minha amiga? – indagou Holland. – Por acaso acabou de usar sua habilidade nela?

Ele enfiou as mãos nos bolsos. Não negou, ou seja: a resposta era "sim".

– Você não precisava ter feito isso.

– Precisava, sim – respondeu Adam, ríspido.

– Cat não faz parte do seu mundo. Não quero que ela saia ferida por causa de nada disso.

Adam ficou mexendo o maxilar. Holland se deu conta de que, até aquele momento, nunca o vira bravo, nem mesmo no escritório da Professora-Doutora, pouco antes de Gabe atirar nele.

– Você não se importou quando fiz isso com aquele casal lá no hotel.

A jovem sentiu vontade de dizer que não sabia que o cara estava usando suas habilidades naquele momento, apesar de saber. Apenas ainda não sabia qual era a habilidade de Adam. Não ligava para o fato de ele ter usado magia, só não gostava que sua magia fosse *aquela*.

– Você já fez isso comigo alguma vez? Já apagou alguma de nossas conversas?

Adam caiu na gargalhada.

– Se eu tivesse usado minha habilidade em você, você não estaria me fazendo essa pergunta. E não teria deixado seu amigo Gabe atirar em mim.

Holland sentiu mais uma pontada de culpa, mas não conseguia se esquecer completamente daquilo. Ainda mais que andava acontecendo tanta coisa de errado com suas lembranças.

– E essa resposta ainda não é um "não".

Adam soltou um suspiro.

– Todo mundo pode dizer "não", Holland; eu só te falei porque você deveria acreditar no meu "não". – Ele a encarou, e a jovem notou uma réstia de mágoa. – Nunca apaguei suas lembranças nem plantei lembranças novas em você. No meu mundo, a gente é obrigado a ter uma habilidade, mas não gosto muito de usar a minha, a menos que seja necessário. E... prefiro muito mais me virar com meu charme. – Dito isso, seus lábios esboçaram aquele sorrisinho tão conhecido. Mas a jovem não pôde deixar de perceber que ele continuou com as mãos nos bolsos.

E lá suas mãos permaneceram enquanto os dois percorriam, em silêncio, a trilha de paralelepípedos que levava às cabanas.

Tudo na JMP era absolutamente perfeito e, apesar de estar com todos aqueles medos e com os nervos à flor da pele, Holland sucumbiu ao feitiço do estúdio. Todas as construções eram da Era de Ouro de Hollywood, quando as pessoas ainda se arrumavam todas para ir ao cinema, e os filmes mais comoventes tinham menos de uma hora e meia de duração.

Havia pôsteres de filmes espalhados por todos os lados. Murais enormes cobriam as paredes exteriores das construções, tão grandes que dava para avistar de certas vias expressas. Holland viu um pôster escrito "*Faca e Cruz* – Temporada 7 em breve!". No pôster, os personagens que davam nome à série de TV estavam de frente um para o outro, com um fogo ardendo em chamas atrás.

E, é claro, tinha todos aqueles pôsteres emoldurados de filmes clássicos, pendurados nas heras que cobriam a maioria dos prédios.

Holland olhou disfarçadamente para Adam. Os pôsteres de filme que tinha visto na cobertura dele levaram a jovem a acreditar que ele era cinéfilo, mas Adam não dava a impressão de estar tão encantado quanto ela. Como ainda estava com as mãos nos bolsos, talvez estivesse constrangido, é claro.

– Sabia que, na metade dos anos 1990, um executivo do estúdio queria que a JMP ficasse parecida com aqueles *campi* universitários tradicionais do norte do país, tipo Harvard, e mandou plantar todas essas heras? – comentou Holland.

Adam negou com a cabeça, bem na hora em que um esquilo saiu do meio das tais heras e passou correndo pela trilha, trazendo à tona outra história na mente da jovem.

– Também me contaram que, supostamente, outro estúdio, do qual não vou citar o nome, teria treinado todos os esquilos para virem pedir comida para os visitantes.

Esta história lhe rendeu um sorriso e a incitou a continuar contando:

– Infelizmente, os esquilos daqui não são tão amigáveis – prosseguiu. – E, supostamente, tem um reino inteiro de gatos-do-mato que sai para caçar à noite. Os jardineiros deixam comida para eles porque afugentam os ratos e as ratazanas.

– Como é que você sabe de tudo isso?

– Cat me contou.

Holland estava sempre perguntando coisas sobre o trabalho para a amiga. Ben Tierney não aparecia muito nas histórias de Cat. Mas, sempre que isso acontecia, Holland tinha a sensação de que uma parte do pai ainda estava viva em algum lugar.

Os dois chegaram à cabana 17.

Tudo cheirava a laranja e, por um segundo, Holland voltou a ter 5 anos de idade, quando o pai deixou que ela e January colhessem laranjas em um pequeno arvoredo.

O arvoredo ainda estava ali, só não era menor. As árvores na frente da cabana tinham amadurecido, assim como Holland. Estavam frondosas, nodosas e lindas e, na frente delas, tinha uma placa desbotada, pintada à mão:

Laranjas grátis
Ass.: Fazendeiro Ben

A falta que sentiu do pai naquele momento foi tanta que chegou a doer. Holland queria pegar uma das laranjas e guardar para sempre, mesmo sabendo que elas não duram para sempre.

E já ia pegar uma quando reparou no nome da produtora escrito na cabana: VX3.

Holland baixou a mão, aproximou-se e olhou pela janela.

Aquela cabana agora pertencia a Vic VanVleet, e ela estava lá dentro, conversando com Chance Garcia.

Capítulo quarenta

— O que você quer fazer? – perguntou Adam, baixinho.

Holland olhou para o relógio. 15h57.

– Acho que não temos muitas opções – respondeu ela. Os dois poderiam esperar e perder mais tempo ou poderiam entrar.

A jovem teve uma visão súbita de sua amizade com Chance pegando fogo, Vic VanVleet chamando capangas para expulsá-los do estúdio. Ela duvidava que Vic de fato tivesse capangas. Mas, quando se lembrou da reação de Cat quando comentou que queria visitar aquela cabana, a ideia não lhe pareceu tão descabida assim.

– Talvez a gente possa esperar só alguns… – Holland deixou a frase no ar, porque viu Chance levantar e apertar a mão de Vic VanVleet.

E, de repente, teve uma terceira péssima ideia. Mas lhe pareceu um pouco menos péssima do que as duas anteriores.

– Venha – sussurrou. E então arrastou Adam para a lateral do prédio.

Chance virou no canto, com um andar meio saltitante.

As palmas das mãos de Holland estavam suando, e a voz saiu um pouco estridente quando falou:

– E aí?

O rapaz parou de supetão. Olhou para ela, depois para Adam, depois para ela de novo, e sua expressão foi de atônita a feliz a que-droga-está-acontecendo-aqui?

– O que você está fazendo aqui?

– Não posso explicar agora – respondeu Holland. – Mas preciso muito que me faça um favor.

Chance deu risada, um som ressentido, que Holland nunca havia ouvido o amigo fazer. Então a olhou como se nem soubesse mais quem ela era.

– Sei que, nas últimas vinte e quatro horas, parece que sou outra pessoa. Mas juro que tenho uma boa explicação para tudo isso.

– Qual é?

– Não posso te contar agora.

– Claro que não. – Chance começou a sacudir a cabeça. – Tenho que ir nessa.

Adam se aproximou, tirou as mãos dos bolsos, e encostou no braço dele. O rapaz deu um pulo para trás na mesma hora.

– Não encoste em mim, cara!

– Desculpe – disse Adam, mas estava com um semblante de quem tentaria de novo.

Holland pôs a mão no braço dele, detendo-o. Não podia permitir que Chance fosse embora. Precisava da ajuda do amigo. Mas deixar que Adam apagasse suas lembranças não era a maneira correta de fazer aquilo.

Ela respirou fundo, jamais tinha respirado tão fundo na vida. Vinha vivendo sob a ilusão de que, se conseguisse sobreviver àquele dia, sua vida voltaria a ser o que era. Mas isso nunca iria acontecer. E talvez fosse melhor assim. A jovem não adorava ter que ficar correndo de um lado para o outro para salvar a própria pele, mas adorava, sim, poder falar do pai e não sabia se queria voltar a esconder essa parte de si mesma.

– Espere aí, Chance – gritou. – Tem a ver com o meu pai.

Chance parou de imediato e se virou. Holland pôde ver todas as perguntas estampadas nos olhos do amigo.

Será que ela está me manipulando? Será que enfim está disposta a falar dos pais sobre os quais nunca comenta? Será que posso acreditar em uma palavra do que ela diz?

– Meu sobrenome, na verdade, não é St. James. Meu nome de batismo é Holland Tierney. Minha mãe é Isla Saint, e meu pai é Benjamin J. Tierney. Desculpe não ter te contado. Nunca conto para ninguém. Minha irmã e eu mudamos de sobrenome quando entramos na faculdade. O motivo para eu estar te contando isso agora é porque ontem descobri que meu pai me deixou uma coisa, e acredito que está na antiga cabana dele. Número 17.

– Não sei se acredito em você – disse Chance. Mais uma vez, parecia prestes a ir embora.

– Desculpe ter te magoado – declarou Holland. – Mas você me conhece. Meu pai é o motivo para eu ter ficado tão obcecada por encontrar o demônio. Acho que meu pai fez um pacto com ele e foi por isso que morreu. Achei que você, mais do que qualquer um, entenderia por que nunca quis falar disso. E, se isso não basta para você, pode procurar na internet. Ben e Isla tiveram filhas gêmeas. Não estou com meu celular, senão te mostraria uma foto antiga da família.

Chance passou a mão pelos cabelos. Dava a impressão de ter ficado dividido, como se de fato acreditasse em Holland, mas quisesse continuar bravo.

– E isso tem alguma coisa a ver com o que aconteceu ontem à noite?

– Tem. – Holland gostaria de poder deixar por isso mesmo, mas podia perceber que Chance queria mais explicações. – Aquela pessoa com quem eu estava ontem à noite foi um erro. Ele só estava atrás da mesma coisa que estou procurando agora.

– E você? – Chance sinalizou Adam, inclinando o queixo.

– Só estou protegendo a vida dela – respondeu Adam.

O rapaz continuou olhando para Adam com desconfiança, a antipatia que tinha pelo homem era quase palpável. Mas, quando tornou a olhar para Holland, sua raiva tinha se dissipado.

– O que você quer que eu faça?

– Só preciso que tire Vic VanVleet da cabana e a distraia por meia hora enquanto a gente procura.

– Por acaso você conhece Vic VanVleet? – perguntou Chance.

Holland negou com a cabeça.

– Consigo tirá-la de lá, provavelmente, mas só por uns quinze minutos, no máximo.

Chance levou menos de um minuto para entrar na cabana e sair acompanhado de Vic VanVleet.

Seja lá o que tenha dito, a distraiu ao ponto de a diretora nem sequer trancar a porta. Ou talvez estivesse apenas planejando voltar muito em breve.

– Precisamos ser rápidos – disse Holland, para Adam.

A cabana, claramente, tinha sido decorada seguindo o estilo pessoal de Vic VanVleet. Tudo era colorido, estilo *pop art*. Até os pôsteres de filme pendurados na parede eram versões que Holland nunca tinha visto, todos em tons neon, com cores saturadas.

Vic VanVleet era o tipo de diretora que Holland sempre achou que deveria adorar. Sua produtora, a VX3, era mais famosa por filmes de suspense bem produzidos, que combinavam diálogos inteligentes, uma narrativa ágil e romances dolorosamente sofridos. Eram o tipo de filme que sempre são um pouco comerciais demais para receber elogios da crítica, o que fazia deles o tipo de entretenimento perfeito para o público.

Seu filme mais recente, estrelado por Chance, estava fazendo muito barulho. E, apesar disso, sempre tinha algo nos filmes dela que, para Holland, não caía bem.

Adam começou pela escrivaninha, e Holland se aproximou das estantes.

As estantes de Vic estavam repletas de bonequinhos Funko, bonés dos filmes e outras bugigangas, além de uma fotografia antiga, de um casal radiante. A jovem se aproximou e se abaixou. Uma das pessoas da foto era Vic VanVleet, e a outra, seu pai.

– Meu pai conhecia Vic VanVleet – comentou Holland, perplexa.

Adam tirou os olhos da escrivaninha, que tinha transformado na mais absoluta bagunça.

– O que foi que você encontrou?

– Uma foto do meu pai com Vic e, pelo jeito, parece que os dois namoravam. – Ben estava tão jovem, e Vic parecia radiante. O cabelo estava mais comprido e ela sorria enquanto Ben lhe dava um beijo no rosto.

– Você sabia disso?

– Não. Não sei. Talvez. – A história de amor de Ben e Isla eclipsara tudo o mais. Mas Holland sabia que houve outra mulher na vida do pai. – Antes de ficar com minha mãe, meu pai namorava a bisneta de Jericho Monroe, Victoria Monroe.

Esse era o nome que a maioria das pessoas, provavelmente, não conhecia. Victoria Monroe era uma nota de rodapé na *Wonderpage* de Ben Tierney, mas esse era um artigo que Holland sabia de cor.

– Por acaso Vic não é apelido de Victoria? – indagou Adam.

E era. E Holland também sabia que VanVleet não era o sobrenome de solteira de Vic.

Quando Chance começou a trabalhar para ela, passou um mês falando só na diretora. Holland se recordou de que o amigo tinha lhe contado que Vic havia sido casada durante apenas 47 dias com Simon VanVleet, vocalista da banda Poisonberries. Foi uma daquelas histórias sensacionalistas que a tornaram famosa a troco de nada. Holland não ficou nenhum pouco impressionada, mas Chance estava maravilhado. Achou que tinha sido uma jogada de peso, uma coisa ousada que a diretora tinha feito só para ter três Vs para colocar no nome da produtora. E talvez fosse.

Ou talvez o casamento fosse a reação impulsiva de uma mulher rejeitada que estava loucamente apaixonada e sofreu uma humilhação pública.

Holland não tinha como ter certeza. Mas tinha a sensação de que uma coisa ela sabia. Aquela foto não era originalmente de Vic. O porta-retratos era escuro e masculino. A única coisa naquele lugar que não combinava com o estilo *pop art* da diretora, o que fez a jovem pensar que a foto poderia ser do pai. Algo que ele poderia ter deixado ali de propósito, porque sabia que Vic não conseguiria jogar aquilo fora, mesmo depois de tanto tempo.

– Acho que esta é a pista. – Holland virou o porta-retratos. Era tão velho que não queria abrir, mas depois de cutucá-lo por quase um minuto, conseguiu tirar a parte de trás.

Um pedaço de papel caiu no chão.

Reserva

JMP: Departamento de Adereços
Programa: A alquimia dos segredos
Set:
Contato: Ben Tierney
Telefone:
Data: 2/2011

Orientações especiais: alguém que precisa, mas não quer. Alguém que só vai usar uma vez porque precisa e depois nunca mais vai usar de novo.

– O que é isso? – perguntou Adam.

– Parece uma etiqueta de reserva. Eles usam no Departamento de Adereços – explicou Holland. – Acho que é para alugar ou pegar coisas emprestadas.

Adam saiu de trás da mesa para ver melhor.

– O que achou dessas orientações especiais? Acha que seu pai quis dizer que a pessoa que encontrar o Coração Alquímico só pode usá-lo uma vez?

– Podemos nos preocupar com isso depois – respondeu Holland. – Mas acho que você tem razão, esta etiqueta é a nossa pista. Precisamos ir até o Departamento de Adereços.

– Espero que não esteja saindo apressada daqui por minha causa – disse uma voz aguda e melodiosa.

Capítulo quarenta e um

Holland não sabia se, algum dia, Vic VanVleet tinha feito um pacto com o demônio, se usava cosméticos muito bons ou se apenas tinha fé em cirurgia plástica, mas dava a impressão de não ter envelhecido nada naqueles mais de vinte e cinco anos.

– Você deve ser uma das gêmeas Tierney – disse Vic. – Eu reconheceria as filhas de Ben de olhos fechados. Qual das duas é você? January ou Holland?

– *Ãnh*, Holland – respondeu a jovem, surpresa, mas supunha que não deveria ter ficado assim, já que Vic ainda tinha uma foto do seu pai no escritório dela. A foto que Holland tinha em mãos.

Foi aí que a diretora deu a impressão de ter reparado ou talvez tivesse percebido logo de cara. Holland tinha a sensação de que pouquíssima coisa passava despercebida por aquela mulher. Vic devia dormir em lençóis brancos passados a ferro meticulosamente e acordava com a aparência impecável, pronta para uma sessão de fotos.

E, apesar disso, tudo nela se suavizou quando seu olhar pousou na foto.

– Você deve estar se perguntando por que tenho essa foto aqui.

Se fosse qualquer outra pessoa, Holland teria dito apenas "sim" para ser simpática, mas Vic VanVleet parecia ser o tipo de mulher que gostava quando as pessoas deixavam as formalidades e o papo furado de lado.

– Porque você é Victoria Monroe. O primeiro amor do meu pai.

Agora era a vez de Vic se surpreender.

– Nota dez para você – disse ela. – Não tenho muito orgulho de admitir que nunca deixei de amar seu pai. Quando herdei esta cabana, a foto estava dentro da escrivaninha. Não tive coragem de jogá-la fora. Ben era um diretor brilhante e uma ótima pessoa. Eu gostaria de poder dizer a mesma coisa em relação à vaca da sua mãe.

Holland se encolheu toda. E então cerrou os punhos. Sempre fora muito próxima do pai, mas amava a mãe de um jeito que tornava doloroso pensar nisso. Isla não era tão presente em seus pensamentos quanto Ben, nem de longe, mas a jovem tinha um instinto de proteção brutal em relação aos dois.

– Não sei bem por que, mas nunca engoli sua mãe, sabe? Mesmo antes de ela roubar meu noivo. Não gosto de falar mal de quem já morreu...

– Então não fale – interrompeu Adam. – Acho que Holland já sofreu demais. – Ele lançou um olhar fulminante para Vic, mas isso, pelo jeito, só intensificou sua determinação.

– Ficar se escondendo da verdade não faz bem para ninguém – disparou Vic. E agora tinha um brilho maldoso em seus olhos que deixou Holland com a sensação de que ela e Adam precisavam sair logo dali, levando a etiqueta de reserva. A diretora pôs a mão no bolso e tirou dele o celular. – Sabe, o que será que a imprensa pensaria caso ficasse sabendo que a filha descontrolada de Ben Tierney e Isla Saint entrou na minha cabana depois de arrombar a porta? Ou, quem sabe, eu deva chamar primeiro a polícia, depois a imprensa?

– Não faça isso – pediu Holland.

Mas Vic já estava digitando. O celular estava no viva-voz, e a jovem pôde ouvir alguém atendendo a chamada. E, em seguida, Adam estava segurando a mulher pelo pulso.

Os olhos dela ficaram distantes, como os de Cat haviam ficado.

Adam encerrou a ligação que Vic havia feito e olhou para Holland, nervoso.

Ainda era apavorante vê-lo usar sua magia, mas, desta vez, ela não sentiu nem um pingo de culpa.

– Tudo bem.

Um traço daquele sorrisinho tão conhecido reapareceu.

– Na verdade, não estou pedindo sua permissão. Desta vez, preciso que você saia.

– Mas...

– Se você estiver aqui, vou ficar tentado a reescrever mais lembranças dessa mulher do que eu deveria. – Os dedos de Adam apertaram o pulso firme de Vic. – Por favor, Holland, saia.

Ele não precisou pedir pela terceira vez. A jovem soltou a fotografia do pai com a diretora e saiu em silêncio da cabana.

Ficou esperando no canto, parada à sombra, perto de um chafariz. Tinha quase certeza de que já vira aquele chafariz no cenário de fundo de uma dúzia de filmes.

De acordo com seu relógio, eram 16h37. A pobre da Cat já devia estar imaginando o que tinha acontecido com os dois.

Passou um minuto.

Dois minutos.

Três minutos.

Agora, Holland também estava começando a se preocupar com Adam. Por que ainda não tinha saído da cabana? Levara apenas alguns segundos para usar sua habilidade em Cat e naquelas outras pessoas, lá do hotel. A jovem ficou imaginando que algo poderia ter dado errado.

E aí, enfim, ele apareceu.

Virou correndo, segurando as chaves de um carrinho de golfe.

– Com os cumprimentos da minha mais nova amiga, Vic VanVleet.

Adam não contou para Holland exatamente o que tinha feito para conseguir pegar as chaves, mas pôde perceber que o embate com Vic não tinha saído de graça. O rosto de Adam havia perdido um pouco da cor, e a testa estava suada, mas essa última parte talvez fosse só por causa do calor.

O dia já havia avançado ao ponto de as pessoas começarem a ir embora do estúdio quando Adam deu partida no carrinho de golfe e se dirigiu ao depósito do Departamento de Adereços.

O lugar era tão grande que poderia abrigar um avião.

Holland conseguia ouvir um ronco baixo quando começaram a subir a escada, e o barulho foi ficando mais alto conforme se aproximavam da porta. Dois grandes ventiladores industriais sopravam ar em um recinto que a fez ter a sensação de estar pisando em um mercado ao ar livre que só existia no mundo dos filmes.

Havia bicicletas penduradas no teto, estantes repletas de bustos e uma tartaruga dourada gigante no chão. Outra parede estava completamente tomada por mãos de cerâmica em várias posições – espalmadas, fazendo joinha e gestos obscenos. No chão, diante dos dois, havia um enorme pé direito de cerâmica. Tinha um lustre de cristal em forma de navio pirata, uma estátua de Poseidon, uma Vespa e um piano de cauda. Holland reconheceu uma fileira de máscaras de um filme infeliz ao qual ela havia assistido em uma ocasião ainda mais infeliz.

O chefe do Departamento de Adereços estava parado diante de um grupo de turistas suados, comentando sobre os animais empalhados.

– Se virem um desses no início de alguma cena – ele apontou para uma pequena coleção de lobos empalhados –, provavelmente, vão encontrar um vilão.

Todos os turistas pegaram o celular e tiraram fotos, antes de o homem concluir o passeio com um "Feliz Halloween" seguido por um "tchau".

Meia dúzia de *selfies* depois, Holland, Adam e o chefe do Departamento de Adereços eram as únicas pessoas que restavam ali.

O cara dos adereços tinha o cabelo grisalho meio comprido, preso em um rabo de cavalo, e mais rugas de sorriso do que qualquer outra pessoa em Hollywood. Virou-se para Holland com um olhar que dava a entender que estava prestes a expulsá-los gentilmente dali. Mas, em seguida, pensou melhor, pelo jeito.

– Você não me é estranha – falou, dirigindo-se à jovem. – Por acaso já nos conhecemos?

Aquele homem tinha o tipo de sorriso que a fez ficar tentada a perguntar se ele conhecia seu pai. Certamente, ele tinha idade para isso. Mas, depois da reação de Vic VanVleet, Holland ficou em dúvida.

– Acho que não – respondeu. Em seguida, apresentou-se e apresentou Adam para o homem.

– Tom – disse ele.

– Quanto tempo faz que você trabalha na JMP? – perguntou Holland.

– Ah. – Ele coçou a barba grisalha por fazer por alguns instantes e respondeu: – Estou aqui há uns trinta e nove anos.

– Então deve ter conhecido Benjamin Tierney – sugeriu a jovem.

O sorriso que o homem deu poderia ter iluminado todo aquele depósito.

– Claro que eu conhecia Ben. A gente se conheceu no primeiro filme dele.

– *Guerreiro do tempo?* – perguntou Holland.

Tom estreitou os olhos.

– Como você sabe disso? Esse filme nunca chegou a passar nos cinemas.

– Estudamos cinema – mentiu a jovem, seguindo uma lição da cartilha de Adam. – Minha dissertação é sobre Ben Tierney.

Holland nunca foi boa de mentira e teve a sensação de que Tom enxergou isso de cara. Mas aí o sorriso simpático do homem voltou.

– Ben era o cara. Inteligente. Tudo para ele era narrativa. Na minha opinião, era o tipo de narrador visionário que só aparece uma vez na vida. Mas... aposto que não estão aqui só por causa dos meus causos, porque já contei uma porção no *tour*.

– A gente pensou que você talvez possa nos ajudar com isso. – Holland entregou a etiqueta de reserva para ele.

Tom coçou o maxilar.

– Onde foi que vocês encontraram isso? – Ele a olhou de novo. Olhou de verdade. Uma encarada que a fez não se mover, como se aquele homem estivesse tirando uma foto mental dela. Demorou tanto, que Holland teve quase certeza de que Tom havia descoberto quem ela realmente era.

Em parte, queria que o sujeito descobrisse. Queria ouvir histórias que Tom talvez não contasse para uma dupla de universitários qualquer, mas talvez revelasse para a filha de Ben.

– Eu achei – respondeu Adam, enfim.

Tom olhou para ele com uma leve expressão de alarme, como se tivesse reparado na sua presença naquele momento.

Adam deu um sorriso autodepreciativo para o homem dos adereços, que o deixou mais tranquilo, ao que tudo indicava. Mas Holland poderia jurar que Tom continuou com uma expressão um tanto desconcertada, quando ele falou:

– Meu pai era um grande colecionador de *suvenires* de cinema, e esta etiqueta estava no verso de uma foto emoldurada de Ben. Mas não sabemos para o que serve.

– É uma etiqueta de reserva – explicou Tom. Sua voz estava levemente trêmula, mas ele continuou: – Não emprestamos adereços exclusivamente para quem é da JMP. Qualquer pessoa que trabalhe com cinema pode alugar o que quiser, desde que tenha alvará e seguro. Etiquetas como essa são usadas para reservar os objetos até que o interessado possa vir buscá-los.

– Você sabe o que essa etiqueta reservava? – indagou Holland.

Tom coçou o queixo de novo.

– Não sei para o que foi usada… se é que foi usada para reservar alguma coisa. Essas orientações são meio estranhas, e nunca ouvi falar deste filme. Mas me lembro, sim, que da última vez que Ben Tierney apareceu aqui. Foi pouco antes de ele morrer. Eu me lembro porque essa foi a última vez que o vi, e Ben fez um pedido incomum.

– O que foi que ele pediu? – perguntou a jovem.

– É melhor eu te mostrar. Tudo bem vocês caminharem um pouquinho?

Capítulo quarenta e dois

— As coisas que estão lá na frente são as que dão mais tesão nos turistas – explicou Tom. – Vai ficando cada vez menos excitante à medida que a gente vai mais para os fundos.

Percorridos uns seis metros, Holland pôde ver que tinha menos variedade de objetos, mas ela achou tudo fascinante mesmo assim.

Paredes repletas de capacetes de motocicleta. Tantas guitarras que daria para dar uma por cabeça para todos os calouros de um *campus* universitário. Mais animais empalhados, desta vez gatos, de um filme que ela adorou quando era criança, chamado *As nove vidas felinas de Calliope Canyon*.

E aí tinha o Salão Oval da Casa Branca.

A réplica era quase perfeita – só não tinha as mesas e as cadeiras, mas tinha janelas e cortinas, com vista para um gramado tao realista que, sem dúvida, Holland teria dado uma paradinha ali se tivesse tempo.

Mas não tinha. Na verdade, pôde perceber que Adam estava começando a ficar impaciente quando Tom parou em um cômodo cheio de luminárias.

– O financeiro sempre dá as melhores festas de Natal – divagou ele. – Ano passado, alugaram todos esses. – E apontou para o teto, tapado de lustres de cristal.

– Tem certeza de que não quer contar a verdade para ele, e depois eu o faço esquecer? – sussurrou Adam.

– Não – respondeu Holland.

E ela torceu para que o olhar que lançou para Adam em seguida transmitisse que usar sua habilidade naquele homem estava fora de questão. Em Vic VanVleet, lhe pareceu algo justificado. Mas Tom não tinha sido nada além de gentil e prestativo.

O chefe do Departamento de Adereços levou os dois por uma escada, passando por uma série de telefones: telefones de discar, telefones dos anos 1990, telefones de emergência só com um botão. Depois disso, tinha uma quantidade perturbadora de cabeças de boneca. Só as cabeças.

No terceiro andar, tinha mesas, cadeiras e vários móveis de quarto. Tom parou próximo a um sofá xadrez feio e disse, todo orgulhoso:

– Este aqui é meu ganha-pão.

– É mesmo? – Holland tentou falar educadamente. O sofá parecia uma coisa que um brechó rejeitaria. O estofamento estava saindo em um dos braços, e o xadrez tinha cheiro de coisa lá dos anos 1970.

Tom sorriu, como se soubesse o que a jovem estava pensando.

– Esse cara aqui tem personalidade. As pessoas gostam de coisas com personalidade.

Passaram por algumas espadas, mas não tantas quanto Holland esperaria encontrar, nem de longe.

– Armas são uma coisa difícil de mostrar porque podem dar processo – explicou Tom. – Mas um fato engraçado: tinha um estande de tiro embaixo da casa amarela da série *Meu vizinho da casa ao lado*. Tem um alçapão na cozinha da casa que leva até o estande subterrâneo, ou tinha. A casa, obviamente, está incluída nos *tours* pelo estúdio. Então, à essa altura, já devem ter eliminado o alçapão. Mas, se tiverem oportunidade, pode valer a pena dar uma olhada.

Adam lançou um olhar para Holland que deu a entender: "Se você não responder, talvez, ele pare de falar".

"Não quero ser grosseira", ela tentou responder com os olhos. Mas também estava ficando impaciente.

– Falta muito? – perguntou Adam.

– Não se preocupem – respondeu Tom, que parou em outra escada e fez sinal para Holland e Adam irem na frente. – Só mais um andar.

A jovem realmente torcia para que o homem estivesse falando a verdade. Torcia para não ter cometido um erro colossal ao confiar nele por causa de seu sorriso espontâneo e de seus causos.

Sua pele formigava, e o coração estava batendo de um jeito que lhe dava a sensação de que havia algo à espreita logo ali em cima – ou isso ou tinha acabado de entrar no maior brechó do mundo – e agora estava no quarto andar, sem ter muito como fugir.

– Não desistam de mim agora – disse Tom, de um jeito afável. – E não comam nenhum. – Completou a frase quando passaram por uma máquina de chicletes gigante.

Aquele andar devia ser onde todos os diretores de filmes de terror faziam suas compras.

Depois dos chicletes não comestíveis, tinha uma série de atrações de parque de diversões perturbadoras, manequins sem roupa, um palhaço muito realista e aí…

Tom parou abruptamente perto de uma mesa antiga, e o sorriso desapareceu do seu rosto.

– Que foi? – perguntou Holland.

– Sumiu.

Capítulo quarenta e três

O semblante de Tom expressava uma frustração quase tão grande quanto a que Holland sentia. Estavam parados diante de uma mesa empoeirada sem nada em cima, a não ser uma grande marca retangular, bem no meio.

– O que tinha aqui? – indagou a jovem.

Um barulho alto, de algo se espatifando, soou ao longe, e ela deu um pulo assustado.

Tom sacudiu a mão, dando a entender que não era nada demais.

– Esse tipo de coisa acontece o tempo todo por aqui. Vivo falando para os turistas não encostarem em nada, mas eles encostam e aí… *créc*! *pam*! *bang*!

– Pensei que você tinha dito que os grupos do *tour* só ficam na parte da frente – comentou Adam.

– E ficam, normalmente. Mas tem um *tour* particular circulando por aí hoje, de pessoas ligadas a um cara rico e muito bem relacionado. – Tom ficou sacudindo a cabeça e olhando para a mesa vazia. – Não consigo acreditar que sumiu. Isso raramente é alugado.

– O que tinha aqui? – repetiu Holland.

– Era um livro. Uma coisa antiga, meio medieval. A última vez que Ben apareceu por aqui, estava com umas correntes e perguntou se poderia colocá-las nesse livro.

Holland olhou rapidamente para Adam. A expressão dele a fez suspeitar que ele também estava pensando no mito da Biblioteca Acorrentada que a Professora-Doutora havia contado. Só que não parecia empolgado. Provavelmente, pensou que um esconderijo como aquele seria óbvio demais para guardar o Coração Alquímico.

– Você tem como descobrir quem levou o livro? – perguntou Holland. *Se* é que alguém tinha levado. Poderia apenas ter sido levado sem registro ou sido roubado. Se outra pessoa tivesse encontrado primeiro, então nenhuma das pistas que o pai de Holland havia deixado para encontrar o Coração Alquímico fazia a menor diferença.

Tom olhou para o relógio. Agora eram quase 6 horas da tarde. Em seguida, pegou o celular e fez uma ligação.

– E aí, Devon... rapidinho. Você sabe quem alugou aquele livro antigo, acorrentado? – Ele murmurou e balançou a cabeça, enquanto Devon respondia alguma coisa do outro lado da linha. – Valeu, cara. Feliz Halloween. – Tom desligou e deu um sorriso para Holland. – Não fui eu que te contei. Mas o livro está no *set* de *Faca e Cruz*. Estúdio 10. Ao que tudo indica, queriam usá-lo no último episódio da temporada.

– Obrigado pela ajuda – disse Adam.

Tom levou um susto.

– De onde você saiu?

– Ele estava aqui esse tempo todo – respondeu Holland, com a maior paciência, apesar de estar irritada, porque aquela era a segunda vez que Tom ficava surpreso com a presença de Adam. Ele não era exatamente uma pessoa esquecível.

O chefe do Departamento de Adereços coçou a cabeça, bagunçando um pouco mais o cabelo grisalho e comprido.

– Devo estar pirando. Claro, você estava aqui. Não sei por que eu achei... – Ele deixou a frase no ar e passou a mão pela cabeça.

As pontas dos seus dedos estavam vermelhas.

Pingava sangue das unhas.

– Suas mãos – disse Holland. Mas o coitado do homem, pelo jeito, não as enxergava. Apenas ficou parado ali, repetindo o mesmo movimento. Passando os dedos no meio do cabelo grisalho e tirando, olhando como se tivesse se esquecido de alguma outra coisa além de Adam.

– Precisamos sair daqui – disse Adam.

– Mas... tem alguma coisa de errado com ele.

– Eu sei. Mas, a menos que saiba de alguma coisa que eu não sei, não há nada que a gente possa fazer por ele.

Holland tentou chamar a atenção de Tom uma última vez, mas não adiantou. Ela tentou se convencer de que o homem ficaria bem, assim como a Professora-Doutora e o Homem das Horas tinham se recuperado. Mas, de todo modo, se sentia péssima por tudo aquilo ter acontecido e não podia deixar de sentir que a culpa era dela, de certa forma.

A jovem gostaria de ter como falar com sua orientadora. Se existia alguém que saberia dizer o que estava acontecendo, esse alguém seria ela.

Holland tinha a sensação de que estava se transformando em uma história que poderia muito bem ser um dos mitos contados pela Professora-Doutora: "Holland St. James: a moça que estragou o mundo".

Mas sua orientadora, sem dúvida, iria querer alguma coisa em troca pela ajuda, e Holland sabia exatamente que coisa seria essa.

Lá fora, o mundo continuava mergulhado em um calor opressivo. O sol deveria estar se pondo, mas parecia travado no céu, em um amarelo forte como o da gema de um ovo. Redondo, brilhando e errôneo. E aí... sumiu.

Não havia sol. O céu foi de azul e iluminado para tons de roxo e luz que se dissipava. Holland, de repente, teve a sensação de que estava perdendo a cabeça.

– Ei, não sei o que você está pensando, mas tudo vai ficar bem. – Adam esticou o braço e pegou na mão dela.

– Não! – De repente, a jovem entrou em pânico. Podia até não ter entendido o que estava acontecendo com ela nem com as pessoas à sua volta, mas tinha a sensação de que estava estragada, de certa forma. – Você não deveria encostar em mim. – Tentou se desvencilhar, mas Adam segurou seus dedos com força.

– Você não vai me ferir, Holland.

– Você não sabe disso.

– Ou talvez eu saiba e não dê a mínima. – Ele deu mais um passo, aproximando-se de Holland, e pousou a outra mão no rosto dela. Os dedos estavam gelados, em contraste com a pele corada da jovem.

– Você não deveria mesmo encostar em mim.

– Então se afaste. – E Adam fez carícias no rosto de Holland com o dedão, bem devagar.

O coração da jovem disparou, e ela ficou imaginando como o mundo seria diferente se o tempo fosse contado em batidas cardíacas e não em minutos. Imaginou que momentos como aquele fariam o mundo girar mais rápido, transformando minutos em horas.

Isso lhe deu a sensação de que precisava se afastar. Estava perdendo um tempo que não tinha. E era perigoso perder tempo com uma pessoa igual a Adam. Ele podia até ser charmoso e bonito, mas Holland já vira o que o cara era capaz de fazer com as mãos. Não achava que ele estava usando seus poderes nela naquele exato momento. Mas sabia que era uma péssima ideia se colocar naquela situação, em que Adam poderia fazer isso facilmente.

– A gente tem que ir. – Ela se afastou bem na hora em que os últimos resquícios de luz começaram a se dissipar no céu.

Capítulo quarenta e quatro

O estúdio 10, onde estavam gravando *Faca e Cruz*, não ficava muito longe do Departamento de Adereços, mas, mesmo assim, os dois foram de carrinho de golfe, para poupar tempo.

Adam olhou para a porta do estúdio 10 com a mesma expressão desconfiada que tinha esboçado no Departamento de Adereços, como se quisesse dizer para Holland não esperar muita coisa. Mas tudo o que a jovem tinha era esperança e um punhado de horas. As horas estavam escorrendo por seus dedos feito areia, não podia perder a esperança também.

Ele abriu a porta e deixou que ela entrasse primeiro.

O estúdio 10 era enorme, maior do que qualquer um dos estúdios que ela se lembrava de ter visitado quando criança. Não tinha nada nas linhas amarelas em volta das beiradas, que demarcavam o limite de segurança contra incêndio, mas o restante do estúdio estava tomado por cenários, adereços, câmeras e holofotes. E era incrível, parecia que estava parada no meio de uma corte de vampiros. Decadente e lindo. Até os caixões eram bonitos.

Se fosse qualquer outro dia, Holland iria querer vasculhar cada centímetro daquele lugar.

– Suponho que você seja fã da série? – murmurou Adam.

– O que te faz dizer isso? – questionou ela.

– Tudo – respondeu ele, e estava sorrindo. – Você está com um jeitinho de quem está a um piscar de olhos de me pedir para fazer algum joguinho erótico com fantasia de vampiro.

Holland sentiu as bochechas queimarem. Não era nisso que estava pensando. Nem de longe. Mas foi só Adam falar que ela teve uma súbita imagem dos dentes do cara afundando em um lugar que não era o pescoço dela.

– Na verdade, prefiro os humanos desta série.

– Então você é fã da Cruz? – perguntou Adam.

Holland se virou para ele, surpresa. Desde que o conhecera, no dia anterior, Adam tinha dito várias coisas inacreditáveis, mas aquela era a mais difícil de acreditar de todas.

– Você assiste à série?

– Claro que assisto. – Ele deu um sorrisinho. – A Isabella é gata.

Holland sentiu uma onda irracional de ciúmes.

O sorrisinho de Adam ficou mais evidente.

– Você não presta – disse ela. Em seguida, sugeriu que cada um fosse para um lado.

Holland sabia que separar-se era, geralmente, considerado uma péssima ideia em situações como aquela. Mas o estúdio 10 era grande demais, e tinha a sensação de que se afastar um pouco de Adam seria uma boa ideia.

A corte dos vampiros era dividida em duas classes distintas. A mais alta era puro glamour e ouro, com um ambiente que lembrava um salão de baile e lindas jaulas. Adam ficou com essa parte, enquanto Holland vasculhava a corte mais baixa. Que era cheia de jardins mortíferos, flores pretas cintilantes e caixões forrados de veludo.

Os passos da jovem ecoavam, e ela ponderou se devia ou não abrir um dos caixões para procurar o livro. Sabia que não havia nenhum vampiro de fato lá dentro. Mas sua pele pinicava, o sangue zumbia.

Havia magia ali. Ela era capaz de sentir. Como ninguém mais tinha sentido isso? Talvez alguém tivesse sentido e confundido com outro tipo de magia. Mas Holland sabia que não era apenas o pozinho mágico de Hollywood. Era o Coração Alquímico. Que só podia estar por perto.

Desviou rapidamente de um labirinto de caixões colocados de pé até que viu dois contornos de giz em forma de pessoa no chão. E aí, logo depois das marcas de giz, em cima de um pedestal de ferro, ela viu: o livro que o pai havia enrolado em correntes.

– Vem cá, Adam! – gritou. – Achei!

Ele não parecia um objeto de cena. O couro era mais antigo do que qualquer coisa que já vira na vida. As páginas que tinham ficado à mostra eram de uma cor para a qual Holland não tinha nome para dar. O livro tinha aroma de terra, mofo e metal. A jovem encostou nas correntes e foi capaz de sentir a magia que pulsava delas, feito uma batida cardíaca.

Adam soltou um palavrão entredentes quando se aproximou.

– Essas aí são correntes do Banco.

– E o que isso quer dizer?

– Não podem ser partidas nem arrombadas. Só podem ser destrancadas com a devida chave.

– Mas… o roteiro não dizia nada a respeito de uma chave. – Ou dizia? Holland já ia pegar as páginas e dar uma olhadinha rápida, para ver se tinha deixado escapar alguma coisa, mas aí se lembrou de outra coisa. – E se…

Holland sabia que era um tiro no escuro, mas pegou a chave da irmã, que voltara a ter o chaveiro de plástico do Motor Hotel.

– Esta é a chave de um quarto no Regal – disse Adam.

– Eu sei. Mas e se também abrir o livro?

– Por que abriria o livro?

– Encontrei nas coisas da minha irmã e acabo de pensar uma coisa: e se meu pai deixou dois conjuntos de pistas diferentes, na esperança de que minha irmã e eu nos juntássemos para solucionar esse mistério?

– Na verdade, essa não é uma ideia ruim – declarou Adam.

Holland colocou a chave no cadeado.

Saíram faíscas. A fechadura chiou.

– Não! – Holland insistiu, com mais força.

As correntes em volta do livro ficaram vermelhas e ardentes.

– Acho que você precisa parar – sugeriu Adam.

– Mas tem que haver uma maneira de abrir…

Uma porta se abriu, rangendo. A porta do estúdio 10.

Holland e Adam ficaram petrificados. Estavam cercados por um labirinto precário de caixões e roseiras negras, mas havia espaço suficiente para enxergarem por entre as árvores, para que a jovem conseguisse enxergar quem tinha entrado.

Uma das pessoas era uma mulher jovem, com roupa de guia de *tour*, mas Holland não lhe deu muita atenção. Estava apavorada com o homem que estava ao lado da mulher. Assim que o viu, não conseguiu mais raciocinar. Queria ter esperança de que sua mente estivesse lhe pregando uma peça, mas, ao que tudo indicava, Adam também conseguia enxergá-lo.

Ele segurou seu braço e falou, sem emitir som:

– Precisamos nos esconder.

Holland tentou pegar o livro acorrentado, mas o tomo era tão pesado que não dava para erguer.

– Não temos tempo para isso – falou Adam, sem emitir som.

E aí, os dois braços dele enlaçaram sua cintura. Adam puxou Holland para trás e a enfiou dentro de um caixão, com ele.

Capítulo quarenta e cinco

Deixaram uma fresta na tampa do caixão. Tudo o mais era escuridão e Adam. A sensação era de que ele estava tomando cuidado com as mãos, mas Holland tinha plena consciência de sua presença. Conseguia sentir os dedos de Adam em volta de seu tronco, o peito encostado nas costas, os lábios no canto da orelha. Só que seus pensamentos não paravam de se dirigir ao homem que estava logo ali, do outro lado do caixão.

– Eu amo tanto essa série – declarou Gabe. A voz dele fez o estômago de Holland arder de pavor.

Adam a abraçou mais apertado, os lábios continuaram encostados perto da orelha da jovem. Não se mexeram. Ele não disse uma palavra e, mesmo assim, Holland poderia jurar que ouviu Adam sussurrar: "Não vou deixar esse cara encostar um dedo em você".

– Como faço para ser figurante? – perguntou Gabe. A voz dele mais parecia aspartame. O mesmo tom doce e artificial, de falso entusiasmo, que tinha empregado para falar com Chance na noite anterior.

– Eu, provavelmente, poderia mexer uns pauzinhos – disse uma voz feminina toda empolgada.

Holland espiou pela fresta no caixão. A guia que estava com Gabe era mais baixa e esguia ou poderia ser apenas o fato de ela parecer pequena ao lado dele, que dava a impressão de ficar mais alto e mais ameaçador a cada passo que dava.

Estava com uma roupa mais casual do que quando tinha a sequestrado. Calça jeans escura, camisa preta, botas pretas e mochila nos ombros. Era quase igualzinho à versão que apareceu na visão que Holland teve.

– O que é isso? – perguntou Gabe, aproximando-se do livro acorrentado, enquanto Holland não podia fazer nada a não ser observar.

– Eu não deveria te contar isso – disse a guia –, mas acho que é para o último episódio da temporada 7.

Gabe encostou no livro, e as correntes ficaram com um brilho vermelho.

– *Ãnh*, o que você está fazendo? – perguntou a guia.

– Não conto para ninguém se você não contar – respondeu Gabe, mas o tom de sua voz tinha voltado ao normal. Nada gentil. Nada simpático. Nada entusiasmado.

E aí as luzes do estúdio todo começaram a piscar.

A guia deu um passo cambaleante para trás. E Holland ficou observando, apavorada, Gabe pegar uma chave.

Adam ficou tenso atrás dela. A jovem tentou se convencer de que tudo ficaria bem. A chave da irmã não tinha funcionado. Aquela chave tampouco funcionaria, mas o cadeado não faiscou quando Gabe colocou a chave lá dentro. *Como é que ele conseguiu uma chave?*

Ouviu-se um *trim*, vindo da bolsa de Holland.

Gabe virou a cabeça para a guia.

– Foi o seu celular?

– Acho que não – respondeu a guia, com uma voz estridente.

Holland entrou em pânico e ficou tateando no escuro, para pôr o celular no silencioso. "Quem será que estava ligando?" Gabe era a única pessoa que tinha aquele número e estava ocupado.

A boa notícia: ele já tinha parado de procurar pelo celular que estava tocando.

A má notícia: as correntes tinham caído do livro.

O coração de Holland disparou em um ritmo furioso quando Gabe pôs a mão na capa do livro e a abriu.

Adam a abraçou bem apertado.

– É tarde demais – murmurou ele, baixinho.

– Não – sussurrou Holland.

Os dois ainda podiam detê-lo. Agora Gabe estava apenas parado ali. Olhando. Sem se mexer.

Espere aí... por que Gabe não estava se mexendo?

– *Ãhn* – disse ele, por fim.

A guia baixinha agora estava com uma expressão desconcertada.

Até então, o coração de Holland batia disparado, mas, agora, parecia que estava afundando, porque não estava no semblante nem de Gabe nem da guia que o livro continha o objeto mais poderoso do mundo.

A guia deu uma risada nervosa e disse alguma coisa, mas Holland não conseguiu ouvir. Não conseguia ouvir nada. Só conseguiu ficar observando, pela fresta do caixão, Gabe se afastar, com as mãos nos bolsos.

– Ele não levou nada – sussurrou a jovem. E então já estava saindo do caixão, trôpega. Adam foi atrás dela e, por um instante, os dois ficaram parados ali, de modo bem semelhante ao que Gabe e a guia tinham ficado.

Fitaram o livro aberto. Era falso. As páginas do lado de dentro estavam em branco. Tinham cortado um buraco no meio, deixando um retângulo estreito que escondia um objeto bastante comum.

Capítulo quarenta e seis

Um lápis amarelo.

Parecia uma piada sem graça.

Holland pegou o lápis.

– Não entendi.

– A gente deve ter deixado alguma coisa passar batido. – Adam pegou o livro vazio e sacudiu, mas a única coisa que caiu dele foi poeira. – Não pode acabar aqui.

A jovem pegou o lápis e começou a rabiscar no livro, na esperança de que palavras mágicas fossem aparecer. Mas, pelo jeito, parecia que toda a magia estava no cadeado que Gabe abriu. Holland ficou, mais uma vez, tentando imaginar como ele poderia ter conseguido uma chave. Mas ai se lembrou da misteriosa ligação para seu celular que tinha recebido quando estava dentro do caixão.

Com urgência, colocou a mão na pasta e tirou o celular lá de dentro.

Chamada perdida Banco Oficial
de Cidade Centenária

Mensagem de voz

De repente, Adam parecia nervoso.

– Nem sei como conseguiram esse número – disse Holland.

– Ignore – aconselhou Adam.

Mas Holland já estava dando *play* na mensagem.

– Oi, minha querida. – A voz tão familiar da Professora-Doutora fluiu pelo aparelho. – Seu amigo Gabriel e eu tivemos uma conversinha muito interessante, durante a qual ele me passou esse número. Se puder me retornar, eu agradeceria muito. Mas, como duvido que você vá me ligar, vou ser franca. Enquanto eu estava papeando com o sr. Cabral, tomei conhecimento de seus episódios muito alarmantes de sangramento. Sei o que está acontecendo com você, Holland, e sei como salvar sua vida, mas precisa trazer o Coração Alquímico para mim. Poderá me encontrar hoje à noite, no Baile de Halloween do Hollywood Roosevelt, e espero que encontre. Por favor, deixe-me ajudar antes que seja tarde demais.

– Você não pode confiar nessa mulher – disse Adam, assim que a mensagem terminou.

Só que o problema era que Holland sentia-se tentada a acreditar. Tinha pensado há pouco que, se existisse alguém que saberia o que havia de errado com ela, esse alguém seria sua orientadora.

– Se você encontrar o Coração Alquímico, não vai precisar dela.

– Mas e se nós não encontrarmos?

Holland olhou para o relógio. Restavam apenas cinco horas. E a última pista dada pelo seu pai nem parecia mais uma pista. Gabe nem sequer se deu ao trabalho de levá-la. Contudo, Gabe não tinha em mãos as páginas do roteiro do pai de Holland.

Ela pegou o roteiro e, instantaneamente, enxergou. A letra tão conhecida do pai... *a lápis*.

– É isso – disse Holland, empolgada. – Meu pai quer que a gente olhe as anotações que ele fez a lápis.

Então apontou para o primeiro conjunto de páginas.

EXTERNA. CEMITÉRIO. PÔR DO SOL.

Uma mão (a mão de Red Westcott) coloca um buquê de flores diante de um túmulo coberto pela grama verdejante da primavera. Na lápide, está escrito:

Sophia Westcott
Esposa amada. Linda alma.
Isto é apenas temporário.

Meu vizinho da casa ao lado?

Há um instante do mais perfeito silêncio, a não ser pelo ruído da brisa farfalhando as folhas de um pé de plátano-da-califórnia.
E aí...

`Red enfia o punho cerrado na cova da esposa e arranca um punhado de terra.`

– Olhe só as palavras que ele escreveu a lápis: "Meu vizinho da casa ao lado?". E, depois, olhe só para isso.

Holland pulou algumas páginas até chegar nas que falavam do Homem das Horas e apontou para a parte de baixo da última. O pai escrevera a lápis as seguintes palavras: "Certifique-se de que está indo na direção certa antes de abrir um buraco".

– Então, lá no hotel, eu acertei quando falei que tinha a ver com cavar.

– Sim, ao que tudo indica, meu pai enterrou alguma coisa. E acho que está falando onde devemos procurar.

Ela mostrou novamente para Adam as anotações a lápis da primeira página.

– As casas utilizadas em *Meu vizinho da casa ao lado* são visitadas por quem faz o *tour* pela JMP. Acho que foi lá que meu pai enterrou sua próxima pista.

Holland torcia muito para que aquela também fosse a última pista.

A jovem conseguia sentir de forma aguda a mudança no tempo quando ela e Adam saíram do estúdio 10.

Parecia que não havia mais ninguém na JMP.

Não havia mais ônibus de turistas. O céu estava tão escuro quanto um céu consegue ficar no meio de uma cidade.

A impressão era que o ronco do carrinho de golfe era alto demais quando Holland e Adam foram com ele até o terreno dos fundos do estúdio e, depois, até as casas de *Meu vizinho da casa ao lado*.

Entrar naquele *set* dava a impressão de estar em uma versão diferente da realidade. Um bairro da época em que as portas das casas nunca eram trancadas, telefones só faziam ligações, e a maioria dos problemas podia ser resolvida com uma boa conversinha sincera com o papai ou com a mamãe.

Holland sabia que, à luz do dia, todas as casas seriam lindas feito balinhas em tons pastel, com venezianas brancas imaculadas e canteiros transbordando de flores. Mas, naquela noite, o bairro lhe causou uma impressão sinistra. Os postes lançavam todas as casas em uma luz suave, que tornava impossível saber de que cor eram.

– Tudo parece a mesma coisa – resmungou Adam. Ele olhou aquela rua perfeita de cima a baixo, como se não entendesse qual era seu encanto.

– Você não gosta de *Meu vizinho da casa ao lado*? – perguntou Holland.

Só que uma coisa ela precisava admitir: naquele exato momento, mais parecia um filme de terror do que uma série voltada para a família. E a jovem não fazia ideia de onde deveriam cavar. Antes de sair do estúdio 10, Adam tinha pegado uma pá larga, mas levariam a noite inteira para cavar todos aqueles metros.

– Você pode pegar o roteiro de novo? – perguntou Adam.

Holland parou embaixo de um dos postes e mostrou a página em que o pai tinha escrito "Meu vizinho da casa ao lado?" a lápis.

– "Red enfia o punho cerrado na cova da esposa e arranca um punhado de terra." – leu Adam. – Será que devemos procurar uma cova?

A jovem arqueou uma das sobrancelhas para ele.

– Não tem nenhuma cova nessa rua. – Ela continuou folheando as páginas, mas as únicas palavras escritas a lápis eram "Meu vizinho da casa ao lado?" e "Certifique-se de que está indo na direção certa antes de abrir um buraco".

– Deixe eu ver umas páginas dessas – pediu Adam.

Holland entregou para ele as páginas que falavam do Homem das Horas, e ela ficou esquadrinhando as que tinha encontrado no cofre.

Como a primeira página já continha uma pista, ela se concentrou na segunda, imaginando que poderia ter deixado alguma coisa passar batido.

INTERNA. PISTA DE BOLICHE. NOITE.

Red bate com o pote cheio de terra em uma mesa. No vidro, agora está escrita a palavra "ball" e não o nome do filme.

Ao fundo, bolas estão rolando, pinos estão caindo. Quando alguém deixa cair a bola na canaleta, se acende um coração em neon, com as seguintes palavras dentro: "Não é seu dia de sorte".

Imagine um cruzamento de quadro de Cassius Marcellus Coolidge, aquele, dos cachorros jogando pôquer, com arquitetura neocolonial hispano-americana. O letreiro em neon está aceso quando Red entra. Ele se aproxima de uma mesa de vinil, onde está sentado um grupo de mulheres mais velhas e estilosas, usando camisas de boliche iguais. O nome "Hollybells" está bordado nas costas da camisa rosa e verde delas. Cinco dessas mulheres estão tomando refrigerante de garrafinha de vidro retrô, com canudos listrados. A sexta está bordando uma casa amarela em uma almofada.

O coração de Holland começou a bater disparado.

– Acho que encontrei a próxima pista. – Ela apontou para o último parágrafo. – Viu essa parte que fala de uma almofada bordada? É completamente desnecessária para a história. Acho que quer dizer que devemos ir até a casa amarela.

– Como vamos encontrar a casa amarela? – perguntou Adam, pois todas as cores pareciam iguais no escuro.

Mas Holland não precisava de luz. Qualquer pessoa que já tivesse assistido a *Meu vizinho da casa ao lado* sabia que a casa amarela tinha uma árvore com um balanço de madeira velho, onde braços foram quebrados, amores foram confessados e lágrimas foram derramadas. E agora ela ficou imaginando se não seria ali que os segredos do pai estariam enterrados.

Capítulo quarenta e sete

— É ali. – Holland levou Adam até o final da rua.

O vento sacudia o velho balanço de madeira e farfalhava as folhas da árvore onde ele estava pendurado.

– Deixe eu ver a primeira página de novo – disse Adam. – Acho que tem uma frase sobre folhas farfalhando.

Adam tinha razão. Ele usou a lanterna do celular para mostrar a Holland as palavras no fim da página.

Há um instante do mais perfeito silêncio, a não ser pelo ruído da brisa farfalhando as folhas de um pé de plátano-da-califórnia.
E aí...

Red enfia o punho cerrado na cova da esposa e arranca um punhado de terra.

– Talvez signifique que está enterrado na base da árvore – sugeriu Adam.

– Deve ter mais alguma pista. Meu pai não iria fazer a gente cavar toda a base da árvore.

Mais folhas farfalharam enquanto Adam circulava pela base da árvore com a lanterna, procurando um sinal de que…

– Ali! – Holland apontou para baixo, perto do fim do tronco, onde alguém havia gravado duas letras na árvore. Eram pequenas, mas profundas, quase um centímetro, se a jovem tivesse que chutar uma medida. Fundas ao ponto de os anos terem borrado as letras, mas não apagado.

B + I

– São as iniciais dos nomes dos meus pais – sussurrou Holland.

E, por um segundo, ficou com um nó na garganta. Sentia cada coisinha que o pai tinha deixado para trás como se fosse uma flechada em seu coração, mas essa a atingiu de um jeito diferente, porque não era só uma pista, era um bilhetinho minúsculo de amor para a mãe dela.

Por um segundo, viu Adam observando as iniciais. Sua expressão era inescrutável. Holland gostaria de poder saber o que ele realmente estava pensando.

Quando estavam no Beverly Hills Hotel, Adam disse que não sabia se os pais da jovem tinham feito um trato com o irmão, Mason. Mas Holland ficou pensando que ele poderia ter dito isso só porque não queria lhe contar a verdade.

Ela acreditava na verdade. Queria a verdade. Mas era capaz de perceber que nenhuma verdade que Adam pudesse lhe contar a faria se sentir bem. Se os pais tinham feito um trato com Mason, então aquele sujeito era o motivo para terem morrido e, se não tivessem feito um trato com ele, então a mãe era o motivo.

Se Adam soubesse mesmo a verdade, Holland ficou se perguntando se havia sido a gentileza que o impedira de lhe contar… ou o medo.

– Ao que tudo indica, esta é a pista de onde devemos cavar – comentou Adam. E mostrou a pá que tinha pegado no estúdio 10. – Quer fazer isso ou é melhor eu fazer?

Holland queria pegar a pá, mas bastou um olhar para os braços de Adam para confirmar que ele era visivelmente mais forte.

A jovem ficou pulando de um pé para o outro enquanto o observava cavar. Pá após pá. Parecia o início do roteiro do pai dela.

E aí… a pá bateu em algo de vidro.

Foi um ruído baixo e alto, tudo ao mesmo tempo. O tilintar da esperança. O som de um tesouro enterrado. O momento da verdade absoluta.

Adam jogou a pá para o lado e começou a tirar a terra com a mão. Holland já estava de joelhos, segurando o celular dele como se fosse uma lanterna. O coração sobressaltado, nervoso. E, por um segundo, ela ficou com medo de estar prestes a ter outro sangramento no nariz.

Agora não. Agora não. Agora não.

Adam enfim tirou um pote de vidro do chão e o entregou para Holland.

– Espero que aí dentro tenha algo mais do que um lápis.

– Vai ter – sussurrou ela.

Mas não tinha muita coisa dentro do pote. Só um rolinho de papel fino, amarrado com um barbante.

Adam ficou segurando o celular enquanto Holland desenrolava o papel. Eram duas folhas.

Na primeira, a jovem de imediato reconheceu a letra do pai.

Sei que você vai tomar a decisão certa, menina.
Você já tem tudo o que necessita. Só precisa enxergar.
Eu gostaria de estar aí para dizer que te amo.
Pai

E Holland ficou com um nó na garganta de novo. Poderia ter relido aquele bilhete sem parar. Poderia ter se sentado no velho balanço de madeira pendurado na árvore até decorar aquelas palavras.

Mas tinha uma segunda folha para olhar. Mais uma página do roteiro.

```
INTERNA. PISTA DE BOLICHE.
Uma bola de boliche preta rola por uma pista em direção
a três pinos com letras que formam a palavra "fim".
```

– Acho que esta é a última pista – disse Holland.

– Posso ver? – perguntou Adam.

– Na verdade, vou ficar com isso – disse outra voz.

Gabriel Cabral estava parado embaixo de um poste, apontando uma arma.

O pavor percorreu a espinha de Holland. Deveria ser por isso que ele não pegou o lápis que estava dentro do livro. Queria que a jovem o encontrasse para poder segui-la. Gabe era mais calculista do que ela estava disposta a admitir. Isso a fez pensar que ele também tinha passado informações a seu respeito para a Professora-Doutora em troca da chave que abriu as correntes do livro. Para alguém que tinha dito que o Coração Alquímico era um mito que fazia as pessoas que procuravam por ele acabarem mortas, Gabe parecia muito competente no quesito procurá-lo.

Ele girou o corpo alguns milímetros e apontou a arma para Adam.

– Passe esse papel para cá – disse, com a mesma facilidade com que mandou Holland entrar no carro com ele na noite anterior.

– Não faça isso… – falou Adam, dirigindo-se a Holland.

– Tem outra opção – disse Gabe. – Eu realmente não ligo de atirar nele de novo. E, desta vez, vou me sair melhor.

– Ninguém vai levar tiro nenhum. – Holland olhou feio para Gabe. Ou pelo menos tentou. Foi difícil se obrigar a olhar feio para um assassino com uma arma em riste.

– Tome. – E ofereceu o papel com a mão trêmula.

Gabe sacudiu a cabeça.

– Você precisa vir comigo, querida. Não vou chegar perto do seu novo namorado. – Por um breve instante, ele dirigiu o olhar para Adam e, em seguida, tornou a olhar para Holland, com uma expressão que quase parecia um alerta.

Devagarinho, Holland se aproximou dele. Não sabia ao certo se Gabe poderia fazer muita coisa com o papel que estava em sua mão sem as demais páginas. Mas não queria entregar nada para ele. E, antes que desse tempo de pensar no que estava fazendo, começou a correr.

– Corra na direção contrária! – gritou para Adam. Gabe não conseguiria atirar em Adam e ir atrás dela.

Nenhum tiro foi disparado, mas Holland ouviu os passos de Gabe, pesados, vindo atrás dela.

A jovem disparou rumo à casa amarela, torcendo, desesperada, para que Tom tivesse falado a verdade quando comentou que havia um alçapão na cozinha.

Passou pela escada correndo em um ritmo frenético. A cozinha ficava do outro lado, onde só tinha sombras e janelas às escuras. Encontrou o contorno da porta do alçapão, que tinha uma argolinha para levantá-la, bem na hora em que ouviu Gabe entrar na casa.

Holland se jogou no chão de joelhos e puxou a argola.

Uma luz vermelha iluminou uma escadinha que não pareceria segura nem por decreto. Quando começou a descer, Gabe entrou correndo na cozinha. Ela quase caiu, tentado descer o mais rápido que pôde.

Tudo estava escuro, tirando as luzes vermelhas que apontavam para um letreiro em neon escrito "Saída".

Holland não viu um estande de tiro, apenas um túnel com alguns produtos de limpeza perdidos. Deviam ter transformado o estande em túnel para circular pelo estúdio. Ela poderia tomar duas direções, mas nenhuma tinha onde se esconder, só corredores compridos e ameaçadores.

Foi correndo pela direita. O chão sob seus pés era de cimento duro. Não havia nenhum lugar para se esconder. Obrigou-se a correr mais rápido. Era capaz de fazer isso. Corria todos os dias. Queria viver. Isso devia contar alguma coisa. Desesperada, continuou procurando um lugar para se esconder. Uma saída daquele túnel. Mas só havia placas de saída com luz vermelha, debochando dela enquanto corria.

Fez uma virada brusca para a direita. E aí sentiu duas mãos enlaçando sua cintura.

– Não! Me solte! – Holland se debateu e gritou.

– Não vou te machucar! – berrou Gabe.

– Tarde demais – gritou Holland.

Por um segundo, as mãos de Gabe ficaram paradas. Em seguida, ele virou Holland, ficando cara a cara com ela. Estava com os dentes cerrados e um olhar sombrio.

– Não sei o que foi que te disseram lá no Banco – falou –, mas não matei minha esposa.

– Então como você sabe que foi isso que me disseram?

– Porque todo mundo acredita nisso.

– Mas…

– Eu não a matei, Holland. – Gabe a segurou com um pouco mais de força, aproximando-a de seu corpo ao ponto de a jovem conseguir sentir que o coração dele batia acelerado. A expressão era impossível de interpretar, mas aquelas batidas aceleradas do coração lhe diziam que ele estava longe de não sentir nada. – Se quer saber o que foi que aconteceu, venha comigo.

– Você acabou de apontar uma arma para mim.

– Eu apontei para *ele*. Você não pode confiar naquele cara. – Gabe olhou para Holland como se essa fosse a única coisa em que precisava acreditar. A única verdade que tinha importância.

– É em você que não posso confiar. Você me disse que o Coração Alquímico era um mito, um mito no qual você não acreditava, mas obviamente queria isso mais do que qualquer outra coisa!

– Eu não quero, preciso dele. Mas isso não quer dizer que quero te fazer mal. – Gabe a segurou ainda mais apertado. Seus olhos tinham uma expressão sofrida e estavam *vermelhos*. Vermelhos de sangue.

Holland viu sangue se acumulando no canto dos olhos de Gabe.

– Não! – Tentou se desvencilhar, observando, apavorada, o sangue começar a escorrer pelo rosto dele. – Você precisa me soltar.

Gabe negou com a cabeça.

– Você não para de cometer o mesmo erro.

– Você está sangrando! – disse Holland. Mas, como todo mundo, Gabe não lhe deu ouvidos.

– Você não para de cometer o mesmo erro – repetiu ele.

– Que erro? – perguntou Holland.

Mas, de repente, Gabe não era Gabe. Era Adam. E estava olhando para Holland como se ela é quem o estivesse assustando. E foi aí que a jovem o sentiu sangue escorrendo dos próprios olhos.

Capítulo quarenta e oito

Quando voltou a si, Holland estava no chão. O túnel estava úmido, melado. Ela ficou em pé. Gabe tinha sumido, assim como sua pasta. *Maldito*. Ele tinha levado as últimas duas folhas que a jovem acabara de encontrar, junto com todas as demais páginas do roteiro. Mas, pelo jeito, tinha deixado outra coisa para trás.

A mochila de January estava no chão, bem perto de onde Holland havia caído. Ela a abriu. Tudo ainda estava lá dentro, incluindo o diário da Professora-Doutora.

Vagamente, Holland ficou pensando se devolver a mochila seria a versão distorcida de código moral que Gabe tinha. Mas, se o cara tivesse algum tipo de código moral, não teria apontado uma arma para ela nem levado todas as pistas deixadas pelo pai, abandonando-a, à beira da morte, naquela noite.

Holland olhou para o relógio. Eram 20h03. Restavam pouco menos de quatro horas. Precisava encontrar Adam. Será que precisava?

"Você não pode confiar naquele cara", disse Gabe. E, apesar de saber que não podia confiar em Gabe, as palavras dele tinham plantado uma semente de dúvida em Holland. Uma pergunta que a fez pensar que poderia ser melhor ficar sozinha naquela última parte da jornada.

Gabe podia até ter roubado todos os papéis de Holland, mas ela sabia aonde a última pista do pai a mandava ir. Sabia onde encontrar o Coração Alquímico. E não tinha certeza se podia se dar ao luxo de procurar por Adam.

– Achei você! – gritou Adam.

Algo parecido com culpa lhe deu um aperto por dentro.

Adam tinha um jeito de quem não expressava preocupação com frequência, mas Holland conseguia enxergar preocupação em todos os traços dele enquanto ele corria na sua direção.

– Ele te machucou?

– Estou bem – respondeu Holland. – Mas Gabe fugiu com todos os papéis do meu pai.

– Todinhos?

– Não tem problema.

Adam lhe lançou um olhar que dava a entender que ele não compreendia em que mundo tudo aquilo poderia não ser um problema. E Holland continuava se sentindo péssima por ter confiado em Gabe e não nele. Adam jamais tinha lhe apontado uma arma, nem roubado nada dela nem guardado segredo do fato de ter assassinado a esposa. Gabe era o único motivo para Holland ter achado, por breves instantes, que não deveria confiar em Adam. E, apesar disso, a jovem não conseguia se dar ao direito de se esquecer de que havia outros motivos pelos quais precisava ficar longe dele. A habilidade que Adam tinha ainda a deixava nervosa. E, depois que aquele assunto de Coração Alquímico tivesse terminado, ele simplesmente voltaria a ser sócio de January, e Holland voltaria a ter uma vida na qual ele não estaria envolvido.

– Gabe pode até estar com todos os papéis, mas eu sei aonde precisamos ir.

E, então, ela começou a percorrer o túnel, seguindo as placas de saída vermelhas iluminadas.

– Dentro do pote de vidro, tinha uma última página do roteiro. Era a última cena, uma pista de boliche com três pinos que formavam a palavra "Fim".

– Existe uma porção de pistas de boliche em Los Angeles – falou Adam.

– Sim, e tomara que seja isso que Gabe esteja pensando. Mas sei de qual pista de boliche meu pai está falando. Nas primeiras páginas do roteiro, logo depois de mencionar a pista de boliche, ele a descreve como "Imagine um cruzamento de quadro de Cassius Marcellus Coolidge, aquele, dos cachorros jogando pôquer, com arquitetura neocolonial hispano-americana".

– Como você se lembrou disso? – Adam olhou para Holland como se, de repente, ela tivesse se transformado em um dicionário, uma enciclopédia ou em algum outro livro que as pessoas não costumam ler por diversão.

– Nas últimas horas, li aquelas páginas umas vinte vezes. Não sei quem é Cassius Marcellus Coolidge, mas conheço o estilo neocolonial hispano-americano.

Adam ficou com uma expressão impressionada.

Holland não contou para ele que, na verdade, só conhecia uma construção em estilo neocolonial hispano-americano.

– Um dos meus lugares preferidos de Los Angeles foi construído nesse estilo e, por acaso, tem uma sala de jogos com pista de boliche.

– Onde?

– No Hollywood Roosevelt.

De repente, o rosto de Adam ficou pálido.

– Que foi?

Adam passou as duas mãos no cabelo e fechou os olhos por alguns instantes.

– É lá que Mason, meu irmão, está.

Holland voltou para a noite anterior, quando teve uma visão em que Mason aparecia no mezanino. Aquela foi a segunda vez que seu nariz sangrou. De repente, parecia ainda mais significativo.

– Como você sabe que ele vai estar lá hoje à noite?

– Porque sempre está. Mason não pode sair daquele hotel.

– Como assim, não pode sair?

– Quando tentei tirar as habilidades dele, não consegui direito. O melhor que pude fazer foi aprisioná-lo no hotel e impedi-lo de usar qualquer tipo de magia.

– Se ele não pode usar os poderes…

– Continua sendo perigoso – interrompeu Adam. – E, se Mason vir você comigo, vai tentar te ferir.

– Então podemos nos separar.

– Não – respondeu Adam, ríspido. – Não quero que você saia da minha vista.

Holland ficou arrepiada, o tom e as palavras de Adam a deixaram ressabiada. Mas será que era mesmo por isso ou por causa da semente de desconfiança que Gabe havia plantado nela? Adam era seu aliado. Gabe era seu inimigo, que tinha mentido para ela, roubado dela e a abandonado à beira da morte.

Enfim, Holland e Adam chegaram ao fim do túnel. A última placa de saída vermelha e iluminada estava posicionada logo acima de uma porta com aspecto industrial e, quando passou por ela, a jovem tentou se livrar de qualquer resquício de desconfiança que sentia em relação a Adam.

A porta se abriu em um salão que parecia fazer parte do *tour* pela JMP. Dos dois lados, havia vitrines com manequins vestidos em figurinos de filmes clássicos e séries de TV de sucesso, protegidos por cordas de veludo e complementados com plaquinhas que explicavam seu significado.

Holland viu uma vitrine inteira dedicada a *Faca e Cruz* e, logo depois, havia uma exposição estonteante de *Terra espelhada*. Era toda prateada, com neve e luzinhas piscantes e, bem no meio, estava o famoso vestido que a mãe tinha usado.

Holland parou de repente na frente do vestido.

– Antes de irmos para o Roosevelt, há mais uma coisinha que precisamos fazer.

Capítulo quarenta e nove

Holland nunca quis ser atriz como a mãe. Sempre quis ser uma contadora de histórias, como o pai. Mas, agora, parada diante do emblemático vestido que a mãe usou em *Terra espelhada,* conseguia compreender o encanto.

O vestido era algo de outro mundo, um pouco romântico estilo bar clandestino da época da Lei Seca. Tinha uma pele lilás meio azulada que cobria os ombros e longos fios de pérola em volta do pescoço. O corpete justo era coberto por uma camada de tecido transparente, que se abria nos quadris e se transformava em uma saia curta bordada com contas azuis e violeta iridescentes, que brilhavam quando ela caminhava.

Adam estava fantasiado de Cruz, de *Faca e Cruz,* com aquelas calças justas de couro escuro até o joelho, botas de cano alto, camisa marrom solta com mangas dobradas e duas bandoleiras equipadas na altura dos quadris. Girava outra arma entre os dedos: uma faca com cabo intrincado. A arma caiu de suas mãos assim que ele viu Holland.

A jovem tentou não sorrir.

Já era tarde quando chegaram ao Hollywood Roosevelt. Holland não queria olhar para o relógio, porque sabia que não teria tempo suficiente.

Pôde sentir a energia febril do Halloween assim que ela e Adam saíram do carro e se aproximaram da porta dupla de vidro. Do outro lado, um novo conjunto de cortinas de veludo vermelho cobria a vista da parte de dentro do hotel, mas Holland conseguia ouvir a música. Estava tocando *jazz,* em estilo *big band,* o que a fez pensar em saias rodopiando e drinques fortes, servidos em copos chiques.

Um homem vestido de mordomo dos anos 1940 estava parado na frente das cortinas. As calças eram risca de giz, o casaco tinha cauda de fraque, e ele segurava uma bandeja de prata com as mãos enluvadas. Em um lado da bandeja, tinha uma garrafa de bebida estilo antigo, com uma grande tampa de vidro com rolha e, do outro, uma pilha de cartões cor de creme com letras em relevo dourado.

– Pegue um se quiser jogar – disse o mordomo.

Holland não tinha tempo para jogos, mas Adam pegou um dos cartões e disse um "obrigado" alegremente. Em seguida, pegou mais um e entregou para a jovem. Ela já ia guardá-lo, mas as palavras na frente do cartão a detiveram:

_______matou no_______com_______

– É do jogo Detetive. – Ela virou o cartão: "O assassinato acontece em um cômodo que tem uma passagem secreta".

Atrás daquela pista, tinha uma tabela para anotações, igual à dos blocos que vêm com o jogo de tabuleiro de verdade.

– Eu adoraria isso em qualquer outra noite – disse Holland. Mas, naquela noite específica, a pista pisou no seu calo. – Não sei se eu deveria pensar que esta pista está me trolando ou se está tentando me alertar.

– Eu não me preocuparia com isso. – Adam deu um sorriso, mas foi uma daqueles sorrisos que não chegou aos seus olhos.

Conversas animadas se misturavam à música, que ia ficando cada vez mais alta à medida que Holland e Adam subiam a escada e percorriam o corredor que levava ao saguão, que fora transformado na Sala de Estar de Detetive.

Mais uma vez, Holland pensou no agourento cartão do jogo que tinha recebido, já que a sala de estar era um dos cômodos do jogo onde havia uma passagem secreta.

Uma variedade estonteante de plantas floridas tinha sido trazida, preenchendo o salão com mais cores ainda. Não que fosse necessário. O hotel estava lotado de pessoas fantasiadas, tirando fotos e paquerando, bebendo e se beijando, derramando drinques e trocando pistas do jogo.

Era a parte da noite em que a festa inteira estava inebriada. Holland sentiu que era a única pessoa sóbria. Até Adam tinha conseguido, sabe-se lá como, pegar um drinque em questão de minutos.

– Está vendo o seu irmão? – perguntou ela.

– Não. Mas ele está aqui, em algum lugar. – Adam tomou um gole bem grande do drinque enquanto os dois vasculhavam o recinto com os olhos.

Holland pensou ter visto a Professora-Doutora, de canto de olho. E segurou o braço de Adam.

– Que foi? – O drinque dele derramou um pouco, porque Holland o arrastou escada acima até o mezanino, mas, naquela noite, havia ali placas indicando a Biblioteca, o Salão de Jogos e o Salão de Festas.

– Acho que vi minha orientadora – sussurrou Holland. – Ela está lá no saguão, fantasiada de Mary Poppins.

– Mary Poppins, sério?

– Na verdade, meio que combina. Ela é mágica e não muito legal.

Isso lhe rendeu uma risada por parte de Adam, que terminou de beber o drinque. A jovem ficou imaginando se ele estava bebendo só porque tinha confiança de que encontrariam o Coração Alquímico ou se estava nervoso, porque encontraria o irmão.

As escadas também estavam cheias de gente. Holland e Adam passaram por um casal fantasiado de Faca e Cruz; outra moça, vestida de criada francesa, estava deitada no chão, posando para uma foto como se fosse o cadáver da noite. Adam desviou com todo o cuidado para não pisar nela.

No mezanino, sabe-se lá como, tinha ainda mais gente. A banda devia estar tocando no salão de baile, porque lá em cima o som era ensurdecedor. Holland mal conseguia ouvir outra coisa enquanto ela e Adam desviavam da multidão e se dirigiam à pista de boliche.

A jovem parou de andar ao ver um homem de *smoking* branco. Ainda bem que não era Mason. Mas, em seguida, avistou outro homem que fez toda a sua ansiedade vir à tona.

– Adam... olhe o Gabe.

Ele era a única pessoa que não estava fantasiada. Usava exatamente as mesmas roupas de quando estava na JMP e se movimentava com agilidade, rumo à pista de boliche.

A displicência sumiu da expressão de Adam em um piscar de olhos.

– Deixe esse cara por minha conta. Só fique aqui, fora de vista.

– Achei que você não queria que a gente se separasse.

– E não quero. Mas também não quero que você precise chegar perto desse cara outra vez.

Um segundo depois, Adam já tinha saído dali. Holland ficou observando-o desviar das pessoas até perdê-lo de vista. E aí também começou a se movimentar. De acordo com seu relógio, tinha menos de duas horas para encontrar o Coração Alquímico. Não ia ficar simplesmente...

Uma mão forte segurou seu ombro e a virou para trás.

Holland soltou um grito e cerrou o punho. Mas era apenas o Chance.

Estava fantasiado de pirata da capa de um livro, com uma peruca loira comprida, argolas de ouro nas duas orelhas e uma camisa repleta de babados, que tinha deixado praticamente desabotoada. E levava uma espada comprida e curva pendurada na cintura. Era uma fantasia fantástica. Mas os nervos de Holland estavam à flor da pele. Nem mesmo ver Chance usando aquela fantasia seria capaz de acalmá-los.

– Você quase me matou de susto – disparou ela, com um suspiro.

– Desculpe – disse Chance. – Preciso conversar com você. – Seus olhos não paravam de olhar em volta do mezanino lotado. – Preciso te mostrar uma coisa. Podemos ir para um lugar mais calmo?

– Chance, realmente, essa não é uma boa hora. – Holland começou a desviar dele, mas o rapaz a impediu, o sorriso se dissipou de seu rosto.

– Você está me devendo uma. E precisa ver isso. – Então pegou Holland pela mão antes que desse tempo de ela protestar e foi se dirigindo aos elevadores.

– Ei, você é Chance Garcia? – gritou alguém.

Chance ignorou o fã, arrastou Holland para o elevador aberto e fechou as portas antes que mais alguém conseguisse entrar. Ela nunca tinha visto o amigo agir daquela maneira.

– Você está me deixando nervosa, Chance.

– Que bom. – Ele apertou o botão para subir. E então, assim que o elevador começou a subir, apertou o botão de emergência. O elevador parou de repente, sacolejando. Holland encostou na parede para se equilibrar, mas Chance apenas ficou parado ali, com uma calma sinistra. – Você deveria ficar nervosa. Tem alguma coisa muito errada com essa cara com quem você está saindo.

– Com Adam?

Chance assentiu.

– Não foi por acaso que aceitei o papel nesse filme novo de Vic VanVleet. E também não foi porque quero retomar minha carreira de ator. Nunca deixei de ser assombrado pelo que aconteceu no último dia de gravação de *O sótão mágico*. Eu queria voltar para a JMP e descobrir o que foi que aconteceu. É isso que estou fazendo há meses. Tentei fazer amizade com pessoas de todos os setores do estúdio, para poder ver fotos antigas, ouvir histórias e tentar encontrar um sentido para tudo isso. Hoje, quando vi você com Adam, não foi a primeira vez que eu o vi. – Chance pegou o celular e mostrou para Holland a imagem de uma foto em um porta-retratos. – Este foi o primeiro dia de gravação de *O sótão mágico*. Está vendo alguém conhecido?

É claro que Holland reconheceu o elenco, incluindo Chance, bem mais novo.

– Você está com uma cara tão feliz – comentou.

– Não estou falando de mim. Continue olhando.

A jovem examinou a foto e, desta vez, só levou alguns segundos para enxergar um rosto que conhecia bem demais.

Adam Bishop.

– Ele era a única pessoa desta foto de quem eu não conseguia me lembrar – explicou Chance. – Perguntei para todo mundo, e ninguém lá do estúdio se lembra dele, tampouco. Mas encontrei esse cara em dezenas de outras fotos.

O rapaz mostrou para a amiga várias outras fotos em que Adam estava presente. Em todas elas, não tinha envelhecido nem um dia sequer. Mas o que deixou Holland mais nervosa foi o fato de que todas as fotos em que Adam aparecia também havia alguém que ela tinha incluído em sua dissertação – uma pessoa diferente em cada foto, mas todas eram pessoas que tinham morrido sob circunstâncias trágicas ou misteriosas.

– Tem mais uma foto que você deveria ver – disse Chance, com certa relutância. – Depois que me despedi de você hoje, lá no estúdio, encontrei essa aqui, do *set* de *Terra espelhada*.

Capítulo cinquenta

— Acho que seu amigo pode ser o demônio – declarou Chance. Mas não havia um pingo de empolgação ou de brincadeira em seu tom de voz. Nem um pingo de triunfo pelo fato de os dois, enfim, terem encontrado a lenda.

A cabeça de Holland girava enquanto ela olhava para a foto. Os pais estavam no meio, um ao lado do outro e, bem atrás dos dois, estava Adam Bishop.

A jovem se recordou de que ele havia lhe revelado que já tinha sido o demônio, há muito tempo. Mas também jurou que nunca fizera um pacto com os pais dela.

Holland procurou por Mason na foto. Procurou por ele em todas as fotos que Chance lhe mostrou, mas só encontrou Adam.

Isso não provava que aquilo que ele havia lhe contado a respeito do irmão era mentira, mas e se fosse? E se Holland tivesse entendido tudo errado, e Adam fosse o verdadeiro vilão?

Tentou se lembrar de que January confiava nele. Também poderia confiar nele. Mas que indícios realmente tinha para isso? Agora que parou para pensar, uma única pessoa no Banco havia mencionado o nome de Adam: Padme. Isso deveria bastar, só que Holland já vira Adam não apenas apagar lembranças, mas também transformá-las. Se ele realmente estivesse desempenhando o papel do demônio e não o seu irmão, teria sido fácil para ele descobrir quais das lembranças ocorridas no Banco precisa transformar para conseguir convencê-la de que era sócio de sua irmã.

De repente, Holland ficou desesperada para encontrar a Professora-Doutora, e perguntar se ela conhecia Adam Bishop. Mas não tinha tempo para isso. Assim que saísse daquele elevador, precisava decidir se iria atrás de Adam ou se iria procurar o Coração Alquímico por conta própria.

Holland destravou o elevador. Agora Chance estava com uma expressão de quem não queria permitir que ela saísse do alcance de sua vista. A jovem não sabia como iria sair daquela situação sem magoar o amigo mais uma vez.

Para sorte de Holland, Chance Garcia era facilmente reconhecível, mesmo fantasiado de pirata. Minutos depois de os dois saírem do elevador, pessoas da festa foram pedir para tirar uma *selfie* com ele, e a jovem saiu de fininho de perto do amigo.

A noite tinha passado de inebriada a bêbada. O chão sob seus pés estava grudento, tudo cheirava a bebida e açúcar e o que antes era *jazz* agora parecia apenas barulho.

Holland ouviu uma risada conhecida, virou-se para trás e avistou Cat perto da entrada do salão de baile, falando com Eileen. Sentiu uma pontada de culpa por não ter se despedido direito de Cat à tarde, mas não podia correr o risco de falar com nenhuma das duas amigas naquele momento. Depois que encontrasse o Coração, *se* encontrasse o Coração, iria se redimir com as duas.

A jovem já estava quase entrando no anexo do Roosevelt – a sala de jogos e bar onde ficava a pista de boliche – quando se deu conta de que não fazia ideia de onde procurar. Mas então se recordou das palavras escritas no bilhete do pai. "Você já tem tudo o que necessita. Só precisa enxergar."

Conseguia dar conta daquilo. Podia até não ter solucionado o mistério de como os pais haviam morrido nos mínimos detalhes, mas tinha conseguido confirmar que tipo de pessoa seu pai era. Todo mundo que Holland havia conhecido naquela caça ao tesouro tinha pintado uma imagem de Ben Tierney que não apenas a deixara orgulhosa do pai, mas também a fizera se sentir mais próxima dele.

"Ben era uma ótima pessoa."

"Ele tinha um coração enorme, e era uma daquelas raras pessoas que, ao longo da vida, se deixa guiar cada vez mais pelo coração."

"Ben era o cara. Inteligente. O tipo de narrador visionário que só aparece uma vez na vida."

Se o pai acreditava que Holland dava conta daquilo, então ela dava. A jovem tinha fé no pai, e o pai tinha fé nela.

A música diminuiu de volume assim que ela entrou no salão de jogos e, de repente, Holland teve a sensação de que poderia estar entrando no filme inacabado do pai. Bolas rolavam, pinos caíam, e pessoas com fantasia de Halloween esdrúxulas tomavam drinques como se fossem refrigerantes. Para aquela noite, tinham pintado as pistas duplas de verde e colado números de um único dígito nas bolas, deixando cada pista de boliche parecida com uma mesa de bilhar gigante.

"Você só precisa enxergar", o pai tinha escrito.

E aí Holland enxergou. *Ele*. Mason Bishop.

Todos os pelos do braço da jovem ficaram arrepiados.

Mason estava sentado na área do bar, trajando a mesma roupa da noite anterior: calça escura, *smoking* branco, gravata-borboleta desamarrada em volta do pescoço.

Holland ainda achava que Mason mais parecia a versão através do espelho de Adam: mais duro e mais frio. O cabelo era mais escuro, mas a pele era mais clara. Devia ter uns dois centímetros a mais de altura do que o irmão e parecia fazer um século que não sorria.

Holland ficou observando Mason absorver a cena que se desenrolava na pista de boliche com uma expressão entediada dos infernos. E, aí, os olhos do homem pousaram nela. Holland sentiu novamente... a mesma descarga elétrica da noite anterior crepitou no ar.

De repente, Mason não estava mais com uma expressão entediada. E, em seguida, estava ali, bem na frente dela.

– Você está meio atrasada hoje.

A jovem deu um passo involuntário para trás.

– Como... como você sabia disso?

Holland olhou para o outro lado do bar, onde Mason estava sentado até instantes atrás, depois olhou de novo para o homem que estava diante dela. Adam tinha dito que o irmão não conseguia usar suas habilidades. Mas era óbvio que ele era um mentiroso.

A expressão de Mason se anuviou.

– Sim, meu irmão caçula é um mentiroso e várias outras palavras infelizes.

– Como você sabia o que eu...

– Não sou capaz de ler seus pensamentos – interrompeu Mason. – E nem precisava. Já tivemos essa conversa antes.

Capítulo cinquenta e um

Todos os pinos de boliche caíram ao mesmo tempo. Um urro coletivo de vivas bêbados tomou conta do salão de jogos. Todo mundo estava fazendo um *toca aqui*, dizendo palavras do tipo "magia do Halloween" e olhando em volta maravilhado. Todos, menos Holland e Mason.

Ele olhou para a jovem com uma expressão de quem não queria ter aquela conversa *de novo*. E ela se sentiu zonza, enjoada e brava – e não foi pouco – ao ponderar sobre o que Mason havia dito. Que, de alguma maneira, já teve aquela conversa antes e havia se esquecido. Entretanto, se houvesse mesmo se esquecido, duvidava que fosse por um lapso de memória. Tinha sido o Adam.

– Quando foi que tivemos essa conversa? – questionou ela.

– Vou te contar. Mas precisamos sair daqui antes que meu irmão entre.

– Não posso…

– Você não vai encontrar o Coração Alquímico aqui dentro – interrompeu Mason, curto e grosso.

Holland ficou irritada com o tom dele. Algo em Mason lhe dava a sensação de que era o tipo de homem que deveria vir acompanhado com placa de aviso: GOSTA DE BRINQUEDOS COLORIDOS. FICA ENTEDIADO COM FACILIDADE.

– Estou impressionada com esses seus truquezinhos de magia. Mas…

– Posso te dizer por que você fica tendo sangramentos e visões – interrompeu ele.

– Essa eu já ouvi.

– Foi sua professora que falou? Por acaso ela também comentou sobre o Homem das Horas, o pobre do Tom e aquele escroto deprimido do Gabe?

Holland tentou se conter e não perguntar como Mason sabia de tudo aquilo. Não havia contado para ninguém que Gabe tinha sangrado.

"Já tivemos essa conversa antes", foi o que Mason dissera.

Mas quando ela poderia ter comentado o sangramento de Gabe com ele?

– Como você sabe que tenho sangramentos?

– Isso nunca acaba bem, a menos que venha comigo. Temos apenas uns noventa segundos até meu irmão entrar aqui. Ele vai vir direto até você. Assim que ele te encostar, você vai se esquecer dessa conversa. Não vai encontrar o Coração Alquímico e, dentro de uma hora, estará morta. – E o tom de Mason era de irritação, como se a morte de Holland fosse um inconveniente colossal para ele.

Mas foram as palavras "nunca acaba bem" que conseguiram capturar toda a atenção da jovem.

– O que acontece se eu for com você?

– Você tem uma chance.

Mason se dirigiu ao balcão do bar. No jogo Detetive, não há uma passagem secreta no Salão de Jogos. Mas, no Hollywood Roosevelt, tem uma porta escondida bem perto do balcão. Mason apontou para uma maçaneta disfarçada no painel de madeira. Holland a virou, bem na hora em que avistou Adam no espelho do balcão. E aí já estava atravessando a porta.

Mason encostou o ombro em uma parede de livros, tinha entrado na biblioteca minúscula antes de Holland, sabe-se lá como. A jovem ficou se perguntando outra vez qual seria exatamente a magia dele, mas essa não era sua pergunta mais premente.

– Fale dos meus sangramentos.

– Você está briguenta hoje. – Mason ficou olhando para ela com a cabeça levemente inclinada. – Gostei disso em você.

– Por que você fica falando como se a gente se conhecesse?

– Porque nos conhecemos. Ou melhor… – Os lábios dele se retorceram, como se tivesse acabado de morder algo desagradável. – Eu te conheço. Você nunca se lembra de mim.

– Por causa do seu irmão?

– Às vezes. Não sempre. – Mason soltou um suspiro e encostou o outro ombro na estante. – Normalmente, por *sua* causa.

– Por que seria por minha causa?

– Porque você morre. Você nunca encontra o Coração Alquímico, porque ele não está escondido neste hotel. Você morre faltando um minuto para a meia-noite. E aí, exatamente à meia-noite e quinze, o tempo volta para a noite de Halloween e fazemos essa dancinha, tudo de novo.

– Não. – Holland cambaleou para trás. – Não acredito em você.

– Você diz isso toda vez. Em seguida, fala que seu pai nunca a faria tomar a direção errada.

– Ele jamais faria isso! – exclamou Holland.

Ela acreditava em um monte de coisas impossíveis. Acreditava em *loops* temporais, objetos mágicos e que os mortos podiam voltar à vida, mas não era capaz de acreditar que o pai poderia deixá-la na mão.

Mason deu de ombros, como se quisesse pedir desculpas, mas Holland achou que ele não estava sendo sincero. Julgou que aquele homem não sentia nada a não ser tédio e irritação por ser obrigado a reviver as mesmas quarenta e oito horas incontáveis vezes. Apesar de ainda não ter certeza se acreditava nele ou não.

– Você acha que sou um escroto – declarou Mason.

– Não falei isso.

– Já tivemos essa conversa antes – recordou-se Mason. – Não sei como nem por que esse *loop* temporal acontece. Mas sei que os sangramentos no nariz não começaram logo de início. Achamos que são um efeito colateral do *loop* temporal. O tempo quer ir para a frente e, como não foi, começou a ruir.

Enquanto Mason falava, Holland sentiu uma gota de sangue cair do nariz. Ficou esperando aquele homem sumir, a biblioteca ficar granulada. Mas só viu Mason fazendo uma careta para ela.

A jovem limpou o sangue com a mão, torcendo para não estragar o vestido da mãe. Entretanto, se Mason tivesse razão, aquele vestido era a menor de suas preocupações.

– Por que não fui acometida de uma visão neste exato momento?

– As visões que você tem não são visões, são lembranças de frações do tempo passadas – explicou Mason. – Não sei por que eu não apareço nelas. Imagino que tenha algo a ver com o fato de eu existir fora do tempo, e é por isso que eu me lembro de tudo isso e ninguém mais se lembra.

– Como isso é possível?

– Pelo mesmo motivo que é possível eu fazer isso. – Mason se afastou da estante, deu um passo e aí...

Sumiu. Holland nem sequer viu quando ele atravessou a parede, Mason simplesmente desapareceu. Em seguida, reapareceu, só que mais devagar, como se estivesse se transformando de névoa em ser humano.

A jovem tentou pegar na mão dele, mas seus dedos passaram reto por ele. E, de repente, Holland entendeu por que Adam tinha dito que Mason não podia sair daquele hotel nem usar seus poderes.

– Você é um fantasma.

Mason bateu palmas lentamente, as mãos não fizeram nenhum ruído quando as juntou. Se a mente de Holland já não estivesse despedaçada em um milhão de pedacinhos rodopiantes, isso realmente poderia tê-la surpreendido. Mas ficar sabendo que Mason era um fantasma apenas parecia bater com todos os demais detalhes perturbadores daquela noite. Claro que ele era um fantasma, o irmão dele era o demônio, e Holland iria morrer, apesar de estar determinada a mudar isso.

– Se você é um fantasma, por que consigo te ver e te ouvir?

– Porque você morreu.

Aquilo ainda não tinha entrado na cabeça de Holland, mas ela queria saber mais a esse respeito.

– Quantas vezes?

– Se eu te contar, você só vai ficar deprimida.

– Quero saber mesmo assim.

Mason tornou a se encostar na estante.

– Você diz isso quase todas as vezes.

– Quantas vezes já tivemos esta conversa?

– Não sei. Muitas. Mas não é sempre igual. Depende de onde você vai com Gabe depois que ele te sequestra no estacionamento. Ocasionalmente, você foge e encontra meu irmão. Isso costuma significar que entrega Adam para a Professora-Doutora quando está no Banco e aí, de alguma maneira, você entra aqui com Gabe e, nessas noites específicas, nós nem conversamos.

– Mas mesmo assim eu morro?

Mason assentiu, com um ar pesaroso.

– Como?

– Vou te contar com uma condição. – Mason deu um passo lento, aproximando-se de Holland. Havia pouco, a jovem pensara que aquele homem tinha uns dois centímetros de altura a mais do que o irmão, mas tinha se enganado. Ele devia ter pelo menos quatro, talvez mais. Mason podia até ser um fantasma, mas continuava sendo formidável. – Se realmente quer encontrar o Coração Alquímico hoje à noite, quero que me transforme numa pessoa viva outra vez e quero que você mate meu irmão.

Holland fez que não.

– Não posso fazer isso.

– Você também sempre diz isso. Mas pode, sim. Acredite em mim. E, quando eu te contar por que você morre, vai querer fazer isso.

– Você está engando – disse Holland. Depois de tudo o que tinha descoberto naquela noite, parecia que Adam, de fato, era o vilão da sua história. Mas, mesmo assim, ela não queria matá-lo. Não queria matar ninguém. – Acho que está na hora de eu ir.

– Meu irmão – disse Mason.

Holland ficou petrificada.

– É ele que te mata. Entre o momento em que você sai deste cômodo e a meia-noite, seu assassino é sempre meu irmão.

Capítulo cinquenta e dois

"Você nunca encontra o Coração Alquímico, porque ele não está escondido neste hotel."

Holland se sentia assombrada por quase tudo o que Mason havia lhe contado, mas esta talvez fosse a coisa mais assombrosa de todas. Não conseguia acreditar que o pai seria capaz de deixá-la na mão. Mas tampouco sabia onde mais procurar se não fosse no Roosevelt e só lhe restavam vinte minutos.

A festa tinha ido de bêbada a moribunda. A multidão havia diminuído, tornando mais fácil ficar de olho para ver se avistava Adam… e para ele encontrá-la.

Holland gostaria de ter ficado mais chocada com o que Mason revelou sobre o próprio irmão, em tom de alerta. Mas se a jovem parasse para pensar de verdade, apenas se sentia inacreditavelmente burra por ter confiado em Adam por um instante que fosse. E agora restavam apenas dezenove minutos. Tinha deixado alguma coisa passar batido, só podia ser.

Ou, quem sabe, ela é que estivesse pensando de modo errado. O pai tinha escrito "Você já tem tudo o que necessita. Só precisa enxergar".

E se o pai não quisesse dizer que Holland tinha todas as pistas em mãos? E se quisesse dizer que ela já estava de posse do Coração Alquímico em si?

Holland tinha se esquecido da mochila da irmã, mas, de repente, teve plena consciência do peso que carregava nos ombros. Teria preferido tirar a mochila e remexer nela dentro de um banheiro, mas a fila que via saía pela porta. Teria que se contentar com um cantinho escuro da sala de jogos.

Com todo o cuidado, abriu o fecho. Como não sabia qual era a aparência do Coração Alquímico, teria que ir pelo tato. Quando foi pôr a mão no fecho principal da mochila, sentiu outro fecho, escondido na parte de trás. Um compartimento secreto.

Com os dedos trêmulos, abriu. Lá dentro, encontrou um maço impressionante de dinheiro, um passaporte falso ainda mais impressionante e uma correntinha de ouro…

O barulho da festa se dissipou quando encostou na corrente. *Magia*. Holland tirou o colar da mochila e o reconheceu instantaneamente. Era o colar com o símbolo de enxofre da irmã, a outra metade daquele que Holland sempre usava. January sempre usava o dela. Por que teria o tirado e escondido ali?

Por instinto, Holland colocou o colar da irmã no próprio pescoço. Por um segundo, os dois esquentaram e, de repente, estavam ardendo de tão quentes. Ela levou a mão ao pescoço para arrancá-los. Mas, com a mesma rapidez que teve início, a ardência parou. E, quando Holland encostou nos colares, em vez de dois, havia apenas um. As correntes de ouro tinham formado uma gargantilha em volta do seu pescoço. A jovem se virou e admirou o próprio reflexo nos painéis de espelhos.

Ainda tinha um pingente pendurado na gargantilha, mas o que antes era uma coisa delicada tinha se transformado em um pedaço de ouro grosso e reluzente, no formato do símbolo do Coração Alquímico.

Cada centímetro da pele de Holland vibrava. A jovem estava empolgada, amedrontada e sentia um milhão de emoções ao mesmo tempo. Só podia ser isso. Mason estava enganado. Ela não iria morrer. Pode até ter passado por sua cabeça, por breves instantes, a ideia de que o objeto mais poderoso do mundo deveria passar uma sensação um pouco mais mágica do que aquela ou, quem sabe, deveria fazer algo levemente mais impressionante do que só ficar parado em seu pescoço. Mas Holland poderia se preocupar com isso depois, quando saísse do Hollywood Roosevelt com vida.

Agora lhe restavam dez minutos. Ainda estava no andar de cima, na sala de jogos. Se fosse rápida, poderia ir para o saguão, sair e, talvez, até entrar em um dos táxis que ficavam esperando as pessoas do lado de fora do hotel antes que desse tempo de Adam encontrá-la.

O coração de Holland batia acelerado quando colocou a mochila da irmã nas costas e foi para a parte do mezanino que tinha vista para o saguão, com todas aquelas decorações já meio caídas e fantasias cansadas. A banda já tinha ido embora, mas alguém estava tocando piano no salão de baile – um hóspede, provavelmente, a julgar pelo fato de a música tropeçar e voltar, um pouco fora do ritmo.

Holland apertou o passo ao chegar na escada. Agora, as luzes estavam mais fracas, sombras substituíam os hóspedes, que tinham ido dormir, apesar de ainda haver várias pessoas na festa. Não reconheceu ninguém. Nem sinal de Chance, Cat ou...

Uma mão pousou no seu ombro, macia e quente.

– Te achei, Olho-Vivo, fiquei com receio de que não iria conseguir te encontrar antes da meia-noite. Mas agora posso ver que você também estava procurando por mim.

A mão desceu até o pulso da jovem, deixando sua pele toda arrepiada. E, em seguida, virou seu corpo. Adam olhou para Holland com uma expressão que ela nunca tinha visto. Os lábios estavam apertados, de raiva; os olhos, sem emoção, sem sorrir. Mas, quando falou, a voz era pura música.

– Você estava com receio de que também não iria me encontrar. Mas agora que estou aqui, ficou tão aliviada que não quer mais tirar os olhos de mim.

– Sim, eu estava procurando você – disse Holland, invadida por uma onda de alívio. Iria a qualquer lugar com Adam, desde que ele não saísse de seu campo de visão.

Adam a apertou com mais força, quase até o ponto de doer, mas Holland nem se importou, e ele a levou até o saguão, lá embaixo, que continuava parecido com a Sala de Estar do jogo Detetive, ainda que uma versão levemente assombrada. Mais sombras, menos gente. As pessoas que restavam estavam desmaiadas nas poltronas e sofás. Holland viu uma Estátua da Liberdade adormecida deitada em cima de um esqueleto desmaiado.

Adam a levou até um cantinho escuro, perto de um painel que lembrava uma das paredes de vidro da Sala de Estar do jogo. Foi um trajeto estranho, meio enevoado. Na verdade, Holland não conseguia se lembrar de como tinha começado. A última coisa da qual lembrava nitidamente era de ter entrado no hotel com Adam, de ter se perdido dele e, depois, de tê-lo procurado freneticamente. Mas até isso estava meio enevoado

Devia ter tomado algum drinque forte. Xingou a si mesma. Como pôde desperdiçar a noite inteira? Holland olhou para o relógio, recordando-se de repente do que precisava fazer.

– Só temos sete minutos até a meia-noite.

– Tudo bem. Não precisa se preocupar – disse Adam, com sua voz linda e melodiosa. – A menos que esse prédio esteja prestes a desmoronar, você não vai morrer antes da meia-noite.

Ele a puxou mais para perto.

– O que você está fazendo? – indagou Holland. – Precisamos encontrar o Coração Alquímico.

– Você só precisa de mim – respondeu Adam.

E, então, ele encostou os lábios nos dela. A boca de Holland se entreabriu com facilidade. Aquele homem tinha sabor de conhaque e licor de laranja, e a jovem se sentiu meio embriagada quando a língua dele encostou delicadamente na sua. O beijo era mais suave que suas carícias, mas Holland gostou do jeito bruto que Adam a puxou para perto de seu corpo. Gostava da sensação poderosa de suas mãos, enquanto seus lábios continuavam a brincar com os dela, saboreando, bebendo e lambendo, deixando Holland zonza de prazer. Ela estava de olhos fechados, mas imaginou que, se abrisse, tudo seria um borrão de luz e cores escuras, com exceção dos dois.

– Eu queria isso – murmurou Adam, seus lábios encostados nos de Holland. Então, ele levou o beijo ainda mais longe, escondendo-a ainda mais no canto escuro do saguão do Roosevelt, espremendo as costas da jovem contra a parede.

Adam colocou a mão em cima da garganta de Holland. O coração dela começou a bater mais rápido. Não gostava de ser tocada naquele lugar. Daí, ela sentiu os dedos de Adam na corrente que ela tinha no pescoço. Um fragmento de lembrança veio à tona em sua mente. O colar. Algo a respeito daquele colar era importante.

A jovem tentou se afastar, mas estava prensada contra a parede, e ele a segurava com muita força. Uma mão que parecia de ferro nas costas dela, enquanto a outra continuava na garganta; Adam puxava, tentando arrancar ou quebrar o colar.

– Não! – gritou Holland. Mas os lábios brutos de Adam continuavam beijando os seus.

A mão que estava no pescoço tinha ido para a parte de cima da cabeça, e ele continuou com os lábios grudados ali, obrigando-a a continuar beijando quando murmurou:

– Isso vai doer. – E, em seguida, lhe deu uma facada nas costas.

Nunca na vida Holland tinha sentido uma dor tão forte.

Ela gritou com os lábios colados nos de Adam, que a beijou mais uma vez. A jovem soltou um palavrão e gritou, e ele engoliu tudo isso com os lábios e a língua, beijando-a uma última vez antes de, finalmente, soltá-la.

A visão de Holland começou a ficar borrada quando Adam a soltou.

Por um segundo, achou que ele parecia triste.

E, então, Adam estava se afastando, levando embora a única esperança dela, em suas mãos ensanguentadas.

Capítulo cinquenta e três

Holland tentou não desmoronar e se jogar no chão. Uma facada nas costas não a mataria logo de cara. Sabia disso porque tinha feito pesquisa quando escrevia uma *fanfic* de *Faca e Cruz*. Mas aquele não parecia ser um ferimento comum. A sensação era tóxica, envenenada.

Pensou em Jake, que tinha morrido da mesma maneira. Agora tinha certeza de quem tinha assassinado o rapaz, mas não havia nada que pudesse fazer a respeito disso.

Holland tossiu, e o hotel começou a rodopiar. Um borrão de lembranças veio à tona, incluindo todas as noites que havia passado ali com os amigos. Viu imagens de Eileen, Chance e Cat em rápida sucessão, os três pagando bebidas para pessoas que, na sua opinião, poderiam ser o demônio, como crianças que brincam com fósforos. Depois, no canto de seu campo de visão, viu outra figura conhecida. Um homem de *smoking* branco. *Mason*.

À medida que ele se aproximava, outras lembranças que Adam havia apagado foram voltando, em uma onda. Holland se lembrou da conversa que os dois tiveram na biblioteca, de ele ter lhe avisado antes que ela fosse embora. "Seu assassino é sempre meu irmão."

Mason tinha razão, mas não parecia estar muito feliz com isso. E também parecia mais real do que antes, menos fantasmagórico. Holland ficou pensando, vagamente, se não seria porque ela estava morrendo.

– Nunca vim aqui para baixo nessa parte. Mas hoje foi diferente, e eu torci… – Ele deixou a frase no ar, como se traduzir seus sentimentos em palavras fosse torná-los mais reais do que gostaria. De perto, a expressão de Mason era ainda mais triste. Mas Holland já podia vê-lo descartando essa expressão, substituindo o que quer que pudesse estar sentindo pela aceitação do inevitável.

– Ainda acho que você se enganou – falou Holland, engasgada. Conseguia sentir o sangue escorrendo pelas costas e os segundos chegando ao fim, mas se recusava a desistir. Quando muito, a expressão derrotada de Mason a deixou mais determinada.

O Homem das Horas havia dito que a única maneira de sobreviver àquele dia era encontrar o Coração Alquímico. Sendo assim, ela não deveria estar morrendo. A menos que não tivesse encontrado o Coração Alquímico de fato.

Holland devia ter se enganado a respeito do colar. Mas ainda acreditava que o pai tinha razão quando escreveu que a filha estava de posse do Coração Alquímico. Ou seja: *possuí-lo* não bastava, precisava *encontrá-lo* de fato, como o Homem das Horas havia dito.

A jovem tateou para, mais uma vez, abrir a mochila da irmã, puxando as roupas que havia enfiado lá dentro. Assim que encostou no diário da Professora-Doutora, os dedos começaram a formigar. O diário estava de cabeça para baixo quando o tirou da mochila, revelando o símbolo do Coração Alquímico gravado na quarta capa. Agora, Holland conseguia sentir o formigamento até nos dedos dos pés.

De repente, tudo parecia tão óbvio. Quanto mais tempo Holland segurava o diário, mais conseguia sentir a magia – pulsando feito um ser vivo, querendo ser usada. Gabe repetiu diversas vezes que ninguém sabia qual aparência o Coração Alquímico tinha e que certas pessoas suspeitavam que o objeto podia até mudar de forma. Holland imaginou que ele deveria ter razão em relação à mudança de forma. Não conseguia imaginar que teria a aparência daquele diário o tempo todo. Ficou tentando adivinhar como o pai teria conseguido enviá-lo para sua casa. Mas teria que solucionar esse mistério depois. Agora, o Coração Alquímico estava brilhando em suas mãos.

O esqueleto bêbado ergueu-se um pouco no sofá.

– Por acaso isso... – Mason se aproximou e parou de falar quando deu uma boa olhada no caderno.

Holland precisava se mexer. Não podia correr o risco de chamar mais atenção, muito menos quando Adam ainda estava por perto.

Ela sentia tanta dor, achava que não conseguiria correr de novo. Mas talvez não precisasse. Não muito longe de onde estava, havia uma parede temporária feita para a festa, com uma flechinha e duas palavras salvadoras gravadas em uma placa: PASSAGEM SECRETA.

Holland apertou as palavras e, de repente, estava em outro recinto. Na verdade, estava apenas em uma parte isolada do saguão do Roosevelt, que tinha sido decorada para ficar parecida com uma salinha de visitas, com duas poltronas de espaldar alto e curvado nas pontas e uma mesinha com um abajur estilo Tiffany em cima.

A jovem se atirou em uma das poltronas de couro, não conseguia mais ficar em pé. O Coração ainda brilhava, mas não dava a impressão de fazer muito mais coisa, incluindo curá-la.

E aí Mason apareceu, como um gigante perto dela.

– Você precisa usar o Coração Alquímico agora.

– E como devo fazer isso? – perguntou Holland, com um chiado no peito.

– Ninguém te contou como se usa esse negócio? É claro que não... – resmungou Mason. E, então, começou a falar rapidamente: – O Coração Alquímico foi roubado de outro mundo, onde os objetos são sencientes. Não é apenas um objeto. Ele é capaz de pensar, fazer escolhas e agir. Se quer usar seu poder, precisa pedir, de maneira específica.

– É só um monte de palavras – disse ela. Tudo no mundo doía, e agora sua visão estava ficando escurecida nos cantos. Tirando o caderno reluzente, Holland não conseguia ver muito mais coisa, mas torcia para ter entendido o que Mason acabara de explicar. – Preciso viver – pediu ela, dirigindo-se ao caderno que estava em suas mãos.

– Não – censurou Mason, ríspido. – Diga para o Coração Alquímico o que você precisa que ele faça.

– Você não precisa gritar – murmurou Holland. E se dirigiu ao caderno outra vez. – Preciso que você me cure.

– Seja mais específica. Diga para manter seu coração batendo e estancar o sangramento.

Holland repetiu as palavras de Mason.

– E você poderia se livrar do veneno, por favor?

Assim que ela disse isso, o Coração Alquímico brilhou com mais intensidade, e Holland começou a ter ânsia de vômito. A garganta, o estômago, parecia que tudo estava pegando fogo e, em seguida, ela cuspiu a coisa mais fétida que já sentira na vida em cima da mesa.

Imediatamente, a dor que sentia sumiu, e sua visão voltou ao normal. A jovem conseguia ver os drinques pela metade em cima da mesa diante de seus olhos e todas as gotas que haviam sido derramadas ao longo da noite. O mundo voltava a ficar nítido, com exceção de Mason. Ele tinha tornado a ficar com uma aparência desbotada, mais fantasmagórica. E ainda estava com uma cara infeliz.

– Seria demais pedir um sorriso?

– Você ainda não está fora de perigo.

Holland olhou para o relógio. Faltavam segundos para a meia-noite. Cinco. Quatro. Três. Dois. Um.

Ela esperava uma explosão de fogos de artifício ou as badaladas de um grande relógio invisível, comemorando sua vitória. Tinha vontade de dar vivas, gritar ou atirar confetes. Mas, mais do que tudo, descobriu que só queria ficar ali, sentada, em silêncio, sem ninguém tentando matá-la nem roubá-la nem apontando qualquer tipo de arma para ela. Estava fora de perigo e só queria sentir isso.

Ao seu redor, fizera-se um silêncio inquietante no saguão. Até a música tinha parado, ampliando o som de alguém que se aproximava, do outro lado da parede. Holland ficou petrificada.

Mason sumiu e reapareceu segundos depois.

– É só o Gabe – falou, com um certo desdém.

Era óbvio que Gabe não tinha a melhor das reputações naquele mundo. Mas Holland, quando deu por si, estava aliviada por ele estar vivo. Ainda não sabia de que lado Gabriel Cabral realmente estava, mas ele tinha tentado avisá-la para não confiar em Adam. Isso contava alguma coisa. Mesmo assim, sabia que Gabe estava desesperado para pôr as mãos no Coração Alquímico, e não queria que ele a encontrasse ali, de posse do objeto.

– Pode relaxar – informou Mason. – Ele já foi embora. Só ficou alguns segundos olhando, de cara feia, para as roupas que você deixou espalhadas e foi embora.

Holland olhou mais uma vez para o relógio. Agora, haviam se passado dois minutos da meia-noite. – Acho que isso quer dizer que estou oficialmente fora de perigo.

Mason negou com a cabeça.

– Adam vai voltar para buscar o verdadeiro Coração Alquímico quando se der conta de que se enganou.

A jovem poderia jurar que jamais havia conhecido ninguém tão pessimista.

– Como você sabe disso, se nunca aconteceu?

– Porque eu conheço Adam. – Mason a encarou com um ar desafiador. – Não o subestime só porque ele tem um rostinho bonito.

Holland fez questão de fazer uma expressão ofendida.

– Ele acabou de tentar me matar. – A jovem não achava mais Adam bonito. Ele parecia uma imitação pobre do irmão. Na verdade, olhar para Mason agora a deixava um pouco nervosa, porque era óbvio que os dois eram da mesma família.

– Não sou meu irmão – disse ele.

– Eu pensei que você não era capaz de ler pensamentos.

Mason inclinou a cabeça, como se dissesse: "Você pode até não se lembrar de mim, mas eu me lembro de você".

– Sei que continua não querendo ferir meu irmão, mas, se você tiver algum instinto de autopreservação, precisa fazer algo em relação a ele agora.

Mason olhou para o relógio de Holland, e a jovem se recordou do que ele havia dito, de que o tempo recomeçava à meia-noite e quinze. Era apenas meia-noite e cinco. Faltavam dez minutos até terem certeza se o *loop* tinha sido interrompido ou não. E Holland temia que Mason tivesse razão.

Sabia que, pelo menos em relação a ela, Mason havia acertado. Apesar de tudo, Holland não queria ferir Adam, mas sabia que ele precisava ser detido. Só não sabia muito bem como.

Gostaria de ter mais tempo. E foi aí que se deu conta de que ainda estava de posse do Coração Alquímico, o objeto mais mágico do mundo.

Holland pigarreou e olhou para o diário.

– Preciso que você pare o tempo, por favor.

Instantaneamente, o diário se transformou em uma ampulheta. Parecida com a que Holland tinha visto no Banco, na sala da Professora-Doutora, só que essa era dourada com areia verde. Pela quantidade de areia, Holland estimou que tinha apenas alguns minutos.

Mason soltou uma risada debochada.

– Já falei, se quer ser bem-sucedida no emprego da magia, precisa ser confiante e decidida quando fizer seus pedidos

– Só porque estou sendo bem-educada não significa que não sou... espere – disse Holland. – Você não devia estar congelado?

– Fantasma – Mason recordou Holland. – O tempo e a magia não me afetam do mesmo modo que afetam as pessoas vivas. – Ele dirigiu o olhar para a areia, que caía rapidamente. Sua expressão era difícil de decifrar. – Não tem muito tempo aí dentro. Se não quer matar meu irmão, peça para o Coração Alquímico fazê-lo ficar no meu lugar.

Holland ficou em dúvida. Transformar Adam em fantasma, na verdade, parecia uma boa ideia. Mas não tinha tanta certeza assim em relação a transformar Mason em humano. Ele até podia conhecê-la, mas ela não o conhecia. E, apesar de não acreditar mais nas histórias que Adam contou, não tinha nenhuma outra informação a respeito de Mason.

– Se eu fizer isso, como vou saber que você não vai me matar para ficar com o Coração Alquímico?

– Se eu quisesse o Coração Alquímico, não precisaria te matar. – E disse isso quase como quem não quer nada, como se um assassinato fosse algo tão indigno dele que não valia a pena nem conceber essa ideia.

– E não sou nem um pouco parecido com meu irmão. Sou um homem de palavra e, se você me der minha vida de volta, não vou roubar o Coração Alquímico. Nem quero esse negócio. Só quero me libertar deste lugar.

Os últimos grãos de areia passaram pela ampulheta enquanto Mason falava.

Holland ficou imaginando se, agora, relógios tiquetaqueando a deixariam nervosa pelo resto da vida porque, assim que o tempo voltou a transcorrer, ela sentiu.

O Coração Alquímico ainda estava no formato de ampulheta quando Holland se dirigiu a ele.

– Quero que Adam Bishop nunca mais faça mal a ninguém. Quero que Adam fique no lugar do irmão, Mason. Transforme Adam em um fantasma que vai assombrar este hotel para sempre e nunca mais irá ferir outra alma viva.

A ampulheta começou a brilhar, assim como Mason.

Holland mal respirava enquanto observava ele deixar de ser algo que era quase presente, quase real, quase humano e se transformar em alguém que parecia mais humano do que qualquer outra pessoa que ela já vira na vida. Recordou-se de Adam falando que o irmão era o centro do universo aonde quer que fosse e, agora, era capaz de sentir a gravidade exercida por ele.

Se Cat estivesse ali, teria dito que aquele cara de *smoking* branco tinha algo de interessante. Eileen teria dito que era porque Mason era alto. January teria dito que era porque Holland tinha um gosto trágico para homens. Holland teria dito que não era por nenhuma dessas coisas. E, contudo, era todas essas coisas, junto com mais uma que ela não conseguia nomear. Só sabia que lhe dava um pouco de medo.

Sentiu um pouquinho de alívio quando viu nos olhos dele que Mason Bishop estava tão louco para se despedir dela quanto ela estava para se despedir dele.

– Ainda acho que você devia ter matado meu irmão quando teve a chance – comentou Mason.

– Que "obrigado" mais encantador. De nada.

– Só estou tentando te dar um conselho. Adam não vai ser capaz de fazer muita coisa agora, mas eu fui ficando mais forte com o passar do tempo, e ele também vai ficar. Você precisa tomar cuidado. E… – Ele deu um passo, aproximando-se de Holland.

A jovem pôs a mão por cima da ampulheta, em um gesto protetor.

– Relaxe, St. James, vou cumprir minha palavra. Mas outras pessoas não pensarão duas vezes antes de roubar esse negócio. É melhor sair daqui enquanto pode. Ficar com essa coisa é pedir para virem atrás de você.

Capítulo cinquenta e quatro

Mason não disse "tchau". Não que Holland esperasse que aquele homem fosse dizer isso. Bem, pode até ter esperado, um pouquinho. Junto com o "obrigado" que ele nunca disse.

A jovem ficou imaginando se poderia existir uma versão de ontem que teria terminado com Mason lhe agradecendo. Ainda não tinha entrado completamente na sua cabeça a ideia de que havia vivido tantos ontens. Imaginava que, provavelmente, levaria um monte de amanhãs para tudo ir para o seu devido lugar. E, no momento, tinha outras coisas para pôr em seu devido lugar.

Mason Bishop podia até ser um desastre no quesito "tchau", mas Holland sabia que ele tinha razão a respeito do Coração Alquímico. A jovem tinha dado um jeito de garantir que Adam nunca mais iria lhe fazer mal, mas ele não era o único que queria o Coração Alquímico.

Precisava sair dali. Só que a última vez que tentou fugir com aquilo que pensava ser o Coração Alquímico não tinha dado muito certo.

– O que January faria? – pensou, em voz alta.

– Não foi por acaso que sua irmã não me encontrou.

Holland pulou de susto ao ouvir uma voz inesperada. Virou-se para trás e viu Manuel Vargas, usando o mesmo chapéu e o mesmo suspensório xadrez que usava quando foi à sua casa, sentado em cima da mesa.

– Como foi que você entrou aqui?

– Sempre estive aqui. Só achei que você se sentiria mais à vontade falando comigo nesta forma. – Ele deu um sorriso, mas não foi bem um sorriso humano. Era um pouco exagerado. Dava a impressão de que todas as partes do seu rosto se movimentavam, das rugas nas bochechas ao couro cabeludo, passando pelas sobrancelhas.

Foi aí que ela se deu conta de que a ampulheta tinha sumido, e ele estava sentado no lugar dela.

– Era você esse tempo todo.

Holland recordou-se da intensa sensação de *déjà vu* que teve na primeira vez que o viu e que tinha sido o sr. Vargas quem lhe entregou o pacote que ela, erroneamente, pensou que tinha sido enviado pela Professora-Doutora. Só que o pacote não fora enviado pelo correio. Sempre foi parte dele, ou ele fazia parte do pacote. Holland estava meio perdida em relação a como tudo aquilo funcionava, mas tinha quase certeza de que o sr. Vargas nunca existiu. O sr. Vargas sempre foi o Coração Alquímico.

– Bingo! – exclamou ele, todo animado. – Posso assumir qualquer forma que eu quiser e múltiplas formas se for preciso, mas só se essas formas estiverem bem próximas.

– Então acertei?

– Na mosca. – O Coração Alquímico sorriu, ficou claro que gostava de falar a respeito da própria magia. – Agora vamos falar do que você quer fazer.

– O que eu posso fazer?

– Você *pode* fazer tudo o que quiser. – O Coração deu um sorriso mais largo, de um jeito que a fez pensar que estava torcendo para Holland decidir fazer algo empolgante.

– Posso trazer meus pais de volta?

O sorriso se dissipou.

– Pode, se quiser. Contudo, eu não recomendo. Sempre há um custo a pagar quando se emprega magia. É aquela história toda de manter o equilíbrio do universo. Por exemplo, quando seu pai me usou para ver o futuro, achou que estava enviando você a uma última e divertida caça ao tesouro. Mas, ao fazer isso, criou um futuro diferente que ele não previu: muito mais sombrio.

A expressão do Coração Alquímico foi ficando cada vez mais séria.

– Se você acha que isso foi ruim, não há nada que perturbe mais o equilíbrio do que trazer alguém que morreu de volta à vida. Se realmente quer trazer um ente querido de volta, a melhor maneira de fazer isso é voltar no tempo, mas o custo é o esquecimento. Sendo assim, você não se lembraria dos últimos quinze anos de sua vida. E essa é uma quantidade muito grande de anos para voltar. Se seus pais tivessem morrido há poucos minutos, seria uma outra história, completamente diferente. – O Coração Alquímico ficou com um brilho nos olhos.

Por um segundo, Holland pensou no fato de que ela ficava morrendo e o tempo ficava recomeçando e não pôde deixar de perguntar:

– Foi isso que aconteceu comigo?

O Coração Alquímico ficou balançando as pernas:

– Não posso responder a essa pergunta mesmo porque, se estiver correta, parte do custo que a pessoa que salvou sua vida tem que pagar é você jamais ficar sabendo. Então, mais uma vez, não recomendo voltar quinze anos, porque seria uma confusão muito grande para todo mundo. Mas a decisão é toda sua – completou, alegremente.

Holland não pôde deixar de pensar nisso por um minuto. Mas então se recordou de uma cena do roteiro escrito pelo pai, em que Alma conversava com Red.

"Os mortos têm que continuar mortos. Quando voltam à vida, sempre há consequências. (...) Faça o que é certo. Deixe o que é melhor permanecer intocado no passado, pense no futuro e vire a página."

Talvez o roteiro não fosse apenas um mapa do tesouro, mas um conselho. O pai tinha visto o futuro e sabia exatamente o que a filha iria querer quando chegasse ao fim da caça ao tesouro.

Agora fazia muito mais sentido ele não ter mesmo escondido o Coração em algum lugar que qualquer pessoa pudesse encontrar. Tinha embaralhado as cartas para garantir que a filha seria a única vencedora. E, apesar de terem ocorrido consequências imprevistas, Holland ainda agradecia por ele ter feito isso. Estava feliz pela oportunidade de se sentir próxima do pai de novo, de ouvir histórias a seu respeito e, enfim, de falar sobre ele.

O pai tinha sido tão proposital, colocando um *easter egg* dentro de outro *easter egg*, como aquelas bonecas russas. Talvez soubesse desde o início que aquela caça ao tesouro também teria mais de uma história por dentro.

Holland queria tanto trazer o pai e mãe de volta à vida. Tinha a sensação de que, depois do que acabara de passar, seria capaz de lidar com as consequências de qualquer coisa. Mas sabia que o pai não iria querer isso. Imaginou que ele havia lhe mandado o Coração Alquímico para que a filha o guardasse em segurança, porque acreditava que Holland não faria nada perigoso, mesmo que se sentisse extremamente tentada.

– Só para constar, não ligo nem um pouco de ser usado. – O Coração Alquímico deu um sorrisinho e, mais uma vez, Holland percebeu que algo não era humano naquele sorriso. – A magia foi feita para se espalhar. Entretanto, seu pai não queria isso. – O sorriso se transformou em uma careta, e Holland imaginou que, se outra pessoa viesse pegar o Coração, ele poderia não ser mais leal a ela com toda a facilidade.

Se não fosse usá-lo, precisava se livrar dele. E, mesmo assim, ficou em dúvida. Houve um tempo em que tudo o que mais queria era voltar para sua vida normal, sem magia, mas sabia que muita coisa havia mudado, impossibilitando que isso acontecesse.

Não sabia se um dia voltaria ao Regal ou ao Banco, mas, se voltasse, não queria estar impotente. Sabia que o pai não queria que usasse o Coração Alquímico para trazer os pais de volta à vida. Mas isso não significava que não poderia usar o Coração Alquímico de jeito nenhum.

– Quero uma habilidade – declarou Holland antes que pudesse mudar de ideia.

O Coração fez uma perturbadora expressão de satisfação, esticando os lábios feito o gato de Alice no País das Maravilhas, até as orelhas.

– Torci tanto para você pedir uma.

Holland ficou em dúvida. A empolgação do Coração a fez sentir que aquela, talvez, fosse uma ideia ruim.

– Não me diga que ficou com o pé atrás.

– Só quero ter certeza de que escolhi a habilidade certa – desconversou Holland.

O sorriso dele sumiu.

– Desculpa, mas não é assim que funciono. Tem certas coisas que você pode mandar que eu faça. Mas receio que esta não seja uma delas. Todo ser humano é feito com uma habilidade única, inativa. Posso ativar esse poder. Mas você não pode escolher qual é. E só vai saber depois que for ativado.

Mais uma vez, Holland teve a sensação de que aquilo poderia ser um erro. O Coração Alquímico acabara de alertá-la que sempre há um custo a pagar pelo uso da magia, e ela nem sabia ao certo que magia seria essa. Mas, se não fizesse isso, sabia que ficaria imaginando para sempre qual poderia ter sido sua magia, o que *ela* poderia ter sido.

– Pode fazer. – Holland fechou os olhos ao dizer essas palavras, feito uma criança que faz um desejo.

Quando abriu os olhos, o Coração Alquímico estava balançando as pernas de novo, com um sorriso ainda mais largo no rosto.

– Pode levar alguns dias ou até algumas semanas para sua magia ser ativada, mas acho que você ficará contente quando isso acontecer. – Dito isso, ficou com uma expressão travessa.

Holland ficou se perguntando onde exatamente tinha se metido, mas não se arrependeu de sua decisão.

A verdade é que Holland St. James simplesmente não era capaz de recusar uma oportunidade de possuir magia.

Agora, só precisava resolver o que fazer com o Coração Alquímico. Ainda não conseguia imaginar que seria capaz de sair facilmente dali com ele – se é que conseguiria sair com ele.

Chegou a pensar em pedir para o Coração se autodestruir. Então se recordou de que Gabe havia falado da possibilidade de destruir *toda e qualquer* magia, e Holland não queria ser responsável por isso.

Precisava escondê-lo, como fez o pai. Só que o pai não havia escondido o Coração Alquímico. Tinha enviado para ela. Tinha enviado o objeto para o futuro.

O pai acreditava que o Coração Alquímico era tão poderoso que ninguém devia possuí-lo. E deveria saber que era tão poderoso que não podia ser apenas escondido. Então Holland imaginou que, talvez, o pai não tenha sido o único a enviar o Coração Alquímico para o futuro, mas que outras pessoas também tivessem feito isso. Que talvez fosse por isso que o Coração Alquímico desaparecia e mais tarde reaparecia, décadas depois.

O Coração Alquímico olhou para ela com ar triste, como se soubesse o que Holland estava pensando.

– É aqui que nos despedimos?

– Receio que sim. Está na hora de você encontrar um novo lar no futuro.

– E onde poderia ser este lar?

Por um segundo, Holland não sabia. Então se recordou de uma última coisa que o pai havia escrito. As orientações especiais da etiqueta de reserva:

– Quero que você vá para o futuro, ficar com alguém que precise de você, mas não queira você de verdade. Alguém bom, que só vai usar você uma única vez porque precisa e nunca mais vai usá-lo de novo.

Capítulo cinquenta e cinco

Do lado de fora do Hollywood Roosevelt, há um banco onde fica sentada uma estátua de Charles Chaplin. Naquela noite, ele tinha companhia, vestida de Mary Poppins. Ela estava sentada naquele banco com a postura reta e perfeita, de um modo que deixaria a verdadeira Mary Poppins orgulhosa.

O clima tinha esfriado até chegar a uma temperatura apropriada para o mês de novembro, que começava oficialmente agora. Mas aquela mulher não tremia. Estava acostumada a esperar. Normalmente, era ela quem fazia os outros esperarem. Mas não havia nada de normal naquela noite. Todo mundo que estava presente no Roosevelt sentiu – aquelas estranhas pausas no tempo, as ondas de energia, a sensação de que, talvez, aquela festa não fosse apenas um truque de ilusionismo –, mas ninguém sentiu mais do que Holland St. James.

– Não estou com o Coração Alquímico.

A Professora-Doutora olhou de soslaio para Holland, ainda sentada no banco.

– Eu sei. Agora já passa da meia-noite, é oficialmente novembro. O Coração deve ter ido se esconder de novo, até a próxima data da lista.

Holland se deu conta de que sabia algo que sua orientadora não sabia, mas disse apenas:

– Você não me parece chateada.

– Será que não lhe ensinei nada, minha querida? Sempre haverá objetos mágicos a serem procurados no mundo. – A professora se levantou do banco com um ar de afetação. – Posso te oferecer uma carona?

– Acho que não preciso, estou bem. – Holland tinha quase certeza de que, a julgar pela aparência, não estava bem, nem de longe, ainda mais se alguém desse uma olhada nas costas de seu vestido. Mas, justiça seja feita, a Professora-Doutora teve o tato de não tecer nenhum comentário.

– Bem, então suponho que essa seja nossa despedida por ora, minha querida. Minha proposta de trabalho continua em pé. Não posso mais te prometer uma habilidade muito boa, mas acho que, ainda assim, você vai achar que vale a pena.

Holland ficou tentada a dizer para sua orientadora que não precisava mais de uma habilidade. Na verdade, teve que conter um sorriso porque se lembrou de que logo teria uma. Não precisava de um emprego no Banco e pretendia dizer isso, mas o que saiu foi:

– Vou pensar.

Várias coisas podiam ter mudado para Holland St. James naquela noite, mas ela ainda não conseguia dizer "não" por completo para uma toca de coelho.

Epílogo

Na manhã seguinte, Holland era capaz de sentir toda a realidade outra vez. Era capaz de sentir os minutos transcorrerem, minutos novinhos em folha e não vividos, frescos como o primeiro ar que a gente respira, logo de manhã cedo.

Foi correr para absorver tudo aquilo. O clima tinha mudado por completo, e o frio era cortante, espicaçando toda a sujeira e poluição, trazendo para Los Angeles uma bendita sensação de limpeza.

Holland correu mais rápido, perseguindo aquela sensação de instante não vivido, como se pudesse desaparecer. Correu até os pulmões não aguentarem mais, até as pernas ficarem ardendo e ela, coberta de suor, um suor que resfriou rápido demais assim que a jovem diminuiu o passo, deixando-a com frio e sem ar. Mas, durante um minuto perfeito, não foi assombrada por pensamentos do dia anterior. Ou do dia anterior antes desse e do dia anterior antes desse dia anterior.

Normalmente, ela se atinha ao calçadão que acompanhava a praia de Santa Mônica. Mas, naquele dia, teve vontade de tirar os tênis e deixar os dedos dos pés afundarem na areia. Assim que sentiu a areia ficar úmida em contato com os pés, sentou-se com tudo na beira da praia, bem no limite entre o seco e o molhado.

Holland ficou olhando para a água e tentou hipnotizar a si própria com o ruído das ondas. Sabia que tinha tantas coisas que precisava fazer. Começando por comprar um celular novo, depois entrar em contato com a irmã e os amigos. Precisava muito conversar com January, principalmente.

Mas, durante aquele único e simples momento, não queria se preocupar com nada disso. Queria acreditar que tudo iria se resolver por conta própria. Enroscou os dedos dos pés na areia bem quando uma onda bateu nos tornozelos e se esparramou nas suas pernas, empapando a legging que usava. Tentou pensar apenas em como era boa a sensação de inspirar e expirar.

De estar viva. De sentir frio e o gosto do sal na língua. Ficou sentada ali, sentindo a água subir e descer, até começar a imaginar como o dia anterior poderia ter sido diferente. Sabia que não existia uma versão em que poderia ter saído do Hollywood Roosevelt com Adam, mas se perguntou, sim, se poderia ter existido uma versão em que ia embora com Gabe.

Ficou pensando nele mais do que queria pensar. Depois dos acontecimentos do dia anterior, tornou a ficar em dúvida se January realmente o havia enviado. A única maneira de ter certeza era falar com a irmã. January ainda não tinha mandado mensagem para Holland no celular pré-pago que Gabe havia lhe dado, o que fez a jovem pensar que ele tinha mentido.

Outra onda arrebentou e, naquele momento, Holland sentiu uma picada aguda de consciência, bem no meio das escápulas.

Tinha alguém a observando.

Holland virou-se para trás, mas só viu duas pessoas que iam à praia. Que largaram as toalhas no chão e foram correndo na direção do eternamente frio Pacífico. E tentou se convencer de que estava feliz porque não havia ninguém observando. Porque ninguém a havia encontrado ali. Era bom ter aquele momento sozinha.

Mais uma onda arrebentou. Crianças soltaram gritinhos e correram dela. E Holland sentiu, mais uma vez, uma picada de consciência, seguida por uma mudança no ar.

Virou-se para trás, torcendo para que, talvez, a irmã a tivesse encontrado. Mas era Mason Bishop, que vinha ao seu encontro. Tinha trocado o *smoking* branco por uma calça jeans cara e uma camisa azul-clara, e ficava ainda melhor com essa roupa do que com aquela de antes.

Mason se sentou ao lado de Holland e, mais uma vez, ela ficou estarrecida com a humanidade dele. Com o poder que aquele homem dava a impressão de carregar. Enquanto Mason se sentava, Holland brincou de ter que esperar pela outra pessoa romper o silêncio. De início, porque sentia um estranho nervosismo, uma estranha insegurança. Depois, porque era surpreendentemente agradável ficar sentada ali, em silêncio, vendo o arrebentar das ondas na companhia de outra pessoa.

– Senti falta disso – disse Mason, por fim, olhando para o mar. – A gente acha que é capaz de se lembrar do som, do cheiro e da sensação do sol queimando a pele através da neblina. Mas as lembranças nunca são tão boas quanto a realidade.

– Não são, não – concordou Holland. Nesse momento, ela pensou nos pais e, por um segundo, ficou arrependida de não ter trazido os dois de volta à vida.

– Você está pensando que gostaria de ter usado o Coração Alquímico – declarou Mason.

Holland virou a cabeça para ele de repente.

Mason respondeu com mais um olhar que dava a entender "Eu te conheço, lembra?"

– Na verdade, eu usei de novo.

Ele arqueou uma das sobrancelhas.

– Você se deu uma habilidade?

– Dei. – Holland torceu para que, quando dissesse isso, o poder mágico fosse aparecer, mas não sentiu nada de diferente. E ainda não tinha aparecido tatuagem nenhuma em seu pulso.

– Fico feliz por você. Mas não conte para mais ninguém.

– Por quê?

– Os outros não tratam mais a gente do mesmo jeito depois que ficam sabendo disso. Quando acham que você é uma pessoa comum, baixam um pouco mais a guarda. Mais dia, menos dia, vão descobrir. Mas, mesmo quando descobrirem, não revele qual é.

– Alguém sabe qual é a sua habilidade?

– Não. E prefiro que seja assim.

– Você me contaria?

Mason lhe lançou um olhar que dava a entender "de jeito nenhum".

– Vou descobrir.

– Boa sorte. – Mason olhou de novo para o mar, ficou observando as ondas baterem e se afastarem, até que, enfim, Holland se deixou levar pela curiosidade.

– Existe um motivo para você ter vindo aqui? Com tantas praias espalhadas pelo mundo, por que você resolveu vir se sentar justo na minha?

– Daria para dizer que esta é a minha versão de "obrigado". – Ele, então, ficou em pé na areia. – Você me trouxe de volta à vida ontem, e agora estou em dívida com você.

Mason pôs a mão no bolso de trás, bem na hora em que o celular de Holland tocou. O coração da jovem se sobressaltou, de repente. Ela pegou o aparelho e olhou para o nome escrito na tela: January.

A irmã estava ligando, até que enfim.

Holland olhou para cima, para pedir a Mason esperar um minutinho. Mas, pelo jeito, caras como Mason não esperam. Ele já estava saindo da praia. Mais uma vez, não se despediu, mas tinha deixado alguma coisa em cima da areia. Um cartão de visitas preto fosco, com uma borda dourada estilo *art decó*.

Sobem os créditos

Agradeço a Deus por ter conseguido escrever este livro. Este deve ter sido o livro mais desafiador que já escrevi, e tenho a sensação de que é um pequeno milagre tê-lo de fato escrito.

Passei anos trabalhando nesta história e foram tantas as pessoas maravilhosas e incríveis que me ajudaram e me encorajaram ao longo desse processo. Obrigada, Caroline Bleeke, por ser brilhante em todos os sentidos e por ter tanta paciência comigo. Obrigada à minha incrível agente, Jenny Bent. Enquanto escrevo estas palavras, completamos dez anos de trabalho juntas e continuo sendo muito grata a todos da Bent Agency!

Muito, muito obrigada à minha incrível e amorosa família, que me aguentou falando deste livro durante anos e anos. Mãe, pai, Allison, Matt e Matt – amo tanto todos vocês!

Eu não poderia ser mais grata por todas estas pessoas lindas e incríveis fazerem parte da minha vida! Obrigada:

Isabel Ibañez, Anissa de Gomery, Mary Pearson, Margie Fuston, Brandy Ruscica, Stacey Lee, Sarah Barley, Nancy Trypuc, Rachel Griffin, Adalyn Grace, Adrienne Young, Jenny Lundquist, Shannon Dittemore, Katie Nelson, Amanda Altamirano, Kerri Maniscalco, Kristen Williams, Richelle Latona e Kyle.

Também quero mandar o maior obrigada da história para a verdadeira Victoria VanVleet – este livro, literalmente, não seria o mesmo sem você. Outro agradecimento especial vai para Bill, Robert e Michael, pelos passeios incríveis!

Muito, muito obrigada à Flatiron Books, minha fantástica editora nos Estados Unidos, e a todas as pessoas incríveis que trabalharam neste livro. Obrigada, Maris Tasaka, Laywan Kwan, Marlena Bittner, Jane Haxby, Donna Noetzel, Frances Sayers, Morgan Mitchell, Emily Walters, Vincent Stanley, Steve Wagner, Mary Retta, Malati Chavali, Louis Grilli e Megan Lynch. Sou tão grata à brilhante equipe da Gollancz, minha editora no Reino Unido! Muito, muito obrigada, Katie Espiner, Bethan Morgan, Cait Davies e Anna Valentine.

FSC
www.fsc.org
MISTO
Papel | Apoiando uma gestão florestal responsável
FSC® C092828

2023
CARBON NEUTRAL
SAVE cerrado

Este livro foi composto com tipografia Electra Std e impresso em papel Off-White 70 g/m² na Formato Artes Gráficas.